华夏传统政治文明书系

（第二辑）

Huaxia Chuantong
Zhengzhi Wenming
Shuxi

先秦法家与中国政治

马平安 著

团结出版社

图书在版编目（CIP）数据

先秦法家与中国政治 / 马平安著. -- 北京 ：团结
出版社，2021.1
　　ISBN 978-7-5126-8301-3

　　Ⅰ．①先… Ⅱ．①马… Ⅲ．①法家－研究－先秦时代
②政治制度史－研究－中国－古代 Ⅳ．①B226.05
②D691.2

中国版本图书馆 CIP 数据核字(2020)第 187397 号

出　　版：团结出版社
　　　　　（北京市东城区东皇城根南街 84 号　邮编：100006）
电　　话：（010）65228880　65244790　（出版社）
　　　　　（010）65238766　85113874　65133603（发行部）
　　　　　（010）65133603（邮购）
网　　址：http://www.tjpress.com
E-mail：zb65244790@vip.163.com
　　　　　fx65133603@163.com（发行部邮购）
经　　销：全国新华书店
印　　装：天津盛辉印刷有限公司

开　　本：145mm×210mm　　　32 开
印　　张：18.125
字　　数：342 千字
版　　次：2021 年 1 月　　第 1 版
印　　次：2021 年 1 月　　第 1 次印刷

书　　号：978-7-5126-8301-3
定　　价：59.00 元

导言　重读法家

一、法家之传统

"法家"一词最早见于文献《孟子·告子下》中的一句话："入则无法家拂士，出则无敌国外患者，国恒亡。然后知生于忧患而死于安乐也。"朱熹认为："法家，法度之世臣也。拂士，辅弼之贤士也。"① 将法家作为学术流派来对待则最早见于《史记·太史公自序》中司马迁所叙其父司马谈的《论六家要旨》："法家严而少恩，然其正君臣上下之分，不可改矣。……法家不别亲疏，不殊贵贱，一断于法，则亲亲尊尊之恩绝矣。"司马谈在这里概括出了法家两个最核心的特点：第一是"严而少恩"；第二是"不别亲疏，不殊贵贱，一断于法"。正因为法家敢于严格执法，故不仅能真正做到"正君臣上下之分"，维

① 朱熹著：《四书章句集注·孟子集注卷十二》。

护君主权威，而且也能打破周代几百年实行的"亲亲尊尊"的政治统治秩序。班固则在《汉书·艺文志》中进一步道出了法家的渊源问题："法家者流，盖出于理官。信赏必罚，以辅礼治。"这个政治学派与别家为其政治方案找寻的历史根据迥然不同。它专注于历史上的"理官"经验，以"信赏必罚"作为"善政"的手段。从严格意义上说，法家就是春秋战国时期百家争鸣中所产生的一个政治学派。这个气象宏阔的政治学派，空前绝后，春秋以前没有，秦汉以后，法家思想与儒道合流，成为历代统治者的治国之术后，特别是汉武帝实行"罢黜百家独尊儒术"以后，政治氛围实际上已经不再允许这个学派继续存在了。秦汉以后，历代改革家或者法术家对先秦法家学派只不过是有所研究与借鉴罢了，如三国诸葛孔明、北宋改革家王安石、明中期改革家张居正，很多人将其列入法家行列，但从其社会基础、经济基础、所代表的利益者等方面来看，他们与春秋战国时期的法家学派几乎完全不同，已经不可同日而语了。

面对春秋战国时期天下大乱社会无序的混乱局面，法家以重建国家政治秩序和社会秩序为己任。他们高举"灋"的旗帜，主张通过变法与改革的实践，摒弃旧贵族的世袭特权，打破从黄帝到东周数千年来形成和发展起来的以血缘关系为纽带的士族制度与贵族制度，通过尚贤使能、奖励耕战、富国强兵等措施，从政治、经济、文化等方面全方位建立起新的、统一的、以中央集权为核心特征的一系列新制度、新国家，从这个意义上说，法家可谓是中国远古法律传统和维持社会秩序的最佳继承人和实践家。

"灋"即"法"也。法家是"灋"的最坚强而又忠诚的卫道者。

按照历代学者的解释，"灋"是公正的象征，具有高尚的德性。"法"原为"灋"，从水，表示法度公平如水；又从"廌"如"直"，"廌"寓意执法公正、严明。一句话，"灋"的本质是维持公平稳定的社会秩序。

制度和法令是法家治国理政的精髓。

与其他各家相比，法家更注重社会秩序的重建和对社会权威的维护和服从。

在法家看来，"灋"与集中的公共权力、普遍适用的社会规范、人们后天的行为准则、社会功利等价值观念与文化习俗联系密切。为了维护统一稳定的社会秩序，就必须维护中央政府与君权的绝对权威。因为，政府与君权是社会秩序的制造者和维护者，是"灋"的制定者与最坚强的执行者。法家具有"救世"的情怀，在他们的眼中，如果没有一个有权威的政府，没有统一、和平、稳定、富强的社会秩序，人类就会自相残杀、同归于尽。为了建立"灋"的秩序，就必须建立强固政府和确立社会权威。人们为了更好地生存下去，就必须无条件放弃自己的判断权利，将一切完全委托"灋"来做出判决。"灋"所具有的这些政治品格，在周秦之际的大变革时代，成为人们结束动乱、重建和平稳定秩序的精神寄托。正是在这样的历史条件下，法家挺身出来再一次唤醒了这种"公益"精神，他们用进化史观、好利恶害的人性论、刑无等级的公法观、富国强兵的功利主义以及敢想敢干、敢为天下先的伟大实践，为后世中国的政府治理，探索和打造出了一整套便于操作的、可以保持长治久安的、以大一统为特征的政治、社会新模式。

大秦帝国夭亡后，因为汉帝国统治者的精心策划与强大宣传，法家作为亡秦替罪羊的观念已经深入人心。西汉以后，历代统治者与文化卫道士都将秦王朝灭亡的原因归结于秦帝国采用法家思想作为国家意识形态，在意识形态方面采用国家力量对法家大加讨伐，在这种政治气候下，法家的名声一直不好。特别是经过西汉中期的"罢黜百家独尊儒术"，作为政治学派意义上的法家已经退出了历史的核心舞台，法家精神在官僚群体中的侧影也就只剩下酷吏的形象了。可以说，法家由一个颇具治国气象的政治学派变化到只能为朝廷做鹰犬的酷吏走狗，已经是面目全非、濒于灭亡了。此后在整个古代社会中，重视"法治"的思想家、政治家虽然代不乏人，他们虽然也常常引用、发挥先秦法家的某些思想和政治理念，但不能因此称他们为"法家"。而在另一场合之下被称为"法家"的，其实只是立法、司法的个体专门家、职业家而已，并不是如周秦时代那样真正富有"救世""治国"意义上的法家学派了。颇具"为万世开太平"恢宏阔大气象的春秋战国法家学派像雾像风又像雨，来得快去得也快，在此后中国政治舞台上再也寻觅不到了。

不过，我们如果换个角度，从法律文化视野来做鸟瞰的话，在汉以后的中国历史长河中，法家精神与治世传统并没有退出历史的舞台。从汉武帝开始，中国传统社会的历代统治者，"明倡六经，暗行荀术"①，法家路线仍然继续在传统政治治理中发挥着作用。由于大一统中央集权君主政体的内在需要，以及民众对清官廉吏的普遍渴望，忠于国家、忠于法律、不畏豪强、为民请命、守法尽职、积极开拓、敢为天下先的政治家群体，依然在历代法治实践活动中顽强地宣示着自己的存在，深刻地影响着后世中国的政治生活与中国人的文化价值观念。

---

① 武树臣著：《法家法律文化通论》，商务印书馆 2017 年版，第 504 页。

二、法家的特征

在先秦诸子的百花园中，有一朵红玫瑰绽放得分外鲜艳，格外惹人瞩目。它浑身是刺，傲然独立，不屈不服，不惧风雨，极力向世界表明它的特殊存在，这株红玫瑰就是春秋战国时期诸子学派之一——法家学派。

法家应时而生，大有"当今天下，舍我其谁"的气魄，有"我不入地狱，谁入地狱"的救赎献身精神，概括起来，具有以下明显的特征：

第一，他们是由关心社会、关心政治的志士仁人群体组成。这个群体是由一批具有高度社会责任感、使命感，对国家、社会事务极度关注，对治理国家、社会、民生具有浓厚兴趣的政治家或者思想家组成。

第二，他们对于自己的理论学说充满着高度的自信，无惧无畏，敢为天下先，敢于打破旧有传统，敢于向旧社会开战，敢于开罪现实社会中掌握庞大资源的强大的既得利益集团，具有"虽千万人吾往矣"的胆量和气魄，担当意识十分强烈。

第三，他们大都是些"精于谋国，拙于谋身"的人物，性格上多少有些偏执、倔强。他们虽然充满政治自信，对社会、国家有大贡献，然而却疏于自保，自身命运大多因为保守派集团的残酷打击与无情报复而显得不幸与坎坷。正如韩非子所言："智法志士与当涂之人不可两存之仇也。"①

第四，他们大都是一批政治理想主义者，都有自己所谓的解决这个社会问题的一套政治方案，认为如果能够贯彻落实自己的政治方案，国家就会达到富国强兵，在国际舞台上会拥有强大的竞争优势，最终让天下从大乱走向大治。

第五，他们对政治治理和重建社会秩序充满着好奇心。这种好奇心极大地激发了他们的创造欲与无限的实践动力。这让他们的政治思想与政治智慧都往往超越常人。

第六，他们是一批十分务实、注重实践成果的人物。他们或者兼政治家与思想家于一身，或者是卓越的政治理论家与思想家。他们反对空谈误国，力图"经世致用"。

第七，他们的共同主张主要有：（1）重视发展经济，特别注意强国富民。（2）重视发展国家军事力量，主张通过开疆拓土来增加国家的综合国力。（3）明刑尚法，主张建立法制，以法治国，"不别亲疏，不殊贵贱，一断于法"，信赏必罚，轻赏重罚。（4）在政治上、文化上主张专制主义。（5）主张尊君卑臣，尊官弱民，崇上抑下。（6）主张加强中央集权，反对地方主义。正所谓"事在四方，要在中央，圣人执要，四方来效"。

---

① 《韩非·孤愤》。

（7）尚公去私，以公胜私。（8）严于治吏。主张建立一套比较完善的检查制度，制定有效监督、管理官吏的一系列法律措施。（9）主张理论与实践相结合。（10）维护国家统一，主张政治大一统。

第八，他们崇尚历史进化论，"不法古，不循今"，主张法随时变，具体问题具体分析，按照现有的实际情况办事情。

第九，他们对人性深处阴暗的一面极度关注，主张动用国家政权的力量采取有效的措施抑制这种"恶"的一面，通过移风易俗来改变社会的风气。

第十，他们认为人类社会的发展是由"力原则"决定的，"国之所以重，主之所以尊者，力也"，力强国强，力弱国弱，实力是解决社会矛盾的根本要素。

三、法家的血脉

关于法家的缘起问题，自古以来就有不同的看法。

从历史上看，法家可以说是从三皇五帝到夏商周三代的历代政治家、思想家对国家治理、政治探索及社会实践的一种政治治理意义乃至文化传承意义上的血脉的延续与流动。

东汉班固说：

　　法家者流，盖出于理官，信赏必罚，以辅礼制。①

　　中华民族有一个鲜明的文化特点，这就是从她产生的那一天起，她的身上就烙有鲜明的政治担当、政治忧患、为天下谋正途、解民于倒悬的深刻"救世"情怀和印记。中国早期政治文化十分丰富、内容博大精深，大多来自早期政治家自己执政时期的政治治理实践经验的总结与概括。《尚书·甘誓》说："用命赏于祖，弗用命戮于社。"《左传·成公十三年》说："国之大事，在祀与戎。"古人认为，对于国家大事而言，最重大的事项是祭祀和战争。而能够把祭祀和战争结合起来的正是以战争为核心的祭祀活动。毫无疑问，祭祀是为了保证战争的胜利，战争是为了族群的生存和发展。通过这种祭祀过程，一些军事行为规范产生了，这就是最早的军令、军纪。它们规定对何种行为进行赏赐，又对何种行为进行惩罚。通过赏罚、表彰和推崇英雄勇士，处罚和谴责胆小的逃兵。有了军令、军纪，就必然要有监督军令、军纪执行和解决有关纠纷的专职人员，这就是中国最早的法官的由来。这些法官长期掌管军令、军纪，熟悉断案的方法，拥有权力以及专门的业务知识。这种专门业务知识或经过口耳相传，或经过书之简册，不断地传递下

_____

① 《汉书·艺文志》。

去。久而久之，早期的国家政权就逐渐形成了一种忠于法律规范、依法办事的良好习惯和传统。从这个意义上讲，法家学说源于远古战争的军纪需要和信赏必罚传统，源于对古代社会秩序的制定和维护，源于古老的王官之学。面对春秋战国时期天下大乱、礼崩乐坏、政治无序的混乱局面，法家以重建国家政治秩序为己任，根据时代形势的变化，主张通过变法革新，摒弃旧贵族的世袭特权，尚贤使能，奖励耕战，富国强兵，用政治、军事、经济、文化力量重新建立统一国家的新的政治秩序。因此，尽管法家是后起之秀，尽管法家的思想元素大都可以从其他诸家那里找到出处，但是，法家重视国家治理、制定法律的传统精神与重建国家秩序的决心与开拓创新的实践能力远非同时代其他各家所能比拟。在那个"救世"时代，各家都拿出来自己的政治方案：儒家选择了礼乐，墨家选择了兼爱，名家选择了逻辑，兵家选择了权谋，而法家则选择了法治。事实证明，经过历史长河的大浪淘沙，只有法家的政治主张最切中时弊，最具针对性和有效性，因而也最具有实践的可能性，以管仲、商鞅、韩非等人的法家学说理论为核心，秦国进行了长时期的政治实践，最终利用周秦之变的历史发展潮流，重新实现了国家统一，在大秦帝国的基础上建立了以法治国的政治与文化新模式。

四、法家的老师

无论是春秋法家，抑或是战国法家，他们都有自己共同尊崇的人物，那就是黄帝与老子。

春秋战国法家尊崇黄帝与老子，这是有一定原因的：

第一，黄帝理天下，修德义，便民心，谓之至理之代。

（1）黄帝设官分职，以云命官：春为青云官，夏为缙云官，秋为白云官，冬为黑云官。以云为师。置左右大监，监于万国。

（2）置四史官，令沮诵、仓颉、隶首、孔甲居其职，主图籍。又令仓颉主人仪，孔甲始作盘盂，以代凹尊坯饮之朴。

（3）作明堂，制礼仪。

（4）让岐伯、雷公、扁鹊、俞跗等臣，发明针灸、脉法，以疗万姓所疾。

（5）发明"和""合"政治。

（6）定律做法，征讨不法者，为万世立规矩。

（7）战蚩尤、胜炎帝，建立有效的部落联盟制度，开启华夏大一统文明。

（8）封禅泰山。

（9）制礼作乐。

（10）位居中央，临制四方。

（11）采首山之铜，铸九鼎，以象太一于雍州。

第二，黄帝是中华民族战无不胜的代表人物。他用战争打败战神蚩尤，打败代表中原文明的炎帝部落，用铁血霹雳手段统一万国，成为中华民族大一统的象征与开创人物。

第三，老子是中国帝王术的开山者，是历代帝王师的鼻祖与榜样。老子所著的《道德经》，实是他利用担任东周档案馆兼图书馆馆长的机缘，对他身前历代帝王政令典籍学习思考的结晶。《道德经》应该是中国最早的一部专门研究领导学的著作。

第四，老子所提出的天之道与人之道，其核心还是为统治者对国家的成功治理与长生久视提供理论基础的。

第五，法家是春秋战国近五百年乱世的产物，是为"救世"而出现的一批精英人物，黄帝是大一统的象征，老子是人间正道的代表，拨乱反正，正需要黄老这样的旗帜。

第六，黄老具有以救世、治世为目的，兼容并包，积极入世，注重实践等特点。

五、时代的弄潮儿

春秋战国时期是继殷周之变后中国古代社会经历的第二次大变革时代。这种变革有着社会经济政治文化诸方面的深刻原因，是东周以来周天子失势、诸侯兼并、战争蜂起，天下大乱、变化冲突的结果。

在这场长达数百年的乱世竞争中，诸子百家纷纷拿出自己的政治救世方案。在这场"救世"大讨论中，如果说，儒家的思想是写在儒家经典上面的话，那么，法家的思想就是写在政治实践的上面。

春秋战国时代，虽然百家涌现，星汉灿烂，但真正的弄潮儿却非法家莫属。

从时间上说，有春秋时期的法家，如管仲、子产、郭偃等人；有战国时期的法家，如李悝、吴起、商鞅、申不害、慎到、韩非等人。

从地域上说，有齐法家、有晋法家、有秦法家。可以说，在大致相同的历史时期内，法家内部的政治主张常常表现出了较大的差异性，这在很大程度上取决于不同地域文化传统与环境的影响。

现在，我们就以地区划分来一睹春秋战国法家的风采。

首先，我们来看齐法家。

齐法家是以齐国文化为基础产生的法家派系，其法家思想主要反映在假托管仲之名所著的《管子》一书中。《管子》一书中的法家思想是在管仲的旗帜下逐渐发展起来的，是从管仲在齐国政治、经济、文化上的诸项改革措施中推演出来的，是这些措施在理论上的发展。因此，齐法家既有前期管仲这样人物的开山，也有后期黄老学派对管仲思想的发挥，是齐国政治思想学说长期发展的产物。齐学的代表荀子，曾游历过秦、楚、燕等国，其余的大部分时间是在齐国度过的。他才华横溢、成就卓著的辉煌时期就是在稷下学宫讲学，且"最为老师""三为祭酒"①。在儒、法、道诸家兼容的齐国宽松文化氛围中，荀子将鲁儒的"礼"和晋法家的"法"有机地结合起来，成为"隆礼重法"、儒法合流、礼法统一的先觉者。齐法家思想的特征主要是：尊王攘夷，富国强兵，贵静贵因，"君臣上下贵贱皆从法"②，重农而不抑商，重法而兼用道德教化，"仓廪实则知礼节，衣食足则知荣辱"③，提出"礼义廉耻，国之四维"，认为"四维张则君令行"④等等。之所以有如此的特点，我们可以从齐国的地理环境和历史文化传统中去寻找更多的答案。

其次，我们来看晋法家。

晋法家是以三晋文化为基础而产生的法家派系，其代表人物主要有：李悝，魏国人；吴起，卫国人；慎到，赵国人；申不害，郑国人；韩非，韩国人。他们都不同程度地参与了三晋

---

① 《史记·孟子荀卿列传》。
② 《管子·任法》。
③ 《管子·牧民》。
④ 《管子·牧民》。

（韩、赵、魏）的变法与法制建设。其中，影响最大的有韩昭侯时期的申不害以及战国末年的韩非。晋法家是战国法家的主体，其思想是战国法家思想的主流和代表。晋法家思想的主要特征是：尚法贵势，循名责实，重视术治，主张法术势有机结合，基本否认道德教育作用，极端夸大刑罚的作用，对后世中华民族的帝王学做出了重大的贡献。

再次，我们来看秦法家。

秦法家以商鞅、李斯为主要代表人物。商鞅是卫国人，李斯是楚国人，都不是秦国本地人，因为在中原诸国得不到重用，才远奔秦国全力一展抱负的。商鞅主政秦国20余年，在秦孝公的支持下采用"霸道"之策治国理政。李斯则辅佐秦王嬴政灭亡六国，统一天下，并帮助秦始皇用法家理论建立起大秦帝国的一系列政治制度、法律制度、文化政策等等。秦法家的主要特征是：极为重视农战政策；重农抑商；主张中央集权，反对地方主义；推行军国主义；重视政治制度、官僚制度的建设；主张"弱民"、愚民，实行文化专制主义以及严刑峻法；等等。

如果从理论形式上来划分，法家又可以划分为：法、术、势三派。

按照韩非的观点，法家应该分三派：以商鞅为代表的法治派；以慎到为代表的势治派；以申不害为代表的术治派。商鞅重法，论证了推行"法治"在国家政治制度建设中的必要性与可行性。慎到重势，把权力即"势"放在了君主治理的首要地位。申不害重术，主张静因无为、循名责实之术，对如何治吏有独到的看法。后期法家韩非则总其大成，提出了"以法为本"，法、势、术相结合的完整理论体系。正如冯友兰所说："韩非是法家最后的也是最大的理论家，在他以前，法家已经有三派，各有自己的思想路线。一派以慎到为首。慎到与孟子同时，他以'势'为政治和治术的最重要的因素。另一派以申不害（死于公元前337年）为首，申不害强调'术'是最重要的因素。再一派以商鞅（死于公元前338年）为首，商鞅又称商君，最重视'法'。"①

除此之外，还有一种将法家人物事功和观点相混合的划分方法，将"法家分为五派：一为尚实派，注重实业，如李悝尽地力之教，商君重农战之法，管仲兴鱼盐之利都是。二为尚法派，如商鞅是。三为尚术派，如申不害是。……四为尚势派，如慎子是。……五为大成派，如韩非集诸派之大成是"。②

总的说来，春秋战国时期的法家虽然有着某种观点上的差异，但大体上看，他们的思想则是大同小异，都有一个逐

---

① 冯友兰著：《冯友兰选集》，北京大学出版社2000年版，第276页。
② 谭正璧著：《国学概论讲话》，当代中国出版社2014年版，第91页。

渐发展变化的过程。从文化意义上看，齐法家能融儒法道等家长处为一体，兼容并包，博大精深，也可以说是一个杂家，有开创之功。晋秦法家构成法家变革的主体，他们代表当时草根崛起派的利益，其变法思想是春秋战国法家思想的主流和代表。但不管怎样说，一种学说的产生及其能否被社会所接受，不是以个人意志为转移的，而是由当时社会现实需要与政治实践淘汰筛选所决定的。春秋战国时期所产生法家的派系是横向的，更是纵向的。它反映了法家在变法初期，为获得政权、维护政权的政治实践的不同目标和特点。法家是实践型的政治家，也是理论型的思想者。他们在政治学、法理学方面，诸如国家制度，社会秩序的建设，法律的起源、本质，以及法律与经济、政权、道德、风俗、环境、人口等关系方面，都有独到的见解。为我们今日的治国理政，留下宝贵的经验教训。[①]

从历史的发展路径来看，法家在春秋时代的变革，似乎走着"人惟求旧，器惟求新"的维新渐进的路径。当时，随着周王朝政治、社会秩序不断遭到破坏，原有的统治方法及社会各阶层的利益都需要重新进行调整和照顾，于是，一些政治家主张通过变法或立法的途径来顺应历史的潮流，重新调整生产关

---

① 参见武树臣著:《法家法律文化通论》，商务印书馆 2017 年版，第 320 页。

系，以解决或缓和社会矛盾。他们以"武器的批判"为"批判的武器"鸣锣开道，在旧有生产关系的基础上适当添加新的元素，以力求适应时代的变化需要。这其中以管仲在齐国、子产在郑国的政治维新为代表。尽管春秋时期的法家没有也来不及提出系统的"以法治国"理论，并且进一步在改造旧制度上面步履蹒跚，但是，他们在各国的政治、经济、文化改革以及立法、司法实践活动为战国法家学说的成熟与定型奠定了基础。法家在战国时代的变革，则似乎走着"人非求旧，器亦求新"的革命道路。一些非贵族出身的平民，通过军功等各种渠道获得土地财产，跻身于社会高层，成为充满勃勃生机的代表新生利益的强有力人物。他们的政治、经济利益需要得到认可，需要得到国家政权与立法的保护。于是，法家人物便成为这个群体的代言人。在法家人物的积极参与下，各主要诸侯国都不同程度地进行了变法革新，由此掀起了战国时期轰轰烈烈的变法维新运动，这其中以商鞅在秦国的变法革命最为彻底，最为典型。①

---

① 参见武树臣著：《法家法律文化通论》，商务印书馆 2017 年版，第 324 页。

六、法家的代表性著作

《汉书·艺文志·诸子略》列法家学派著作 10 种、216 篇：

（1）《李子》32 篇，李悝所著，今佚。

（2）《商君》29 篇，商鞅著，今存《商君书》24 篇。

（3）《申子》6 篇，申不害著，大约亡于南宋。今有清马国翰辑佚本《申子》1 卷。

（4）《处子》9 篇，著者不详，今佚。

（5）《慎子》42 篇，慎到著，已佚。今存残本《慎子》7 篇及诸书引用的佚文。另，商务印书馆所出《四部丛刊》影印明万历年间吴人慎懋赏本，今人多认为是伪书。

（6）《韩子》55 篇，韩非著，今有《韩非子》55 篇。

（7）《游棣子》1 篇，著者不详，今佚。

（8）《晁错》31 篇，汉初学者晁错著，宋以后亡佚。今有清马国翰辑本 1 卷。

（9）《燕十事》10 篇，著者不详，今佚。

（10）《法家言》2 篇，著者不详，今佚。

《汉书·艺文志·诸子略》将《管子》列于道家类，将《吴子》《商鞅》列为兵家类。

具有代表性且保存相对完整的法家著作，主要有《商君书》

《韩非子》和《管子》。

《商君书》又名《商君》《商子》，旧题"商鞅撰"。战国时已传世。原有29篇，今存24篇。据考证，其中的《垦令》《外内》《开塞》《耕战》当是商鞅所作。其余为商鞅后学的作品，《徕民》篇成书偏晚。全书可以说是商鞅与其他法家遗著的合编。

《韩非子》又名《韩子》，今本55篇，与《汉书·艺文志·诸子略》同。除《初见秦》《有度》等篇疑为后人增补外，大体为韩非本人作品。《扬权》《解老》《喻老》《主道》《大体》《观行》等主要谈论哲学问题。《内储说》《外储说》《说林》主要记载故事等资料。其余各篇讨论政治法律问题。

《管子》托名管仲撰。原86篇，今存76篇。《汉书·艺文志》将之列为道家类，《隋书·经籍志》列为法家类。系战国时多人著述的合集。《管子》所载齐法家著作甚多，而且理论价值颇高。法家著述有：《法禁》《君臣》《七臣七主》《法法》《权修》《重令》《治国》《正世》《禁藏》《任法》《版法》《版法解》《立政》《立政九败解》《明法》《明法解》《九守》。①

不过，在先秦诸子的众多作品中，也有一些包含着法家元素的杂家著作，如《荀子》与《吕氏春秋》中，就有相当篇

---

① 参见武树臣著：《法家法律文化通论》，商务印书馆2017年版，第316—318页。

幅论述法令制度的内容。这些典籍对研究法家学派的思想主张
很是紧要，如欲系统学习先秦法家的思想，则不可不读这些
著作。

七、法家对中国传统政治之贡献

法家虽然兴起于春秋战国时期，但其思想之源却可以追溯
得更早更远一些，甚至可以从善战重法的黄帝文化开始谈起。
至于法家的直接文化来源，与儒家一样，实际上也是来自周王
朝的王官之学。只不过不同的是，法家更注重汲取历代王朝的
治国理政得失，更加注重实践层面的实际效果而已。法家的社
会基础，是由非贵族的平民通过各种途径上升为土地所有者的
新兴地主阶级或者新的官僚阶层组成的。他们所主张的"法治"
是以中央集权的君主专制政体为形式的新兴地主阶级的统治，
他们所鼓吹的"法"体现的是与贵族集团相对立的新崛起的军
功派的意志。这种意志正是由通过自己努力从基层崛起的新生
利益集团的要求所决定的，即打破旧贵族对土地、政权和文化
的垄断，用法律确保新兴利益集团的实际利益，保障他们进入
社会上层，拥有参与政治活动的权利。法家把贵族的"礼"说
成是"私"的体现，而认定他们的"法"则是社会全体成员的
共同利益的正常体现。正是在这样的价值观念作用下，法家高

举"以法治国"的大旗，进行了旷日持久的变法革新实践。在政治、经济、法律、文化、社会习俗等各个领域，涤荡旧时代的营垒，清扫古老的血缘纽带，构筑新的超血缘的以郡县制官僚制度中央集权为特征的大一统的国家政治体系与新的统治秩序。

公元前221年大秦帝国建立。新成立的大秦帝国，按照法家理论的指导，彻底废除分封制，实行郡县制，郡守、县令皆由朝廷任命，中央政府可以随时对他们进行调动和罢黜。在中央政府，秦始皇也把在朝廷任职的官员按专门的官僚制度组织起来，设立"三公九卿"制度，形成一套从中央到地方的适合中央集权要求的行政机构和官吏制度。同时，推行"行同伦""书同文"，推行文化统一政策；统一货币、度量衡；修驰道、通水路、去险阻、设邮传、大移民；推行文化专制政策。秦始皇推行的大一统政策是对春秋战国以来各国政治管理经验的一次全方位的提炼和升华。秦统一中国，不但标志着经过了漫长的酝酿和发展时期的大一统国家制度的正式诞生，更为重要的是奠定了"百代皆行秦政法"的基础，从此，大一统成为中国正统的国家形式和制度体系。大一统制度下的中央政府，通过庞大的官僚体系，对全国履行统一的政治、经济、文化和科技管理功能，从而把传统中国社会结合成一个结构复杂、组织严密的统一整体，在大一统政府的统治下进行着有序的运动。这说明，从春秋到战国，法家的理论与实践阵地在不断扩大，最终成为中华初始帝国的治国理政模式。法家战胜各家，最终进入庙堂，应该说是取得了相当的成功。然而，由于一项制度在开创时必然需要一定的探索过程才能成熟，大秦帝国在完成了历史赋予它的军事、政治统一任务后，仅仅存留了15年便烟消云散了。一个无比强盛的泱泱帝国，何以二世而亡？这成了后世统治者和政治思想家们长期争论、众说纷纭的一个问题。经过探讨，他们一致认为，秦之所以亡国，就在于它贯彻了法家政治，严刑酷罚，不讲恩德，不重教化，使人人自危，朝不保夕，一有风吹草动，反对派就会应者云集，使王朝最终土崩瓦解。实际上，这种简单的说法冤枉了法家。秦帝国的灭亡，其根源在于秦始皇死后接班人上面出现了问题，这恰恰说明秦始皇并没有将法家的统治术娴熟运用到位，而不能将这盆脏水泼洒到法家的身上。从历史的发展来看，秦帝国的天亡，主要不是因为其政治制度、文化、政治理念、治国模式的方向性错误导致，而是最高统治者的个人私欲与行为不检点所引发。因此，汉承秦制是西汉统治者的一种明智的选择。通过继承前朝的一切优秀、合理的东西，汉王朝迅速迎来了它的盛世。

尽管刘邦是推翻了秦始皇的帝国而称帝，尽管从此之后汉代的史书、官牍把秦帝国描绘得一片黑暗，但是，汉帝国君臣却毫不犹豫地承袭了秦帝国的所有国家制度。从总结历史经验教训的角度而言,秦帝国对中国政治的最大影响,莫过于它创立了一套以大一统政治理念为标志的政治模式。这套政治模式包括政治观念、政治制度、法制体系以及与之相配套而成的社会经济体系。大秦帝国建立者的知识水平和理论水平明显高于起事于草莽布衣的汉帝国的创建者们。换句话说,秦始皇草创的政治制度和治国模式具有开辟性的特点及优势,继秦而起的任何新王朝都不可能再在一个短时间内创造出比之更加完备的国家制度。大秦帝国虽然因统治者施政不当而短命天亡,但其创建的国家政体却有着强大的生命力,它不仅不会随着秦帝国的消亡而消亡,而且以新的面孔继续决定与影响着继秦而后的历代新王朝的政治。历史发展的事实无可辩驳地证明:"汉之法制,大抵因秦。"① 根据云梦秦简提供的资料表明,许多原来以为是汉帝国创建的制度及其有关称谓,原来都是由前朝秦帝国那里传承下来的。"汉承秦制",确凿无疑。一是汉帝国全盘接受了秦始皇创造的皇帝尊号及其相应的一整套皇帝制度与帝王观念。二是汉帝国承袭了秦王朝的中央集权制度。三是汉帝国承袭了秦帝国的郡县制度。四是汉帝国继承发展了秦帝国的官吏选任制度。五是汉帝国沿袭了秦帝国的监察制度。六是汉

① 《容斋随笔》卷9。

帝国还承袭了秦的赋税制度。七是汉帝国基本沿袭了秦帝国的礼仪制度。八是汉帝国对秦帝国的法律、德运、历法、风俗等也都加以承继。总的看来，汉帝国对秦帝国的继承是一种全方位的继承，也是一种发展性的继承。这种继承的特点表现在：秦开其端，汉总其成。秦帝国虽然夭亡，但其灵魂犹存，"祖龙虽死秦犹在，百代都行秦政法"。通过大汉帝国之身，大秦帝国以法家为蓝本草创的各种政治制度又变相地得以复活下来。从这个意义上讲，大秦帝国就如一只涅槃的凤凰，其灵魂在经过一场血与火的战争考验后又以汉帝国之肉身得以再生。

实际上，汉承秦制不是汉初统治者一时的心血来潮，它具有系统性与可操作性。大到政治制度、治国模式、疆域区划，小到许多具体的的习俗、礼仪、文字、度量衡等等，汉帝国统治者基本上都采取了全部的拿来主义。这表明，从秦至汉，整个政治制度及其社会文化体系是一种比较完整的继承关系，在一切主要方面都没有发生断裂。继汉之后，魏晋又承继汉制，以后，隋唐宋元明清各代一脉相承，"秦政"历经 2000 年而香火不断。由此，一个问题就必须作答：法家政治真的是随大秦帝国灭亡而退出了中国历史舞台了吗？历史的答案是没有。

据《汉书·元帝纪》记载："孝元皇帝，宣帝太子也。……壮大，柔仁好儒。见宣帝所用多文法吏，以刑名绳下，大臣杨恽、盖宽饶等坐刺讥辞语为罪而诛，尝侍燕从容言：'陛下持刑太深，宜用儒生。'宣帝作色曰：'汉家自有制度，本以霸王道杂之，奈何纯任德教，用周政乎！且俗儒不达时宜，好是古非今，使人眩于名实，不知所守，何足委任！'"这里就直接道出了汉代的治国方略——"霸王道杂之"。范文澜说："武帝表面上尊崇儒家，实际上杀人很多，用的是法家的刑名之学。《公羊传》说：'君亲无将，将而被诛。'意思是说，臣子对君父不能有弑逆的念头，如果有的话，就可以把他杀死。这个论点很合乎武帝随便杀人的意思。"①

事实上，从春秋战国直到汉武帝时代，以儒、法、道思想为主的各家思想经过长时期的"磨合"，最终"形成了礼法并用、德刑兼备、王霸结合的基本构架，这其中王霸结合是整体的概括，礼法并用、德刑兼备是其不同侧面的展开和延伸。它们之间的关系是：王与霸、礼与法、德与刑是双双对应的，相反相成，结构为一体，而王霸是涵盖礼法、德刑的。言王霸可以指礼法，也可以指德刑，当然可以指代自己；言礼法或德刑，在特定情况下，也可指代王霸。这一基本构架在儒法两家思想体系上，王道、礼治、德治和霸道、法治、刑罚又分别是两思想体系主要支柱的借用。而这种'借用'又不是绝对一一对应的，虽不能说王、礼、德就绝对是儒家的，而霸、

---

① 《范文澜历史论文选集》，中国社会科学出版社 1979 年版，第 310 页。

法、刑又确乎可以说完全是法家的。也就是说，儒家在思路上是两点论，法家是一点论。儒家的两点论无法家一点论的配合就落不到实处，是悬空的；法家的一点论任其发展又走向极端，造成很多弊端，它必须回过头去受儒家的制约。这样，一虚一实，一高一下，便可以构成立体网状，相反相成、相互对立、相维相济的结构体"。[1]自汉统治者整合以后，儒法两家互补政治文化模式，就一直成为历代统治者治国理政的主要模式，为造就雄浑、质朴、开放、刚柔相济的中国传统政治文明做出了独特的贡献，奠定了中华民族此后 2000 年历朝历代治国理政模式的基础。从这个意义上讲，法家已经是不朽之身了。

---

[1]　韩星著：《儒法整合——秦汉政治文化论》，中国社会科学出版社 2005 年版，第 244—245 页。

目　录

第一章　法家的渊源

法家最突出的思想特征是"去不直，公正不阿"。在原始意义上，"法"主要指刑罚的意思，古代的"刑"也称为"法"，如，"苗民弗用灵，制以刑，惟作五虐之刑，曰法"。因此，从某种意义上可以说，刑家就是中国的法家。"灋，刑也。平之如水，从水；廌所以触不直者去之，从廌去。""去"在古文中表"去掉""舍弃"的动作，用在"灋"字中，表示在"廌"看来是丑恶的或不公正的东西应该祛除、抛弃、消除。古人造字讲究象形、寓意和义理。制法体现公平，执法护正祛恶，"去"恶"去"邪应是古人赋予"灋"字的基本涵义。

一、从"灋"字说起

"灋",就是今天我们看到的"法"字的最原始写法。

"灋"字最早不见于甲骨文,而是见于商末的金文,西周时最终完善成为"灋",东汉时出现简化字"法"。

在中国古代文字正体规范写作中,"灋",由"氵""廌""去"三个有关联的部分组成,属于汉字造字法则"六书"中典型的"会意"范畴,也可看作是"廌"与"法"合体的"指事"之意。

清段玉裁《说文解字注》:"灋,刑也。刑者,罚罪也。《易》曰:利用刑人,以正法也。引申为凡模范之称。木部曰:模者,法也。竹部曰:范者,法也。土部曰:型者,铸器之法也。平之如水,从水。说从水之意。张释之曰:廷尉,天下之平也。廌所以触不直者去之,从廌去。下廌字今据《韵会》补。此说从廌去之意。法之正人,如廌之去恶也。""去,人相违也。违,离也,人离故从大,大者,人也。"

东汉许慎在《说文解字》中对"灋"的权威解释是:

灋,刑也。平之如水,从水;廌所以触不直者去之,从去。①

看来，许慎对"灋"的解释，从字面上看有三种意思：

第一，"平之如水"。许慎在《说文解字》中说："水，准也。北方之行，像众水并流。中有微阳之气也。凡水之属皆从水。"水在古人的观念中有"自然平和"的平、正之意。从水的形态上看，求平是水的自然天性，只要水在自然界呈静止状态时，它就一定是平的。只有遭遇狂风暴雨、山高地洼时，水才会显露出不平之象，这说明水的流动是在寻找"平"、寻找"正"。

"水"在古人的观念中往往充满着神奇。古人常常以"水"喻人。如据文献记载：

> 孔子观于东流之水。子贡问于孔子曰："君子之所以见大水必观焉者，是何？"孔子曰："夫水大，遍与诸生而无为也，似德；其流也埠下，裾拘必循其理，似义；其洸洸乎不漏尽，似道；若有决行之，其应佚若声响，其赴百仞之谷不惧，似勇；主量必平，似法；盈不求概，似正；淖约微达，似察；以出以入，以就鲜絜，似善化；其万折也必东，似志。

———————

① （汉）许慎撰，（清）段玉裁注：《说文解字注》，上海古籍出版社 1981 年版，第 470 页上右。

是故君子见大水必观焉。"①

孔子观赏东流的河水。子贡问孔子说："君子看见浩大的流水就一定要观赏它，这是为什么？"孔子说："那流水浩大，普遍地施舍给各种生物而无所作为，好像德；它流动起来向着低下的地方，弯弯曲曲一定遵循那向下流动的规律，好像义；它浩浩荡荡没有穷尽，好像道；如果有人掘开堵塞物而使它通行，它随即奔腾向前，好像回声应和原来的声音一样，它奔赴上百丈深的山谷也不怕，好像勇；它注入量器时一定很平，好像法度；它注满量器后不需要用刮板刮平，好像公正；它柔软地所有细微的地方都能到达，好像明察；各种东西在水里出来进去地淘洗，便渐趋鲜美洁净，好像善于教化；它万折万难而一定向东流去，好像坚定的意志。所以君子看见浩大的流水一定要观赏它、学习它。"

总之，"法"是公正的象征，具有高尚的德性。"法"平之如水。"法"原为"灋"，从水，表示法度公平如水。

第二，从"廌"如"直"。"廌"寓意执法公正、严明、准确的中华民族传统文化基因。

"廌"，源自古代"神兽决狱"的传说，亦称"獬豸"或"解

---

① 《荀子·宥坐》。

豸"。自古及今，千百年来存在于官方司法机构的大门、案几、房檐、服饰官帽、陵墓前等地，民间的门板、墓碑雕饰、屋顶装饰上也时有出现。其形象从具象到抽象，有上千种。早在三皇五帝的史前传说中，中国就有了制法、执法、护法的传说。原始的图腾崇拜通过神话传承古代文化的神圣元素。"神兽决狱"是个神话故事，讲的是用一种叫"廌"的独角兽来"决狱"。在断案遇到疑难时，这只神兽有分辨曲直、确认罪犯的毫发无错的神奇本领。对有罪之人，神兽便会上前顶翻他，若某人无罪，神兽则不作任何动作。于是，良善欢呼，恶人惊惧隐匿，虐刑冤狱减少，天下从此太平。

在古代传说中，对"廌"的描述主要有五种形象：

一说是"神羊"。《后汉书·舆服志下》："解豸神羊，能别曲直，楚王尝获之，故以为冠。"《金楼子·兴王》："常年之人得神兽若羊，名曰解豸。"东汉王充说："獬豸者，一角之羊也，性知有罪。皋陶治狱，其罪疑者，令羊触之，有罪则触，无罪则不触。斯盖天生一角圣兽，助狱为验，故皋陶敬羊，起坐事之。"①

一说是"神鹿"。西汉司马相如在其《上林赋》中有"推蜚廉，弄獬豸，格虾蛤"句，初唐经学家颜师古注："獬豸，似鹿而一角。人君刑罚得中则生于朝廷，主触不直者，可得而弄也。"

———————————

① 《论衡·是应》。

一说是神牛。东汉许慎《说文解字》，"廌解廌兽也。似山牛一角。古者决讼，令触不直。象形，从豸省"；"薦，兽之所食草。从廌从草。古者神人以廌遗黄帝。帝曰：何食何处？曰：食荐，夏处水泽，冬处松柏"。

一说是"麒麟"。《说文解字》："麒，仁兽也，麇身，牛尾，一角，从鹿其声。"《隋书·礼仪志》引蔡邕说："解豸，如麟，一角。"① 关于麒麟，"雄曰麒，雌曰麟"，长有独角，"含仁怀义，音中律吕，行步中规，折旋中矩，择土而践，位平然后处"。

一说是"独角熊"。《路史余论》四"獬豸"引《苏氏演义》："（獬豸）毛青，四足，似熊，性忠，见斗则触不直，闻论则咋不正。"《神异经》："东北荒中，有兽如牛，一角，毛青，四足似熊。见人斗则触不直，闻人论则咋不正。"出土玉器有独角熊形象。②

总之，在古人的记载中，"廌"在不同典籍中的形象各有差异，但其不变的共同特点是长有独角，秉性是正直公正。正是缘于"廌"的这种特性，古代御史等执法官吏，都戴有一种叫"獬豸冠"的帽子，现在很多法院、检察院门口立有石雕的獬豸，同样寓意执法要公正、严明、准确③。

---

① 《隋书·礼仪志》。
② 参见武树臣著：《法家法律文化通论》，商务印书馆 2017 年版，第 17 页。
③ 参见冯焱：《"灋"的文化意蕴试探》，《电子科技大学学报（社科版）》第 19 卷第 5 期。

从汉文字产生的过程看，先有"廌"后有"灋"。"廌"在甲骨文中已经出现，象形干远古时期的诉讼场景，通过神兽"廌"参与审判，代表公平正义的神明判决。"灋"字的文化意蕴在中华民族的血液里融汇了忠正为民，执守清廉，忠诚为国，官不私亲，法不遗爱，祛除庸腐，中立公允的基因。"廌"是神兽，有神圣的权威和超人的力量，是中国法律与公正的偶像，是司法界的图腾，是历代执法官的公正之魂。中国进入文明社会以后，刑、律、法一直都是国之重器，西周时期就有"雷电皆至，丰；君子以折狱致刑"①的说法。在古代，"灋"与"刑"是相联系的，表"罚"意，许慎"灋，刑也"的"刑"，应理解为规则、法条或准则，强调公平，而不是刑罚、用刑。

第三，"去"者，祛除。法家最突出的思想特征是"去不直，公正不阿"。

在原始的意义上，"法"主要指刑罚的意思，古代的"刑"也称为"法"，如"苗民弗用灵，制以刑，惟作五虐之刑，曰法"②。因此从某种意义上可以说，刑家就是中国的法家。"去"在古文中表"去掉""舍弃"的动作，用在"灋"字中，表示在"廌"看来是丑恶的或不公正的东西应该祛除、抛弃、消除。古人造字讲究

---

① 《周易·丰卦·象辞》。
② 《尚书·周书·吕刑》。

象形、寓意和义理。制法体现公平，执法护正祛恶，"去"恶"去"邪应是古人赋予"灋"字的基本涵义吧。

除了上面的说法外，在历史的维度上，"法"不仅具有"刑"的意思，而且还有由"法"而"刑"的预设说法。"法"不仅具有标准的意义，而且具有刑罚的含义。"法"是"刑"的标准和依归，"刑"是"法"的鲜活具象和表征。"法"中有"刑"，"刑"中有"法"，不可须臾分离。事实上，在"法"与"刑"的关系里，法家更为重视"刑"，诸如，"法者，宪令著于官府，刑罚必于民心，赏存乎慎法，而罚加乎奸令者也"①"矫上之失，诘下之邪，治乱决缪，绌羡齐非，一民之轨，莫如法。属官威民，退淫殆，止诈伪，莫如刑"②。这里，虽然刑、法相对讨论，但并不代表刑、法在法家那里是两个互不相干的概念，显然只是各自具有的功能相异罢了：法具有矫正、穷治的功能，刑则具有退、止的功能；前者重在教育的方面，后者则侧重在惩罚的方面。不过，在法家学派看来，两者相交，刑具有更为重要的地位和作用罢了。③

① 《韩非子·定法》。
② 《韩非子·有度》。
③ 参见许建良著：《先秦法家的道德世界》，人民出版社2012年版，第18页。

二、五帝时代的法刑溯源

法家产生与完善于春秋战国时期，这是毋庸置疑的。但关于法家的缘起问题，自古以来就有不同的看法。

东汉史学家班固最早提出：法家出于理官。

《汉书·艺文志》曰：

> 法家者流，盖出于理官，信赏必罚，以辅礼制。

《易》曰：

> 先王以明罚饬法，此其所长也。及刻者为之，则无教化，去仁爱，专任刑法而欲以致治，至于残害至亲，伤恩薄厚。

"理官"，当然是最早产生于远古政治的部落联盟制度。

据传说，"五刑"是由蚩尤部落发明的。《尚书·吕刑》是周穆王时的作品。周穆王命吕侯（即甫侯）修订法律，并追述黄帝时代蚩尤创制法律的情景："王曰：若古有训，蚩尤惟始作乱，延及于平民。罔不寇贼、鸱义、奸宄、夺攘、矫虔。苗民弗用，令制以刑，惟作五虐之刑曰法。杀戮无辜，爰始淫为劓、刵、椓、黥。"大意是说，古代曾经发生过这样的故事：蚩尤开始统一九黎部落，其势力扩大到周围的异姓氏族。他把所有违法犯罪行为概括为五种类型——强盗、贪冒、奸邪、抢夺、欺骗，并让嫡系苗民推行新法，但没有奏效，于是让苗民用刑罚推行之。于是就制定了五种无情的刑罚制度并把它称作"法"。为什么要制定五种刑罚呢？因为原来只有杀头之刑，恐怕会伤害无罪的人，于是又扩充了四种刑罚手段：割鼻、割耳、破坏生殖器、在脸上刺字。但是，由于苗民在推行新法时"越兹丽刑并制，罔差有辞"[①]，即数罚并用，不听申述，伤害了无罪的人，于是上帝就惩罚了苗民。

　　黄帝打败蚩尤之后建立了更大规模的部落联盟。《逸周书·尝麦》说："（黄帝）执蚩尤，杀之于中冀，以甲兵释怒。用大正顺天思序，纪于大帝，用名之曰绝辔之野。乃命少昊清司马鸟师，以正五帝之官，故名曰质。天用大成，至于今不乱。"据传，黄帝曾作兵法名为《李法》。《汉书·胡建传》："《黄帝李法》曰：'壁垒已定，穿窬不繇路，是谓奸人，奸人者杀。'"颜师古注："李者，法官之号也。总主征伐刑戮之事也，故称其书曰《李法》。"《管子·五行》说"黄帝得六相而天地治"。这"六相"分管兵、廪、士师、司徒、司马、李诸职，而蚩尤部的酋长虽被黄帝杀死，其部民却被吸收进来。蚩尤部仍主兵，他们创造的五种刑罚也被继承下来了。[②]

---

① 《尚书·吕刑》。

② 参见武树臣著：《法家法律文化通论》，商务印书馆 2017 年版，第 202—204 页。

《夏书》曰：昏、墨、贼、杀，皋陶之刑也。[①]

据司马迁在《史记》中的记载，五帝时代，舜代尧主政天下后，重用禹、皋陶、契、后稷、伯夷、夔、龙、倕、益、彭祖等人，给予他们明确的职务分工，从而达到天下大治。

> 尧老，使舜摄行天子政，巡狩。舜得举用事二十年，而尧使摄政。摄政八年而尧崩。三年丧毕，让丹朱，天下归舜。而禹、皋陶、契、后稷、伯夷、夔、龙、倕、益、彭祖自尧时而皆举用，未有分职。于是舜乃至于文祖，谋于四岳，辟四门，明通四方耳目，命十二牧论帝德，行厚德，远佞人，则蛮夷率服。舜谓四岳曰："有能奋庸美尧之事者，使居官相事？"皆曰："伯禹为司空，可美帝功。"舜曰："嗟，然！禹，汝平水土，维是勉哉。"禹拜稽首，让于稷、契与皋陶。舜曰："然，往矣。"舜曰："弃，黎民始饥，汝后稷，播时百谷。"舜曰："契，百姓不亲，五品不驯，汝为司徒，而敬敷五教，在宽。"舜曰："皋陶，蛮夷猾夏，寇贼奸轨，汝作士，五刑有服，五服三就；五流有度，五度三居：维明能信。"舜曰："谁能驯予工？"皆曰垂可。于是以垂为共工。舜曰："谁能驯予上下草木鸟兽？"皆曰益可。于是以益为朕虞。益拜

稽首，让于诸臣朱虎、熊罴。舜曰："往矣，汝谐。"遂以朱虎、熊罴为佐。舜曰："嗟！四岳，有能典朕三礼？"皆曰伯夷可。舜曰："嗟！伯夷，以汝为秩宗，夙夜维敬，直哉维静絜。"伯夷让夔、龙。舜曰："然。以夔为典乐，教稚子，直而温，宽而栗，刚而毋虐，简而毋傲；诗言意，歌长言，声依永，律和声，八音能谐，毋相夺伦，神人以和。"夔曰："於！予击石拊石，百兽率舞。"舜曰："龙，朕畏忌谗说殄伪，振惊朕众，命汝为纳言，夙夜出入朕命，惟信。"舜曰："嗟！女二十有二人，敬哉，惟时相天事。"三岁一考功，三考绌陟，远近众功咸兴。分北三苗。

此二十二人咸成厥功：皋陶为大理，平，民各伏得其实；伯夷主礼，上下咸让；垂主工师，百工致功；益主虞，山泽辟；弃主稷，百谷时茂；契主司徒，百姓亲和；龙主宾客，远人至；十二牧行而九州莫敢辟违；唯禹之功为大，披九山，通九泽，决九河，定九州，各以其职来贡，不失厥宜。方五千里，至于荒服。南抚交阯、北发，西戎、析枝、渠廋、氐、羌，北山戎、发、息慎，东长、鸟夷，四海之内咸戴帝舜之功。于是禹乃兴《九招》之乐，致异物，凤凰来翔。天下明德皆自虞帝始。①

---

① 《史记·五帝本纪》。

　　上面所述舜帝用人治理天下的事迹经过司马迁的渲染广为人知，自不待言。不过，涉及远古司法的只有舜帝所说"皋陶，蛮夷猾夏，寇贼奸轨，汝作士，五刑有服，五服三就；五流有度，五度三居；维明能信"以及"皋陶为大理，平，民各伏得其实"两段话。舜帝对皋陶说："皋陶，蛮夷侵扰中国，盗贼犯法横行，你去充当法官，五刑要使用得当，对于犯罪的人要在规定的场所用刑；五刑如改为流放则其远近应有规定的里程；五种不同程度的流放，应安置在三种不同的场所。总之只有执法严明，才能取得人们的信任。"经过皋陶对司法的开创与治理，司法公平，被定罪的人都很服气。

　　那么，这个皋陶到底是何方神圣呢？

　　原来，被奉为中国司法鼻祖的人物皋陶是中国上古传说中的人物，出生于尧帝时代，是舜、禹、夏初的一位贤臣，以正直闻名于天下，与尧、舜、禹同称"上古四圣"。据考证，皋陶是山东曲阜人，逝于皋城（今安徽六安，曾为六安国都），被尊为六安国始祖。传说中，皋陶制作了中国历史上第一部《狱典》，《竹书纪年》记载"皋陶造狱而法律存"。皋陶在制典、执法、德政、作耜等方面都有贡献，强调德法结合、重民爱民、公正司法、天人合一。"獬豸决狱"的故事实际上是神化了皋陶铁面无私的司法形象，汉代的衙门里就供奉皋陶为"狱神"，装饰獬豸图。皋陶的贡献在于：兴"五教"，即"父义、母慈、兄友、弟恭、子孝";定"五礼",即"吉、凶、宾、军、嘉";创"五刑",即"甲兵、斧钺、刀锯、钻笮、鞭扑",创系统刑法之始;立"九德",即宽而栗、柔而立、愿而恭、乱而敬、扰而毅、直而温、简而廉、刚而塞、强而义,包含了一个管理者修养、气质、品德、能力等方面,作为我国最早的修身和选人用人标准,至今仍有参考价值;亲"九族","九族"在古时包括"父族四,母族三,妻族二",皋陶时代的核心亲属,是部落或部落联盟最核心的力量,亲"九族"则是当时维系部落联盟统一的政治策略。夏代的"禹刑",商代的"汤刑"和西周的"吕刑"亦称"九刑",其制法理念都源于皋陶。如果按皋陶逝于公元前 2170 年左右推算,其"明于五刑"的思想比古巴比伦的《汉谟拉比法典》要早三四百年,他被尊为中国"司法始祖"当之无愧,是中国历史上第一位首席大法官。[①]

《尚书·舜典》中说:

> 象以典刑,流宥五刑,鞭作官刑,扑作教刑,金作赎刑,眚灾肆赦,怙终贼刑。

这则史料可以说明舜帝用皋陶作五刑,具体办法是:用流放

---

① 参见冯焱:《"灋"的文化意蕴试探》,《电子科技大学学报(社科版)》第19卷第5期。

的办法宽恕犯了五刑的罪人，用鞭打作为官府的刑罚，用木棍打作为学校的刑罚，用金作为赎罪的刑罚。如果是过失犯罪，就赦免他；如果坚持作恶又不知悔改，那就要施加刑罚。

又据《尚书·大禹谟》记载：

> 帝曰："皋陶，惟兹臣庶，罔或干予正。汝作士，明于五刑，以弼五教。期于予治，刑期于无刑，民协于中，时乃功，懋哉。"
>
> 皋陶曰："帝德罔愆，临下以简，御众以宽；罚弗及嗣，赏延于世；宥过无大，刑故无小；罪疑惟轻，功疑惟重；与其杀不辜，宁失不经；好生之德，洽于民心！兹不犯于有司。"
>
> 帝曰："俾予从欲以治，四方风动，惟乃之休。"

舜帝说："皋陶，这些群臣众庶，没有人敢冒犯我的德政。你担任我的士官，明确五种刑罚，用来辅助五品教化。你帮助我治理政事。使用刑罚，正是期望以后不再使用刑罚，人们服从正道，这都是你的功劳，应当受到鼓励啊！"

皋陶说："舜帝您品德高尚，没有过失，对待臣下简易不烦，统治百姓宽厚不苛。惩罚不株连子孙，赏赐却延续到后代。误犯的过失，不论多大都能宽恕；故犯的过失，不论多小都要判刑。判罪时还有可重可轻的疑问，就从轻量刑；赏功时还有可轻可重的疑问，就从重赏赐。与其杀害没有罪行的人，宁可失去不守正法的人。爱惜生灵的美德，沾润人民的心中，因此，人们不去冒犯他们的上司。"

舜帝说："你使我能够如愿地治理国家，四方响应，这是你的美德。"

在《史记》中，司马迁曾经这样详细地记述了皋陶是如何用法辅佐舜、禹治理国家的：

皋陶作士以理民。

帝舜朝，禹、伯夷、皋陶相与语帝前。

皋陶述其谋曰："信其道德，谋明辅和。"曰："然，如何？"皋陶曰："於！慎其身修，思长，敦序九族，众明高翼，近可远在已。"禹拜美言，曰："然。"皋陶曰："於！在知人，在安民。"禹曰："吁！皆若是，惟帝其难之。知人则智，能官人；能安民则惠，黎民怀之。能知能惠，何忧乎骧兜，何迁乎有苗，何畏乎巧言善色佞人？"皋陶曰："然，於！亦行有九德，亦言其有德。"乃言曰："始事事，宽而栗，柔而立，愿而共，治而敬，扰而毅，直而温，简而廉，刚而实，强而义，章其有常，吉哉。日宣三德，蚤夜翊明有家。日严振敬六德，亮采有国。翕受普施，九德咸事，俊乂在官，百吏肃谨。毋教邪淫奇谋。非其人居其官，是谓乱天事。天讨有罪，五刑五用哉。吾言厎可行乎？"曰："女言致可绩行。"皋陶曰："余未有知，思赞道哉。"①

帝舜上朝，禹、伯夷、皋陶一起在舜的面前展开讨论。

皋陶阐述他的谋略说："诚实地施行德政，这样就能使决策英明，群臣之间同心协力。"

禹说："说得对，怎样去做呢？"

皋陶说："谨慎地修身，长远地考虑。以宽厚的态度对待同族人，使众贤人做你的辅佐大臣，德政逐步由近及远。"

禹听了这番精辟的言论，拜谢说："对呀。"

皋陶说："除此之外还要理解臣下，安定民心。"

禹说："都像这样去做，恐怕连帝尧也会感到困难的。理解臣下就会明智，才能善用人才。能安定民心就会对人有恩惠，就会受到百姓的爱戴。能够做到明智和受人爱戴，怎么会担心驩兜，怎么会流放三苗，怎么会害怕花言巧语、谄佞不正的坏人呢？"

皋陶说："说得对！行事需要有九种德行，要说某人有德行，就需要一件一件列出。"于是就列举道："说人有德，要从他的行为来看。宽仁而又严肃，柔和而又坚定自立，厚道而又恭敬，具有才干而又严肃慎重，和顺而又刚毅，正直而又温和，直率而又

---

① 《史记·夏本纪》。

有操守，刚正而又充实，坚强而又合乎道义，显现他的九种德行，那就非常完美了。每天能表现九种德行的三种，早晚都恭敬地遵循道德规范，卿大夫就可以保有自己的封地。每天能庄重严肃地表现九种德行的六种，辅助天子处理政事，诸侯就可以保有他的国家。如果能将三德和六德结合起来普遍施行，使具有九德的人都可以担任官职，贤俊之才都能任职，所有官吏都恭敬谨饬。不让邪淫和搞阴谋的人得逞。如果让不称职的人占据官位，这就叫扰乱天下大事。上天要惩罚有罪的人，那就按五刑去分别实施惩罚。我的话可以得到施行吗？"

禹说："你的话可以得到施行，并会获得功绩。"

皋陶说："我并没有智慧，只是思考着如何有助于治国之道啊。"

《史记》中还记载：

> 皋陶于是敬禹之德，令民皆则禹。不如言，刑从之。[1]

对于大禹，皋陶十分敬重，命令民众都效法大禹的功德。不照命令行事，就用刑惩罚。

从《尚书》及《史记》的这几段记载的内容来看，皋陶司法，既有法理，又有立法，又有执法，由于公正严明，天下无冤，才

---

[1] 《史记·夏本纪》。

使得舜帝顺利地实现了对国家的治理。

总之，回首传说时代圣贤人物对后世法家的影响，主要集中在：蚩尤发明了"灋"，用五种刑罚分别与五种犯罪相对应，取代了以往唯一的死刑，实现了法由野蛮向文明的第一次跨越，蚩尤虽然战败了，但是他创造的"灋"却成为部落联盟的共同政治财产；尧舜的"同律度量衡"不仅为部落联盟的巩固和发展奠定了文化基础，同时为后世统一王朝提供了一个可资借鉴的样板；中国的司法鼻祖皋陶，他的正直和智慧，完全凝结在"灋"的"廌"上面，皋陶之所以能够获得民众世世代代的景仰，是因为他和法的正义性永远联系在了一起。西周言"礼"，春秋言"刑"，战国始言"法"，难道不是有迹可循吗？

三、"刑名从商"及王官之学

《荀子·正名》说：

> 刑名从商，爵名从周。

法家既然是"出于理官"，而夏商的国家政权早已经比五帝时代成熟得多，如此说来，法家文化与夏商时期的法律司法建设自然存在着一定的关系。据后来学者的印证，《尚书》中《洪范》《吕刑》皆为殷商文化之作品。方孝岳《尚书今语》以《洪范》

为殷代巫祝之书，箕子为殷之太史，故掌之，以言武王。此见解得到顾颉刚的赞同。傅斯年以《吕刑》为吕望或诸姜后裔称吕王者之作品。"吕的主流后来东迁为齐，《吕刑》的突出特点是浓厚的刑罚色彩，吕文化为齐文化吸收，故齐国为最先产生法家的地区。"[①]

虽然从历史上看，法家思想与理官传统存在着渊源关系。但法家人物却并非全是来自理官。远古时代，学在巫史。三代之时，学在王官。"三代之时，以尊祖敬宗为重典，故以先例为最重，载之文字谓之法，藏之故府谓之书，是即一代之政典，亦即一代之史册也。故当此之专，有官史而无私史。"[②]春秋战国时期，学在民间。巫史、王官、诸子所延续整理的知识是未曾中断的，这肯定对法家思想的形成具有一定的影响。

四、西周王朝的敬德保民慎罚

西周初年，周公定法，制礼作乐，将敬德保民慎罚与巩固政治秩序有机地统一起来。周初统治者的治理理念，奠定了我国早

---

① 武树臣著：《法家法律文化通论》，商务印书馆 2017 年版，第 71 页。

② 刘师培著：《古学出于官守论》，《刘师培儒学论集》，四川大学出版社 2010 年版，第 167 页。

期以刑德为核心的法观念的基础。

西周时期的"礼乐刑政"本质上是一种社会秩序、一种行为规范，这对法家的产生积淀了重要的政治文化的基础。

德刑在殷代已经作为一个政治概念被提了出来，《尚书·盘庚》篇即把德刑视为关系到国家政治成败的关键之一。到了周代，统治者更加重视刑德这一治理模式，诸如下面几段资料：

> 我不可不监于有夏，亦不可不监于有殷。我不敢知曰，有夏服天命，惟有历年；我不敢知曰，不其延。惟不敬厥德，乃早坠厥命。我不敢知曰，有殷受天命，惟有历年；我不敢知曰，不其延。惟不敬厥德，乃早坠厥命。①
>
> 皇天无亲，惟德是辅。民心无常，惟惠之怀。为善不同，同归于治；为恶不同，同归于乱。②
>
> 王曰，呜呼！父师，邦之安危，惟兹殷士。不刚不柔，厥德允修。惟周公克慎厥始，惟君陈克和厥中，惟公克成厥终。三后协心，同底于道，道洽政治，泽润生民，四夷左衽，罔不咸赖，予小子永膺多福。公其惟时成周，建无穷之基，亦有无穷之闻。③

---

① 《尚书·周书·召诰》。
② 《尚书·周书·蔡仲之命》。
③ 《尚书·周书·毕命》。

周代统治者重视德政，这可从"惟不敬厥德""惟德是辅""厥德允修"等心语体现出来，但是，这仅仅是一个方面，在动态的过程里，他们还有重视刑罚的一面，例如：

> 惟乃丕显考文王，克明德慎罚，不敢侮鳏寡，庸庸，祗祗，威威，显民。①
>
> 罔不明德慎罚，亦克用劝。要囚，殄戮多罪，亦克用劝。开释无辜，亦克用劝。②
>
> 夫诸侯之会，其德刑礼义，无国不记。③
>
> 德刑政事，典礼不易，不可敌也。④
>
> 德立刑行，政成事时，典从礼顺，若之何敌之？⑤

周公的贡献是进一步提高了德在国家政治生活中的地位，确立了以德治国的政治新模式。周公用"德"说明了"天"的意向，天惟德是选；用德的兴废作为夏、商、周三代更替的历史原因，有德者得天下，无德者失天下，有德而民和，无德而民叛。

周公所说的"德"，内容极广，归纳起来主要有十项：

---

① 《尚书·周书·康诰》。
② 《尚书·周书·多方》。
③ 《春秋左传·僖公七年》。
④ 《春秋左传·宣公十二年》。
⑤ 《春秋左传·宣公十二年》。

（1）敬天；（2）敬祖；（3）尊王命；（4）诚心接受先哲之遗教；（5）怜小民；（6）慎行政，尽心治民；（7）无逸；（8）行教化；（9）"做新民"；（10）慎刑罚。周公将"德"作为一个综合政治治理的政治理念，充分融信仰、道德、行政、政策为一体，这是对中国政治治理史的一项重要贡献。

"保民"是周公提出的又一个新的政治概念。

《尚书·康诰》中反复讲"用康乂民""用康保民""惟民其康"，还有"裕民""民宁"等。"乂民"即治民。"保民"与"乂民"相近，但又不同。《说文》：保，养也。"畜"，亦作养。《尚书·盘庚》中有"畜民""畜众""重我民"之说。"保民"当是这种思想的发展。"保民"又延伸出"养民"等不同说法。"保民"的基本点是强调治民的态度。周公认为，以德治国，就是要体察民情，关心民生之疾苦，"知小民之依"①。统治者应把民众的痛苦视为在己身一样加以重视。周公认为，不关心民众的疾苦就会引发民叛，只有像对待自己的痛苦一样去对待民的痛苦，才能使执政者的统治地位安如磐石。为了达到保民的目的，周公告诫群臣子弟，不要贪图安乐，恣意妄为，要谨慎从治《尚书·无逸》说："治民祇惧，不敢荒宁。"要做到"怀保小民，惠鲜鳏寡"。

鉴于殷代滥刑乱罚招致民怨民叛的经验教训，周公对刑罚的

---

① 《尚书·无逸》。

原则也作了新的阐发，提出以善用法，以德施刑，并将"慎罚"与德并列。德为根本，罚是补充。在用刑问题上，周公强调了如下几点：

第一，要依据成法成典用刑。《尚书·康诰》说："敬哉！无作怨，勿用非谋非彝。"周公强调按"常典""正刑"用刑，以纠殷纣王滥刑之偏，这对稳定民心有重要作用。

第二，用刑要注意犯罪者的态度。《尚书·康诰》说："人有小罪，非眚，乃惟终，自作不典，式尔，有厥罪小，乃不可不杀。乃有大罪，非终，乃惟眚灾，式尔，既道极厥辜，时乃不可杀。"意思是，一个人犯了小罪，但他不知反省，还坚持不改，继续顽固下去。这样，即使罪不大，也必须把他杀掉。相反，一个人犯了大罪，知道悔罪，而且又不是故意犯罪的，便可以宽恕不死。

第三，用刑原则在于使民众心悦诚服。《尚书·康诰》说："乃大明服，惟民其敕懋和。"用刑使民心服，民就会安于本分，勤劳从事，不犯法。

第四，谨慎刑决。判决时切忌匆忙，要多考察一些时候。《尚书·康诰》说："要囚，服念五六日，至于旬、时，丕蔽要囚。"意思是判决罪犯时，谨慎思考五六天乃至10天、3个月，以免出现差错。

第五，对于不从王命，寇攘奸宄，杀人越货，不孝、不友，违法之官吏等等均应严加处刑，以刑去刑。[①]

周公的敬天、明德、保民、慎罚等行政治理思想显然是为优化现存秩序，维护周王朝统治利益而设置，其基本政治取向是维护周天子及各级诸侯官吏的政治权威。但周公能够高瞻远瞩，大胆创新，在建立周王朝的官方意识形态与一系列配套的政治制度时，用高度的政治智慧将各种政治规范归纳为德，统一于道，通过道德的哲理化，王的君权神授化和先王之道的系统化、完善化，形成了一整套理想的政治准则，这是创先人所未创，大大有益于中国政治及文化的发展。从周公开始，有关民本、化道为德以及重视刑法的政治思维模式始终占据了历代统治思想的主流位置。从这一意义上说，周公的开创之举功不可没。

五、夏刑对吕刑之影响

唐虞之世，从舜"象以刑典"开始，中国开启古代刑罚的滥觞。

《盐铁论·大论》云：

> 虞、夏以文，殷、周以武，异时各有所施。

[①] 参见刘泽华、葛荃主编：《中国古代政治思想史》，南开大学出版社 2001 年版，第 7、8 页。

《左传·昭公六年》云：

> 夏有乱政，而作禹刑。

禹刑盖夏代法制之总称。

《左传·昭公十四年》云：

> 《夏书》曰："昏、墨、贼、杀"。皋陶之刑也。

据此可以窥见夏代法制与传说时代之间的继承关系。

作为中国历史上第一个王朝，夏有刑罚当是可信的，但是否有刑典，却未可考。

对于夏刑出现的原因，《汉书·刑法志》说："禹承尧舜之后，自以德衰，而作肉刑。"这就是说，禹自认为其世"德衰"，故而作了肉刑来治理国家。世道德衰而刑罚兴这一事实说明，夏不再是一个松散的部落混居体，而是一个政治张力逐步形成中的新生王朝。

夏刑是如何一种状况呢？

《尚书·吕刑》说：

> 墨罚之属千，劓罚之属千，剕罚之属五百，宫罚之属三百，大辟之罚，其属二百。

《尚书大传》说：

夏刑三千。

夏代的生活是否复杂到可以存在"二百"或"各千"刑罚的程度，这是有疑问的。刑法的数量，来源于相应的社会生活。夏世离蒙昧不远，原始文化因素、社会观念还很浓厚，社会生活也肯定相对简单，刑律自然复杂不了。孔子之世，夏礼已经无可征，后人又怎能说得明白？

按理说，世袭君主制是需要刑典来维持其利益的。此时的夏，应当是处于一种原始道德法则与新生王朝草创刑典之间，夏王朝有一定力量来惩治与其利益相左的力量，也有在处置部落事务中采取更暴力手段的能力和社会氛围。刑典的草创与出现，也是有可能的。但是，事实上由"罚"到"法"这个过程，会是相当漫长的。

后世认为，夏刑宽宥。"故《夏书》曰：'与其杀不辜，宁失不经。'惧失善也。"①《尚书·大禹谟》说："皋陶曰：帝德罔愆，临下以简，御众以宽，罚弗及嗣。""宁失不经"而"勿杀无辜"，这与现代法制观念中的"疑罪从无"原则极为相似。可见中国古代并不乏富有近代意义的法律观念。"惧失善也"，是担心滥及好人，伤害了"善"。这与现代法律观念对人的权益的保护也是如出

---

① 《左传·襄公二十六年》。

一辙的。史书上所说的皋陶之政，亦称"临下以简，御众以宽"，说的也是宽简之政，并视之为德，且"罚弗及嗣"，这与秦代"收孥""连坐""十族"之政相比，可谓是天壤之别。

《世本·作篇》说：

> 夏作赎刑。

《尚书·大禹谟》说：

> 宥过无大，刑故无小；罪疑惟轻，功疑惟重。

《尚书·吕刑》说：

> 墨辟疑赦，其罚百锾，阅实其罪；劓辟疑赦，其罪惟倍，阅实其罪；剕辟疑赦，其罚倍差，阅实其罪；宫辟疑赦，其罚六百锾，阅实其罪；大辟疑赦，其罚千锾，阅实其罪。

如果是过失，不管多大均可宽宥；如果是故犯，不管多小均要严惩。如果罪行有疑点而未能确定，那么暂且从轻处罚；如果不能断定其功劳有多大，那么奖赏宜从重。

《尚书·吕刑》因周穆王训夏赎刑而作。

《左传·昭公六年》云：

> 周有乱政，而作九刑。

《左传·文公十八年》载太史克的话：

> 先君周公制周礼，曰：则以观德，德以处事，事以度功，功以食民。作誓命曰：毁则为贼，掩贼为藏，窃贿为盗，盗器为奸。主藏之名，赖奸之用，为大凶德，有常无赦。在九刑不忘。

《逸周书·尝麦》云：

> 四年孟夏，王命大正正刑书，太史策刑书九篇以升，授大正。

九刑，或为刑书九篇，或为九种刑罚：墨、劓、刖、宫、大辟、流、赎、鞭、扑。应是周代法制之统称。

这里有一个问题，为什么周穆王训夏刑而不训商刑？

答案很可能是因为夏刑与商刑的设立目的不同。

《左传·昭公六年》云：

> 商有乱政，而作汤刑。

汤刑盖商代法制之统称。

《墨子·非乐》载：

> 汤之官刑有之，曰："其恒舞于宫，是谓巫风，其刑，君

子出丝二卫。"

《吕氏春秋·孝行览》引《商书》：

> 刑三百，罪莫重于不孝。

夏刑之设，其目的是为了防止犯罪与扩大刑罚；而商刑之设，则是统治者滥刑高压的结果。

与夏刑不同，商刑残酷而血腥。

《尚书·吕刑》载墨、劓、刖、宫、大辟为"五刑"。这些刑罚是否为夏刑，目前无法确证，但是殷墟卜辞非常明确地记载着各种各样的刑罚方法，匪止"五刑"，堪称五花八门，仅砍头一刑就有多种。虽然其刑名目繁多，但从目前能看到的卜辞中，均为个案，似乎没有形成一个法典系统。刑而无法。卜辞记载的也多是行刑的吉凶问题，不讲行刑的缘由。《尚书》等典籍肯定都是西周以后的文献，周人亦当不得见殷墟卜辞，因此，商刑和夏刑一样，均是传说。周穆王训夏刑而不训商刑，显然含有一种刑德上的选择问题。按照一般常理而言，作为直接的前代王朝，商给周的记忆当应更为丰富，更为真切，但这似乎不能影响其刑之或严或宽产生根本性影响。这应是周初统治者直接"周武革命"而来，总结前朝灭亡的教训，在文化上作更远的追溯，以夏刑为训也就不难理解。

由此可见，周王不训商刑而上溯夏刑，一来是很有可能因为有周公之训；二来是要谣法夏刑之德，回避商代酷刑亡国的教训。

实际上，夏法的成熟程度不太可能像文献中记述的那样，但是虞夏之世，刑罚比较宽宥也是可信的。因为当时，原始部落文化中血亲之间的温和习惯还会有一定维持。这既符合文献中的历史真实，也符合人类学的真实。

夏刑的宽宥，并未给商刑以正面的影响。刑罚上的差异，在一定程度上证明，夏、商文化的差异是不可忽视的。[①]

总之，三代之刑法是春秋战国法家文化的滥觞。正如《左传·昭公六年》中言："夏有乱政，而作禹刑。""商有乱政，而作汤刑。""周有乱政，而作九刑。"夏商周三代对法律制度的草创，为后世法家思想的产生奠定了基础。

---

① 参见关万维著：《先秦儒法关系研究——殷周思想的对立性继承及流变》，上海人民出版社 2015 年版，第 218、220、222、224 页。

第二章　法家之催生

春秋战国时期，战争频繁发生，天下大乱，礼崩乐坏，天下由一统走向分裂，由和平走向战乱与兼并，作为维护周王朝国家大一统秩序的宗法分封制遭到严重破坏。随着新兴地主阶级登上历史舞台，他们在政治上要求权力，在经济上要求重新分配利益，积极推行政治法律制度的改革，向贵族夺权。在这以力较量的时代，客观形势呼唤实践力极强的法家出来重整天下一统，用法治代替礼治，用军功代替世袭特权，用耕战、集权模式重新实现天下大一统的局面。

春秋战国时期，天下大乱，礼崩乐坏，战争频繁发生，民不聊生，各种救世主张遂应运而生，法家即是这种众多企图"拯救斯民于水火""挽救大厦之将倾"的众多救世政治家、思想家之重要代表派别之一。

一、礼治遭到冲击

西周建立后，开始时是沿用殷商的一套政治制度。很快，因为纣王之子武庚的叛乱，这种情况开始发生了变化。周公平叛后，为了维护统治，重新制定了一系列的分封制度、宗法制度、礼乐制度。周代的礼是以政治制度为核心的一系列政治社会制度；乐，与这些制度密切相关。礼乐制度，是周王朝统治秩序的基本特征。

周代以礼乐制度为特征的政治制度包括的范围主要有：君位的嫡长子继承制、爵与谥的贵族分封制度、官僚制度、法律制度，以及音乐舞蹈的配套规则等等。西周统治者政治上以"亲亲""尊尊"为基本原则，实行分封制，分封了许多同姓和异姓诸侯，以血缘关系建立起了宗法等级社会；经济上实行井田制，受封的诸侯只是拥有土地的使用权，没有所有权，正所谓"溥天之下，莫非王土；率土之滨，莫非王臣"；在思想文化上，周朝统治者提出"以德配天"，君权神授。经过一系列政治制度上的建设，最终确立了周天子统治天下的合法与权威的地位。

历史进入东周时期，周王室权力与权威开始衰落，使得盛行于西周的宗法分封制也开始发生动摇和破坏。其主要表现在如下两个方面：

第一，以往由周天子分封建国的宗法封建制度被破坏。春秋时代的大国诸侯，对周天子的政治经济的独立性都大为增强，他们不仅不听命于周天子，而且可以公开与周天子交战。春秋时期，一些大国诸侯甚至自己分封了一些在政治、经济和军事上都脱离本国而独立的国家，这些新封国家甚至威胁到公室的安全。

大国诸侯擅自分封新国，这是对西周"诸侯不得专封诸侯"制度的破坏。晋封曲沃就是一例。

曲沃对晋来讲虽是小宗，但从它开始被分封直到它代晋之前，事实上完全是个独立国家，而不是一般从属于诸侯的大夫的"家"。所以，后来它的势力才能迅速超过晋公室，最后取而代之，并迫使周王承认它为诸侯。事实上，正是曲沃代晋以及以后晋国公族被消灭，使得晋国的宗法分封制解体较早。另外，分封异姓也是不符合西周宗法分封原则的，然而这种情况在春秋也发生了。晋国把耿、魏两地分封给非公族的大夫赵夙和毕万。晋国在分封异姓以后，宗法制度进一步削弱，并从春秋前期开始就逐渐设立了新型的县、郡制度。

第二，春秋晚期，宗法分封制已处瓦解之势。这种瓦解大致呈现出如下三种情况：

第一种情况，李代桃僵。一些受诸侯分封而形成的国家，由于经济、政治实力的逐渐强大，最后篡夺了诸侯国的君位或分割了公室，这是宗法分封制度崩溃的一种。如齐国异姓田氏以大夫之位受封得势以后，在公元前494年田桓杀了齐君，至战国前期田氏就代替了齐国。类似的情况在晋国则最终导致了韩赵魏"三家分晋"。

第二种情况，陪臣执国命。这种情况发生在宗法势力较顽固的鲁、宋等中原国家。主要表现为某些大贵族在当宗法势力动摇的时候，企图在不动摇宗法贵族根本统治地位的前提下，实行改革。但是这种改革是无法挽救宗法制瓦解的。孔子企图帮助鲁君或依靠季孙氏改革的失败就属于这类情况。

第三种情况，霸主与附属国的出现。一些在西周与他国同样受封的诸侯国家，在春秋时期随着实力的逐渐削弱，而不得不依附于称霸的大国，成为附庸国。例如郑国，在春秋初还是王之卿士，郑庄公几乎称霸中原，但春秋中叶以后，晋楚争霸中原时，郑在大部分时间内变成了晋的附属国。西周初年最重要封国之一的鲁国，此时也变成了晋国的附属国①。

———————————

① 参见晁福林主编：《中国古代史》（上册），北京师范大学出版社1994年版，第165、166页。

周平王时，因郑国的无理要求，只好把太子孤送到郑国去居住，郑庄公也把公子忽送到周朝做人质，郑国和周朝于是产生了隔阂。周平王驾崩后，太子孤自郑国回到京城继承王位，但太子孤由于悲伤过度，没有等到执政就死了。于是太子孤的儿子姬林即位登基，他就是周桓王。周桓王对郑庄公本来就有气，后来郑庄公又借冒天子名义出兵讨伐宋国，周桓王于是就下令免去了郑庄公的卿士职位。郑庄公便连续五年不去洛邑朝见周王，也不向周纳贡。周桓王非常气愤，就亲率蔡、卫、陈三国军队征讨郑庄公。但是郑庄公坚守不战。直到将近黄昏，周王士兵疲惫不堪时，郑庄公才下令击鼓冲锋。郑军早已养精蓄锐，以逸待劳，听到号令，奋勇攻向周军，一下就击退了周王的军队。郑国的战将祝聃在追杀中，看到前边车上的周桓王，便弯弓搭箭，瞄准桓王，射中桓王左肩。这时郑庄公不愿承担杀天子的罪名，便鸣金收兵，周桓王才得以逃回。周桓王兵败于郑，周天子威信扫地，周朝的统治秩序被破坏，各地纷纷出现违背周礼的现象。有很多诸侯不再朝见周天子，楚子竟然自己僭号称王。各诸侯国君不君、臣不臣，从此天下大乱，周天子的共主地位几乎崩溃。

周礼的破坏还反映在伦理道德的败坏上，最突出的是卫宣公。卫宣公和父亲的妾私通，生下了急子，虽然乱了辈分，卫宣公还是很喜欢急子，立他作了世子，还张罗为他娶宣姜为妻。荒唐的是，卫宣公见宣姜长得漂亮，竟然不顾宣姜是自己的儿媳，自己纳为妾受用。宣姜生了寿和朔两个儿子。宣公因为宠爱宣姜，就想废掉急子立寿为世子。可是寿很贤明，他不但不想与兄争位，还替哥哥说好话。卫宣公便让急子出使齐国，暗地派人在半路杀死他。寿知道这件事后，告诉了急子，让急子出逃，而迂腐的急子却不愿逃走。寿为了救急子，用酒把他灌醉，自己出行。急子酒醒后，急忙去追弟弟，这时寿已经被杀了。于是急子也自杀身亡。这个时期，伦理败坏的还有齐襄公与妹妹发生乱伦关系、蔡景公与儿媳妇私通、蔡灵公蔡般杀父亲蔡景公、楚商臣（楚穆王）弑父亲楚成王。至于兄弟为了争夺君位而手足相残的，几乎每个诸侯国都发生过。

春秋时的礼崩乐坏还体现在宗法制度的破坏上。这时在鲁国发生了一件令孔子感到非常气愤的事，这就是季氏的"八佾舞于庭"。

周代的礼乐制度主要包括两个方面，一是等级制，一是对雅乐的使用。周朝实行的是分封制，建国时就在全国大肆"分封建制"，武王、周公、成王先后在全国分封了 72 个诸侯国，"封建亲戚，以藩屏周"。周天子的子弟一般都分到了土地，建立了诸侯国。诸侯在自己的诸侯国内又进行分封，把土地分给卿大夫，卿大夫分得的土地叫"采邑"。卿大夫在采邑里也进行分封，把土地分给士，士分得的土地叫"食地"。这就是以宗法制度为核心的分封制。分封形成的等级制也反映在礼乐上，礼乐制严格规定了各个等级的人能够享受何种礼乐，包括乐舞的名目、乐器品种和数量、乐工的人数等，如超出规定使用就是僭越，是大逆不道的行为。对于乐舞，天子可以用"八佾"（佾指乐舞的队列），每佾8人，共64名乐人；诸侯用"六佾"，48名乐人；卿、大夫只能用四佾，32名乐人。季氏是春秋末期鲁国的新兴地主阶级贵族，也称季孙氏。鲁国有季、孟、叔三家，世代为卿，权重势大。其中季氏更是突出，几代人都操纵着鲁国政权，国君也在他们的掌控之下。季氏曾打败了鲁昭公，使其逃往齐国；也打败了鲁哀公，逼迫其逃往卫国、邹国和越国；到鲁悼公时，国君更是有名无实了。"八佾舞于庭"的季氏，据《左传·昭公二十五年》和《汉书·刘向传》记载，可能是生活在昭公和定公时代的季平子，即季孙如意。他在家里举行宴会时，居然使用天子的八佾之舞来助兴。孔子听说后，愤怒地说："八佾舞于庭，是可忍，孰不可忍也！"[①]意即如果这件事情能容忍，还有哪件事情不能容忍！

其实，"八佾舞于庭"只是春秋时"礼崩乐坏"的一个典型事件，折射出了整个社会礼制崩坏的糟糕情况。在宗法分封制下，周天子既是天下的大宗，掌握祭祀权，又为天下的共主，掌握征伐权。所谓"国之大事，在祀与戎"，"礼乐征伐自天子出"，现在这一套政治秩序被打乱了，礼乐征伐由自天子出变为自诸侯出

---

① 《论语·八佾》。

乃至自大夫出，甚至陪臣执国命。

一般而言，春秋战国是中国历史上的大变革时期，一方面表现为封建制度的解体，另一方面表现为土地私有制的逐步确立，这大致是不错的。然而，这个时期变革的关键则表现在它的演进采取了什么样的行进路线，是自下而上的革命，还是自上而下的革新？其根源又是什么？由此而呈现出什么样的历史特征？

就中国历史的实际情况而言，春秋战国的历史演进无疑是采取了自上而下的变革路线，不论是政权的转移还是财富的集中都采取了向下移动的行进路线。就前者而言，氏族统治的国家形式采取了天子、诸侯、大夫、陪臣的政权向下移动的行进路线，这在先秦的典籍中是有明确记载的："天下有道，则礼乐征伐自天子出；天下无道，则礼乐征伐自诸侯出。自诸侯出，盖十世希不失矣；自大夫出，五世希不失矣；陪臣执国命，三世希不失矣。天下有道，则政不在大夫；天下有道，则庶人不议。"① "平王之时，周室衰微，诸侯强并弱，齐、楚、秦、晋始大，政由方伯。"② "大夫皆富，政将在家。"③ "政在大夫……晋公室卑，政在侈家。"④ "公

---

① 《论语·季氏》。
② 《史记·周本纪》。
③ 《左传·襄公二十九年》。
④ 《左传·襄公三十一年》。

室将卑。"①"诸侯失位，以间王政。"②"政在季氏"③，等等。所谓"礼乐征伐自天子出""自诸侯出""自大夫出""陪臣执国命"，以及"政在季氏""政在大夫"，"周室衰微，诸侯强并弱，齐、楚、秦、晋始大，政由方伯"，等等，都表明了政权的向下移动路线，其轨迹是非常清楚的。

这种政权的下移路线正是中国早起文明的独特路径，即由"封邦建国"的内在矛盾所致，国家的结构及社会组织都是以自然血缘为基础的，而没有相应完善的政治制度之建立。因而，随着周天子与各级卿大夫及其卿大夫们相互之间的血缘关系逐渐疏远以后，天子失威，诸侯坐大的局面就会不可避免地发生。④就表面现象来看，一方面固然是周天子无法再以血缘关系来维系对诸侯的统治；另一方面则在于诸侯、卿大夫的内部变乱所致。如"以家量贷，而以公量收之"⑤的齐氏，"世修其勤，民服焉而忘其君"⑥之季氏，他们都是与民发生直接关系之执政者，对于普通民众而言，虽然是"率土之滨，莫非王臣"，但天子离他们太远，谁能

---

① 《左传·昭公三年》。

② 《左传·昭公二十九年》。

③ 《左传·昭公三十二年》。

④ 参见赵小雷著：《"早熟路径"下的法家与先秦诸子》，中国社会科学出版社2010年版，第67页。

⑤ 《左传·昭公三年》。

⑥ 《左传·昭公三十二年》。

给他们以实际之利益，他们就接受谁为统治者，所谓"公弃其民，而归于陈氏……以家量贷，而以公至？互之……欲无获民，将焉辟之？"[①]"天生季氏，以贰鲁侯，为日久矣。民之服焉，不亦宜乎？鲁君世从其失，季氏世修其勤，民忘君矣。虽死于外，其谁矜之？社稷无常奉，君臣无常位，自古以然。"[②]

总之，春秋战国时期，天下由一统走向分裂，由和平走向战乱与兼并，在这以力较量的时代，客观形势呼唤实践力极强的法家出来重整天下局面。

春秋战国时期，因为兼并战争频繁发生，天下大乱，礼崩乐坏，作为国家基本政治制度的宗法分封制被破坏了。这种破坏一方面表现为分封权力在周王、诸侯、卿大夫、陪臣等级间的不断下移，另一方面则表现在同级诸侯、同级大夫之间所发生的依附臣属关系的改变。到了战国时期，由于各国变法和兼并战争对宗法贵族制度的打击，以血缘为纽带的宗法分封制度就最终被以地域及利害关系为特质的官僚制度所代替。随着新兴的以军功派为代表的利益集团登上政治核心舞台，他们开始在政治上要求增加权力，在经济上要求重新分配利益，积极推行政治法律制度的改革，向旧贵族集团夺权。这时的社会矛盾主要是私田主与公田

---

① 《左传·昭公三年》。
② 《左传·昭公三十二年》。

主、国君与大夫之间的经济关系矛盾；国君的集权与权臣专权的政治关系矛盾；以法治国还是以礼治国的治国方略矛盾。面对社会变革和种种矛盾，有识之士纷纷发表自己的治国方针和策略，提出自己的政治见解。这样，法家就脱颖而出，他们倡导用法治代替礼治，用军功代替世袭特权，用耕战集权模式重新实现天下大一统。

二、井田制的坍塌

井田制是西周时实行的土地制度。

西周的土地是国有制，这是氏族土地公有制经济破坏后，土地所有制所发生的第一次大变化。《诗经》有"溥天之下，莫非王土；率土之滨，莫非王臣"之说。也就是说，周天子是全国土地的所有者，他依靠"溥天之下，莫非王土"的经济基础，控制着"率土之滨"的所有"王臣"。

周代统治者把土地划分为井字形，把土地和土地上的人口分赐给各级贵族，让他们建立诸侯国，世世代代占有享用。

然而，到了春秋战国时期，由于铁器的使用和牛耕的出现，提高了生产能力，土地所有制又一次出现新的变化。人们大量开垦山林、荒地，这些新开垦的土地不属于周天子所有，称为私田。私田的拥有者可以占有田里的收获物，并且用来交换。耕种这种田地的收益调动了民众种田的积极性，他们热衷于私田的开垦和耕作，对公田的耕种没有了兴趣，只是应付了事。于是公田杂草丛生，大量荒芜，正如《国语·单子知陈必亡》中所描绘的那样"泽不陂，川不梁，野有庾积，场功未毕，道无列树，垦田若艺"①。鲁国"公田不治"②，陈国"田在草间，功成而不收"③。农民对"私田"耕作有极大的兴趣，因为"私田"最初不必交税，而且可以买卖、交换、抵押。不仅如此，诸侯、贵族和周天子争夺"公田"的斗争也屡屡发生，有些"公田"被变成"私田"，井田制普遍遭到破坏。随着"公田"农业生产的逐渐没落，国君、诸侯、卿大夫们的赋税逐渐减少，不能满足奢华生活的开支，他们就开始向私田征税。要征税，首先要承认私田的合法性，于是，各国便纷纷进行赋税制度的改革。

　　齐国经济较发达，土地制度也较早发生着变化。公元前685年管仲采取的"相地而衰征"法，无论公、私田按土地好坏一律征收贡税，打破了井田制中"公田"和"私田"的界限。

　　公元前645年，晋国"作爰田"，接着"作州兵"。爰田即辕田、起田，爰、辕都是交换的意思。具体规定："不易之地家百

---

① 吴德新著：《法家简史》，重庆出版社2008年版，第8页。
② 《汉书·食货志》。
③ 《国语·周语》。

亩，一易之地家二百亩，再易之地家三百亩。"这就废除了西周以来对私田定期分配的那种"三年一换土易居"的制度，而改为"自爰其处"。这样，土地的使用权固定了，土地私人占有变为了私人所有。接着"作州兵"，2500家为一"州"，规定每州出兵若干，按"州"服兵役，州是远郊，即"野"的行政区划，过去"野人"不当兵，现在"野人"也服兵役，增加了兵源。

公元前594年鲁国实行"初税亩"，即"履亩而税"。也是不论公田、私田，一律按田亩收税，承认了私田的合法性。前592年，鲁国又"作丘甲"，16井为丘，按丘出军赋，增加了国人的军赋负担。公元前483年鲁季康子"用田赋"，进一步增加赋税，按田亩缴纳赋税。

公元前548年，楚国把土田分为九等，最上等是"井衍沃"，然后按土地面积、质量"量入修赋"，增加了军赋收入。

公元前543年，郑子产实行"田有封洫，庐井有伍"的改革，把井田上的居民按什伍制编制，以便于"履亩而税"。既而于前538年郑子产"作丘赋"，与鲁"作丘甲"意义相同。

秦国改革最晚，直至战国的前408年才实行类似鲁"初税亩"的"初租禾"，比东方国家迟了一个多世纪。

实行这些赋税改革，各诸侯国统治者虽然在主观上都是为了增加国家收入，但是在客观上促使了井田制的瓦解和新型土地所有制的出现。春秋及战国初年，井田制的破坏使农民对自耕份地的占有关系加强，出现自耕农小土地所有制；贵族阶级的分化，也使一部分贵族下降为自耕农。战国初期之后，军功贵族通过赐予和买卖取得土地；同时，商人、货币持有人也通过买卖取得土地，他们和军功贵族一起成为新兴大土地所有者。这样，公田就逐渐走向了衰落和瓦解，新的生产关系得以确立，从而为法家的出现创造了最根本的经济条件。

三、诸子私学兴起

从思想文化方面来看，如果说春秋战国之际的历史任务是建构严密完整的政治制度以适应新的经济秩序的话，那么表现在思想文化上的历史课题，就是要给这种新的政治制度提供理论依据，从而构成任何政治制度都不可缺少的意识形态。因此与多政的社会现象相适应，思想文化也产生了由官学而私学的分化。[①]

春秋战国的社会动荡、政治分裂为中国最早的知识阶层——士的兴起创造了条件。士人从贵族跌落为庶民，反而得到了思想意识自由发展的广大空间，他们以办"私学"的形式纷纷创立学派，促进了中国学术文化的大发展。

---

① 参见赵小雷著：《"早熟路径"下的法家与先秦诸子》，中国社会科学出版社2010年版，第79页。

在西周宗法分封制中，士是最下层贵族。士隶属于上一级贵族，行为不自由；经济上可以不劳而"食田"；文化上"士竞于教"，享有受教育的权利，他们身通"六艺"，怀有文韬武略。春秋以前的士"大抵皆有职之人"，既有武士又有文士。

春秋时期，社会动荡、变革，作为政治结构的宗法制逐渐瓦解，首先受冲击的贵族成员显然是处于贵族最低层的"士"，而其中社会地位最为动摇的又是文士。因为当时社会政治动荡的一个主要表现是所谓"礼崩乐坏"，"礼崩乐坏"的直接受害者则必然是那些蚁附于礼乐制度的文士。他们当中的许多成员在这次历史大动荡中跌入庶民的阶层，在失去封土、爵位、职官的窘况下，他们虽不如平民胼手胝足可维持生计，但是可以把出卖智力作为新的谋生手段。于是，这些原本在宫廷中专掌典册、身有六艺的士人纷然出走，流落民间；他们所掌握的文化也因此被传播、普及，把原来集中于周王室和宋、鲁的文化逐渐扩散。在他们的教育之下，庶民中又产生出新一代文士，与他们一同构成了一个新的士阶层，他们即春秋战国时期的知识阶层。

西周时代，文化教育为贵族所垄断。无论中央国学还是地方乡学，均由官府开设，而且学校就设在官府中，教育的特点也是"政教合一"，因而叫作"学在官府"，亦称"官学"。

春秋时代，官学瓦解，文士从贵族中分离而游散于民间。官学的衰落、学术文化的下移，使民间逐渐兴起私人教育，出现

"私学"。孔子办私学，在他的学生面前既不是贵族，也不是教官，确是真正意义上的教师了。春秋战国时期在私学中，著名的教师几乎都是思想家，他们不拘泥于传统，根据自己的学识、意愿自由安排教育的内容、方式，自由发表对各种自然和社会现象的不同观点，从而形成了儒、墨、道、法、阴阳、名、纵横、杂家等各种学派。各学派为了探索客观世界的奥妙，阐发自己对政治局势的看法，相互竞争，自由论战，以空前的规模和速度，把人们的认识推向新的高度，终于迎来了春秋战国诸子百家灿烂夺目的文化局面。这种政治与思想活跃的局面，为法家的出现与施展拳脚提供了广阔的思想与文化的舞台。

第三章　春秋时期的法家

春秋时期管仲等早期法家人物的开创性改革对中国历史进程产生了较大的影响。作为中国古代伟大的改革家，管仲敢为天下先，是中国早期法家的代表性人物。他在治国理政方面的突出成绩是：第一，在经济上，农商并重，使齐国变成了当时工商业最发达的国家；第二，在政治与外交上，采取以法治国与尊王攘夷的政策，"九合诸侯，一匡天下"。其他法家人物也都各有精彩的表现。无论是维护华夏文化之统绪，还是创造华夏文化之新质，管仲等春秋时期的法家改革都做出了无与伦比的贡献。春秋时期，可以视为法家的萌芽时期。

一、管仲变法

春秋时期，社会激烈动荡。周室式微，诸侯壮大，周政权以血缘宗法维系的政治系统出现了崩溃的趋向。在严酷的争霸过程中，一些诸侯国统治者眼见"礼崩乐坏"的局面不可逆转，便审时度势，开始起用出身低微但有政治才能的人物，进行各种社会改革，以便图强凌弱。齐国能在春秋时期首霸中原，一个重要的原因就是齐桓公任用杰出的政治家管仲为相，实施了一系列的改革。

（一）临危受命，成为齐桓公的股肱重臣

管仲名夷吾，字仲，又作敬仲，春秋时期齐国颍上（今安徽颍上）人，他是我国早期著名的政治家、军事家、改革家，是我国早期法家的典型代表性人物，其事迹《国语》《左传》《管子》《史记》等书中均有记载。管仲的言行经后人整理记载，于战国时成书《管子》。学术界对《管子》一书的研究较多，提出了不少问题，而针对管仲其人的研究则相对较少。管仲作为辅佐齐桓公成就霸业的一代贤相，他的思想很多是开古人之先，内容丰富，见解独特，值得学界不断深入挖掘与探讨。

管仲处于中国历史上的春秋时代，此时的齐国面临着这一时

代所特有的诸多社会问题的困扰与挑战。在齐国，社会上出现了贫富分化现象，传统贵和贱的对立逐渐向富和贫的对立关系上移转。以传统贵族为代表的大土地所有者利用井田制遭到破坏的时机，肆意突破原来的封地范围，兼并土地，因而出现了耕地不均、迁徙逃亡的情况。面对下层民众的苦难，齐国统治者却依旧陷入腐败内争之中。齐国在太公望治理下的短暂繁荣后，陷入了"中衰"。而严峻的国际形势却对衰败混乱的齐国提出了挑战。当时，周天子大权旁落，逐渐丧失了控制各诸侯国的权威和维护周王朝统治秩序的能力。周边少数民族也开始频频挺进中原，掠夺人口和财富，严重威胁着周王朝各诸侯国的安全。而这些诸侯国中的绝大多数无力抵御这场"华夷之辨"的大灾难。曾经一度"小霸"的郑国逐渐丧失了霸主地位，晋国长期处于内乱之中，秦国偏于西方，其他国家都比较弱小。只有齐国是西周初年分封的东方大国，土地广大，物产丰富，实力比较雄厚。严峻的形势要求齐国迅速从中衰中恢复过来，成就霸业，领导各诸侯国进行尊王攘夷、驱逐戎狄的斗争。管仲正是在这种国内外形势下走到历史前台的。

春秋中期，齐国是东方的大国和强国，但在齐襄公时，由于政治腐败，公室内乱不止，国力严重衰弱。齐襄公弟公子纠和公子小白在管仲和鲍叔牙保护下相继逃奔鲁国和莒国。后齐庄公之孙公孙无知杀齐襄公自立。公孙无知即位不久又被杀，公子纠和公子小白争夺君位。时管仲辅助公子纠，挽弓射小白，中钩，以为公子小白已死。鲍叔牙机智过人，驾车疾驰，使小白先公子纠入齐庙堂，在世卿高子、国子的支持下夺取了君位，即齐桓公。公元前685年，齐桓公继位，欲以鲍叔牙为相。鲍叔牙和管仲私交甚笃，深知管仲之才，极力推荐管仲为相，齐桓公以管仲为仇人，不同意。鲍叔牙说："君且欲霸王，非管夷吾不可。""管仲为其君射人，君如果得而臣之，则亦将为君射人。"在鲍叔牙一再请求下，齐桓公终于听取了鲍叔牙的意见。时管仲被囚于鲁国，齐桓公以与管仲有仇，愿得而亲手杀之为名，要求鲁庄公将管仲送还齐国处理。鲁庄公明知管仲有将相之才，将为齐国所用，对鲁国不利，但齐国强大，不敢怠慢，只好将管仲以罪犯身份用囚车送还齐国。进入齐国国境时，齐桓公换朝车迎接，命在庙堂上觐见。这件事在《国语·齐语》和《管子·小匡》中都有较详记载。从此，管仲相齐，40年间，通货积财，冠带天下，一举而致富民强国，使齐国一跃而成为当时列国诸侯之盟首。

　　管仲治齐，不负所望。内政上，管仲实行"叁国伍鄙"制。当时把周人所居之地称"国"，把被征服族居住地称为"野"，或"鄙"，即郊外。"叁国"，即把"国人"分为三部分设三官管理。国又分为21乡，其中6个工商之乡，15个士乡。西周时，国中住士农工商"四民"，各有定居。现在居住混乱了，管仲改革管理办法，要四民定居原处，"勿使杂处"，以确保士农工商各业世代相承。"伍鄙"，即把郊外分为 5 个属，设立五大夫管理，一属含 10 县。具体划分为：30 家为邑，300 家为卒，3000 家为乡，9000 家为县，9 万家为属。分级设官管理，每年考核，惩劣择优。这一改革表明，春秋初年，齐国的国野关系开始被破坏，出现"四民"杂处的情况。如此整顿内政，为的是集权于贵族，加强统治。军事上，管仲实行兵民合一组织。因为"国人"才有当兵的权利，所以管仲规定在"国"中 5 家为轨，10 轨为里，4 里为连，10 连为乡。按此系统组织的国人，平时生产，战时出征。既扩充了军队编制，增强了战斗力，又减少了养兵的兵赋负担。经济上，管仲实行赋税及山海的改革。首次打破井田制，对"鄙野"出现的大量"私田"，变以往的不收税为"相地而衰征"的税制。衰，是等差的意思。就是按土地好坏，分等征收实物税。这表明齐国经济发展较快，井田制首先在此破坏，所以要求赋税制度做出相应的改革，以便增加国家税收。管仲还对山海渔盐的管理进行改革：免除关税以鼓励出口，设盐铁官以促进煮盐、冶铁业的发展。另设置"轻重九府"管理货币和物资储运，既满足了民众需要，又增加了国家财政收入。管仲治齐所进行的富国强兵改革，使齐国很快强大起来，奠定了春秋初期霸业的基础。①

---

① 晁福林主编：《中国古代史》（上册），北京师范大学出版社 1994 年版，第 153、154 页。

管仲富国强兵改革，大致经历了三个发展阶段。

第一阶段，公元前685年，从管仲拜相至公元前679年。这一阶段，管仲辅佐齐桓公实施国内改革，在全国划分政区，组织军事编制，设官吏管理；建立选拔人才制度，士经三审选，可为"上卿之赞"；调查土地，分等征收农业税，禁止贵族掠夺私产；发展盐铁业，铸造货币，调剂物价；"设轻重鱼盐之利，以赡贫穷，禄贤能，齐人皆说（悦）"，齐国国力迅速上升。

第二阶段，公元前678年至公元前657年，这一时期管仲推行"尊王攘夷"战略，走出海岱大地，迈向国际空间，加强齐国与周天子以及各个诸侯国之间的联系，广泛结盟，提升齐国在诸侯国之间的地位，诸侯国纷纷与齐国结盟，寻求庇护，齐桓公霸业初成。

第三阶段，公元前658年至公元前645年管仲病逝，管仲把"尊王攘夷"战略实施到淮河流域各诸侯国，采用"弱强继绝"的战略，深化发展"尊王攘夷"路线。在此期间，管仲政治上坚持拥护周王室的立场，坚持维护周王朝的宗法制度，扶持周王室，扶持弱小诸侯国，遏制和削弱"亢强"的诸侯国与北方夷狄的南侵，借以扩大诸侯国的联盟，最终确立了齐国在春秋初年的霸主地位。

详细情况下面将简单展开加以说明。

（二）制定与实施富国强兵的经济发展战略

相齐期间，管仲进行了一系列的社会经济改革。在这些改革中，管仲将经济发展放在国家治理中的优先地位，以富国强兵作为改革的重点。司马迁说："管仲既任政相齐，以区区之齐在海滨，通货积财，富国强兵。"①经过管仲的努力，齐国迅速发展成为当时东方的强国，为齐桓公称霸奠定了基础。

1. 发展农业，减轻农民负担

春秋时期是我国社会发生剧变的重要时期。西周推行的井田制度走向瓦解，"公田不治""草在田间"的现象已经十分严重。随着争霸战争的需要，改革现有经济制度，想方设法发展经济，已经成为当时各诸侯国家生存发展的第一要务。在齐国，齐桓公任用管仲为相，对齐国进行了大刀阔斧的改革，在治理齐国期间，管仲积极鼓励发展农业生产，同时注意减轻民众的负担。在《管子·牧民》篇中，管仲首先便提到"凡有地牧民者务在四时，守在仓廪。国多财则远者来，地辟举则民留处。仓廪实则知礼节，衣食足则知荣辱"。管仲认为治理国家必须重视农业生产的发展，而发展农业就必须重视土地的大量开发，只有大量开荒，扩大耕地，增加农业产出和储备，才能富国强兵，才能吸引更多的人口。

---

① 《史记·管晏列传》。

在春秋诸侯国相互争霸的时代，人口的多少意味着更多的生产力和财富，意味着综合国力的高低。

管仲十分重视农业生产，认为农业生产是治国理政的基础。在经济改革过程中，管仲首先遇到的是耕地不均和农民负担过重的问题。当时以一家一户为单位的农民除了要到井田上参加集体的无偿劳动以外，还耕种着贵族从井田中分出来的小块土地，受沉重的贡赋剥削。国家收赋只根据井田的数量，而不考虑土质的好坏。同时，统治者还经常在农忙时节征发徭役，妨碍了正常农业生产的进行。农民的主要财产家畜也常遭贵族掠夺。由于所受剥削加重，农民无法生活，被迫背井离乡，大批迁徙，离开井田到荒野开垦私田，或进入山林水泽去寻觅生计。这种状况，严重阻碍了农业生产的发展。有鉴于此，管仲按照周朝的井田制，恢复并强化了齐国受到破坏的授田制度，采取了"正地"和修治经界等措施。"正地"是把长于、短于、小于、大于百亩授田的边界，按照井田模式纠正过来。修治经界为"三岁修封，五岁修界"，使井田疆界不受破坏。每隔年再"更制"一次，重新划定和分配土地，以保证授田的"平均和调"。为了提高农民的生产积极性，管仲还制定了"相地而衰（差别）征（田赋）"①和"赋禄以粟，案田

————————
① 《国语·齐语》。

（区别土地肥瘠）而税"①的政策。在此之前，国家向农民征收田赋，对土地肥瘠不加以区别，一律照田亩数征收，农民不堪重负。管仲则认为应当以土地的肥沃贫瘠，分等级征收，并且规定"二岁而税一，上年（丰年）什取三，中年（平年）什取二，下年（歉收年）什取一。岁饥不税。岁饥弛而税"②，让农民依照粮食收成丰歉缴纳赋税，还规定每二年缴纳一次，遇到荒年可以不缴纳。这一改革，较之不论土地肥瘠，也不管年成丰歉，每年必须按田亩数缴纳赋税的办法，农民负担显然要减轻多了。更重要的，这一新的田赋制度实质上使土地占有者和耕种者之间的关系也发生了质的变化。收取田赋的已经不再是奴隶主贵族，而成了封建地主，耕种土地的也已经不再是奴隶，而成了农奴或佃农。这和公元前594年（鲁宣公十五年）鲁国"初税亩"，标志着生产关系的变革，在性质上是相同的。不过，管仲在齐国采取"相地而衰征"，在时间上却要早得多。至于"赋禄以粟"，顾名思义，也就是说西周以来各国诸侯和卿大夫等贵族，都是依照分封的土地或采邑，过着不劳而获的生活，但管仲建议齐桓公给卿大夫等贵族一定数量的粮食作为俸禄，这样做的结果，实质上就打破了世卿世禄制，那些卿大夫等贵族也就和土地脱了钩，不再是世袭的贵族，而成了

---

① 《管子·大匡》。
② 《管子·大匡》。

新的领取俸禄的封建官僚了。虽然这个制度在齐国实行并不彻底，但客观上对周王朝长期盛行的世卿世禄制毕竟是一次重大的冲击。这项改革前所未有，为战国时期李悝、吴起、商鞅等人的变法开创了先路。

不仅如此，管仲还规定征发劳役不妨碍农耕的时令，不掠夺农民的家畜。尤其是在农忙季节，他要求保证有足够的人力、物力用于农业生产。管仲特别强调："山林虽广，草木虽美，禁发必有时（开发要有一定的时间）；国虽充盈，金玉虽多，宫室必有度（建造宫室必须有一定限度）；江海虽广，池泽虽博，鱼鳖虽多，网罟必有正（网眼大小必须有规定），船网不可一财而成也（不可一网打尽）。非私草木爱鱼鳖也，恶废民于生谷也（并非吝啬草木鱼鳖，而是担心荒废了粮食生产）。"①这些措施减轻了农民负担，使农民生活趋于安定。这无疑有利于齐国农业生产的恢复和发展。

2.对内搞活，对外开放，大力发展工商业

在提高百姓的劳动积极性、促进农业生产发展的同时，管仲还采取了一系列鼓励工商业发展的有效措施。

齐国东临大海，有鱼盐之利，管仲主张凡鱼盐出口可不纳税。他又设置盐官、铁官，发展盐、铁业；铸造和管理货币，促进商业和手工业的发展。根据年成的丰歉和百姓的需求，集散货物，

---

① 《管子·八观》。

"以其所有，易其所无"①，做到通货积财，增加国家收入。具体而言，管仲发展工商业的措施主要集中在以下几个方面：（1）使四民分业定居。即士农工商各有其居住区，不许迁徙，不许杂处，职业世代相传。这样，使工商从业人员确立起有利于本行业发展的生活环境，并通过各自职业和居住的固定化，逐步养成浓厚的专业气氛和良好的职教风气，业务专长也可得到不断提高。（2）放宽商业税收，发展商业贸易。其中最重要的就是免征商业贸易税，鼓励对外商品贸易。据《国语·齐语》中记载，管仲主张："通齐国鱼盐之东莱，使关市饥而不征，以为诸侯利。"又据《管子·大匡》记载："桓公践位十九年，弛关市之征，五十而取一。""关市饥而不征"是对过往关卡的客商及其所带物资只盘查不收税；"五十而取一"是2%的轻税。总之，管仲任相期间，对商人是非常宽容的，这对发展齐国的社会经济起了重要作用。（3）对国外来商采取一系列优惠政策。为了开展对外贸易，以"来天下之财"，管仲建议桓公："请以令为诸侯之商贾立客舍，一乘者有食，二乘者有刍菽，伍乘者有伍养。"也就是设立宾馆，并提供膳食、牲畜的厩棚和饲料，以招待天下客商，结果大见成效。"天下之商贾归齐若流水"。（4）"官山海"，就是由国家占有并经营自然资源的开发利用。这一政策包括两个方面：

---

① 《管子·小匡》。

一方面设官管理山海，便于国家对山海资源的开发。另一方面，将山海所产盐铁产品由政府经营并定价出售。（5）为使手工业能正常发展，管仲提出了禁末问题。禁止雕木镂金和华丽锦绣等奢侈品的生产。禁末不是禁止一般手工业，而是去掉"无用"之业，改变"侈国之俗"，使手工业得到健康发展。由上可见，在外贸政策方面，管仲采取的是朴素的对外开放和自由贸易政策，在招揽外商和专业人才方面，管仲着重以经济利益吸引外商，如免税轻税、为外商提供食宿条件等。在发展工商业方面，管仲着重发展由国家直接经营或控制的工商业。"官山海"措施，将几种最有利可图的商品经营（主要是盐铁）从私人手里夺过来，由政府进行垄断经营。这实际上是将私营商业和商品生产改为官营，使私营工商业者失去牟利机会，打击私营工商业者。在传统农业社会中，统治者往往采取重农抑商的政策，管仲则认识到了工商业对于国家经济的重要性并认真加以实践，这是一个十分了不起的创见。

（三）以法治国，"君臣上下贵贱皆从法"

在治国理政的实践中，管仲对法治的重要作用有充分的认识并切实在政治生活中贯彻落实。

1. 首倡"治民之本莫要于令"的理念

在君主"一言九鼎"的人治社会，尽管当时宗法制度还占着统治地位，法治尚处于萌芽时期，但管仲在治国的实践中已经对法治的重要作用有了充分的认识。《管子·明法》就有"法者，天下之程式也，万事之仪表也"之说。《管子·任法》载："法者不可不恒也，存亡治乱之所以出，圣君所以为天下大仪也。"《管子·法禁》中有："君一置其仪，则百官守其法；上明陈其制，则下皆会其度也。"在这里，仪与法、制与度对举，强调君主治国要以法律、制度为准则。对于法治的重要性，《管子·法法》中有："规矩者，方圆之正也；虽有巧目利手，不如拙规矩之正方圆也。故巧者能生规矩，不能废规矩而正方圆，虽圣人能生法，不能废法而治国。故虽有明智高行，倍法而治，是废规矩而正方圆也。"因此，管仲主张"任法不任智""不失其法然后治"，法治应该是治国的重要手段和规范上下成就事业维护秩序的基本依据。《管子·君臣上》中有："治国无法，则民朋党而下比，饰巧以成其私。法制有常，则民不散而上合，竭情以纳其忠。"认为治国重在治民，治民在于用法。无法，人们就会拉帮结派而在下面相互勾结，搞虚伪巧诈以求得个人的私利。有法，并且法治行之有术，人们就不会分帮分派而会靠近君主，全心全意贡献其忠诚。"立朝廷者""用民力者""用民能者""用民之死命者"，概出于法。以法治民，民治而国安，这说明当时管仲对于治理民众管理国家的手段有了较为深刻的理解和认识，这种以法治国的治国方略应用到了他治理齐国的实践中，从而使齐国取得了号令一致的效果，一跃而成为当时的强国。

2. 提出并贯彻"君臣、上下、贵贱皆从法"的主张

《管子·任法》说："夫生法者，君也；守法者，臣也；法于法者，民也。君臣、上下、贵贱皆从法，此谓为大治。"在实践中，管仲认为民足国富则天下大治，经济实力增强是社会政治安定的基础，与经济上"富治"思想相适应，政治上则要推行"法治"。"富治"与"法治"相互联系，相互作用。"富治"是"法治"的前提和基础，"法治"则是"富治"的重要保证。对于政治上的"法治"理政手段，管仲总结历史经验，提出了一个重要的命题："君臣、上下、贵贱皆从法。"首先，管仲从历史方面寻找了法治的依据，即古之治世皆有任法。《管子·任法》中有："昔者尧之治天下也……其民引之而来，推之而往，使之而成，禁之而止。故尧之治也，善明法禁之令而已矣。黄帝之治天下也，其民不引而来，不推而往，不使而成，不禁而止。故黄帝之治也，置法而不变，使民安其法者也。"这里从古之圣贤之君的治国之道中总结出了"所谓仁义礼乐者，皆出于法，此先圣之所以一民者也"。也就是说所谓仁义礼乐，都是从法里产生出来的，法是先圣用来统一民众行动的。国法废弛不统一是国君的不祥。民众不守法，国家擅改法度，不依法办事都是不祥的。管子从历史的角度为以法治国找到了理论依据，也确定了在政治实践中必须坚持依法理政的正确原则。

3. 提出并贯彻"严其行"的执法理论

管仲认为，法是"工者典器""百姓之父母"，在以法治国的实践中要做到"法不轻出，立则必行"。行法必须自上始。君主是国家的象征，具有至尊的地位；法是君主治国的法宝，发挥"兴功惧暴""定分止争"的社会功能。虽然君是法的制定者，但在为政行法时也必须以身作则，要做到"置法以自治，立仪以自政"，而不能"淫意于法之外"或"惠于法之内"。如果君主视法令为儿戏，即立又废，发出又收回，歪曲公法而迁就私意，毁坏政令而残缺不全，就会招致权贵威胁、富人贿赂、贱人讨好、近臣亲服、美色迷惑，从而走上失国的歧途。所以君主在执法问题上要做到大公无私，一视同仁，行法要不论亲疏，不分远近。不仅如此，执法、守法还应该从近臣和显贵们做起。管仲认为，凡民皆从上，君主好勇则民众轻死，君主好仁则民众轻财，且"上之所好，民必甚焉"，所以，国家治乱的根源在上边。统治者必须做到"令重于宝，社稷先于亲戚，法重于民，威权贵于爵禄"①。否则，上不行，则下不从，民不从法则国必乱。

4. 重视礼治在执法中的补充作用

管仲提出"严其行"的执法理论，但并不排斥礼治在执法过程中的重要性。一方面，管仲认为治理国家要靠法

① 《管子·法法》。

治，"令贵于宝""法爱于人""论功计劳未尝失法律也"①。另一方面，他也知道在现实政治的实践中，只靠赏功罚罪是不够的，因为"刑罚不足以畏其意，杀戮不足以服其心"②。所以还必须借助道德教化的力量，使人们自觉遵纪守法。与法家极力反对以德治国不同，管仲提出了礼法相辅的教化观，开创了"四维"说。管仲认为道德品质教育对治理国家有重要作用，指出礼、义、廉、耻，"国之四维，四维不张，国乃灭亡"。③《管子·牧民》中有："国有四维，一维绝则倾；二维绝则危；三维绝则覆；四维绝则灭。"管仲认为，如果不提倡和发扬礼、义、廉、耻这治国的四条纲纪，国家就要灭亡。《管子·权修》中说："朝廷不肃，贵贱不明，长幼不分，度量不审，衣服无等，上下凌节，而求百姓之尊主政令，不可得也。"可见礼对于维护君主的权威、政令的推行起着非常重要的作用。与"四维"相对应，管仲在《管子·七法》中将"常令""刑法"等法治手段称为"四经"。这种"经"与"维"结合、礼与法相辅的思想，是管仲治理国家政略中的又一个亮点。

　　人类历史的经验表明，历史作为人类的遗产，其价值不是使

---

① 《管子·七法》。
② 《管子·牧民》。
③ 《史记·管晏列传》。

我们回到历史的记忆中去，而是应立足于为现实实践提供克制利用的借鉴性资源。正如著名历史学家克罗齐所言，历史永远是当代史。作为一位古代伟大的政治家，管仲对当时的历史有过巨大的贡献，在治国的理论与实践方面也有极有价值的建树，这些方面都需要今人总结与升华，以为当前伟大的民族复兴大业服务。唯如此，我们在以法治国的理论与实践方面才可以对得起这位法家的开山鼻祖。

（四）尊王攘夷，辅佐齐桓公成就齐国霸业

管仲任相后，辅佐齐桓公对内施行各种政治经济军事改革，使得齐国迅速强大起来，再次成为春秋时期的强国。为了谋求齐国在国际舞台上的政治地位，管仲制定"尊王攘夷""弱弱继绝"的外交战略，捍卫周王室的"共主"地位，阻遏北方夷狄的南犯，打击楚国北侵淮河流域、问鼎中原的嚣张气焰。

春秋时期，王室式微，周王朝中央统治势力衰弱，天下共主局面已经成为历史，诸侯国纷纷崛起，新的政治社会局势，成为管仲实行与调整"尊王攘夷""弱弱继绝"战略转变的历史依据。

周平王至襄王在位，史家谓之春秋前期，政治格局开始发生变化。春秋初年，周天子还有些威信，自鲁桓公五年（公元前707年）"周郑交恶"，周桓王聚集蔡、卫、陈等国兵力伐郑失败，郑

国将领"祝耽射王中肩"，蔡、卫、陈转而依附郑国，周王室威望扫地，一蹶不振，从此，大多数诸侯国不再受制于周王室的控制。诸侯国之间频频发生以强凌弱，你侵我夺的不正常现象，力量弱小的诸侯国畏惧大国的欺凌，采取各种外交方式，寻求大国的庇护。大国欲争霸于其他大国，则会盟各诸侯国扩大势力。诸侯国相互争夺和寻求联盟，成为春秋时期社会历史发展的一个重要特征。淮河流域的诸侯国，位于"天下之中，诸侯四通"，成为全国政治活跃的地区。这里列国并峙，纷争不休。黄淮之间，比较活跃的大国有齐、鲁、郑、宋、卫；小国有邢、遂、谭、纪、祀。靠近淮泗流域的齐、鲁、徐结盟较深，靠近淮汀流域的郑、宋、卫结盟较深。鲁国附近还有任、宿、须句、颛臾等风姓小国。小国附属在各个大国一边。淮河中下游以及江淮地带，分布有徐、江、葛、黄、随、锺离、英、六、舒鸿等诸侯国，他们与诸夏通婚，政治上"即事诸夏"，参与会盟。在春秋争霸的历史进程中，不断受到南北诸侯大国挟制，政治上摇摆不定，或北盟于齐鲁，或南盟于楚吴。据《史记·楚世家》记载："齐桓公始霸，楚亦始大。"楚成王在令尹子文的辅佐下，治理强盛，到楚庄王在位，武功彪炳，励精图治，选拔孙叔敖施行文治，使楚国经济繁荣、文化鼎盛。楚庄王征伐陆浑之戎，派人向周天子问九鼎之轻重。楚国先后灭掉了黄淮之间的申、息、邓等国，并伐黄服蔡，多次向郑国进攻。郑国位于黄淮地区北部，是齐国的亲密盟国，郑国接连遭遇楚国的军事进攻，支持不住，准备背齐向楚。在这种情况下，齐国如果再坐视不管，就将会示弱天下，失去盟友。齐楚矛盾渐渐明朗，齐国必须面对楚国这一强劲对手，齐楚争夺淮河流域的矛盾冲突已经不可避免。其实，周王室虽然衰微，但名义上仍然是"天子"，是诸侯国的"共主"。管仲高举"尊王"的政治大旗，借以号令诸侯各国，坚持周公制定的宗法制度、礼乐制度；采取"攘夷"与"兴灭继绝"的战略，借以维护各诸侯国的地位，赢得诸侯国的拥护，谋求取威定霸的大计。管仲提出"弱强继绝"，其实际上主要所指，就是要削弱楚国的势力，遏制楚国的锋芒。具体做法如下：

1. 救邢、援卫、助郑、扶宋，进军淮河流域

公元前661年，邢（今河北邢台县）受到翟人的侵袭。管仲说："戎狄豺狼，不可厌也；诸夏亲昵，不可弃也。"[①]齐派兵救邢，使邢免于亡国。为了使邢国不再受翟人的威胁，齐帮助邢国迁徙到夷仪（今山东聊城县），并为它筑了城。公元前660年至公元前658年，翟人灭卫，杀了卫懿公。卫国男女730人，以及其、滕两邑的居民5000人，逃到曹（今河南滑县），立戴公。卫国濒于灭绝之际，管仲建言齐桓公率诸侯之兵救卫，帮助卫国戍守曹邑，赠送卫君生活物资。戴公死，弟文公立，齐又带领众诸侯国军队

---

① 《国语·齐语》。

为卫国修筑楚丘城（今河南滑县）作为卫国的新都。齐国救卫，阻挡了翟人南侵，在诸侯国间取得了信誉。孔子修《春秋》予以记载，对此表示肯定；《左传》也赞誉说"凡侯伯，救患，分灾，讨罪，礼也"。齐国率军救卫之际，"楚人伐郑"，"囚郑聃伯"①，焚烧、毁坏郑国的城邑，郑国支持不住，向齐国求救。楚国不但伐郑，又侵犯宋国，破坏宋国的农业生产。面对楚国嚣张的气焰，管仲决定"兴兵而南"，率领联军援救宋、郑，抗击楚国北犯中原，实行"弱强继绝"的战略。管仲先礼后兵，向楚国派遣使者，商量帮助郑国和宋国恢复"郑城与宋水"，结果"楚人不许"。于是管仲率领诸侯国联合军队"退七十里而舍"，在郑国南面驻扎下来，"使军人城郑南之地，立百代城"，为郑国重建坚固的城邑，帮助郑国恢复家园；管仲又帮助宋国恢复农业生产，修建灌溉工程，"东发宋田，夹两川，使水复东流，而楚不敢塞"②。初步遏制了楚国北进的锐气。

2. 伐蔡逼楚，取威定霸

齐国援卫、救郑、扶宋之后，挥师前进"伐蔡"，讨伐蔡国。齐桓公为什么出兵"伐蔡"？原因有二：首先，蔡国位于楚国的边境，出兵伐蔡，敲山震虎，威慑楚国；其次，齐国伐蔡前

---

① 《左传·僖公二年》。
② 《管子·霸形》。

一年，即公元前657年，齐蔡两国之间的婚姻发生了戏剧性的冲突。据《史记·齐太公世家》记载，蔡国国君蔡缪侯的妹妹嫁给齐桓公，齐桓公很喜欢这位来自蔡国的美女蔡姬，一同乘船游玩。蔡姬出生在淮河蔡水之滨，水性很好又年轻活泼，摇荡游船玩耍。齐桓公害怕摇晃，制止蔡姬，蔡姬不听，结果齐桓公被摇晃落水。齐桓公一怒之下，把蔡姬送还蔡国。当时，并没有毁弃婚姻，也没有断绝两国关系，史称"弗绝"。但是，"蔡侯怒，嫁其女"，让妹妹改嫁了。齐桓公对此十分愤怒，蔡国背齐的政治态度，不单纯是个人情绪，也是诸侯各国政治上摇摆的信号。管仲这次"伐蔡，蔡溃"，俘虏蔡国国君蔡缪侯。旨在教育缪侯，挽回蔡国背齐的影响，防止其他诸侯国政治上的摇摆。不久"齐侯归蔡侯"，恢复缪侯的国君地位，充分体现了联盟为主的政治战略。

3. 论楚之罪，逼楚言和

管仲伐蔡以后，进军楚国的隆邑。楚国见齐国盟军强大，不敢轻率交战，派遣大夫屈完会见齐桓公，观望齐师虚实。双方在隆地会谈。屈完质问齐桓公"君处北海，寡人处南海，唯是风马牛不相及也"，为何率领大军侵犯楚国的土地？管仲高举尊王大旗，首先拿出历史依据，向屈完证明齐桓公的身份和责任："昔召康公命我先君大公曰，五侯九伯，女实征之，以夹辅周室。"齐国很早就受命于周王室，负责监督各个诸侯国。今天是履行使命而来。管仲进一步说明：周王室"赐我先君履，东至于海，西至于河，南至于穆陵，北至于无棣"，权利范围包括全国各地。接着，管仲指责楚国的两大罪状：其一，"昭王南征而不复，寡人是问"；另一条罪状是"尔贡包茅不入，王祭不具，无以缩酒（祭祀虑酒），寡人是征"。这两个问题，都是历史问题。周昭王，成王之孙，公元前977年死于南征途中。史载昭王"南巡，守（狩猎）涉汉，船坏而溺"，昭王没有回来，这件事情发生在楚国境内的汉水岸边，楚国应当负责；另外，楚国已经很长时间没有缴纳本地贡赋"包茅"，这是国家"缩酒"祭祀的用品。国之大事，唯祀与戎。楚国必须纳贡。两个历史问题，屈完代表楚王，接受了后一个批评，说："贡之不入，有之，寡人罪也，敢不共乎！昭王之出不复，君其问之水滨。"①屈完认为当年周昭王死于汉水，应该调查当时居住在汉水的王室诸亲戚。周昭王时期，汉水一带不属于楚国境地，故楚不受罪。最后在楚国同意恢复向周天子进贡后，管仲罢兵。

4. 首止会盟，维护周王室的嫡长子继承制度

公元前655年，周王室发生内讧。周惠王打算废掉太子郑，立爱妃之子叔带为太子，这不符合周王朝立嫡立长的宗法制度。齐桓公为了保全太子郑的地位，以诸侯拜见太子的名义，在公元

———————

① 《史记·齐太公世家》。

前 655 年 5 月，联合 8 个诸侯国，在首止（今河南唯县东）举行会盟人会，讨论"工太子郑"的继承问题。太子姬郑参加了会议。这次盟会的结果，保住了姬郑的太子地位。周惠王觉得太子郑不听使唤，但又无力和齐桓公抗争，私下派人劝告郑国不要参加结盟。郑国听了周惠王的话，中途逃离了首止会议，剩下的 7 个诸侯共同缔结了共辅太子的盟约。会后，齐国率军征讨郑国，迫使郑国继续参加盟约，维护联盟的稳定。首止会议不仅维护了宗法制度，保住了姬郑的太子地位，也进一步提高了齐桓公的盟主威信。公元前 651 年，周惠王死，太子郑登基即位，是为周襄王。惠王妃和襄王弟弟叔带不甘心，联合戎狄发动武力叛乱，"谋伐襄王"。"齐桓公使管仲平戎于周"，把叔带留在齐国，成功解除了王室的危机。

5. 葵丘会盟，霸业高峰

周襄王在首止会议保住太子地位，顺利继承王位后，又得力于齐桓公、管仲平息了叔带的宫廷叛乱。为了表彰齐国的功劳，派人给齐桓公送了祭肉、珍贵的弓箭和车子等礼物。齐桓公利用这个机会，于公元前 651 年在葵丘（今河南兰考、民权境内）会合诸侯，以招待周襄王派来的使者为名，举行诸侯联盟大会，扩大齐国的影响，进一步提高齐国的威信，史称这次会议为"葵丘之盟"。周天子的使者在葵丘之盟大会上，大力表彰齐桓公。齐桓公"九合诸侯"，葵丘之盟是最盛大的一次，标志着齐桓公的霸业达到高峰。

　　到葵丘之盟时，齐桓公先后帮助了 30 多个小国，保护了周王朝太子郑的地位，拥立周襄王顺利继承王位。召集诸侯国兵车之会 6 次，乘车之会 3 次，九合诸侯，修钟磬而复乐。《韩非子·有度》说："齐桓公并国三十，启地三千里。"《荀子·仲尼》说：齐桓公"并国三十五"。据统计，管仲辅佐齐桓公，会盟诸侯 26 次，用兵 28 次，顺利建立了齐国在诸侯国中的霸主地位。

　　"尊王攘夷"与"弱强继绝"战略的本质在于兴灭继绝、援救弱小，维护周王朝的宗法制度，《公羊传》评价这一战略说："桓公救中国而攘夷狄。"对于齐桓公与管仲建立的"尊王攘夷"之霸业及其影响，孔子赞叹道："晋文公谲而不正，齐桓公正而不谲。""管仲相桓公，霸诸侯，一匡天下，民到于今受其赐。微管仲，吾其披发左衽矣。"[①] 顾颉刚先生说："为了周平王的微弱，郑庄公的强暴，使得中原诸国化作一盘散沙，而楚人的势力这般强盛，戎、狄的驰骋又这等自由，夏、商、周以来积累了千余年的文化真动摇了。齐桓公处于如此艰危的时局，靠着自己的国力和一班好辅佐，创造出'霸'的新政治来，维持诸夏的组织和文化……所以霸政行了百余年，文化的进步真是快

---

① 《论语·宪问》。

极了，战国时代灿烂的建设便是孕育在那时的。"[1]不用再多说一语，上引评价足以说明桓、管称霸对维护华夏文化统绪所起的重要作用了。

总之，管仲作为我国古代伟大的政治家、思想家、军事家、改革家，作为齐国的贤相，倾毕生之精力，内行富国强兵之大道，外建尊王攘夷之伟业，无论是维护华夏文化之统绪，还是创造华夏文化之新质，都做出了无与伦比的贡献。

管仲相齐对齐国历史乃至中国历史均产生了较大的影响。

管仲治国理政的突出成绩是：（1）在经济上，使齐国变成了当时在经济上特别是工商业最发达的国家，经济实力大大增强。（2）在政治与外交上，采取以法治国与尊王攘夷的国策，在此基础上，齐才能"九合诸侯，一匡天下"，成为春秋首霸。不过，管仲改革的方式是管仲向齐桓公提出主张，通过桓公施加自己的政治抱负和理想，推进其政治、经济、军事与外交改革的，改革中体现的是一种"人治"精神，这与当时齐国的专制政体是相吻合的。管仲死后，尽管齐国"遵其政"，但齐国的社会危机仍然不可避免的日趋严重。迨至齐桓公后任统治时期，管仲改革遂告终止，齐的霸业也随之衰落了。

---

[1] 顾颉刚：《齐桓公的霸业》，《文史杂志》1944年第2期。

二、子产"铸刑书"

公元前 536 年，郑国子产把郑国的刑法条文铸在金属器皿上，公布于众，史称"郑人铸刑书"。子产铸刑书不仅在当时的郑国内部而且在各诸侯国都掀起了轩然大波，引起了各诸侯国士大夫们的强烈关注。晋国大夫叔向专门写信对子产予以责难，与子产同朝的郑国大夫邓析也"数难子产之治"[①]，并且"不受君命，而私造刑法"[②]。后来驷颛当上郑国执政后，"杀邓析，而用其竹刑"。正因为子产铸刑书在当时引起了如此强烈的影响，《左传》将此载入了史册。

（一）清醒的时代改革家

子产，姓公孙，名侨，又称公孙成子，字子美，生年不详，卒于公元前 522 年。祖父是郑穆公，父亲是郑国贵族司马子国。子产博学多才，年幼时就展现出其具有远见卓识的一面。郑简公元年（公元前 565 年），他的父亲子国率军攻打蔡国，获得大胜。郑人都非常欣喜，只有子产不以为然，说："小国无文德，而有武

---

① 《列子·立命》。
② 《左传·定公九年》。

功，祸莫大焉。楚人来讨，能勿从乎？从之，晋师必至。晋楚伐郑，自今郑国不四五年，弗得宁矣！"① 子国听后大怒，斥责道："尔何知？国有大命，而有正卿。童子言焉，将为戮矣。"后来，历史事实却验证了子产的预言。郑国伐蔡后还未有一年，晋、楚果然接连兵临郑国。

子产作为由旧贵族转化出来的具有远见卓识的政治家，最初对周礼也是非常赞美的，认为"礼"是"天之经也，地之义也，民之行也；天地之经，民实则之"。所以，他还被一些贵族看作是实行"礼"的典范。但是子产具有唯物思想，他对"天道"持有怀疑态度，相信"人道"，他区别天与人的客观唯物主义思想，是对周以来盛行的"天罚论"的大胆否定。这种唯物思想使他对当时的社会形势有了较为清醒的认识，对社会经济发展的要求比较了解，因此在他做郑国大夫执政时敢于打破传统与成例，带有较为激进的法家色彩，为后来的法家提供了有益的经验。

公元前543年，子产开始担任郑国的执政。子产执政时，郑国正处在内忧外患之中。国外面临晋、楚争霸，郑国夹在这两个大国之间，处境非常危险；国内宗族相斗，政局动荡，变乱随时都可能发生。执掌权柄的子产，对于"国小而偪，族大宠多"② 的

---

① 《左传·襄公八年》。
② 《左传·襄公三十年》。

严峻形势，认识到只有改革郑国才有出路。于是，他进行了一系列的富国强兵的改革，在法律上承认了中小地主们的土地，使他们有了人身自由，国家也增加了收入。改革使郑国这个夹在大国之间的小国家，在长达 20 年的时间里免遭了侵略和欺凌。子产的改革主要有作封洫、作丘赋和铸刑鼎等。

（二）"作封洫""作丘赋"

子产的改革首先从整顿田制入手。为了制止当时贵族对土地的侵占和争夺，他首先"作封洫"①，区分国都与乡村，建立上下尊卑秩序；废除传统的井田制，在井田开沟渠，重新划分田界，承认私人土地所有权。将土地重新划分田界，明确土地所有权关系，并将农户以五家为一伍的方式编制起来，加强对农民的控制。与此同时，他重新确立了上下尊卑的等级秩序，对于那些安分节俭的贵族给予奖赏，而对骄奢淫逸的贵族给予惩罚打击，使他们不可越制，即所谓的"都鄙有章，上下有服"②。5 年后，子产又改革军赋制度，推行"作丘赋"③，以丘为计量单位，肯定了土地私有的合法性，向土地所有者征收军赋，把军赋寓于田亩之中。丘是古

---

① 《左传·襄公三十年》。
② 《左传·襄公三十年》。
③ 《左传·襄公三十年》。

代一种社会基础组织，"九夫为井，四井为邑，四邑为丘"①。此举虽增加民众的经济负担，但却大大增加了国家军费的收入，扩大了兵源，增强了国防力量。

据《左传》中记载：

> 从政一年，舆人诵之，曰："取我衣冠而褚之，取我田畴而伍之。孰杀子产，吾其与之！"及三年，又诵之，曰："我有子弟，子产诲之。我有田畴，子产殖之。子产而死，谁其嗣之？"②

从上述这段民谣来看，说明子产在执政之初，进行一系列变革所面对的阻力是非常大的，不仅有上层贵族抵制，连下层庶民也是一片反对叫骂声。最终因其带来的良好社会效果，子产的改革很快得到郑国上下的衷心拥戴。子产的改革虽然曾受到来自贵族和平民两方面的反对，但是确实使郑国得以在这20年间，免遭大国欺凌。反映了春秋中后期，小国改革图强的迫切需要。

（三）铸刑书，公布成文法

子产最大的改革莫过于他的"铸刑书"一事。

---

① 《周礼·地官·小司徒》。
② 《左传·襄公三十年》。

　　既然是"都鄙有章，上下有服"，那就必然要求有章可循。公元前536年，为了保护已经取得的改革成果，子产把刑书铸在鼎上予以公布，这是我国历史上第一次公布成文法，在中国法制史上具有重大的意义。它打破了奴隶主贵族"刑不可知，则威不可测"垄断法律"临事议制"的旧传统。

　　子产公开"铸刑书"的大胆举措，招致近邻晋国大夫叔向的诘难，认为子产的"铸刑书"做法违背礼治传统，会造成民不畏上的严重后果，势必导致郑国一步一步走向衰亡。叔向写了一封长信给子产，表示对子产铸刑书持激烈反对的态度。《左传·昭公六年》详细记载该事：

　　　　三月，郑人铸刑书。叔向使诒子产书，曰："始吾有虞于子，今则已矣。昔先王议事以制，不为刑辟，惧民之有争心也。犹不可禁御，是故闲之以义，纠之以政，行之以礼，守之以信，奉之以仁，制为禄位以劝其从，严断刑罚以威其淫。惧其未也，故诲之以忠，耸之以行，教之以务，使之以和，临之以敬，莅之以强，断之以刚。犹求圣哲之上，明察之官，忠信之长，慈惠之师，民于是乎可任使也，而不生祸乱。民知有辟，则不忌于上，并有争心，以征于书，而徼幸以成之，弗可为矣。夏有乱政而作《禹刑》，商有乱政而作《汤刑》，周有乱政而作《九刑》，三辟之兴，皆叔世也。今吾子相郑国，作封洫，立谤政，制参辟，铸刑书，将以靖民，不亦难乎？《诗》曰：'仪式刑文王之德，日靖四方。'又曰：'仪刑文王，万邦作孚。'如是，何辟之有？民知争端矣，将弃礼而征于书。锥刀之末，将尽争之。乱狱滋丰，贿赂并行，终子之世，郑其败乎！肸闻之，国将亡，必多制，其此之谓乎！"复书曰："若吾子之言，侨不才，不能及子孙，吾以救世也。既不承命，敢忘大惠？"

叔向反对的理由，主要是两条：第一，他指出子产铸刑书违背了先王议事之制，也就是破坏了西周以来的礼乐制度。第二，子产铸刑书是导致民众产生争端的祸首，有刑书作保证，老百姓就会去争锥刀之末，而不顾礼义法度。总的看来，叔向认为铸刑书必将导致郑国之亡。面对叔向的指责，子产不卑不亢地答复：颁布刑书就是为了挽救郑国的危亡。这需要多么大的气魄呀！

子产"铸刑书"的举措在中国乃至世界的法律思想史上都有着重要的价值。他开创了公布成文法的先例，冲破了"秘密法"思想的束缚，第一次肯定了公布成文刑法的"合礼合法"，打破了"刑不上大夫"的传统，明确肯定了法律对于限制贵族特权的重要作用，为后来法家"一断于法"理论创造了前提①。

---

① 参见王亚军著：《法家思想小史》，安徽人民出版社 2014 年版，第 27 页。

（四）治国之道，"宽猛相济"

历史上，子产第一次公开提出"宽猛相济"的施政原则。"宽"即道德教化和怀柔政策，"猛"即主张严刑峻法和暴力镇压。

子产在执政期间，主要采用"宽"的方式治国理政，主张"为政必以德"[①]，连孔子都赞美他能"惠人"。

子产执政时，国人经常汇集乡校议论其执政得失。大夫然明担心民众随便议论国政会扰乱民心，力劝子产毁掉乡校。子产不同意，说："何为？夫人朝夕退而游焉，以议执政之善否。其所善者，吾则行之；其所恶者，吾则改之，是吾师也，若之何毁之？我闻忠善以损怨，不闻作威以防怨。岂不遽止？然犹防川。大决所犯，伤人必多，吾不克救也；不如小决使道，不如吾闻而药之也。"[②]子产之所以不同意然明建议关闭乡校，显然是因为一是他意识到了掌握国家权力的执政者唯有行忠善之事，才能减少老百姓的抱怨非议。"防民之口甚于防川"，如果一味采用"作威"的方法来"防怨"，犹如筑堤坝来防水患，一旦决堤，则伤人更多。子产故而保留乡校以供国人评议执政者的是非功过；二是有利于听取民意，减少执政过失。从子产没有同意毁掉乡校这件事可以看

---

① 《史记·郑世家》。
② 《左传·襄公三十一年》。

出，他敢于听取不同意见，允许别人议论自己的得失，这种择善而从，闻过则改的态度是十分可贵的，子产确实是当权者中的开明之士。

但子产到了晚年，其观点发生了变化，临死前嘱其继任者要以"猛"服民。刑罚严厉，使其不敢犯。子产把"猛"比作火，火性猛烈，使人望而生畏，所以人们不敢轻犯；把宽比作水，水性柔和，易使人疏忽大意而溺死。故公元前 522 年，子产临终之际，以民"怕火不怕水"告诫继任者子大叔："我死，子必为政。唯有德者能以宽服民，其次莫如猛。夫火烈，民望而畏之，故鲜死焉；水懦弱，民狎而玩之，则多死焉，故宽难。"① 通过子产的政治遗言，我们可以推知：执政者的最高境界是推行"宽政"，但取决于"有德者"执政为先决条件；鉴于道德沦丧，人心不古的严峻现实，"有德者"不复存在，最可行有效的方法就是推行"猛政"，以严刑酷法来打击各种违法犯罪，使人畏惧不敢以身犯法，也不失为走向安定的另一途径。他把"猛"和"宽"比作火与水，火势凶猛，人人害怕，出于本能就会远远躲避，所以被火烧死的人不多；水性柔，人人天性喜欢嬉水，往往溺水死亡的反而很多。

子产的继任者子大叔一开始并不重视子产的忠告，"不忍猛而

---

① 《左传·昭公二十年》。

宽"，开始不忍心用严厉的手段对待民众，以至于"郑国多盗，取人萑苻于之盗"，子大叔后悔不迭，意识到子产的先见之明，乃"兴徒兵以攻萑苻之盗，尽杀之，盗少止"①。

子产提出的"宽""猛"两手政策对后世影响很大。

后世儒家主要继承发展了其以"宽"服民的思想，主张"立法从宽""德主刑辅"；法家则主要继承了他的以"猛"服民的思想，进一步发展为重刑轻罪和"以刑去刑"的理论。孔子对此事有高度的评价："善哉！政宽则民慢，慢则纠之以猛，猛则民残，残则施之以宽。宽以济猛，猛以济宽，政是以和。"②对子产的治国理政的政策心悦诚服，盛赞其为古之遗爱。

汉代司马迁在《史记》中也高度赞扬子产对郑国的贡献：

太史公曰：法令所以导民也，刑罚所以禁奸也。文武不备，良民惧然身修者，官未曾乱也。奉职循理，亦可以为治，何必威严哉？

子产者，郑之列大夫也。郑昭君之时，以所爱徐挚为相，国乱，上下不亲，父子不和。大宫子期言之君，以子产为相。为相一年，竖子不戏狎，斑白不提挈，僮子不犁畔。二年，

① 《左传·昭公二十年》。

② 《左传·昭公二十年》。

市不豫贾。三年，门不夜关，道不拾遗。四年，田器不归。五年，士无尺籍，丧期不令而治。治郑二十六年而死，丁壮号哭，老人儿啼，曰："子产去我死乎！民将安归？"①

子产的治国之策对后来法家也产生了深远的影响。

就法家来说，他们继承了严刑为治这一"猛"的方面，而放弃了宽厚仁慈的方面。法家所说的严刑峻法，以刑去刑、以重刑治轻罪等等都可以说多多少少是受到了子产思想的影响，关于这一点我们可以从韩非那里得到确证。韩非的《内储说上》直接引用了《左传》昭公二十年中的那段材料，当然文字略有差异，更重要的是思想倾向也有所不同。子产认为治国还是要宽、严相结合的。而韩非则一味主张严刑，要以严莅人，以此来说明他所强调的法是威严不可侵犯的，凡有罪的人一定要受到处罚，而不能以宽厚仁慈之爱来扰乱法纪。韩非说，宽厚仁慈之爱多了，法令就难以建立起来，没有威严，臣下就容易犯上，所以刑罚不严禁令就不行。可见在严刑问题上韩非引用子产告诫子大叔的话，证明确有承继关系。②

---

① 《史记·循吏列传》。
② 参见苏南著：《法家文化面面观》，齐鲁书社 2000 年版，第 23 页。

三、邓析造"竹刑"

（一）中国讼师鼻祖

在早期法家的先驱中，不能不提邓析。

邓析（？—公元前 501 年），春秋时期郑国人，与子产生活在同一时代，在子产执政时曾任郑国大夫，是一位具有法家思想萌芽的政治家，同时也是名家的代表人物，是代表新兴地主阶级利益的革新派。

与子产相比，邓析的政治观点显得更为激进。子产虽然在郑国进行了一系列改革，但是并不否定周礼，甚至还赞美周礼，是"天之经也，地之义也，民之行也"。而邓析从新兴的地主阶级利益出发，在历史上第一个提出反对"礼治"的思想，坚决否定维护贵族特权的礼治。《荀子·非十二子》说邓析"不法先王，不是礼义，而好治怪说"。邓析反对将先王作为自己效法的榜样，是中国历史上最早反对礼治的思想家。他的主要思想倾向是"不法先王，不是礼义"，即不以先王的体制为法，不把西周的礼看成是绝对正确的东西。

邓析在任郑国大夫时，实施进一步的改革。他反对用西周的礼作为衡量人们言行正确与否的标准，并且对刑法等进行了大胆的改革，在郑国兴起了一股革新的浪潮，这样对新老贵族都造成了很大的威胁。这时，郑国继子产、子大叔而任执政的是驷颛，对邓析造成的这种局面无法应对，公元前501年，驷颛处死了邓析。

（二）私造竹刑

邓析欲改郑国旧制，私造"竹刑"。他比子产还要激进，对子产所推行的一些改革政策还是不满，曾经"数难子产之治"①。有史料记载说："郑国多相县以书者，子产令无县书，邓析致之。子产令无致书，邓析倚之。令无穷，则邓析应之亦无穷矣。"②"县"同"悬"。悬书是把议论张挂在一处叫人观看，致书是送上门去看，倚书是混在他物里夹带去看。意思是郑国许多人四处张贴匿名帖议论国政，表达对执政者的种种不满。子产下令禁止张贴匿名帖。邓析就教人采取"致书"的方式直接将匿名帖递送上门；子产下令禁止传递匿名帖，邓析就教人用"倚书"的方式，把匿名帖夹在包裹里的物品中散发出去。针对子产企图用法令禁止人们的言行，邓析深知法令条文是有限的，不可能事无巨细，面面俱到，他利用子产立法的漏洞，巧妙应对。既表达了自己的意见，又不

---

① 《列子·力命》。
② 《吕氏春秋·离谓》。

留下任何授人口实的把柄，智慧过人的子产也一时难以应付，拿邓析没有办法。

邓析虽赞同子产公布成文法，但对子产公布的刑书内容持否定态度，多有批评，于是自编了一套更能适应社会变革要求的成文法，刻在竹简上，向民间传播，人称"竹刑"。这部刑书早已经失传，竹刑的具体内容，我们今天已经不得而知，晋人杜预注释《左传》时说：邓析"欲改郑所铸旧制"。这是要改变郑国的旧制，既不效法先王，不肯定礼义，也不接受国君的命令。结合邓析"不法先王"的主张，可以想见他的刑法比子产的更为进步，更能体现新兴地主阶级的意志。

邓析私制"竹刑"的意义重大：一是立法的目的是"欲改郑所铸旧制，不受君命而私造刑法"[①]，即不奉君主的命令，侵夺贵族统治者的立法权，由熟悉法律的专家根据经济发展的需求，制定维护商人和平民基本权益的成文法，并以此作为判断是非曲直和定罪的标准，要求事断于法，维护法律的最高权威，这无疑是成文法从性质到内容的一次重大变革。二是法律的载体，以竹简代替铁鼎，二者比较，竹简的优越性异常突出——竹简取材方便，成本低廉，刻写轻松，容易增补删改，篇幅不受限制，且轻便灵巧，便于携带传播，为法律的普及和广泛引用创造了条件，这无

———————

① 《左传·定公九年》。

疑是成文法形式上的一大进步。邓析创制的中国第一部私人成文法"竹刑"，无论内容上，还是形式上，都胜过官府的成文法"刑鼎"①。三是驷歂"杀邓析，而用其竹刑"。虽然执政者把人杀了，却把竹刑保留下来，并还颁布使用，可见邓析的竹刑还是得到了执政者的认可，也可以想见他的进步性。

（三）私家传授法律

春秋时期，邓析打破"学在官府"的传统，创办私学，讲解和传授法律知识和诉讼方法，根据案件大小和复杂程度收取诉讼费，帮助别人代理诉讼。

《吕氏春秋》说，邓析"与民之有讼者约，大狱一衣，小狱襦袴。民之献衣襦袴而学讼者不可胜数。以是为非，以非为是。足非无度，而可与不可日变。所欲胜因胜，所欲罪因罪"②。大家发现干这项工作收益不错，于是又纷纷参加他的法律培训班。邓析擅长辩论，有人称他"操两可之说，设无穷之词"。历史上有这样一个小故事，洧水河发了大水，淹死了郑国的一个富人。尸首被人捞去了。富人的家属要求赎尸，捞得尸首的人要钱太多，富人的家属就找邓析讨主意。邓析说："不要急，他不卖给你卖给谁

---

① 王亚军著：《法家思想小史》，安徽人民出版社 2014 年版，第 32 页。
② 《吕氏春秋·离谓》。

呢？"捞得尸首的人等急了，也去找邓析讨主意。邓析又回答说：
"不要急，他不找你买，还找谁呢？"邓析虽然常钻法律的空子，
但民众对于他的成功却十分敬佩。在诉讼的过程中，邓析敢于提
出自己的独到见解，"以非为是，以是为非"。在他的倡导下郑国
出现了一股新的思潮，法律知识深入民心，以至于"郑国大乱，
民口讙哗"，对当时的统治者造成严重威胁，最后郑国执政者驷颛
不得不杀了邓析以事。

邓析没能留下更多的东西。现存《邓析子》一书是伪书，如
要探究邓析的思想，它仅可作为参考而已。

四、郭偃之法

（一）晋国法家先驱人物

郭偃是春秋时期晋国的一位法家人物，辅佐晋文公改革所形
成的"郭偃之法"，与管仲在齐的改革齐名，值得学界深入探讨与
研究。

郭偃，又名高偃，晋国著名的史官，官职为掌卜大夫，因
而也叫卜偃。史书上称其为晋人，因这一时期晋国的国都在翼
城一带，许多史官便生长居处于翼城。郭偃的故里为今翼城县
王庄乡鄢里村，鄢里古时也称"偃里"，至今鄢里村一带仍多

郭姓、高姓。郭偃生卒年不详，主要活动于晋国的献公、惠公、怀公、文公、襄公时期，是一位历经晋国五代诸侯的元老级人物。

相传，郭偃对龟卜非常精通，卜技高超，算无一失。这里略举数例：

晋献公十六年（公元前661年），晋国灭掉魏、耿、霍之后，晋献公将魏邑赐给他的戎右毕万，毕万以食邑为姓称为魏毕万，卜偃断言"毕万之后必大"。其实，郭偃的这一结论并非来自占卜，而是从字意上推理。他说："万，盈数也；魏，大名也；毕，一定也。"果然，到了战国初年，毕万的后代建立的魏国成为战国七雄之一。

晋献公十九年（公元前658年），晋献公借虞国攻伐虢国，久攻不下。晋献公问卜于卜偃，卜偃回答一定能攻下，并预言为九月与十月之交的丙子日早晨，后面的事实果然应验。

晋献公卒后，其子夷吾继位，即晋惠公，惠公言而无信，忘恩负义，惠公五年（公元前646年），郭偃预言"葬年将有大咎，几亡国"，果然次年发生了晋秦韩之战，晋军大败，惠公被俘，以割"河外列城五"给秦国的惨剧而告终。

晋惠公卒后其子圉继位，是为晋怀公，卜偃再次预言"国君明，臣民乃服，怀公自身不明，只知杀人逞志，必无后于晋"。不到一年公子重耳返回绛都即位，追杀怀公于高梁。

晋文公九年（公元前 628 年），文公病卒，因祖庙在曲沃，从绛都出殡到曲沃的途中棺椁发出响声如牛叫，郭偃告知其子晋襄公及大臣先轸说："君命大事，将有西师过轶我，击之，必大捷焉。"不久，秦国攻打晋国，先轸率军在崤山尽歼秦师并俘获其三帅。

以上所举仅仅是较为典型的几例而已，但已经足以说明郭偃超常的预见性。然而，就是这样一位德高望重的法家先驱人物，由于其职位为掌卜大夫，文献只是过多地记载或者渲染他在占卜方面的技能和灵验，而忽略了他在晋国改革方面的重要成就。历代《翼城县志》也将其收录在"方技卷"中。其实，卜偃的预言并非是简单地用龟甲烧烤占卜，而是建立在他渊博的哲学与丰富的历史知识基础上，建立在他对当时晋国内外时局发展的深入洞察和精确判断上面。事实上，郭偃更是一位著名的改革家，他一手主导的改革晋国社会的"郭偃之法"，一度曾让晋国经济社会空前繁荣，为晋文公称霸中原奠定了坚实的基础。尤其是郭偃主张从经济领域入手实施改革，进而扩展到用人制度，以及大胆采用"君食贡"概念，要求国君从此之后不再保留任何土地，而是从土地拥有者身上收取税赋等措施，都大大促进了晋国社会的蓬勃发展，更为将来三晋的法家提供了思想源泉，他也成为晋国法家思想萌芽时期的重要人物。

（二）"郭偃之法"

郭偃是晋文公时期在晋国推行富国强兵政策的社会改革家，由于史料的缺乏，郭偃在晋国实行的具体的改革措施，我们已经不得详知。只是通过《韩非子》《商君书》《国语》《战国策》等典籍中有关郭偃的记载，我们可以对其思想及改革措施略知一二。

《商君书》和《战国策》中提到了"郭偃之法"。《战国策·赵策四》作"燕郭之法"，据姚宏说，曾巩本作"郭偃之淫"，"淫"是"法"的误写，"燕"与"偃"通，但是"燕郭"二字实为倒误。"燕郭之法"应正读之曰"郭偃之法"[1]。《韩非子·南面》中说："郭偃之始治也，文公有官卒；管仲之始治也，桓公有武车，戒民之备也。"意思是郭偃在晋国的变法与管仲在齐国的变法一样遇到很大的阻力，事先准备好武装力量随时对不服从者进行镇压。由此可见，郭偃与管仲一样，都主张强兵，"官卒""武车"都是强兵的具体措施。

《国语·晋语四》记载，郭偃曾对晋文公这样说："君以为易，其难也将至矣。君以为难，其易也将至矣。"意思是说，难与易是可以相互转化的，把治国看得太容易反而会治不好成为难事；反

---

[1] 周勋初著：《〈韩非子〉札记》，江苏人民出版社 1980 年版，第 115 页。

之，把治国看成难事，谨慎小心去做，难事也就变成容易的事了。这里体现出了郭偃一些治国理政的辩证思想。

郭偃认为："论至德者不合于俗，成大功者不谋于众。"① 确实，变法就是要改变人们的固有习惯和旧的落后观念。另外，当时晋文公所采取的改革措施，应该与郭偃有着密切的关系，比如，"举善援能""赏功劳""赋职任功"等。这些措施与齐国管仲的改革措施有着相通之处。《墨子》中说"齐桓染于管仲、鲍叔，晋文染于舅犯、高偃（与郭偃音谐）"。可见，郭偃对于当时晋国的改革起着至关重要的作用，其地位可与管仲比肩。②

从历史上来看，西周时期，史官在政治舞台上是最为活跃的一个群体，尤其是西周中后期，史官地位渐趋上升。尽管春秋时期由于种种因素史官地位有所下降，但仍掌握着国家"典、法、则"的起草和保藏，配合着对邦国、官府、都鄙的治理。《周礼·春官宗伯·太史》说："太史，掌建邦之大典，以逆邦国之治。掌法以逆官府之治，掌则以逆都鄙之治。"也就是说，为国君草拟法典是史官应尽的职责。作为掌卜大夫，身为太史身份，这为郭偃辅佐晋文公变法提供了方便条件。

晋文公是在晋国长期丧乱之后回国即位的，由于"惠、怀弃

---

① 《商君书·更法》。

② 参见郭建主编：《中国法律思想史》，复旦大学出版社 2016 年版，第 40 页。

民"而"无亲",全国上下从贵族到平民都怨声载道,晋文公不得不大刀阔斧地实行改革。郭偃之法就是在这样的情况下产生的。

纵观历朝历代,改革就是变法,改革派与保守派总是殊死之争,往往是保守派因人多势众而占据上风。

据史料记载,在当时晋国的贵族和国人中,对于改革的意见很不一致,期待振兴晋国与伺机反扑颠覆其政权者并存,甚至反对者超过了支持者。但郭偃不以反对者占多数而退缩,正如《商君书·更法》中记载:"郭偃之法曰:论至德者,不和于俗。成大功者,不谋于众。"由此看来,晋文公针对惠公以来给国家造成的种种弊端大胆实施改革,自然有狐偃、赵衰、胥臣等一批能吏的支持,但在改革理念上的大胆创新,郭偃则首当其冲,功不可没。[①]

概括地说,郭偃之法主要集中在这样几个方面:

(1)加强君主南面驭臣之术。

(2)整顿吏治。

(3)按照功劳起用庶族,对世卿世禄制适当加以改良。

(4)发展农业、商业,节省费用,增加财政收入。

(5)扩充军队。

据《战国策》中记载:

---

① 参见翟铭泰:《郭偃:晋国法家思想的先驱》,《文史月刊》2015 年第 10 期。

燕郭（郭偃）之法，有所谓"桑雍"者……所谓"桑雍"者，便辟左右之近者，及夫人、优爱孺子也。此皆能乘王之醉昏，而求所欲于王者也。是能得之乎内，则大臣为之枉法于外矣。故日月晖于外，其贼在于内，谨备其所憎，而祸在于所爱。①

另据《国语·晋语四》记载，郭偃佐晋文公改革举措主要表现在：

公属百官，赋职任功，弃责薄敛，施舍分寡，救乏振滞，匡困资无，轻关易道，通商宽农，懋穑劝分，省用足财，利器明德，以厚民性。举善援能，官方定物，正名育类。昭旧族，爱亲戚，明贤良，尊贵宠，赏功劳，事耆老，礼宾旅，友故旧。胥、籍、狐、箕、栾、郤、柏、先、羊舌、董、韩，实掌近官。诸姬之良，掌其中官。异姓之能，掌其远官。公食贡，大夫食邑，士食田，庶人食力，工商食官，皂隶食职，官宰食加。政平民阜，财用不匮。②

总之，在春秋时期的各国改革中，管仲、郭偃是齐名的。齐

---

① 《战国策·赵策四》。
② 《国语·晋语四》。

桓、晋文都是中国早期具有法治思想的政治家。他们之所以能够列名五霸，在政治上取得巨大成就，原因之一，即在于能够任用法家的先驱人物执政。管仲帮助齐桓公改革政治，史书上记载较详；郭偃帮助晋文公改革政治，在《春秋》三传中没有记载，但从一些子书的零星材料中，可以看出他的重要地位。

《墨子·所染》篇曰："齐桓染于管仲、鲍叔，晋文染于舅犯、高偃，楚庄染于孙叔、沈尹，吴阖闾染于伍员、文义，越句践染于范蠡、大夫种。此五君者所染当，故霸诸侯，功名传于后世。"王念孙《读书杂志》卷九、梁玉绳《吕子校补》卷一从字形和字音上证明高偃即郭偃。《吕氏春秋·仲春纪·当染》篇则作"晋文公染于舅犯、郤偃"，"郤"为"郭"的误字，《太平御览》卷六百二十引文正作"郭偃"。凡此均足证明郭偃是晋文公的重要助手。此人曾在晋国的政治革新中起过重大作用。[1]

韩非说：

> 管仲毋易齐，郭偃毋更晋，则桓、文不霸矣。[2]

就是说，如果没有管仲在齐国的改革，没有郭偃在晋国的改革，齐桓公、晋文公也不能成就霸主之业。

---

[1] 参见周勋初著：《〈韩非子〉札记》，江苏人民出版社 1980 年版，第 114 页。

[2] 《韩非子·南面》。

此言信然。

五、春秋其他法家之扫描

（一）赵盾制事典

赵盾，即赵宣子，春秋时任晋国执政。赵盾的父亲赵衰曾跟随晋文公重耳长期在外流亡，晋文公回国即位后，封赵衰为卿。公元前 622 年，赵盾被推荐任中军元帅，开始执掌国政。他辅佐晋襄公，在晋国又一次实行改革。赵盾的改革措施主要表现在"制事典（制定章程），正法罪（制定刑法律令），避狱刑（清理诉讼积案），董逋逃（缉捕逃犯），由质要（使用契约账目为依据），治旧湾（改正不利于民的制度），本秩礼（规范等级秩序），出滞淹（选出贤者加以官爵）"①等上面。从这些举措可以看出，赵盾十分重视法治，但新法典在当时并没有公布。过了 100 年之后，公元前 513 年，晋国的赵鞅、荀寅将赵盾所做之法铸于铁鼎上，将刑书公布于众。赵盾的立法实践活动成为三晋法家思想的滥觞，为成文法的产生奠定了基础。

---

① 《左传·文公六年》。

（二）叔向法不徇私

叔向一作叔响，羊舌氏，名肸。因其封邑在杨（今山西洪洞东南），又称杨肸。春秋时期晋国卿。约与子产、孔子同时。晋悼公晚年时任太子彪的老师（傅）。后来，彪即位为平公，叔向任太傅，参与国政。叔向长于历史典故，人称"习于春秋"①，又有丰富的施政经验。他认为晋国的时政是国势日衰，处于"季"世。为挽救这种局面，他坚持"礼"的原则，主张以"宽"待民，对民众施以恩德。叔向崇尚"礼治"，认为"礼，政之舆也；政，身之守也。怠礼，失政，不立。是以乱也"②。"忠信，礼之器也。卑让，礼之宗也。"③ "礼，王之大经也。言以考典，典以志经。"④ 在司法方面，叔向主张依法处死徇私枉法的法官叔鱼（叔向的弟弟），体现了严格执法、大义灭亲的精神。为此，孔子称赞道："叔向，古之遗直也。治国制刑，不隐于亲。三数叔鱼之恶，不为末减。曰义也夫，可谓直矣！"⑤ 这种做法反映了当时晋国重视法治传统的

----

① 《国语·晋语七》。
② 《左传·襄公二十一年》。
③ 《左传·昭公二年》。
④ 《左传·昭公十六年》。
⑤ 《左传·昭公十五年》。

一个侧面，与后世法家"不别亲疏，不殊贵贱，一断于法"①的"法治"精神是一脉相承的。

（三）士会之法

士会，即随武子、范武子，士为之子，字季。春秋时晋国大夫。因食邑在随（今山西介休东南），后更受范地（今山东梁山西北），故又称随会、范会、士季、随季。生卒年不详，主要活动在晋文公、襄公、灵公、成公、景公时期。晋襄公死后，执政大臣派士会等人到秦国迎接公子雍回国即位。就在秦国派兵护送公子雍回国途中，晋国内部又发生变故，改立公子夷皋为君，就是晋灵公。晋灵公发兵阻击秦国的护送队伍，于是士会只好羁留秦国。后来才回到晋国，仍将上军。景公七年（公元前593年），士会因屡攻赤狄，论功升为中军元帅，兼任太傅，执掌国政。士会执政后，把缉盗科条删削，用教民劝化为务，于是晋国盗贼大多逃到秦国。这年冬天，晋景公又派士会平定周王室之乱。士会回来后，广求典礼之制，来修晋国的法制，称为"士会之法"。

（四）司马穰苴依法治军

司马穰苴是田完的后裔。齐景公时，晋国进占了齐国的阿邑、

---

① 《史记·太史公自序》。

甄邑，燕国进占了齐国北部黄河南岸的领土，齐军连连败退，齐景公很担忧。这时晏婴向齐景公推荐了田穰苴，他说："穰苴在田氏宗族中虽然是一个远房子弟，但这个人有文才、武略，对内能团结人，对外能克敌制胜，您可以试用一下。"于是齐景公召见了田穰苴，与他谈了一些军事问题后，心里很是高兴，便任命田穰苴为将军，让他领兵去抗击燕、晋入侵的军队。田穰苴说："我一向卑贱，您现在突然把我从平民百姓中提拔起来，把我的职位提到那些大夫的职位之上，这样士兵们不会听我的号令，老百姓也不会信任我。因为我在人们心目中一向是太微贱、太不关轻重了。如果您能派一个您的亲信，又是全国所尊敬的人来给我当监军，这事就好办了。"齐景公答应了他，随即派了庄贾去给他当监军。穰苴辞别了齐景公，与庄贾约定说："明天正午，我们在军门相会。"到了第二天，田穰苴先乘车来到了军营，在军门设置了观测日影的木表和计时用的漏壶，而后就在那里等候庄贾的到来。庄贾素来是个骄横高傲的人，他觉得将军穰苴已经去了军营，自己不是主将，只是一个监军，去晚点没有关系，不用着急。因此当亲戚朋友给他置酒送别时，他就放心大胆地留下来喝酒了。再说田穰苴等待庄贾一直到了正午，见庄贾没来，于是下令把木表放倒，把漏壶中的水倒掉，自己进去升帐点兵，操练部队，宣布纪律。等到这一切都已布置完毕，天已经快黑了，这时庄贾才慢腾腾地来到军营。穰苴问他："为什么来得这么晚？"庄贾还似乎蛮有信心地说："敝人的一些亲戚朋友为我送行，所以逗留了一会。"穰苴说："作为一个将军，从他接受国君命令的那一天起，就要把家中的一切事情通通忘掉；当他面向军队宣布纪律的时候，他就必须连自己的双亲也都忘掉；等到擂响战鼓，向敌人冲锋的时候，他就必须把自己的安危忘掉。如今敌人已经深入我们的国土，国内人心惶惶，前线的士兵正在风餐露宿跟敌人苦战，国君焦急得睡不着觉、吃不下饭，全国百姓们的性命安危都决定于你的胜败了，还讲究什么请客送行呢？"于是把执法的军官叫过来问道："订好时间而迟到的人，按军法该怎么处置？"执法军官说："应该斩首。"庄贾一听吓坏了，赶紧叫人飞马前去向齐景公求救。可是还没等到派去的人回来，这里田穰苴早已把庄贾斩首，并在三军面前示众了。三军将士见此情景都异常震恐敬畏。过了一会儿，齐景公的使者带着符节驰车闯进了军营，对穰苴宣布，要他赦免庄贾。田穰苴对使者说："大将在军中，可以不接受国君的命令。"又回头问执法的军官说："在军营中乘车驰骋，按军法该如何处置？"执法军官说："应该斩首。"使者一听也吓坏了。田穰苴说："国君的使者不能杀。"于是下令把使者的车夫斩了，同时砍掉了马车左边的一根立木，又杀了车子左前方的一匹边马，并把它们在三军面前示众。处理完毕，他让使者回去向齐景公报告，而自己则带兵向前线出发了。在行军途中，田穰苴对士兵们的住宿、饮食，以及疾病医药等事，都亲自关心、安置。他把自己的资财粮食都拿出来给士兵们享用，自己和大家吃一样的口粮，而且是和那些吃得最少的人一样。这样到第三天，整饬部队，准备出战时，连生病的人都积极要求出发参加战斗。晋军听到了穰苴这一系列做法后，自己主动引兵撤退了。燕军得知这些情况后，也撤过黄河，向北退去。于是穰苴挥兵追击，直到全部收复了齐国的失地，这才班师回朝。到达国都之前，他们解除了部队的备战状态，取消了战时的种种法规，宣誓立盟之后才进入京城。而齐景公早已率领着朝中的公卿大夫到城外来迎接，直到慰劳三军的仪式结束，才回宫休息。齐景公接见了田穰苴，尊封他为齐国的大司马。从此，田氏家族在齐国也就越来越显贵了。

对于司马穰苴的严肃军纪，司马迁十分赞叹，并亲自为他作传，给予了高度的赞扬。司马迁说：

> 齐威王使大夫追论古者《司马兵法》而附穰苴于其中，因号曰《司马穰苴兵法》。

> 余读《司马兵法》，闳廓深远，虽三代征伐，未能竟其义，如其文也，亦少褒矣。若夫穰苴，区区为小国行师，何暇及《司马兵法》之揖让乎？世既多《司马兵法》，以故不论，著穰苴之列传焉。①

---

① 《史记·司马穰苴列传》。

第四章 《管子》：春秋法家之大成

在论述道家的治道时，《管子》归纳出了三个重要特点：一是主道"约"，即君主只需掌握国家重大的政策而委下以能。二是主"时变"，就是说掌握时代的命运，推动社会的变革。三是以"虚无为本，因循为用"，这是从认识论上强调治者行事，要摒除主观成见，以虚心去听从民意，顺从民心。从《史记·论六家要旨》中，我们多少可以窥到《管子》中黄老学派的治道宗旨。

在先秦两汉的诸子著述中，《管子》一书自成一家，别具特色。它虽然"简篇错乱，文字夺误"，"号称难读"[1]，但又确是天下之奇文；它虽然丛集诸说，涉及百家，庞杂重复，但又确是包罗宏富的思想宝库。《管子》的作者，托名为春秋齐国的明相管仲，其实，却"非一人之笔，亦非一时之书"[2]。一般认为："《管子》是历经春秋、战国乃至西汉时期的学者们假托管仲之名对管仲治齐的理论与实践的总结与阐释。"[3]《管子》一书初成于春秋末期，汇集于战国稷下学宫，流传、发展于战国末期及秦汉时代，到西汉刘向集管仲学派各家之长终成《管子》一书，从成书到流行一直到形成定本，其沿革经历了一个十分漫长的过程。《管子》一书的流行版本最晚在战国时期就有了。据战国末年出现的《韩非子》一书记载："今境内之民皆言治，藏商、管之法者家有之。"[4] 这就是说，到战国末期，《管子》作为"言治"的重要著作，已经相当普及，与《商君书》在社会上的流行已经达到了"家有之"的程度。到了汉初，《管子》一书仍在继续流传，《史记》记载司马迁的话说，他不仅见到了《管子》书中的《牧民》《轻重》等篇章，而且"既见其著书，欲观其行事"，"至其书，世多有之"。到刘向校书时，

---

① 郭沫若著：《管子集校叙录》。

② 叶适著：《习学记言》卷四十五，文渊阁《四库全书》本。

③ 王京龙著：《管子与孔子的历史对话》，齐鲁书社 2016 年版，第 40 页。

④ 《韩非子·五蠹》。

又对当时散见阐释管子思想的文章进行了系统整理，定著86篇，后来佚失10篇，有目无文，现存76篇。这就是我们今天所能够见到的《管子》一书的原型了。

据武树臣、李力在《法家思想与法家精神》一书中统计说：

《汉书·艺文志》将《管子》列于道家类，而《隋书·经籍志》始列于法家类。成书于战国中后期的《管子》所载齐法家著作甚多，而且理论价值颇丰：

《法禁》篇，列举了18项事项，主要强调加强君权。

《君臣》（上、下）篇，主要讲君臣关系与君臣之道，兼有道家、儒家色彩。

《七臣七主》篇，主张法治，但不赞成繁重；主张君道有为，倡导节用。

《法法》篇，主要讲尚法、贵势、尊君、慎兵。

《权修》篇，强调经济对政治的决定作用，主张重本抑末，重法又兼及礼义。

《重令》篇，主要讲权势与命令的重要性，倡导重农抑末。

《治国》篇，强调重农抑末，认为粟是富国强兵的基础。

《正世》篇，主张变法，认为政治的关键是把握"齐"，即恰到好处，不可偏颇。

《禁藏》篇，认为法要适中，不能烦苛，很明显是受到阴阳家的影响。

《任法》篇，主张守法，反对变法，倡导文、武、威、德并重。

《乘马》篇，主要讲功利，兼收道家无为思想。

《版法》《版法解》篇，以法为主，综合各家，提倡兼爱。

《立政》《立政九败解》篇，基本为法家，同时兼收儒家；后者批评了9家，但没有儒家；主张限制工商，但不主张过分抑末。

《形势解》篇，以法为主，兼收道、儒，文中着重分析了各种事物之间的关系。

《明法》《明法解》篇，主张尚法主势，贵公去私，以法任人。

《九守》篇，为术家之作，"九守"即君之九术。

《霸言》《霸形》《问》3篇，主要讲如何争霸以及外交、用兵之术。

《七法》《地图》《小问》《兵法》《制分》《势》《九变》《参患》等篇，主要讲用兵之道。[①]

作为一部反映春秋齐文化的皇皇巨著，《管子》所蕴含的政治思想与治国理念异常丰富，远非先秦时期其他一些政治思想的著作所能及，可谓是春秋战国乃至秦汉时期的学术之宝藏。尽管班固将《管子》归入道家，刘歆在《七略》中将其列入法家，但

---

① 参见武树臣、李力：《法家思想与法家精神》，中国广播电视大学出版社1998年版，第47、48页。

都略嫌牵强。事实上,《管子》一书很难恰当地归入某一个类派,原因就在于《管了》兼有道、法两家之长而无其短,此外还掺以兵、农、阴阳、儒家的学说,可谓是中国春秋时期最大的杂家学说,其所包含的内容远非杂家的代表作《吕氏春秋》所能望其项背。在先秦诸子中,《管子》首先提出"以法治国"和"以德治国"的口号,认为法出乎道,为治国的根本,具有至高无上性,强调"令尊于君",主张"君臣上下贵贱皆从法",执法者必须公正无私等。这些主张和认识在当时无疑是进步的,至今仍具有借鉴意义和现实意义,可谓是先秦诸子百家争鸣之源头。

一、礼法兼重,德法并举

《管子》说:

> 安国在乎尊君,尊君在乎行令,行令在乎严罚。[①]

做到尊君,行令,严罚,就必须做到礼法兼重,德教并举。

1.《管子》将立法行令是否合乎民心作为推行法治成败的关键因素

第一,君主治国的根基,就是实现富国强兵。

---

① 《管子·重令》。

《管子·形势解》说：

> 主之所以为功者，富强也。故国富兵强，则诸侯服其政，邻敌畏其威，虽不用宝币事诸侯，诸侯不敢犯也。主之所以为罪者，贫弱也。故国贫兵弱，战则不胜，守则不固，虽出名器重宝以事邻敌，不免于死亡之患。故曰"主功有素，宝币奚为"。

《管子》认为，君主最大的功业就是使国家富强。国富兵强，那么诸侯就会信服他的政治，敌国就会畏惧他的威势，即使不用珍贵的礼品去奉献各国诸侯，诸侯各国也不敢侵犯。君主最大的罪过就是国家贫弱。国贫兵弱，如果进攻不能取胜，防守不能坚固，即使拿出国中最贵重的宝物去侍奉敌国，也免不了亡国的忧患。因此说，君主的根基，就是实现富国强兵，这是民众"尊君"的基础。

第二，《管子》认为，治国、安国、富国的途径方法是三本、四固和五事。

三本是：

> 君之所审者三：一曰德不当其位，二曰功不当其禄，三

曰能不当其官。此三本者，治乱之原也。^①

君主审查的问题有三个：一是臣下的品德和他的地位是否相称；二是臣下的功绩与他的俸禄是否相称；三是臣下的才能和他的官职是否相称。这三个根本问题是国家治乱的根源。治国的三本是政治措施。

四固是：

> 君之所慎者四：一曰大德不至仁，不可以授国柄；二曰见贤不能让，不可与尊位；三曰罚避亲贵，不可使主兵；四曰不好本事、不务地利而轻赋敛，不可与都邑。此四固者，安危之本也。^②

君主要慎重对待的问题有四个：一是对推崇道德而不力求做到"仁"的，不能交给他国家大权；二是对见贤而不让贤的，不能给予他尊贵的职位；三是对执掌刑罚包庇亲戚、显贵的，不能让他统率军队；四是对不重视农业生产、不注意土地收益却随意征敛赋税的，不能让他做都邑的官吏。这四个必须慎重对待的问题，是决定国家安危的根本。安国的四固不仅有政治上的措施，

---

① 《管子·立政》。
② 《管子·立政》。

还有经济上的方法。

五事是：

> 君之所务者五：一曰山泽不救于火，草木不殖成，国之
> 贫也；二曰沟渎不遂于隘，漳水不安其藏，国之贫也；三曰
> 桑麻不殖于野，五谷不宜其地，国之贫也；四曰六畜不育于
> 家，瓜瓠荤菜百果不备具，国之贫也；五曰工事竞于刻镂，
> 女事繁于文章，国之贫也。[①]

君主必须注意的事情有五件：一是山泽不能防止火灾，草木
不能繁殖成长，国家就会贫穷；二是沟渠狭窄的地方不通畅，堤
坝里的水泛滥成灾，国家就会贫穷；三是田野不种植桑麻，不能
因地制宜播种五谷，国家就会贫穷；四是家里不饲养六畜，瓜果
蔬菜也不齐备，国家就会贫穷；五是工匠在制作奢侈品上比高低，
妇女在纺织刺绣上把文采花样搞得很复杂，国家就会贫穷。富国
五事，主要是发展以农业为主的各种经济。

第三，《管子》认为，立法行令只有合乎民心才能畅通无阻。
《管子》说：

> 明主之动静得理义，号令顺民心，诛杀当其罪，赏赐当

---

① 《管子·立政》。

其功，故……鬼神助之，天地与之，举事而有福。[1]

明主的言行举止符合理义，发布号令顺应民心，赏罚分明，就会得民心而事无不成。

《管子·形势解》又说：

> 法立而民乐之，令出而民衔之，法令之合于民心，如符节之相得也，则主尊显。

君主推行法治，固然带有强制性，但是仅仅靠暴力及强制手段是不行的。只有合乎民心的法律才能取得令行禁止的效果，从而树立君主的权威。立法行令合乎民心的关键就是以民之好恶为出发点。

第四，人主之所以令则行、禁则止者，在于君主能使民众安居乐业。

《管子·形势解》说：

> 明主，救天下之祸，安天下之危者也。夫救祸安危者，必待万民之为用也，而后能为之。故曰"安危者与人"。

所谓明主，就是能拯救天下灾祸、安定天下危难的人。拯救

---

① 《管子·形势解》。

灾祸、安定危难，必定要依靠万民的力量，然后才能做到。因此说，安定危难，就要顺从人心。

> 人主者，温良宽厚则民爱之，整齐庄严则民畏之。故民爱之则亲，畏之则用。夫民亲而为用，主之所急也。故曰"且怀且威，则君道备矣"。

君主温和善良，宽厚待人，百姓就喜爱他；君主号令整齐，态度严肃，百姓就畏惧他。百姓喜爱君主就亲近他，百姓畏惧君主就甘心被驱使。百姓既亲近又乐于被用，这是君主治民理想的境界。因此说"对百姓既给予关怀，又运用威势，这才是君主治国完备的方法"。

> 人主能安其民，则事其主如事其父母。故主有忧则忧之，有难则死之。主视民如土，则民不为用，主有忧则不忧，有难则不死。故曰"莫乐之则莫哀之，莫生之则莫死之"。

君主能使百姓安居乐业，那么百姓侍奉君主就像侍奉父母。因而君主有忧患，百姓为他担忧；君主有危难，百姓为他牺牲。君主对待百姓如同泥土，百姓就不愿被用；君主有忧患，百姓不为他担忧。

2.《管子》认为，法令与礼义道德可以相互补充、相辅相成

法制具有依赖于道德的一面，同时道德也对法制具有促进作

用的一面。

《管子·任法》篇说:

> 仁义礼乐者皆出于法，此先圣之所以一民者也。

《管子》认为，所谓仁义礼乐，都是由法产生的，这是先代的圣主用来统一民众的法。

《管子·枢言》又说:

> 法出于礼。

可见，《管子》十分重视法令在治理国家中的作用。

《管子·权修》篇说:

> 凡牧民者，欲民之可御也，欲民之可御，则法不可不审。法者，将立朝廷者也，将立朝廷者，则爵服不可不贵也。爵服加于不义，则民贱其爵服；民贱其爵服，则人主不尊；人主不尊，则令不行矣。法者，将用民力者也，将用民力者，则禄赏不可不重也。禄赏加于无功，则民轻其禄赏；民轻其禄赏，则上无以劝民；上无以劝民，则令不行矣。法者，将用民能者也，将用民能者，则授官不可不审也。授官不审，则民间其治；民间其治，则理不上通；理不上通，则下怨其上；下怨其上，则令不行矣。法者，将用民之死命者也，用

民之死命者，则刑罚不可不审。刑罚不审，则有辟就；有辟就，则杀不辜而赦有罪；杀不辜而赦有罪，则国不免于贼臣矣。故夫爵服贱、禄赏轻、民间其治、贼臣首难，此谓败国之教也。

统治民众，就要使民众服从治理，要百姓服从治理，就不可不重视法律的地位。法律是用来树立朝廷权威的，要树立朝廷的权威，不可不重视爵位服饰的封授。爵位服饰授给不义之徒，百姓就要鄙视爵位服饰；百姓鄙视爵位服饰，君主就得不到尊重；君主得不到尊重，政令就不能推行。法律是用来使百姓出力的，要使百姓出力，不可不重视俸禄赏赐的分发。俸禄赏赐分给无功的人，百姓就要轻视俸禄赏赐；百姓轻视俸禄赏赐，君主就失去了勉励百姓的手段；君主失去了勉励百姓的手段，政令就不能推行。法律是用来发挥百姓才能的，要发挥百姓的才能，就不可不慎重对待委派官职。委派官职不慎重，百姓就要与官府隔阂；百姓与官府隔阂，正当要求就不能上达君主；正当要求不能上达，百姓就抱怨君主；百姓抱怨君主，政令就不能推行。法律是用来决定百姓生死的，要决定百姓的生死，就不可不慎重对待使用刑罚。使用刑罚不慎重，就会包庇坏人、冤枉好人；包庇坏人、冤枉好人，就会错杀无辜，赦免有罪；错杀无辜，赦免有罪，国家就难免被贼臣篡位。因此，百姓鄙视爵位服饰、轻视俸禄赏赐、与官府隔阂、贼臣带头作乱，这就是国家败亡的征兆。

> 凡牧民者，使士无邪行，女无淫事。士无邪行，教也；女无淫事，训也；教训成俗而刑罚省，数也。凡牧民者，欲民之正也，欲民之正，则微邪不可不禁也。微邪者，大邪之所生也，微邪不禁，而求大邪之无伤国，不可得也。凡牧民者，欲民之有礼也，欲民之有礼，则小礼不可不谨也。小礼不谨于国，而求百姓之行大礼，不可得也。凡牧民者，欲民之有义也，欲民之有义，则小义不可不行。小义不行于国，而求百姓之行大义，不可得也。凡牧民者，欲民之有廉也，欲民之有廉，则小廉不可不修也。小廉不修于国，而求百姓之行大廉，不可得也。凡牧民者，欲民之有耻也，欲民之有耻，则小耻不可不饰也。小耻不饰于国，而求百姓之行大耻，不可得也。凡牧民者，欲民之修小礼、行小义、饰小廉、谨小耻、禁微邪，此厉民之道也。民之修小礼、行小义、饰小廉、谨小耻、禁微邪，治之本也。[①]

统治百姓，就要使男子没有邪僻行为，女子没有淫乱行为。男子没有邪僻行为，要靠教育；女子没有淫乱行为，要靠训诫。经过教育和训诫成为习俗，就能少用刑罚，这是自然规律。统治

---

① 《管子·权修》。

百姓，就要百姓走正道，要百姓走正道，就不能不禁止小的邪恶。小的邪恶是大的邪恶产生的根源，不禁止小的邪恶，要想大的邪恶不危害国家，是不可能的。统治百姓，就要百姓遵守礼节，要百姓遵守礼节，就不可不重视小礼。国家不重视小礼，要想百姓遵守大礼，是不可能的。统治百姓，就要百姓实行仁义，要百姓实行仁义，就不可不推行小义。国家不推行小义，要想百姓实行大义，是不可能的。统治百姓，就要百姓做到清廉，要百姓做到清廉，就不可不修治小廉。国家不修治小廉，要百姓做到大廉，是不可能的。统治百姓，就要百姓懂得羞耻，要百姓懂得羞耻，就不可不整顿小耻。国家不整顿小耻，要百姓懂得大耻，是不可能的。总之，统治百姓，要百姓重视小礼、推行小义、修治小廉、整顿小耻、禁止小邪，这是教育百姓的方法。百姓能够重视小礼、推行小义、修治小廉、整顿小耻、禁止小邪，这就是治理国家的根本所在。

由此可见，《管子》虽然十分重视法治的作用，但并不以法势、刑罚排斥礼义道德，而是将礼义道德看作可以与法、势、刑、罚互相补充、相互完善、相互统一的要素。《管子》主张教育与惩罚相结合，恩德与威慑相补充，是典型的礼法兼重、德法并举。

《管子·法禁》篇说：

法制不议，则民不相私；刑杀毋赦，则民不偷于为善；

爵禄毋假，则下不乱其上。三者藏于官则为法，施于国则成俗。

法制不准私自议论，百姓就不会相随行私；刑杀不准赦免，百姓就不敢苟且行善；爵禄不妄赐予，臣下就不敢扰乱君主。这三者收藏在官府就是公法，施行到全国就成为习俗，其余各方面的事不勉强也就能治理好了。这里，"三者"指的是"法制""刑杀""爵禄"，它们皆属于法的范畴。而"民不相私""不偷于为善""下不乱其上"三者属于礼义道德的范畴。它们相互联系，互相补充，缺一不可。维护法制的权威，坚决按照法制办事，民众就不敢相互营私，这就是所谓的"法制不议，则民不相私"。有过必罚，民众就不会行苟且之善，而是一贯为善，这就是所谓的"刑杀毋赦，则民不偷于为善"。授爵赐禄与功德相当，臣民就不会反叛君主，这就是"爵禄毋假，则下不乱其上"。这三种因果关系，说明法制可以维护与促进道德。"三者藏于官则为法，施于国则成俗"。这就是说，法的实施可以转化为习俗，反过来说，道德、习俗也依赖于法治实践的监督与落实。这说明，《管子》认为道德习俗对立法是有影响的，法与俗可以相互作用，相互依存。

二、融道入法，道法合流

在《管子》的治理思想中，存在着融道入法，将道家的"无为而治"引入法制领域，改造为一种明君臣之别的权力关系和一种上合天道、下合民意的以法令制度为治理重点的思想理论体系。从《管子》的道论来看，道不远人，道为人用，治理国家完全可以做到援法入道。

道家思想由老子创立后，有两条思想发展的路线，一是庄子学派在心灵境界层面对老子思想的承继与发挥；一是黄老学派侧重现实社会层面的关注，而将老子的道论结合形名、法术等内容以展现出新的政治思想面貌。《史记》曾提及"黄老道德之术"，并且一再提及"黄帝老子之术""黄老之言"等。《史记》中司马谈《论六家要指》，赞赏黄老道家采各家之长，怀殊途同归的包容气度，并推崇黄老主逸臣劳的君道思想而批评儒家"主倡而臣和，主先而臣随，如此则主劳而臣逸"。司马谈论述道家的治身，主张"神本形具"，即视精神为生命之本而形体为生命之具现。在论述道家的治道时，指出黄老学说有这几项重要特点：一是主道"约"，即君主只需掌握国家重大的政策而委下以能。二是主"时变"，就是说掌握时代的命运，推动社会的变革。三是以"虚无为本，因循为用"，这是从认识论上强调治者行事，要摒除主观成见，以虚心去听从民意，顺从民心。从《论六家要指》中，我们多少可以窥见黄老学派的治道宗旨。

顾名思义，"黄老"乃是黄帝与老子的合称。虽然是合称黄帝与老子，然而就其理论内容来看，黄帝仅为其依托的对象，老子的道论才是黄老之学的理论主轴。《老子》五千言紧扣治道而论，正可具体作为君道层面的指导。黄老之学虽以老学为理论基础，但也与其他各家学说的交融而产生了新的道家思想。简言之，黄老之学是以老子道论思想为主轴，同时结合齐国法家"法"的思想，以及当时盛行的刑名观念而融会出的一种新道家思潮。这一思潮试图从社会政治层面提出一套君无为而臣有为的有效治国理政原则，集中于论述君道，即班固《汉书·艺文志》中所说的"君王南面之术"①。

1. "道生法"

春秋时代，天下大乱，礼崩乐坏，周初社会所赖以维系的礼乐宗法制度早已经弊端丛生，大一统格局客观要求探索新的政治出路，着眼于政治制度的重建。

黄老道家一方面在人治问题上提出"无为"以求限制君权的膨胀，另一方面继承管仲以来齐国优良的法制传统，以使君臣上下循名责实，做到各依其职、各尽所能。

① 陈鼓应著：《管子四篇诠释》，中华书局 2015 年版，第 4 页。

马王堆帛书《黄帝四经·经法》开宗明义宣称："道生法。"

然而，《黄帝四经》(《经法》《十大经》《称》《道原》) 称道法治而未及言礼。保存在《管子》书中有关稷下黄老的作品《枢言》和《心术上》，除了援法入道之外，同时还有援礼义入道之说。

《管子·心术上》说：

> 道不远而难极也，与人并处而难得也。虚其欲，神将入舍。扫除不洁，神乃留处。

> 大道可安而不可说。直人之言，不义不顾，不出于口，不见于色。四海之人，又孰知其则？

如果说道不远人而难及，虚空自身才能得到的话，那么，国家治理"大道可安而不可说"，就只有通过法术才能实现了。

> 天之道，虚其无形。虚则不屈，无形则无所位迕。无所位迕，故遍流万物而不变。德者，道之舍。物得以生生，知得以职道之精。故德者得也；得也者，其谓所得以然也。以无为之谓道，舍之之谓德，故道之与德无间，故言之者不别也。间之理者，谓其所以舍也。义者，谓各处其宜也。礼者，因人之情，缘义之理，而为之节文者也。故礼者谓有理也；理也者，明分以谕义之意也。故礼出乎义，义出乎理，理因

乎宜者也。法者所以同出，不得不然者也，故杀戮禁诛以一之也。故事督乎法，法出乎权，权出乎道。

天道是虚空而无形的。虚空就不会穷尽，无形就不会有阻挡。没有阻挡，所以天道在万物中遍流而不变。德，是道施舍的。万物得而生成，智力得而认识道的精神。所以德就是得的意思，所谓得，大概是说所得的已经得到了。无为叫做道，以道施舍的叫做德，故道与德浑然一体没有差距，所以说道德的人是不加区别的。要把道与德分开来的话，只能说道是用来施舍的。义，是说各处于合宜的地方。礼，是按照人的感情，遵照义的道理，而为此规定的制度条文。所以礼就是有理。所谓理，是用明确职分来说明义的意思。所以礼是从义产生出来的，义是从理生出来的，理是依照道的。法是为了统一世务，而不得不这样做的，所以用杀戮禁诛来规范人们。所以用法来督察世事，法经过权衡制定出来，权衡要根据道来进行。《管子》正是顺应时代环境之需，得出了援礼、法以入道的政治主张。

《管子·枢言》篇说：

> 法出于礼，礼出于治，法、礼，道也。

《管子·心术上》对道、德、义、礼、法进行界说，在界说中将传统的政治治理学说充实了新的内涵。对西周以来实施了数百年而早已弊端丛生的礼制，进行合理的改造。

《管子·心术上》说：

> 事督乎法，法出乎权，权出乎道。

这就是说，人们的行为以法为督导，法是由具有权威的人（指君主）来设立制定的，而权又由道所生。可见，法是本于道而生的。值得注意的是这里"道"与"法"之间联系的桥梁是"权"。所谓"权"，就是义、礼之和，也就是说，在道的大原则下，法的实施要照顾到人的情感感受。

《管子·法法》篇说：

> 宪律制度必法道。

在这里，《管子》的法出乎道的"道"很可能具有这样两重含义：

第一，所谓"道"，就是无偏私之心和偏私之欲。《管子》认为，天因为其无限大所以才能兼覆万物，地大才能兼载万物。天兼覆而无外，其德无所不在；地兼载而无弃，故能生殖万物。君主圣人应该像天地那样兼覆、兼载万物，像日月那样普照万物，才能够清明审察，不遗善，不隐奸，从而达到劝善止奸、万民莫不为之所用的目的。所以《管子·心术下》说："是故，圣人若天然，无私覆也；若地然，无私载也。私者，乱天下者也。"又说："以法制行之，如天地之无私也……上以公正论，以法制断，故任天下而不重也。"可见，法首先要公正无私。

第二，"道"就是立法要顺应民心、民情和自然之理。《管子》认为，圣明的君主"动静得理义，号令顺民心"，"必令于民之所好，而禁于民之所恶"。君主立法出言只有"顺于理，合于民情"，百姓才会"受其辞"，按照法令的规范去做。昏庸的君主则相反，其"动作失义理，号令逆民心"①，其结果只能是令不行，禁不止，天下大乱。慎到也认为法治原则就是因天地之道而得出的治国之道。

2. "道贵因"

《慎子·因循》说：

> 天道因则大，化则细。因也者，因人之情也。

所谓"因"，就是因循天道，顺应人心。

以法治国就是因循天道、顺应人情的自然表现。申不害则认为，法就是最重要的人道，也就是治国之道。

《商君书·错法》说：

> 古之明君，错法而民无邪，举事而材自练，赏行而兵强，

---

① 《管子·形势解》。

此三者,治之本也。夫错法而民无邪者,法明而民利之也。

刑法赏罚是治国的根本。法治的作用就是禁邪去私,便民利民。

《慎子·逸文》说:

> 法之功,莫大使私不行;君之功,莫大使民不争……法立则私议不行,君立则贤者不尊,民一于君,事断于法,是国之大道也。

立公法,废私议,凡事皆断于法,不尊贤智机巧,使民统一于国君,这样才能避免动乱,达到天下大治,因此法是治国的根本,也是道的表现形式之一。

总之,在《管子》中,道法并重、法道统一的思想在全书中占有重要的地位。

三、法为治国的根本

1. 法为治国理政的大本

法出乎道具有至高无上性,但是法又生于君。那么法与君之间又是什么关系呢?《管子》说:"威不两错(措),政不二门。

以法治国则举错（措）而已。"① 君主出法制令，而一旦法令制定之后它就凌驾于君主之上，具有至高无上性。只有实行法治，国家才能安定、富强。法是君主安邦定国的重要手段，是否实行法治是国家治乱兴衰的关键。

《管子·任法》说：

> 法者，天下之至道也，圣君之实用也。

《管子·法法》说：

> 明王在上，道法行于国。

《管子·明法解》说：

> 法度行则国治，私意行则国乱。

《管子·明法解》又说：

> 故治国使众莫如法，禁淫止暴莫如刑。

2. 实行法治有助于建立君主至德至尊的权威地位

在君主专制的传统社会里，君主的绝对权威、地位是不可动摇的。动摇了君主的绝对权威就等于动摇了国家政治稳定的

---

① 《管子·明法》。

基础。对此，中国封建社会的政治家、思想家们有着共同的认识。但对于法与君之间的关系，儒家主张君主以德治天下，君主应是有德之君，德是建立君主权威的第一要素。法家则主张应当"法、术、势"相结合，以此作为维护君主权威的有效工具。《管子》一书中的治理思想特别强调法对君主治国理政过程中的重要性。

《管子·正世》说：

> 为人君者，莫贵于胜。所谓胜者，法立令行之谓胜。
>
> 凡君国之重器，莫重于令。令重则君尊，君尊则国安。令轻则君卑，君卑则国危。

君主立法行令可以约束群臣百官，使群臣百官忠于职守，这样才能使君主居于至尊之位，更好地驱使群臣、控制百官。所以《正世》又说："法立令行，故群臣奉法守职，百官有常。"有了法律才可以使百官有所遵循，办事才有章程可遵。如果不行法治，则群臣各行其是，是非善恶就会失去衡量的标准。这样君主也就无从任用和管理群臣百官，国家必然混乱而不堪。因此，只有实行法治才可以有效地制约权贵，强化君权。

《管子·明法解》说：

> 明主者，使下尽力而守法分。故群臣务君尊主而不敢

顾其家。臣主之分明，上下之位审，故大臣各处其位不敢相贵。

废法而行私，则人主孤特而独立，人臣群党而成朋。如此则主弱而臣强，此之谓乱国。

只有以法治国，才能使臣守法安分，不敢以权谋私，从而树立君主的权威。

《管子·重令》篇说：

凡君国之重器，莫重于令。令重则君尊，君尊则国安；令轻则君卑，君卑则国危。故安国在乎尊君，尊君在乎行令，行令在乎严罚。罚严令行，则百吏皆恐；罚不严，令不行，则百吏皆喜。故明君察于治民之本，本莫要于令。故曰：亏令者死，益令者死，不行令者死，留令者死，不从令者死。五者死而无赦，唯令是视。故曰：令重而下恐。

君主治理国家的重要工具，没有比法令更重要的了。法令有力量，君主就尊严，君主尊严国家就安全；法令没有力量君主就卑微，君主卑微国家就危险。所以要使国家安全，在于使君主尊严；要使君主尊严，在于施行法令；要施行法令，在于严明刑罚。刑罚严明，法令施行，百官就都恐惧谨慎；刑罚不严明，法令不施行，百官就都对工作懈怠。所以圣明君主认识到治民的根本，没有比法令更重要的了。因此说：减少法令的处死，增添法令的处死，不执行法令的处死，扣留法令的处死，不服从法令的处死。有以上五种情况的处死，决无赦免，一切都只看法令。所以说：法令受重视，下面就敬畏了。

3. 以法治国是维护社会正常秩序的重要保障

《管子》认为，以法治国可以除暴安民，稳定社会秩序，巩固君主的统治。

《管子·正世》说：

> 法治不行，则盗贼不胜，邪乱不止，强劫弱，众暴寡，此天下之所忧，万民之所患也。忧患不除，则民不安其居；民不安其居，则民望绝于上矣。

为了达到除暴安民的目的，就必须实行法治。

《管子·明法解》说：

> 凡人主莫不欲其民之用也。使民用者必法立令行也。故治国使众莫如法，禁淫止暴莫如刑。

实行法治可以使平民百姓安分守己，竭诚为国效力，也更有利于对百姓的统治。

《管子·禁藏》说：

> 法者，天下之仪也，所以决疑而明是非也。

这里所谓的"仪"，也就是规矩的意思。《管子·形势解》说："仪者，万物之程式也。法度者，万民之仪表也；礼义者，尊卑之仪表也。"所谓"决疑而明是非"，主要不是说人在认识上的对与错，而是指人的行为是否合乎规范。法是君主用以规范人们行为的工具，是判断人们行为是否合乎规范的标准。因此，《管子·七臣七主》说："法律政令者，吏民规矩绳墨也。"只有实行法治国家才能得到治理，才能富强。如果舍弃法国家就会动乱。正如《管子·法法》说的那样："虽有巧目利手，不如拙规矩之正方圆也。故巧者能生规矩，而不能废规矩而正方圆。虽圣人能生法，不能废法而治国。""法者，天下之治道也。"

《管子》不仅强调法治的重要作用，而且还从法律形式的三种类型上强调了法的规范意义。

> 夫法者所以兴功惧暴也；律者所以定分止争也；令者所以令人知事也。法律政令者，吏民规矩绳墨也。①

《管子》这种对法的规范性的认识是和后来的秦、晋法家一致的。《商君书·修权》说："先王县权衡，立尺寸，而至今法

---

① 《管子·七臣七主》。

之，其分明也。夫释权衡而断轻重，废尺寸而意长短，虽察，商贾不用，为其不必也。"《韩非子·有度》也说："巧匠目意中绳，然必先以规矩为度；上智捷举中事，必以先王之法为比。故绳直而枉木断，准夷而高科削，权衡县而重益轻，斗石设而多益少，故以法治国，举措而已矣。"这与《管子》对法的观点是一致的。

4.法治贵在落实

第一，"君臣上下贵贱皆从法"。《管子》认为法具有至高无上的权威性，因此它主张"君臣上下贵贱皆从法"。法律高于一切。无论是君主还是官员，无论是上层还是下层，无论是高贵者还是卑贱者，都必须遵守国家法律，违反了都应该受到法律的制裁。这一观点和商鞅提出的"刑无等级"思想是一致的，但它比商鞅的观点更具有彻底性。商鞅在《贵刑》篇中指出，统一刑罚就是执行法律不论等级，从卿相将军直到大夫平民，凡有不服从君主命令、违犯国家法令、破坏法制的，一律判处死刑，决不赦免。这虽然超越了儒家的"刑不上大夫"的宗法观念，但商鞅讲遵行法律却是把君主排除在外的。《管子》的"君臣上下贵贱皆从法"，将君主也包括在内，主张君主也必须按照法律办事，这显然比商鞅的观点更具有彻底性。

第二，执法必严。《管子》认为，严明的号令、严厉的刑罚、丰厚的赏赐是君主推行法制的三大法宝。"有功不必赏，有罪不必诛，令焉不必行，禁焉不必止，在上位无以使下，而求民之必用，不可得也。"① 所以明君执法必须"如天地之坚，如列星之固，如日月之明，如四时之信，然故令往而民从之"②。只有严于执法才能使臣民奉法唯谨，收到令行禁止的效果。如果有法不依，执法不严，那么"以法治国"就成了一句空话。为了做到赏罚分明，《管子》认为执法者必须公正无私，"不知亲疏远近，贵贱美恶，以度量断之，其杀人者不怨也，其赏赐人者不德也，以法制行之如天地之无私也"③。《管子》反复告诫人们"私"字在执法中的危害性："私道行则法度侵。"④"法度行则国治，私意行则国乱。"⑤"私"是公正执法的大敌，必须彻底清除。

第三，执法重在治吏。《管子》认为，各级官吏对于法律的维护与执行起着无可替代的重要作用，因此，必须以法治官，严以治吏。⑥ 官吏的本分就是"奉主之法，行主之令"⑦，奉公守法，廉

---

① 《管子·重令》。

② 《管子·任法》。

③ 《管子·任法》。

④ 《管子·七臣七主》。

⑤ 《管子·明法解》。

⑥ 参见池万兴著：《论〈管子〉的法家思想》，见《先秦文化和〈管子〉研究》，人民出版社 2015 年版。

⑦ 《管子·明法解》。

洁勤政。各级官吏的执法严明与否直接影响着国家的安危。因此
《管子》强调必须以法治官。"有法度之制，故群臣皆出于方正之
治而不敢为奸。""百官之事，案之以法，则奸不生；暴慢之人，
诛之以刑，则祸不起。"① "法立令行，故群臣奉法守职、百官有
常。"② 可见，以法治官对于官吏奉法守职、廉洁勤政的重要作用。
因此，对于违法的官员必须严厉处罚。对于那些为政无政绩致使
土地荒废、办案骄横轻惩者"有罪无赦"③。对于"言而无实者，诛；
吏而乱官者，诛"④。对于"断狱，情与义易、义与禄易；（易）禄
可无敛，有罪无赦"⑤。对于贯彻法令不力的官吏杀无赦。对于"亏
令者死，益令者死，不行令者死，留令者死，不从令者死。五者
死而无赦，唯令是视。""罚严令行，则百吏皆恐。"⑥《管子》的这
些以法治吏的措施，对于督促官吏奉公守法无疑具有重要的促进
作用。

---

① 《管子·明法解》。
② 《管子·正世》。
③ 《管子·大匡》。
④ 《管子·明法解》。
⑤ 《管子·大匡》。
⑥ 《管子·重令》。

四、"法、术、权、势"有机结合

"法、术、权、势"有机结合是《管子》政治治理学说中的一个鲜明特色，相关内容集中体现在《任法》《法法》《明法》三篇法理论文中，成为齐法家法治理论的一个重要组成部分。胡家聪在《管子新探》中将其表述为如下两个方面：[1]

（一）"法、术"结合

《管子·任法》说：

> 圣君任法而不任智，任数而不任说，任公而不任私，任大道而不任小物，然后身佚而天下治。失君则不然，舍法而任智，故民舍事而好誉；舍数而任说，故民舍实而好言；舍公而好私，故民离法而妄行。舍大道而任小物，故上劳烦，百姓迷惑，而国家不治。

圣明的君主依靠法制而不依靠才智，依靠政策而不依靠空说，依靠公法而不依靠私情，依靠大的原则而不依靠小的事例，这样

---

① 参见胡家聪著：《管子新探》，中国社会科学出版社 1995 年版，第 58、59 页。

就能自身安逸而天下安定。失职的君主却不是这样，舍弃法制而
依靠才智，所以百姓就不讲事实而好求名誉；舍弃政策而依靠空
说，所以百姓就不讲实际而好说空话；舍弃公法而喜好私情，所
以百姓就背离法制而胡作非为；舍弃大的原则而依靠小的事例，
所以君主就劳累烦杂，百姓就迷惑不解，国家就不会安定。这里
明确表述了国君"任法"与"任术"的结合，而以厉行法治为主导。

"任数"，指国君制御并督责诸臣百官推行法令政策的"术
数"。《管子·明法解》对"术数"解释说："主无术数，则群臣易
欺之。"又说："明主者，兼听独断，多其门户；群臣之道，下得
明上，贱得言贵，故奸人不敢欺。乱主则不然，听无术数，断事
不以叁伍，故无能之士上通，邪枉之臣专国。"可见"任数"的
"数"指术数，或写作"术"。据韩非的解释："术者，藏之于胸中，
以偶众端而潜御群臣者也。"① "任法"与"任术"的关系是，前者
为主，后者为辅，前者是公开的，后者是秘密的。君主对两者兼
用，从而以法治国，推行法令政策。

（二）"权、势"兼用

"权、势"兼用在《管子·任法》亦有明确表述。权，指权
柄，原文写道："故明王之所操者六：生之、杀之；富之、贫之；

_____

① 《韩非子·难三》。

贵之、贱之。此六柄者，主之所操也。"并强调："藉（借）人以其所操，命曰夺柄。"权柄是由国君独操，应牢牢掌握，不能"借人以其所操"；如果"借人以其所操"，那就会大权旁落。正如《管子·明法解》所说："生杀之柄专在大臣，而主不危者，未尝有也。故治乱不以法断而决于重臣，生杀之柄不制于主而在群下，此寄生之主也。"提出"寄生之主"，是对那些麻痹大意的君主敲警钟。

势，指势位，原文写道："主之所处者四：一曰文，二曰武，三曰威，四曰德。此四位者，主之所处也。"并强调："藉（借）人以其所处，命曰失位。"君主专司文之生、武之杀，独处于任免文官、武将并进行考核、给予刑罚（威）或赏赐（德）的势位，这种势位至高无上。如果"借人以其所处"，国君就不成其为国君了。《管子·法法》说："凡人君之所以为君者，势也。故人君失势，则臣制之矣。"《管子·明法》也说："夫尊君卑臣，非计亲也，以势胜也。"《管子·明法解》的解释更是清楚："明主在上位，有必治之势，则群臣不敢为非。是故群臣之不敢欺主者，非爱主也，以畏主之威势也。"这话真是一针见血。

第五章　战国初期的法家

战国法家的产生与发展与儒家结有不解之缘。法家作为一个学术派别，其师承关系和思想脉络却可以追溯到春秋时期的儒家。粗略而言，法家的师承关系可以这样寻迹，即由孔子、子夏，至李悝、慎到、吴起、商鞅，再由荀子、韩非、李斯及至吴公、贾谊、董仲舒。此间，孔孟的"德治""礼治""人治"理想因其过于坐而论道，与纷乱无序的社会现实无法切合，故而均不被各诸侯国所采纳。这种社会存在导致儒家的分化。这种分化过程实际上又与其他诸家思想的交融同步进行。社会变革呼唤变法，变法实践锻造了法家。在法家的酝酿过程中，《春秋》学的流传起了重要的作用。《春秋》与其他儒家经典不同，它本身包含着许多从历史事件中引申出来的政治行为规范。而法家正需要重新建立国家秩序。《春秋》"尊君""拨乱反正""长于治人"等主旨尤其投法家之所好。自孔子传《春秋》于子夏。子夏退老西河，为魏文侯师，魏人从之受《春秋》者大有人在，当时师从子夏学习《春秋》的就有李悝、吴起等法家人物。由此可见，子夏开战国时期三晋法家之宗，战国法家源出于子夏一系的儒家西河学派。

一、三晋法家源出于子夏

春秋战国时期，各国统治者都很需要精通《诗》《书》《礼》《乐》的儒生在政治、外交、祭祀礼仪等各方面为他们提供服务。因此，尽管孔子的政治主张不能实行，然孔子学派还是得到了很大的发展。相传孔子有 3000 弟子，其中"受业身通者七十有七人"①，孔子死后，他们整理编辑孔子教授他们之言，这就有了《论语》这部经典。孔门弟子当中的一些人，在孔子死后也开始传道授业，创办私学，于是孔门后学越来越多。孔子弟子出身不同，阅历不同，因而对孔子学说的理解便逐渐产生歧异，从《论语》中即可看到他们各立门户、相互指责的情形。据《韩非子》记载，孔子死后，儒分为八：

> 自孔子之死也，有子张之儒，有子思之儒，有颜氏之儒，有孟氏之儒，有漆雕氏之儒，有仲良氏之儒，有孙氏之儒，有乐正氏之儒。②

历春秋战国秦汉社会的大变革后，儒家的这八个学派中，包

---

① 《史记·仲尼弟子列传》。
② 《韩非子·显学》。

括颜子一派在内的六派，均逐渐湮灭而无闻。真正使儒家在秦汉以后仍能够薪火相传的，只有三家，即子思之儒、孟氏之儒与孙氏之儒。而在孔门弟子中，对孔子学说继承最得力的是所谓的"孔门四杰"，即孔子晚年收授的四位年轻的弟子，他们分别是曾子、子夏、子游和子张。

孟氏即孟轲。其学术出于曾参、子思之门，子思是孔子的嫡孙。

孙氏即荀卿。荀子之学，则师承于孔子弟子子张与子夏，主要是"外王"之学，亦即辅助王侯用权与法术之学。战国中后期的法家一派，实际主要源自子夏学派。

孔子之后，大批的孔门弟子或者成为有成就的思想家，或者参政成为各诸侯国有作为的政治家。在这些后儒当中，最重要的人物当属子夏。

子夏小孔子 44 岁。作孔子学生期间，子夏以"文学"见长。何谓"文学"？"文学——指古代文献，即孔子所传的诗、书、易等。皇侃《义疏》引范宁说如此。"① 其中，"书"或指尚书，如誓、典、谟、训、诰之类，亦泛指古代官方政治文献。"书"亦包括"史""春秋"。宋洪迈《容斋随笔》谓"孔子弟子，惟子夏于诸经独有书"，《易》有传，《诗》有序，《礼》有文，授《春秋》于公

---

① 杨伯峻著：《论语译注》，中华书局 1980 年版，第 110 页。

羊高、榖梁赤。故"《后汉》徐防上疏曰：'经书礼乐，定自孔子，发明章句，始于子夏。'斯其证云"①。

《史记·仲尼弟子列传》说："孔子既没，子夏居西河教授，为魏文侯师。"《史记·正义》说："孔子卒后，子夏教于西河之上，文侯师事之，咨问国事焉。"子夏得到魏文侯的礼遇，虽然出于时代变革的需要，但肯定与子夏的知识结构和务实学风是分不开的。子夏重视政治实践不尚空谈的风格，在有关文献中已见端倪。据《论语·学而》记载，子夏曰："事君能致其身。"《论语·子张》载："子夏之门人问交于子张。子张曰：子夏云何？对曰：子夏曰：可者与之，不可者拒之。子张曰：异乎吾所闻：君子尊贤而容众，嘉善而矜不能。我之大贤与，于人何所不容？我之不贤与，人将拒我，如之何其拒人也？""子夏曰：君子有三变：望之俨然，即之也温，听其言也厉。"《论语·颜渊》载："子夏曰：商闻之矣：死生有命，富贵在天。君子敬而无失，与人恭而有礼。四海之内皆兄弟也。""子夏曰：舜有天下，选于众，举皋陶，不仁者远矣。汤有天下，选于众，举伊尹，不仁者远矣。"《礼记·孔子闲居》载："孔子闲居。子夏曰：敢问诗云凯弟君子民之父母，何如斯可谓民之父母矣？"孔子讲了"五至""三无"的一通大道理。子夏则曰："言则大矣美矣盛矣！言尽于此而已乎！"可见，子夏是反对坐而

---

① 皮锡瑞著：《经学历史》，中华书局1959年版，第48页。

论道的。

子夏主张"事君能致其身"，但其条件是人格必须得到尊重。《荀子·大略》载："子夏家贫，衣若县鹑。人曰：'子何不仕？'曰：'诸侯之骄我者，吾不为臣；大夫之骄我者，吾不复见。'"子夏的"事君能致其身"，强调臣子对君主要无限忠诚，甚至可以牺牲性命，与《国语·晋语一》载晋人之言"民生于三，事之如一。父生之，师教之，君食之。非父不生，非食不长，非教不知生之族也，故壹事之。唯其所在，则致死焉。报生以死，报赐以力，人之道也"——何其相似，而与孔子倡导的"以道事君，不可则止"的意境相比，其差别是十分明显的。子夏所谓"舜有天下，选于众"，"汤有天下，选于众"，与法家打破血缘身份选贤任能的主张是一致的。《论语·子张》所载："子夏曰：君子信然后劳其民，未信，则以为厉（欺骗）己也。"此言与吴起、商鞅变法之际"徙木立信"的做法何其相似也。

历史事实表明，"孔门四杰"中的子夏（卜商）是三晋人氏，从三晋地区进入孔门，又在孔子去世后回到三晋地区。子夏受魏文侯之弟魏成子邀聘，晚年讲学于魏国的西河，在这里建立了子夏学派。这个学派就是战国三晋法家之祖，其门生首先是魏文侯。司马迁说："文侯受子夏经艺。"[1] 其弟子中包括李悝、段干木、田

---

[1] 《史记·魏世家》。

子方、吴起等人。

　　子夏是魏文侯的老师，魏文侯的重要大臣也几乎都师从子夏。子夏虽然未在魏国做官，但他的思想却深刻影响了魏国政治、经济和法治建设。在政治上，子夏坚持孔子所主张的"以德为政"；在经济上，子夏主张把发展经济和改善民生放在首位；在法治上，子夏主张建立严格而健全的法治体系。子夏的这些思想在魏国初期得到了很好的贯彻执行，对于魏国在战国初期的发展起到了重要作用。而且，正是因为战国初期魏国国势的不断加强，才使子夏及其思想的影响力在魏国国内及周边地区产生了重要持久的影响。①

　　清陈玉澍认为，子夏在继承传播儒家经典方面功勋卓著："下逮战国之世，六籍益替，九流并兴，至圣微言，不绝如缕，独赖卜氏；'无卜子则无汉儒之经学'②。"梁启超认为，子夏一派对后世之学影响最大。"当时最有势力且影响于后来最大的，莫如子夏一派。……当时中原第一个强国的君主魏文侯，受业其门，极力提倡，自然更得势了。后来汉儒所传六经，大半溯源子夏。虽不可尽信，要当流传有绪，所以汉以后的儒学，简直可称为子夏氏

---

① 参见高专诚著：《荀子传》，北岳文艺出版社 2017 年版，第 5 页。
② （清）陈玉澍：《卜子年谱》，北京图书馆出版社 1999 年版，第 688、689 页。

之儒了。"①

子夏有从政经历。《论语·子路》:"子夏为莒父宰,问政。子曰:无欲速,无见小利。欲速,则不达。见小利,则大事不成。"《论语·子路》又说:"子夏曰:仕而优则学,学而优则仕。"这些记载都证明子夏是有管理社会经验的官方人士。因此,子夏的弟子理应保持注重社会实践的风格。《春秋》传于子夏。子夏退老西河,为魏文侯师,魏人必有从之受《春秋》者②。当时师从子夏学习《春秋》的就有李悝和吴起。

有史料表明,子夏当年离开孔子儒学的中心地区鲁国,回到孔子从未涉足过的三晋地区,表面上看是因为有魏文侯的邀请,但实际上却是子夏之学与齐鲁缙绅之儒的思想产生了明显的矛盾,在集中体现孔子思想及其早期发展的传播的《论语》一书中,就记载了孔子众弟子对子夏之学的批评。孔子说过"道不同,不相为谋",既然同门不能相容,子夏就毅然选择了回归故里,并且在此后从未与过去的同门中人有过主动的交往。这说明,孔子思想中重视治国实践的一面在子夏学说中占有重要的位置。战国初期的法家,多出于子夏的门下。在子夏的弟子当中,李悝、吴起都是佼佼者。战国初年的魏国,是为寻求富国强兵之道而率先变法

---

① 梁启超著:《饮冰室诸子论集》,江苏广陵古籍刻印社1990年版,第63页。
② 皮锡瑞著:《经学通论》,中华书局1954年版,第65页。

的国家。而魏文侯则是这一变法的推动者。魏文侯以礼贤下士闻名于诸侯。子夏及其诸门生都受到魏文侯高度礼遇。曾从子夏问学的李悝与吴起，后来都成为一代著名变法者、政治家、军事家。子夏的西河学派，实开后来齐稷下学派之先河。子夏之学后来为荀子有所批判地继承，发展为荀子学派。而思孟及夏荀两派，在战国末世，成为儒学中并立的两大流派。[①]

二、李悝变法

公元前 403 年，三家分晋。以韩、赵、魏三家分晋为标志，中国历史从此进入战国时代。

战国，顾名思义，这个时代一定是与战争、战乱紧密地联系在一起的，战乱的印记一定是十分明显。

周武王建立周王朝，周公定制，推行邦国制，较大的诸侯国就有 72 个。经过春秋 300 多年的扫荡与兼并，到三家分晋时已经剩下不多的十余个国家，其中齐、楚、燕、韩、赵、魏、秦七国互争雄长，这七大国被后世史家称为战国七雄。

战国初年，大国之中，魏国最强。

司马迁在《史记·魏世家》中说：魏文侯六年，魏氏修建少

---

① 参见何新著：《论孔学》，同心出版社 2012 年版，第 135、136 页。

梁城。十三年，文侯派其子击攻取秦国繁、庞二城，将城中居民逐出而占有其地。十六年，又进攻秦国，"筑临晋、元里"一城。十七年，魏伐中山，灭其国。由此可见，战国初年，并非是秦国攻伐魏国，而是魏国总是在不断欺负着秦国。敢于到处攻伐别的国家，没有别的理由，就是因为魏国综合国力比别的国家强大。强大者欺负弱小者，想怎样欺负就怎样欺负，想什么时候欺负就什么时候欺负，这就是霸道。战国初年的魏国，就是这样一个凭借自己强大国力到处为所欲为的诸侯，它就有这样的底气。要说魏国能够有这样的资本，并不是因为其国土肥水茂，地理位置极好，也不是其国独居天险，别国无法觊觎，而是在这个转型期的当口，魏国幸运地出现了李悝变法，从而使魏国暂时走上了富国强兵的道路。

当时知名之士李悝、翟璜、吴起、西门豹、乐羊、屈侯鲋都到了魏国。魏文侯在他们的帮助下，在中央设立了可以自由任免的相，在地方设立可以自由任免的守、令。魏成子、翟璜、李悝为相，西门豹为邺令。这些人除魏成子是文侯弟以外，都不是贵族。平民出身的官吏代替了世族政权，因而建立了较为集权的政权。魏文侯任用李悝、吴起等推行法治。李悝是法家鼻祖，著《法经》六篇[1]。

---

[1] 参见徐中舒著：《先秦史十讲》，中华书局 2009 年版，第 110 页。

钱穆说：

> 至魏文时，李克（李悝）著《法经》，吴起贲表徙车辕以
> 立信，皆以儒家而尚法。盖礼坏则法立，亦世变之一端也。[①]

李悝，又名李克，大约生于公元前455年，卒于公元前395
年，战国初期魏国（今山西夏县一带）人，战国时期著名的政治
家，法家学派的创始人，曾师从于孔门弟子——子夏。最初，他
为魏文侯的上地守，后升为魏国的相国。公元前406年，李悝任
魏文侯相，开始在魏国主持政治、经济和军事的变法改革。

（一）政治上，主张废除世袭贵族特权，以功授禄

在政治方面，李悝主张抑贵族、尚君权。主张废除世袭贵族
特权，实施"为国之道，食有劳而禄有功，使有能而赏必行，罚
必当""夺淫民之禄，以徕四方之士"[②]的政治举措，在行赏施罚上，
有功劳者必赏，有罪过者必罚，此即为后世法家所主张的"信赏
必罚"思想。

在魏文侯向李悝请教如何才能治理好国家时，李悝毫不犹
豫地说："很简单！想治理好国家，只要对有功劳的人进行封赏，

---

① 钱穆著：《先秦诸子系年》，商务印书馆2001年版，第158页。
② 《说苑·政理》。

做到奖赏必须实行；对有过失的人就要处罚，做到处罚必须得当。"魏文侯不以为然说："我自认为已经做到了奖赏必须实行，处罚必须得当。但民众还是不肯全心全意地为国家出力，这又是为什么呢？"李悝对答："有功劳的人确实都一一封赏了，但是魏国还有一大批无功受禄的'淫民'。所谓'淫民'，就是那些依仗着自己的父辈有功劳，自己对国家没有一点贡献而享受国家的高官厚禄，民众心中怎能服气呢？又怎么肯全心全意为国家出力呢？国君想要成就霸业，就必须夺去这些'淫民'的俸禄，追回对他们的封赏，做到夺淫民之禄，以徕四方之士。"经过改革，魏国的官僚制度取代了宗法世袭制和世卿世禄制，国君的权力得到了加强，贵族的势力遭到了削弱。在李悝的辅佐下，魏文侯身边聚集了一批新式人才，这为魏国在战国初期称雄诸侯奠定了基础。

（二）经济上，实行"尽地力之教"和"善平籴"等改革措施

李悝认为，国家强大的军事力量要以雄厚的经济基础为后盾。以农立本的国家经济支柱是农业，而农民又是农业生产的主角。要发展农业生产，就要充分利用土地，更好地激发农民的生产积极性。农民的生产积极性提高了，才能实现国富兵强，在残酷的诸侯兼并战争中才能立于不败之地。《史记·平准书》说："魏用李克，尽地力，为强君。"《汉书·食货志》说，"李悝为魏文侯

作尽地力之教"，"行之魏国，国以富强"。可见，李悝变法的目的是从土地制度改革入手，鼓励农民生产积极性，增加国家赋税收入。

如何激发农民从事农业生产的积极性？李悝的做法简单说来就是"尽地力之教"，废除"井田制"，计口授田，将土地统一分配给农民，上交 1/10 赋税归国家，余者收入归耕者所有，提高农民的务农的积极性。同时提倡精耕细作，勤于除草，及时抢收，"尽地力之教"，充分发挥土地的生产潜力，以增加粮食产量，满足民众的生存需要。

除了废除井田疆界，要求农民精耕细作外，李悝还主张"善平籴"①。

李悝认为："籴甚贵伤民，甚贱伤农。民伤则离散，农伤则国贫，故甚贵与甚贱其伤一也。""善为国者，使民毋伤而农益劝。"② 为了在发展农业生产的同时保持稳定的社会秩序，李悝提出了国家的经济宏观调控机制——"平籴法"，即国家在丰收时，按照粮食收成的程度，分大熟、中熟、小熟三个等级，大量收购农民余粮储存，不至于使粮价由于丰收而暴跌；在来年发生饥荒时按照饥荒程度分成大饥、中饥、小饥三个等级，将国家存储的粮食平

---

① 《汉书·食货志》。
② 《汉书·食货志》。

价卖给农民，取有余以补不足，平抑粮价，以防谷物甚贵而扰民，或甚贱而伤农。

通过李悝的经济改革，巩固了封建地主阶级的土地私有制，从而调动土地所有者的生产积极性；国家税收得到提高，商人囤积居奇、哄抬粮价的现象也得到了有效的抑制，国家经济宏观调控手段取得了成功。

（三）编纂《法经》，以法治国

李悝总结春秋以来各国的立法经验，对郑国"铸刑书"和晋国"铸刑鼎"进行了研究，编纂《法经》，作为治国理政的法律依据，以法律的形式肯定和保护变法成果。令人遗憾的是考古迄今为止并没发现《法经》原文，早已亡佚，今天已经不可得知，但历代史料中对此多有记载。

《晋书·刑法志》说：

> 是时承用秦汉旧律，其文起自魏文侯师李悝，悝撰次诸国法，著《法经》。以为王者之政，莫急于盗贼，故其律始于《盗》、《贼》。盗贼须劾捕，故著《网》、《捕》二篇。其轻狡、越城、博戏、假借、不廉、淫侈、逾制以为《杂律》一篇，又有《具律》具其加减。是故所著六篇而已，然皆罪名之制也。商君受之以相秦。

《唐律疏议·名例律·疏》说：

> 周衰刑重，战国异制，魏文侯师于李悝，集诸国刑典，造《法经》六篇，一盗法、二贼法、三囚法、四捕法、五杂法、六具法。商鞅传授，改法为律。汉相萧何，更加悝所造户、兴、厩三篇，谓九章之律。

明末董说编著一本《七国考》，其中引用桓谭《新论》中关于《法经》的一段论述更为详尽，文中说：

> 魏文侯师李悝著法经，以为王者之政，莫急于盗贼。故其律始于盗、贼。盗贼须劾捕，故著囚、捕二篇。其轻狡、越城、博戏、借假、不廉、淫侈、逾制以为杂律一篇，又以具律具其加减，所著六篇而已。卫鞅受之，入相于秦。是以秦、魏二国，深文峻法相近。正律略曰：杀人者诛，籍其家，及其妻氏。杀二人及其母。大盗戍为守卒，重则诛。窥宫者膑。拾遗者刖。曰：为盗心焉。其杂律略曰：夫有一妻二妾其刑。夫有二妻则诛。妻有外夫则宫。曰：淫禁。盗符者诛，籍其家。盗玺者诛。议国法令者诛，籍其家，及其妻氏。曰：狡禁。越城一人则诛。自十人以上，夷其乡及族。曰：城禁。博戏罚金三市。太子博戏则笞，不止则特笞，不止则更立。曰：嬉禁。群相居一日则问。三日四日五日则

诛。曰：徒禁。丞相受金，左右伏诛。犀首以下受金则诛。金自镒以下不罚不诛也。曰：金禁。大夫之家有侯物，自一以上者族。其减律略曰：罪人年十五以下，罪高三减，罪卑一减。年六十以上，小罪情减，大罪理减。武侯以下，守为口法矣。①

由此，我们可以推知失传的《法经》应该共6篇，为《盗法》《贼法》《囚法》《捕法》《杂法》和《具法》。该法典的体例改变了"以刑统罪"的传统，转而"以罪统刑"。这不仅是法家倡行法治的典型表现，也体现法家立法水平较之上古三代有了很大的提高，法典条文具备了更高的概括性和适应性。李悝编纂并颁布的《法经》，是中国历史上第一部初具体系的封建法典，不仅是当时魏国的一部重要法典，其后通过商鞅入秦，改法为律，也成为秦国立法的蓝本，成为中国成文法典的滥觞。汉兴之后，经由刀笔吏出身的汉相萧何之手，制定的《九章律》也是在《法经》的基础上增加户、兴、厩三篇而成。后历经曹魏《新律》、晋《泰始律》、北齐《北齐律》、隋《开皇律》的演变，直接影响到唐律的制定，从唐朝重要法典的体例中均能够看到《法经》6篇的痕迹。②

---

① 董说编著：《七国考·魏刑法》，中华书局1956年版，第366—367页。
② 参见王亚军著：《法家思想小史》，安徽人民出版社2014年版，第39—41页。

李悝《法经》突破了周代社会"刑不上大夫"的礼制原则，表达了当时新兴地主阶级为了巩固政权，以保护私有财产权，镇压敌对阶级的反抗以及维护社会秩序稳定的要求。

李悝变法，促使魏国走上了富国强兵的道路。李悝变法以其无可辩驳的事实告示列国，只有变法改革才是国家强盛的出路；李悝开创的改革纲领，如废除旧贵族特权、发展农业、提倡法制等，在当时都是具有普遍性的革新原则。只可惜李悝变法时间不长，且牵涉面太广，阻力甚大，因而改革难以彻底。

三、吴起变法

（一）吴起其人

如果提及战国时期的名将，实在应该从吴起谈起。这不仅因为他性格偏执，功名心太强，更因为他成名的时期就在战国的初期。

吴起是卫国人，也许是他的天性使然，也是因为家人功名思想的熏陶，他的行事目的性十分明确，为了达到目的，不择手段，甚至敢用最残忍与最原始的方法伤害自己的家人以直接向鲁君证明自己的忠诚，希望能够得到重用，给自己的事业发展打出一片天地。这就给他想投靠的诸侯们出了一个难题，重用他，实在是不放心；不重用他，又怕人才流失他国，为对手所用。一方面，各国诸侯都赏识吴起的学识和才华，相信他在军事上的能力；另一方面，对于吴起的为人又不能完全地相信与彻底地放心，更不能予以全怀抱的接纳。这就注定了吴起坎坷而又不幸的命运。

从史书的记载中无法弄清楚吴起祖父辈们在社会中的地位及家庭对他早年的人生影响。不过，凭借司马迁《史记》中的史料判断，吴起祖父辈很可能是以经商赚钱起家，因为书中提到他年轻时的家境还是很富裕的，只是因为吴起到处"游仕"不遂，"遂破其家"。由此可见，吴起从早年起，就有着很大的做官梦，甚至不惜以钱取贵，为此败家而不悔。这其中的原动力很可能来自他家庭的熏陶与族人们的需求。

在中国传统的农业社会，学而优则仕，人们要想改变自己及其家族的命运，仕途无疑是一条也是唯一一条十分具有诱惑力的光明大道。一个人一旦跻身仕途，家族、亲友往往都能跟着沾光。所谓"一人得道，鸡犬升天"，即谓此也。一个身在下层通过经商或别的途径富裕起来的家庭，对于跻身官场，以富取贵的愿望往往会较常人显得格外强烈。吴起就是这样一个人。这种强烈的以富取贵的个人需求，既成就了吴起的功名，也铸就了吴起此后的起伏坎坷的悲剧人生。

战国，这是一个最好的时代。

因为礼崩乐坏、传统秩序被打破，迎来了禁锢了数百年的人性大解放。社会呼唤强者，时代需要能人，只要你足够优秀，你就一定能够脱颖而出。在这个需要真才实学的时代，吴起生逢其时，骥足得展，没有像后来汉武帝时代的飞将军李广一样，本事一流却因为无机会施展而充满遗憾，这，是吴起不幸中的大幸。

战国，又是一个最坏的时代。

因为纲纪崩坏，道德废弛，欲望纵横，人性中兽性的阴暗一面亦呼啸出笼。

在追名逐利的滚滚红尘中，很多人比虎狼还凶，比毒蛇还毒。在那时的社会，"人性恶"无法得到有效的控制。很多人将下三滥的手段发挥到了极致。用常听到的一句话"这人是个畜生"来概括吴起之类感觉十分妥帖。

实际上，在这个时代，许多人为了求名得利，其行事方式甚至连畜生都不如，吴起就是这样一个为得到功名不惜动用一切手段的人。

据《东周列国志》中记载：

> 吴起卫国人，少居里中，以击剑无赖，为母所责。起自啮其臂出血，与母誓曰："起今辞母，游学他方，不为卿相，拥节旄，乘高车，不入卫城，与母相见！"母泣而留之，起

竟出北门不顾。往鲁国，受业于孔门高弟曾参，昼研夜诵，不辞辛苦。有齐国大夫田居至鲁，嘉其好学，与之谈论，渊渊不竭，乃以女妻之。起在曾参之门，岁余，参知其家中尚有老母，一日，问曰："子游学六载，不归省觐，人子之心安乎？"起对曰："起曾有誓词在前：'不为卿相，不入卫城。'"参曰："他人可誓，母安可誓也！"由是心恶其人。未几，卫国有信至，言起母已死；起仰天三号，旋即收泪，诵读如故。参怒曰："吴起不奔母丧，忘本之人！夫水无本则竭，木无本则折，人而无本，能令终乎？起非吾徒矣。"命弟子绝之，不许相见。起遂弃儒学兵法，三年学成，求仕于鲁。鲁相公仪休，常与论兵，知其才能，言于穆公，任为大夫，起禄入既丰，遂多买妾婢，以自娱乐。时齐相国田和谋篡其国，恐鲁与齐世姻，或讨其罪，乃修艾陵之怨，兴师伐鲁，欲以威力胁而服之。鲁相国公仪休进曰："欲却齐兵，非吴起不可。"穆公口虽答应，终不肯用。及闻齐师已拔成邑，休复请曰："臣言吴起可用，君何不行？"穆公曰："吾固知起有将才，然其所娶乃田宗之女，夫至爱莫如夫妻，能保无观望之意乎？吾是以踌躇而不决也。"公仪休出朝，吴起已先在相府候见，问曰："齐寇已深，主公已得良将否？今日不是某夸口自荐，若用某为将，必使齐兵只轮不返。"公仪休曰："吾言之再三，主公以子婚于田宗，以此持疑未决。"吴起曰：

"欲释主公之疑，此特易耳。"乃归家问其妻田氏曰："人之所贵有妻者，何也？"田氏曰："有外有内，家道始立。所贵有妻，以成家耳。"吴起曰："夫位为卿相，食禄万钟，功垂于竹帛，名留于千古，其成家也大矣，岂非妇之所望于夫者乎？"田氏曰："然。"起曰："吾有求于子，子当为我成之。"田氏曰："妾妇人，安得助君成其功名？"起曰："今齐师伐鲁，鲁侯欲用我为将，以我娶于田宗，疑而不用。诚得子之头，以谒见鲁侯，则鲁侯之疑释，而吾之功名可就矣。"田氏大惊，方欲开口答话。起拔剑一挥，田氏头已落地。史臣有诗云：

一夜夫妻百夜恩，无辜忍使作冤魂？

母丧不顾人伦绝，妻子区区何足论。

于是以帛裹田氏头，往见穆公，奏曰："臣报国有志，而君以妻故见疑，臣今斩妻之头，以明臣之为鲁不为齐也。"穆公惨然不乐，曰："将军休矣！"少顷，公仪休入见，穆公谓曰："吴起杀妻以求将，此残忍之极，其心不可测也。"公仪休曰："起不爱其妻，而爱功名，君若弃之不用，必反而为齐矣。"穆公乃从休言，即拜吴起为大将，使泄柳申详副之，率兵二万，以拒齐师。起受命之后，在军中与士卒同衣食，卧不设席，行不骑乘，见士卒裹粮负重，分而荷之，有卒病疽，起亲为调药，以口吮其脓血，士卒感起之恩，如同父子，咸摩拳擦掌，愿为一战。

却说田和引大将田忌段朋，长驱而入，直犯南鄙，闻吴起为鲁将，笑曰："此田氏之婿，好色之徒，安知军旅事耶？鲁国合败，故用此人也。"及两军对垒，不见吴起挑战，阴使人觇其作为。见起方与军士中之最贱者，席地而坐，分羹同食。使者还报，田和笑曰："将尊则士畏，士畏则战力。起举动如此，安能用众？吾无虑矣。"再遣爱将张丑，假称愿与讲和，特至鲁军，探起战守之意。起将精锐之士，藏予后军，悉以老弱见客；谬为恭谨，延入礼待。丑曰："军中传闻将军杀妻求将，果有之乎？"起觳觫而对曰："某虽不肖，曾受学于圣门；安敢为此不情之事？吾妻自因病亡，与军旅之命适会其时，君之所闻，殆非其实。"丑曰："将军若不弃田宗之好，愿与将军结盟通和。"起曰："某书生，岂敢与田氏战乎？若获结成，此乃某之至愿也。"起留张丑于军中，欢饮三日，方才遣归，绝不谈及兵事。临行，再三致意，求其申好。丑辞去，起即暗调兵将，分作三路，尾其后而行。田和得张丑回报，以起兵既弱，又无战志，全不挂意。忽然辕门外鼓声大振，鲁兵突然杀至，田和大惊。马不及甲，车不及驾，军中大乱。田忌引步军出迎，段朋急令军士整顿车乘接应。不提防泄柳申详二军，分为左右，一齐杀入，乘乱夹攻。齐军大败，杀得僵尸满野，直追过平陆方回。鲁穆公大悦，进起上卿。田和责张丑误事之罪，丑曰："某所见如此，岂知起之诈谋哉。"田和乃叹曰："起之用兵，孙武穰苴之流也。若终为鲁用，齐必不安。吾欲遣一人至鲁，暗与通和，各无相犯，子能去否？"丑曰："愿舍命一行，将功折罪。"田和乃购求美女二人，加以黄金千镒，令张丑诈为贾客，携至鲁，私馈吴起。起贪财好色，见即受之，谓丑曰："致意齐相国，使齐不侵鲁，鲁何敢加齐哉？"张丑既出鲁城，故意泄其事于行人。遂沸沸扬扬，传说吴起受贿通齐之事。穆公曰："吾固知起心不可测也。"欲削起爵究罪。起闻而惧，弃家逃奔魏国，主于翟璜之家。适文侯与璜谋及守西河之人，璜遂荐吴起可用。文侯召起见之，谓起曰："闻将军为鲁将有功，何以见辱敝邑？"起对曰："鲁侯听信谗言，信任不终，故臣逃死于此。慕君侯折节下士，豪杰归心，愿执鞭马前。倘蒙驱使，虽肝脑涂地，亦无所恨。"文侯乃拜起为西河守。起至西河，修城治池，练兵训武，其爱恤士卒，一如为鲁将之时。筑城以拒秦，名曰吴城。

　　周安王十五年，魏文侯斯病笃，召太子击于中山。赵闻魏太子离了中山，乃引兵袭而取之。自此魏与赵有隙。太子击归，魏文侯已薨，乃主丧嗣位，是为武侯。拜田文为相国。吴起自西河入朝，自以功大，满望拜相，及闻已相田文，忿然不悦。朝退，遇田文于门，迎而谓曰："子知起之功乎？今日请与子论之。"田文拱手曰："愿闻。"起曰："将三军之众，使士卒闻鼓而忘死，为国立功，子孰与起？"文曰："不如。"起曰："治百官，亲万民，使府库充实，子孰与起？"文曰："不如。"起又曰："守西河而秦兵不敢东犯，韩赵宾服，子孰与起？"文又曰："不如。"起曰："此三者，子皆出我之下，而位加吾上，何也？"文曰："某叨窃上位，诚然可愧。然今日新君嗣统，主少国疑，百姓不亲，大臣未附，某特以先世勋旧，承乏肺腑，或者非论功之日也。"吴起俯首沉思，良久曰："子言亦是。然此位终当属我。"有内侍闻二人论功之语，传报武侯。武侯疑吴起有怨望之心，遂留起不遣，欲另择人为西河守。吴起惧见诛于武侯，出奔楚国。

综上可见：

第一，为求功名，吴起曾发誓："起不为卿相，不复入卫。"因为没有取得卿相职位，"其母死，起终不归"。把功名看得比父母养育之恩还要重要。

第二，为得到鲁国将军之位，"杀其妻"。就因为自己妻子是齐国人，为释鲁君之疑，得到将军的职位，亲自动手割下了自己老婆的头颅。要知道，这个女人可是在吴起还是个一穷二白的穷书生的时候来到他的身旁，无私地侍候与陪伴了吴起数年啊！

第三，司马迁借李克之口说：吴起"贪而好色"。贪，对于吴起而言，就是除了官位，还有金钱物质的私欲；好色，就是对异性的追求与偏爱。吴起杀妻，不是他不喜欢这个女人，而是在功名利禄与妻子的天平上，他偏向了前者而已。

在十分看重家庭伦理的东方国度，这样一个不孝、不亲、贪婪财色且性格偏执、功名心极强之人，纵使有经天纬地之才、翻江倒海之能，哪个上司老板敢于毫无顾忌地加以重用，放心地把公司人事权力托付于他？用，也是无奈，等危机渡过，对吴起这类人还是炒鱿鱼比较放心。

天下虽大，可就是无处安放能够让吴起栖息的一张床铺；岗位之多，却就是没有一个能让吴起自始至终为之奉献一生的重要职位。

这是吴起缺乏道德修养所引发，值得后人认真汲取教训，认真反思。

实际上，战国初期，与吴起同样命运的，还有一位名将乐羊。这位名将，一生只打过一仗，但就这一仗，将他名铸青史，同时也让他断了后来的锦绣前程。

起初，魏文侯不任命乐羊为将攻打中山国，是因为乐羊的儿子乐舒在那里做官，怕他因为私情而耽搁了公事。但是，乐羊立下誓言，决不徇私。在围攻中山国时，对手以乐舒性命相要挟，甚至将乐羊儿子做成肉羹，以惑乐羊进攻之志。但乐羊不为所动，毅然喝下用儿子身体做成的肉羹，果断灭亡了中山国。然而，凯旋后，魏文侯厚赏却不继续用他。朝臣不解，倒是国相李悝道破了其中奥妙："乐羊不爱其子，何况别人！"

破家为国却为国家所抛弃，这是国君因为乐羊对待儿子的态度不敢再相信他的缘故。乐羊如此，吴起亦是如此。其实，如果用为官的标准"德能勤绩"四个尺度来衡量的话，除了"德"一项不过关外，其他三项，毫无疑问，吴起都不仅符合标准，甚至还都远远超出了标准的要求。

吴起的缺点明显，优点也十分突出。时人对他的评价是："用兵，司马穰苴不能过也。"

鲁穆公用他为将，他轻松地就以弱胜强，将来犯的齐军杀得溃不成军、血流成河。

魏文侯用他为西河守，强大的秦军再不能东犯。

然而，他的缺点太过明显，因为对自己亲人的无情甚至伤害，让人心生恐惧，缺乏安全感，无论是鲁穆公，还是魏国新嗣君，就是因为这点，最终都容不下他。最后，没有办法，吴起又逃到了楚国。

《东周列国志》中说：

> 楚悼王熊疑，素闻吴起之才，一见即以相印授之。起感

恩无已，慨然以富国强兵自任。乃请于悼王曰："楚国地方数千里，带甲百余万，固宜雄压诸侯，世为盟主；所以不能加于列国者，养兵之道失也。夫养兵之道，先阜其财，后用其力。今不急之官，布满朝署，疏远之族，靡费公廪；而战士仅食升斗之余，欲使捐躯殉国，不亦难乎？大王诚听臣计，汰冗官，斥疏族，尽储廪禄，以待敢战之士，如是而国威不振，则臣请伏妄言之诛！"悼王从其计。群臣多谓起言不可用，悼王不听。于是使吴起详定官制，凡削去冗官数百员，大臣子弟，不得夤缘窃禄。又公族五世以上者，令自食其力；比于编氓，五世以下，酌其远近，以次裁之，所省国赋数万。选国中精锐之士，朝夕训练，阅其材器，以上下其廪食，有加厚至数倍者，士卒莫不竞劝，楚遂以兵强，雄视天下。三晋、齐、秦咸畏之，终悼王之世，不敢加兵。及悼王薨，未及殡敛，楚贵戚大臣子弟失禄者，乘丧作乱，欲杀吴起。起奔入宫寝，众持弓矢追之。起知力不能敌，抱王尸而伏。众攒箭射起，连王尸也中了数箭。起大叫曰："某死不足惜，诸臣衔恨于王，僇及其尸，大逆不道，岂能逃楚国之法哉！"言毕而绝。众闻吴起之言，惧而散走。太子熊臧嗣位，是为肃王。月余，追理射尸之罪，使其弟熊良夫率兵，收为乱者，次第诛之，凡灭七十余家。髯翁有诗叹云：

满望终身作大臣，杀妻叛母绝人伦。

谁知鲁魏成流水，到底身躯丧楚人。

又有一诗，说吴起伏王尸以求报其仇，死尚有余智也。诗云：

为国忘身死不辞，巧将贼矢集王尸。

虽然王法应诛灭，不报公仇却报私。

从这段记载中可以看出，吴起不仅有军事之才，也有政治家拨乱反正、富国强兵的智慧和能力。吴起逃奔楚国，本该认真总结反思一下多年来列国不能容纳自己的深层面的原因。然而，他仍然像一个猛士一样不管不顾地前行。为报楚悼王知遇之恩，他不怕得罪楚国贵族，推行改革，革去世族俸禄，取消贵族享受的终身制，把省下来的钱全部用到强大楚国的军事国防上面。他大胆而大刀阔斧的革新，确也让楚国很快就兵强国富，"以兵强雄视天下"。可是对于自己，他则完全断了退路。楚悼王一死，失去既得利益的贵族集团马上群起赶杀吴起。无处可逃的一代名将，就这样不甘心地给自己画上了一个永不瞑目的句号。

对于吴起的非正常死亡，司马迁所给的结论是：

以刻暴少恩亡其躯。

悲夫！

（二）吴起变法

吴起先在魏国进行军事改革。魏文侯死后，吴起受魏武侯亲信的排挤，被迫由魏入楚，又主持了楚国的政治改革，无论是军事改革或者是政治改革，吴起都做得风生水起、卓有成效。他的改革主要表现在：

1. 在魏国攻坚克难的军事改革

吴起到魏国后，力劝魏文侯加强军备，被魏文侯拜为大将，驻守西河。吴起与诸侯会战 76 次，其中 64 次大获全胜，12 次战成平手，替魏国"辟土四面，拓地千里"，立下了汗马功劳。

吴起曾多次与魏武侯讨论军事问题，有人将他们的谈话记录集成《吴子》一书。这些谈话是吴起的军事改革思想在战略战术上的体现。吴起认为，要实现富国强兵，就应该做到君爱民，民感君恩；赏罚分明；按功绩授爵，任贤使能，军力强，兵甲精；得四邻助、大国援。吴起在挑选将领上有他自己的一定规矩。他说，将领要在"理""备""果""戒""约"五方面具有特殊的素质，还必须懂得"四机"。三军之众，百弓之师，列阵布军，在于一人，叫做气机；路狭道险，名山大塞，十夫所守，千夫不过，叫做地机；善用间谍，轻兵往来，分散敌众，使其君臣相怨，上下不私，叫做事机；在坚管辖、舟利橹楫，士习战陈，马闲驰逐，叫做力机。"知此四者，乃可为将"。知四机，强调的是军事能力，不是世袭的地位尊卑，这是军事人才理论的革新。

吴起主张必须国有良将，"其威德仁勇足以率部安众，怖敌决疑，施令而下不犯，在则寇不敢敌，得之国强，去之国亡"。

吴起十分重视对士卒进行有意识的教育、演练以增强战斗力。他主张："用兵之法，教戒为先。一人学战，教成十人；十人学战，教成百人；百人学战，教成千人；千人学战，教成万人；万人学战，教成三军。以近待远，以逸待劳，以饱待饥，各种队列变化，皆熟习之。"

吴起强调军队的纪律性。严明法令，令行禁止。"不从令者诛。三军服威、士卒用命，则战无强敌，攻无坚阵矣。"他说：如果法令不明，赏罚不当，鸣金不止，击鼓不进，就算有百万大军，又有什么大用处呢？《吴子·论将》篇中有言曰："耳威于声，不可不清；目威于色，不可不明；心威于刑，不可不严。三者不立，虽有其国，必败于敌。"

吴起力倡按军功排列大小，任贤使能。他说：发号布令，人们愿意听；兴师动众，人们愿意战；交兵接刃，人们不怕死；这是人主的倚仗。魏武侯按照吴起的建议，举行庆功会时，在朝廷上大摆宴席，但把宴席分排成三行，上功坐前行，次功坐中行，无功坐后行，分别待遇。同时给有功者的父母妻儿颁发赏赐，也是按军功等级分别待遇。有死难烈士的人家，每年派一名使者"劳赐其父母"。这些注重军功、注重抚恤的改革，成效显著。

吴起在魏国军事改革最主要的成就是兵制的创设。《汉书·刑法志》说"魏有武卒"，所谓武卒，据《荀子·议兵》描述，魏的武卒上身穿着三层的铠甲，操着十二石的弓，身上有五十支箭，置戈于身上，带着剑，准备好三天的粮食，一天能行军一百里等。魏惠王时公叔痤打败韩起就有赖于这种兵制，它是由吴起创设的，所谓吴起的"余教"就指这种兵制，它实际上是一种常备兵的设置。①

吴起在魏国的军事改革影响非常深远。后来，吴起虽然被排挤出魏国，逃往楚国，但"余教"犹在，依然对魏国的军事产生着积极的影响。公元前362年，魏国的公叔痤为将，带领大军与韩国、赵国战于浍北，大败韩、赵，擒捉赵将乐祚。魏武侯亲自到郊外去迎接军队凯旋，要赏给公叔痤良田百万亩。公叔痤连连后退，再三坚辞，说：这全是吴起改革军制的结果，不是我的功劳啊。魏武侯于是"索吴起之后，赐之田二十万"。

2. 在楚国加强中央集权与"明法审令"的改革

"木秀于林，风必摧之；行高于人，众必非之。"吴起的才能与气质引起了同僚的忌恨和排挤，他在魏国改革军制的成功并没有使他站稳脚跟，公元前390年左右，他被迫逃往楚国。楚悼王

_____

① 参见苏南著：《法家文化面面观》，齐鲁书社2000年版，第32页。

是一个不甘心庸碌无为的君主，他早就听说吴起有杰出的政治军事才干，对吴起的到来欢喜万分，任命吴起为令尹，掌握国政。吴起在楚国的改革措施主要有：

第一，"损其有余而继其不足"。由于地缘条件的特殊和传统政治文化的积淀，楚国保守空气相当浓郁。吴起在楚国变法，首先从整顿吏治入手，主张罢免无能的官吏，废除无用者，做到人尽其才，才尽其用。其主要措施就是削减官吏的俸禄，精简"无能""无用"之官，裁撤不急之官，大幅度调整了楚国的行政框架，同时把节省下来的开支用于"抚养战斗之士"。吴起认为，楚国之所以削弱，在于大臣的权力太大，封君的数量太多，这些大臣封君们"上逼主而下虐民"，导致楚国民贫兵弱。吴起提出逐步废除世卿世禄制，取消封君（贵族）三世以后子孙的"爵禄"，土地也一并收归国有。鉴于楚国地广人稀的状况，吴起使用铁腕手段，强迫一部分旧贵族连同所属人员迁徙到边远荒凉地区去，"实广虚之地"，既削弱旧贵族的残余势力，又积极开发了楚国的偏远荒漠地区。实质就是剥夺一些旧贵族的"有余"来弥补新兴阶层的"不足"。

第二，"明法审令，私不害公"。吴起以李悝的《法经》为蓝本，制定颁布统一的成文法，让所有人都清楚地了解国家法令，从而使法令得到切实贯彻执行。严格依法办事，要求国君和各级官吏服从国家整体利益的"公"，奉公守法，克服一己之利的"私"。

吴起大力整顿吏治，对于那些贪赃枉法之徒，一律从严法办。此举的目的在于以"法"为武器，在保护新兴地主阶级利益的同时，打击旧贵族的势力。

第三，开垦私田。在经济发展上，吴起继续在楚国推行李悝"尽地力之教"的政策，下令"禁游客之民"，奖励"耕战之士"，保证能有足够数量的劳力从事农业生产。针对楚国旧贵族土地所有制保留较多的实际情况，他大力鼓励民众多开垦荒地，规定新开的土地全部归个人所有。

第四，变革军队。在楚悼王的大力支持下，吴起把在魏国西河的成功经验引入楚国，在楚国提出"厉甲兵以时争于天下"，要建立一支像"魏武卒"一样，由国君统一指挥的强盛的军队。他还是像当年在魏国西河对军事的变法一样，以法治军，赏罚分明，激励士卒为国效力的积极性。他又改革了军队的指挥系统，把指挥权集中到楚悼王的手中。

吴起在楚国变法仅仅一年，成效就迅速显现了出来。楚国国力增强，兵强国富，向南平定百越；向西打败秦军；向北吞并陈、蔡两国；为救赵国，一度打败魏、卫联军，饮马于黄河岸边。各诸侯国对楚国不得不刮目相看。但公元前 381 年，正当吴起的变法大业如日中天之时，楚悼王突然暴病而死，支持吴起变法的靠山不复存在。在吴起为楚悼王发丧之际，宗室旧贵族以屈宜臼、阳城君为首，纠集私人武装力量，起兵叛乱，包围王宫，最终将吴起乱箭射杀于王尸之上，并肢解其尸体，以发泄心中的怨气。吴起变法因其身死而半途而废，楚国的旧制悉数恢复，以致楚国最终走向了灭亡。

吴起在历史上可以说是第一个向贵族特权提出挑战的人，按照司马迁的说法，他在楚国的变法，真正做到了不别亲疏，不殊贵贱，而以法作为衡量的唯一标准，任何事情都断于法。这实际上打破了西周以来所形成的亲亲与尊尊之间的平衡。不别亲疏，就是不要亲亲；不殊贵贱，就是不要尊尊。尤其是在其变法的具体操作中敢废公族中疏远的人，敢收封君之爵禄，还让贵族去开荒，这种种做法当然得罪了旧有贵族集团，以至于最后被车裂肢解而死。

韩非说："楚不用吴起而削乱，秦行商君而富强。"①

郭沫若在《十批判书》中说："吴起不失为当时的一位革命的政治家，他的不幸是在悼王死得太早。假使悼王迟死，让他至少十年或五年的执政期间，则约定俗成，他的功烈决不会亚于商鞅。战国的局势主要是秦楚的争霸，吴起的霸业如在楚国成功，后来统一了中国的功名恐怕不一定落在秦人的手里了。"②确实，作为战国初期法家学说坚定的实践者，吴起无论是在魏国还是楚国，他

---

① 《韩非子·问田》。

② 郭沫若著：《十批判书》，东方出版社 1996 年版，第 336 页。

对法家理论学说的创新与运用都应该说是取得了很大的成效，用实践证明了法家理论对于政治变革和社会进步的作用。可是吴起的变法却失败了，自己也血洒楚国。吴起变法的失败，使我们看到了旧势力的强大，旧制度的根深蒂固，法家革新的艰辛和困难。吴起在军事与政治改革方面的举措以及"明法审令"等思想对后来法家的影响是深远的。

第六章　战国中期的法家

经过战国初年李悝、吴起等人的变法活动，列国形势已经开始发生重大变化。法家之政如新生事物一般破土而出，为各诸侯国所关注。在这种情况下，商君之法、申子之术以及慎到之势相继应运而生。这其中，应以商鞅变法影响最大。在秦孝公富国强兵政策感召下，商鞅来到秦国，以铁血手段与言必行、行必果的改革揭开了强秦新帷幕，开启了秦国统一天下大业的总枢纽。商鞅变法，无论对当时的秦国，还是对以后中国历史的发展，皆至关重要。无商鞅变法，秦恐怕无力得天下。其诸多变法内容对于以后中华两千年的政治影响之深之大，已经由后世的历史事实作了很好的诠释。

一、商鞅变法

（一）宝剑锋从磨砺出

公元前 360 年的暮春，在通往秦国都城栎阳的漫漫古道上。有一人正在晓行暮宿地匆匆赶路。这位行者名叫卫鞅，后因在秦有功被封于商地，以此后世史书又多称他为商鞅。

此刻，商鞅正怀着复杂与忐忑不安的心情，边行边追忆着自己逝去的韶光，思考着诸侯各国的大势走向及形势变化，反复盘算和想象着到秦国都城后如何得到秦孝公的召见以及见到秦国君主后可能出现的各种情形。

商鞅，本名叫卫鞅。他的祖辈是卫国的国君，按照当时"诸侯之子曰公子，诸侯之孙曰公孙"的礼制，他因是庶子出身才又名商鞅。后来，他因有功秦国，被秦孝公封他商、於之地，号为商君，所以后人又普遍称他为商鞅。

商鞅虽是卫国国君的后代，但却是"庶孽公子"，也就是卫君的非正室的姬妾所生的公子，他也是卫国贵族的后裔。但是，到了他这一代，家道已经败落，如三国时代的刘备一样，虽是汉中山靖王刘胜之后，但到他时却沦落为一个只能以编织草鞋为生的破落的农家子弟。不过，商鞅虽然身为一个破落户的子弟，但他到底比刘备多读了很多的书，知识比较渊博。早年他偏好法家鼻祖李悝的学说，从中汲取许多的养分，这为他成年后的发达奠定了基础。

商鞅生活在一个动荡战乱却思想相对自由、诸子私学百出的时代。

当时，经过春秋数百年大规模的兼并战争，到战国初年，主要的诸侯国已经只剩下齐、楚、燕、韩、赵、魏、秦七个对峙的大国了。

经过反复对比和权衡，最初，年轻而又希望有所作为的商鞅将自己发展的目标锁定在了魏国。

这是因为，魏国是战国初年政治比较先进，军事、经济、文化比较发达的一个有希望统一天下的强国。

魏文侯时，曾经任用李悝、吴起等一批能人贤士进行变法，富国强兵。而李悝、吴起正是商鞅仰慕、效法的改革派人物。

前面说过，李悝是战国初年著名的改革家，曾在魏国任相执政，在他任内，魏国开始富国强兵，进而称雄诸侯各国。

据《魏书·刑法志》记载：

> 商君以《法经》六篇入秦。

《晋书·刑法志》中也说：

　　李悝撰次诸国法，著《法经》。以为王者之政，莫急于盗贼，故其律始于《盗贼》。盗贼须劾捕，故著《网》《捕》二篇。其轻狡、越城、博戏、借假不廉、淫侈逾制以为《杂律》一篇，又以《具律》具其加减。是故所著六篇而已，然皆罪名之制也。商君受之以相秦。

　　由此可见，商鞅以后在秦国的改革与施政是以李悝的《法经》为蓝本加以变通发展的。

　　前面同样也提到过吴起变法的事情。吴起是商鞅的同乡。早年弃卫前往鲁国，因为仕途不顺后又离鲁奔魏，"魏文侯以为将，击秦，拔五城"。"文侯以吴起善用兵，廉平，尽能得士心，乃以为西河守，以拒秦、韩。"[1] 他的改革思想对商鞅同样也有着很大的影响。

　　英雄的召唤，刺激着商鞅。贵族后裔身份的高贵、家道败落后生活的窘迫，都使得商鞅产生了强烈的进取功名的心理。他热衷于法家的学说，对李悝、吴起等人的改革成就十分向往。当时卫国又是魏国的属国，因此，在魏惠王即位不久，商鞅为了寻求出路，谋求发展，便离开了自己的故乡卫国，顺理成章地踏着吴起等人的足迹，来到了魏国当时的都城——安邑。

---

① 《史记·孙子吴起列传》。

这时的魏国，李悝虽然早已去世，吴起也在楚国被杀害，但是李悝、吴起的变法措施还在继续推行，魏国仍然相当强大。商鞅多么想用自己的热血去浇灌这块土地，去踏着他心中顶礼膜拜的李悝、吴起等人的足迹，用智慧让魏国继续强大最终成就霸业，让自己功成名就。

但是，在当时十分看重身份与地位的魏国，商鞅一时间也找不到接近魏惠王的机会，反复权衡后，他投到当时正受到魏惠王信任与重用的魏相公叔痤的门下。

我们不知道商鞅是通过什么途径认识公叔痤的，各种史书上也没有明确的记载，但是，凭猜想，也会明白这不是一件容易的事情。要知道，公叔痤当时可是一个中原大国的堂堂宰辅，可是商鞅做到了。从这件事上，无论后人怎样看待商鞅，起码，我们应当敬佩他的公关才能。商鞅不是一个简单的人物。

商鞅投到公叔痤的门下后，做了名"中庶子"。中庶子是公叔痤家中的执事人员，也就是个家臣，官并不大。但是，在公叔痤身边的生活与阅历，却使商鞅有机会系统地研究李悝、吴起的学说与改革的实践得失，这为他后来在秦国的变法成功奠定了基础。同时，他在帮助公叔痤办理魏国政事的过程中，也进一步扩大了见识，拥有了从政的实际经验。

商鞅在公孙痤身边兢兢业业地做事，一干就是4年有余。在这4年多的时间中，他十足地表现出了自己的独特的政治见解和卓越的才干。以至丞相公叔痤认为，商鞅将是继他之后唯一可以支撑魏国的栋梁。出于对商鞅的赏识，公叔痤也在找机会准备将商鞅推荐给魏惠王。

但是，天有不测风云。公叔痤还没有来得及推荐商鞅，他自己就重病缠身、卧床不起。

有一天，魏惠王亲自去探望重病中的公叔痤，问道："万一先生有个三长两短，我的国家可怎么办呢？"公叔痤乘间回答说："我有个家臣，叫商鞅，虽然年轻，但是有非凡的政治才能。在我身后，希望大王能把国家托付给他，听凭他去治理。"

魏惠王虽然心比天高，然而却眼拙不会识人，而且，还是一个十足的刚愎自用的君主。他在公叔痤临终时拒绝了这位老人最后一次认真恳切的建议。

公叔痤见魏惠王不肯重用商鞅，在魏惠王临别时，支开了身边的仆人，小声叮嘱魏惠王道："大王如果不肯重用商鞅，就一定要把他杀掉，千万不能让他离开魏国为别国所用。"然而，魏惠王却心不在焉。

魏惠王一走，公叔痤又于心不忍，马上派人将商鞅找来，对他说道："刚才魏王问我，谁可以接替我做魏相。我推荐了你。不过看他的表情，并没有应允。我本着先君后臣先公后私的原则，我对魏王说，如果不重用你，就把你杀掉，以免将来为敌国所用。魏王已经答应了，你还是快点逃走吧，如果耽误的话，你就会被他们捉住杀掉。"

商鞅听了，倒很冷静，思忖了片刻，不慌不忙地对公叔痤说："您让魏王重用我，他不听；那么您让他杀掉我，他怎么会听呢？"他倒劝公叔痤不要烦忧，好好养病。

事情果如商鞅预料的那样，魏惠王见商鞅年纪轻、资历浅又没有什么名望，根本没有重视公叔痤的举荐。魏惠王回去以后，还满不在乎地对左右说："公叔痤病得太厉害了，他竟叫我把国家交给他的家臣商鞅，真够荒唐的。"

实际上，真正荒唐的，不是公叔痤，倒是这个自以为聪明的魏惠王。

公叔痤能够长期做上魏国的相国，本身就说明他有着独特的识人用人能力。他长期协政魏国，广泛招揽宾客，在发现与重用人才上，自然有着自己独到的眼光。他临终以国事为重，郑重地把商鞅推荐给魏惠王，却不料魏惠王不以此为喜，反把这件严肃的事当成了笑话讲给左右大臣听。事后既不重用也不杀掉商鞅，这真真是魏国的悲哀，也足以表明了魏惠王的平庸与不足以做成大事。

天耶？命耶？人事耶？

公叔痤去世后，商鞅顿时成了一个无处可归的人，他感到魏国异乎寻常的寂静和寒冷。但是，他不甘心，仍然抱着希望，赖在魏国，希望通过别的做官友人如公子卬等人的推荐，魏惠王能够改变主意最终重用自己。但是，他的愿望又一次落空了。

于是，他不得不另谋生路。

恰在这时，从秦国传来消息，秦国新任国君秦孝公很有远图，已经颁布了招贤令，要仿效关东各国，招揽人才，变法图强。

于是，对魏国死了心的商鞅立即收拾行装，带着李悝的《法经》，带着他多年来收集起来的与山东六国有关的政治、经济及军事相关的资料及文献，告别了安邑的故友，跋山涉水、日夜兼程地向秦国奔去。

本该能够使魏国进一步强大的一位旷世奇才，就这样不经意间被魏惠王推向了对手秦国。

从此，魏、秦两国开始换势。

一个新时代就要开始了。

（二）大变革前的争论

商鞅奔向的地点是当时的秦都栎阳，他要投奔的主人是正在极力寻求贤才辅佐、欲有所作为的秦孝公。

人间正道是沧桑。

秦国自厉公以来，内部危机迭出，发展的步伐大大减弱下来，与正在轰轰烈烈变法改革的中原各主要国家相比，秦国则因宗室贵族的力量强大、君位继承权争斗不已等问题，而逐渐失去了先辈秦穆公时那样的霸主雄风，退离了当时的"国际政治"大舞台。在那样一个物竞天择、适者生存、征战激烈的年代里，落后本身就意味着挨打甚至灭亡。

自秦躁公即位以后，秦国的宗室贵族操纵了国家的政权，少数庶长甚至可以任意决定国君的废立，争夺君位的斗争也时有发生，造成了国君更替不迭、君臣乖乱的局面。

秦怀公在位不到 4 年就被庶长鼌逼死，于是，秦国大臣又立了秦灵公。

秦灵公死后，灵公的叔父又发动宫廷政变，废太子公子连，篡夺了君位，这就是秦简公。公子连被迫在国外流亡了21 年。

在秦简公统治时期，秦国经常受到魏国的进攻。结果是丢城失地，放弃河西。因此，史称"秦以往者数易君，君臣乖乱，故晋复强，夺秦河西地"①。政治腐败、经济落后的秦国，已经无法同变法后的魏国相匹敌。面对着这种"国内多忧、未遑外事"的局面，秦国的统治者迫于形势，也开始了政治与社会变革。

公元前 408 年，秦简公宣布实行"初租禾"，国家根据土地面积向田主征收租税。尽管这个变革比鲁国实行的"初税亩"晚了

---

① 《史记·秦本纪》。

近 300 年，但是，它毕竟标志着土地私有制的合法确立，为秦国生产力的发展准备了充分的基础。

秦简公在位 16 年卒，其子惠公立，惠公励精图治，收回了南郑等领土。

秦惠公在位 13 年卒，国内权臣再度发动政变，并结合诸侯的力量攻陷京城，太子及其母后均遇害。早年被废的公子连被拥立，是为秦献公，秦国此时的内乱已经达到了高峰。

公元前 385 年，秦献公正式即位。为了改变秦国长期内忧外患、贫弱落后的局面，秦献公决心仿效中原各国，发愤图强，积极进行社会变革。

公元前 384 年，秦献公宣布了"止从死"，废除了在秦国实行了 300 多年的杀人殉葬的旧制度。

公元前 383 年，秦献公建都栎阳（今陕西临漳东北），把政治中心进一步东移，从战略上进一步把秦国的东进事业向前又推进了一大步。

公元前 379 年，秦献公在蒲、蓝田、善名氏等地设县。县是直属于国君的地方行政组织，县令也由国君直接任免。县的增设，有利于实行中央集权，这对于加强王权与巩固国防，都起到了十分重要的作用。

公元前 375 年，秦献公又初步制定了户籍制度，把全国人口编入国家户籍，五家编为一伍，称为"户籍相伍"。户籍制度的实行不仅确认了以一家一户为基础的个体封建经济的合法性，破坏了旧有的宗法关系，保证并增加了国家的财政收入，而且大大加强了国君的权力。国君从此不仅直接掌握了全国的劳动人手，而且掌握了征发兵员、组织军队的权力。这样就打击与削弱了宗室贵族的利益，限制了他们的私人武装。

秦献公时期，由于实行了上述的改革，秦国宗室贵族和少数庶长操纵国家政权的局面基本结束，秦国也开始逐渐地由弱变强，这为接下来秦孝公任用商鞅变法奠定了良好的基础。

公元前 361 年，秦孝公即位，时年 21 岁。

21 岁的秦孝公正充满着青春、理想、热血与激情。

但是，摆在他面前的形势却明显地不让人乐观。

一方面，秦献公在临终时留下了遗言：没有收复河西之地是为父的耻辱。他要继任者子继父业，实现强秦的大业。

另一方面，秦国已经在一个相当长的时期内，在内外交困的谷底痛苦地挣扎着。

司马迁说：

> 孝公元年，河山以东强国六，与齐威、楚宣、魏惠、燕悼、韩哀、赵成侯并。淮、泗之间小国十余。楚、魏与秦接界。魏筑长城，自郑滨洛以北，有上郡。楚自汉中，南有巴、黔中。周室微，诸侯力政，争相并，秦僻在雍州，不与中国

诸侯之会盟，夷翟遇之。①

　　这就是说，秦孝公即位初期，他所面临的"国际政治"大舞台已经是一个全新的局面。东迁后的周王室，经过数百年的苟延残喘，已经形同虚设。黄河及太行山脉以东、长江流域，六国争雄的政治局面业已形成。夹杂在其间的，还有淮水及泗水中的10余个不足道的小国。秦国南有楚国，东有魏国，又受到中原各国的轻视，在大国竞争中处于十分不利的地位。正是在这样的情况下，年轻气盛的秦孝公在秦民族复兴的呐喊声中，登上了秦国的政治舞台。

　　成为秦国国君的秦孝公，其心情与其说是兴奋，倒不如说是激愤与更多的忧虑。

　　秦孝公回顾了先祖秦穆公的历史功绩，总结了秦国强弱兴衰的经验教训，肯定了先父秦献公勇于变革、收复失地的雄心壮志，汲取了献公改革过程中暴露出来的错误与教训。

　　秦孝公认为，战国以来，秦国内忧外患，各诸侯国瞧不起秦国，这是莫大的耻辱。他说，每当他想到秦献公的遗志还没有实现时，便非常地痛心。为了继承父亲的未竟之业，秦孝公一即位就马上颁布了招贤令，号召群臣宾客献计献策，只要能使秦国富

_____

① 《史记·秦本纪》。

强，便封赏他高官，封给他土地。

他在招贤令中说：

> 昔我穆公，自岐、雍之间，修德行武，东平晋乱，以河为界，西霸戎翟，广地千里，天子致伯，诸侯毕贺，为后世开业，甚光美。会往者厉、躁、简公、出子之不宁，国家内忧，未遑外事，三晋攻夺我先君河西地，诸侯卑秦，丑莫大焉。献公即位，镇抚边境，徙治栎阳，且欲东伐，复穆公之故地，修穆公之政令。寡人思念先君之意，常痛于心。宾客群臣有能出奇计强秦者，吾且尊官，与之分土。①

从秦孝公的这个招贤令中，我们可以看出，秦孝公最为关心的还是王权的重建，以及"东伐，复穆公之故地"等。他认为朝纲不振是秦国国势衰退、被各国轻视的主要原因。为此，秦孝公要以秦穆公为榜样，进一步强化王室的权威，集权公室，变法革新，决心为秦国开创一个新的辉煌时代。

于发布招贤令前后，秦孝公已经开始了他的实际行动。

首先，秦孝公在国内"布惠，赈孤寡，招战士，明功赏"。接着，出兵东围陕城，西斩戎之王。正是在秦孝公这种急于富国强兵政策与实际行动的感召下，秦孝公三年，商鞅来到了秦国。从

---

① 《史记·秦本纪》。

此，他的命运与秦国复兴的命运高度结合，他的改革揭开了战国时代国家格局的新篇章。

商鞅来到秦国都城栎阳时，并没有直接去求见秦孝公，而是投到秦孝公宠臣景监的门下，做了一名食客。

商鞅这样做是有道理的：

第一，商鞅对秦孝公还一点也不了解，凭商鞅之聪明才智，他一定不会在一件事还毫无把握的时候，就贸然去做。他需要先进一步了解他要投奔与依靠的主人真实心态、性情及其他方方面面的事情，以便做到心中有数。

第二，尽管当时秦孝公求贤若渴，但依据当时秦国的实际情况，找一个国君信任的人推荐，或许比自荐更合情合理以及更加稳妥一些。

第三，商鞅虽然建功心切，但他在魏国怀才不遇的挫折经历，也不能不在他的心头留有较大的阴影，这迫使他需要把自己即将拿出的方案与计划考虑得更加审慎与合理一点，以求这次努力只能成功，不准失败。

第四，景监是位名字叫作景的太监，他性情爽朗而好客，当时正深得秦孝公的信任，朝夕伴在孝公的身边。先投在景监的门下，取得景监的信任与赏识，并通过景监全面深入地摸透秦孝公的脾气与心性，待时机成熟后，再由景监安排推荐给秦孝公，这样就会更加稳妥些，成功的概率也会更大一点。

后来的事实表明，商鞅的这一思路是正确的。正是在景监不辞怨劳的再三举荐下，秦孝公才耐住性子先后数次召见商鞅，从而给商鞅向秦孝公彻底表明自己的政治主张提供了稳健的机会。而这样的效果，在魏国时商鞅就无法通过公叔痤与魏惠王来达到。

商鞅是如何取得景监的信任与赏识，从而使景监愿做伯乐，在秦孝公三番五次责骂下仍然对推荐商鞅坚定不移呢？目前为止，没有找到更详细的历史资料。但可以肯定，商鞅是用他的雄才大略与办事能力征服了景监，从而使他愿意全心全意、尽心尽力、耐心地向秦孝公反复举荐商鞅。由此推理，景监也绝不是一个简单的人物。从他获得一代雄主秦孝公推心置腹的信任、从他对商鞅的态度与行为来看，都应该认定他是一位聪明、豁达、善于体贴人意并且胸有大志的人物。否则的话，作为一个衣食无忧、得到君王宠信的太监，根本没有必要招揽笼罗宾客与天下的英雄，也不敢三番五次顶风冒险去推荐商鞅。这样看来，在秦国的帝业构建历史上，在商鞅变法这一决定秦国甚而决定与影响了后来华夏历史的重大事件上，景监都不是一个可有可无的人物。是他促成了急欲有所大为的秦孝公与商鞅二人的千古遇合，成就了中国战国史上的一次重大的制度创新，也因此奠定了秦国政治的规模与发展的走向，甚至影响了中国后来的历史进程。正是从这个意义上说，景监才能被正史列载，千古传颂而不朽。

经过充分的准备与计划，在景监的引荐下，商鞅终于见到了秦孝公。

据司马迁在《史记》中记载，商鞅与秦孝公的初步磨合，总共经过了四次面试的过程。

第一次，商鞅大讲"帝道"，用传说中的三皇五帝的治理之道来游说秦孝公。这是属于道家学派的一种政治学说，商鞅讲得津津有味，秦孝公却听得昏昏欲睡，似听非听。伏羲、神农、唐尧虞舜时的理想世道虽好，怎奈都是一些传说与过时的东西。这种方案作为一种美好的理想，去吸引人们的向往未尝不可，但与眼下急于改变秦国积贫积弱、一直遭到魏国侵略的现状相比，距离秦孝公的人生目标差得实在太远了。显然，新即位的国君听不进这些空洞的东西。但是，思贤若渴的秦孝公还是耐着性子让商鞅讲完了他的帝道高论。事后，秦孝公大怒，责备景监："你介绍的这位客人，狂妄得很，哪能重用呢？"

景监回府后也责备商鞅，但商鞅似乎成竹在胸，他告诉景监："我这次进说的是帝道方案，国君志向不在这里。您再劳驾给予引见，最后必然能够成功。"好在景监已经认识到了商鞅的才能，答应继续为他引荐。

5天后，秦孝公第二次面试商鞅。这一次，商鞅带去的是"王道"的方案。他希望用大禹、商汤、周文王、周武王夏商周三代的事业去打动秦孝公。商鞅谈得比上一次还起劲，但仍然没有合乎秦孝公的意愿。三王事业对秦孝公来说，不过是天边一片绚烂的云霞，虽然美丽但显然只能是画饼充饥。事后，推荐商鞅的景监又挨了秦孝公的一通臭骂。景监回府后又去埋怨商鞅。商鞅不急不慢，等待景监消了气后说道："这一次，我给国君讲了三王的道理，可他还是听不进去，不过，我现在已经知道了国君想要做的事业，还请您设法让他再召见我一次，这次保准不再让您失望。"

这样，又过了5天，在景监的不懈努力下，秦孝公第三次召见了商鞅。

这一次，商鞅给秦孝公带去的是"霸道"的方案。他认真、详细地为秦孝公说明了这一方案的可行性及可能带来的光明前景。他用春秋五霸（齐桓公、晋文公、秦穆公、宋襄公、楚庄王）的事业来劝说秦孝公这位年轻的君王，显然起到了效果。秦孝公不但听了进去，而且很感兴趣，但并没有表示出要采纳的意思。商鞅见目的已经达到，便适可而止，及时告辞出来。

商鞅走后，秦孝公对景监说："你的这位客人不错，应该跟他好好谈谈。"他让景监第二天再把商鞅带来。

但是，商鞅却坚持5天后再去见秦孝公，这自有他自己的理由：

第一，三次召见与面试，商鞅把他已经准备好的三套方案献了出去。虽然秦孝公表现出了对商鞅第三套方案的兴趣。但对于商鞅来说，尚须花费时间进一步深入、量化、系统与完善第三套方案。

第二，在三次面试过程中，商鞅充分展示了他丰富博学的知识，其才能与多种治国方案已经表现给了秦孝公。商鞅与秦孝公在三次面谈中已经逐渐找到了双方的契合点，得到重用只不过是个迟早的事情，因此，商鞅倒显得不那么急切了。

第三，秦孝公虽然表现出了对商鞅"霸道"方案的兴趣，但接受与消化显然还需要时间。

第四，能给商鞅三次面试的机会，让他充分展现出自己的才能与想法，说明秦孝公是一个求才若渴且极富于耐心的人物。一个刚刚过 20 岁的年轻君主有如此的定力，商鞅认为这是千年求不来的珍贵品质。因此，在商鞅看来，迟延 4 天后二人再谈，不会引起秦孝公的愤怒与不满。

第五，也许在商鞅看来，既然自己才能已经显露，不急于求见，很可能是一种以退为进的更好的策略与技巧。这样也许能表明自己并不是热衷做官而是想在秦国帮国君做成大事的有更高境界的人物。

对于秦孝公十分了解的景监，经过反复的思考，同意了商鞅的意见。

剩下来的 5 天，秦孝公与商鞅恐怕是这个地球上最为忙碌的君臣了。一个心情迫切，在急于等待见面。一个是在三次试探的基础上准备史加妥帖的说案。这5天，对于君臣二人来说，一个感到日子过得太慢，一个觉得时间消失得太快。

转眼到了第六日的清晨，秦孝公派人用专车来接商鞅。君臣二人见面后，秦孝公赐座，请教其意甚切。于是，商鞅将他充分准备的秦国政治应当更张的事情一件一件讲给秦孝公听。君臣二人彼此问答，相见恨晚。两人越谈越投机，秦孝公甚至忘记了君臣的礼节，不知不觉地凑近了商鞅。一连3日3夜，二人都还没有谈够，好像是久别重逢的朋友。

后来，景监问商鞅："你用什么打动了我的君主？我君主的高兴，那是到了极点。"

商鞅回答："我用成就帝王事业的道理劝说他，劝他同夏、商、周三代相比，而他说：'太久远了，我不能等，而且贤明的君主都希望各自在世的时候就能够功成名就、扬名天下，哪能郁郁不欢地等待几十年、几百年后才成就帝王之业呢？'所以我用使国家强盛的方法劝说他，他就大大地喜欢了。不过，用这种方案治国，很难达到殷代、周代统一天下那样的大功德了。"

事实证明，秦孝公与商鞅二人的君臣遇合注定是一个足以彪炳史册、传之万世的重大事件。秦孝公具有的胸襟阔大、志向高远、极富耐心、勇于做事的领袖素质，使他能够像先祖秦穆公一样，足以做出一件顶天立地的大事来。商鞅具有的善于规划、长于管理、意志坚定、手段强硬、决策与执行二者兼备的素质，也足以让他帮助秦孝公去完成复兴秦国的宏大志愿。

然而，世有伯乐，然后有千里马。千里马常有而伯乐不常有。

秦孝公与商鞅二人的遇合事实表明，秦孝公可谓是商鞅的慧眼识人才的伯乐，商鞅也无愧于秦孝公选中与赏识的一匹真正的千里驹。没有秦孝公的富强愿望与变法决心，就不会有后来载之正册、名传全球的商鞅变法。魏国的魏惠王也有称霸的愿望，也在招贤纳士，但由于他的胸襟与眼光的限制，只能接受像公叔痤、庞涓这样的二流佐才，真正一流人才如商鞅、孙膑等人都先后被他当做草芥，从眼皮底下白白地丢弃了出去。一句话，没有秦孝公，就不会有商鞅的变法与成功，这是一个不可更改的因果关系。今天，我们在追念商鞅这个大政治家彪炳青史的业绩时，千万不要忘记了发现并给了他这个千载难逢政治大舞台的秦孝公。

山雨欲来风满楼。

虽然，商鞅揣摩出了秦孝公想要达到的理想层面，秦孝公也知道了商鞅在强国之术上所能达到的高度，然而，商鞅毕竟是外来的宾客，对秦国而言，他拿出的那一套政改理论和方案毕竟都是陌生的，是否能够真正适合秦国的国情，是否能够真正达到二人希望的富国强兵的效果，秦孝公的心中并没有定数，秦国上下更是心中无数。

秦国与山东各国的情况几乎完全不同，起家的资本也不一样，人的思维、办事方式和习俗文化均与中原各国有着很大的差异。

商鞅的"霸道"方案，对于年轻的秦孝公而言是一个既感到新奇又心中确实没有把握的东西。如此看来，秦孝公一时下不了决心才符合当时的客观实际情况。

虽然，当时秦国受华夏文化浸染不深，保守势力也不是十分地强大。然而，触及"变易祖宗家法"，要将秦国政治体制来一次伤筋动骨的手术时，必然会触动与伤害到集团方方面面的既得利益，反对者必定有之，存心阻扰者更会有之，并且，这股反对力量与势力也十分强大，千万不可小视，弄不好还会引起政局的大动荡，甚至会影响到王室的安危。

秦孝公既想用商鞅变法，又"恐天下议己"，造成对自己统治局面的不利。这种尴尬两难的局面，正是当时秦国实际情况的生动写照。

为了让自己想得更加清楚一点、顾虑更加减少一点，也为了让秦国政权上层人物对这次变法有个心理上的准备，从而减少一点反对声音，经过反复思虑，秦孝公安排了一场"御前大辩论"。让赞成与反对的双方各自摆出自己的理由，既达到"互通声气"，也希望能够达到说服对方的目的。

经过摸底测验，秦孝公选中了甘龙、杜挚等人作为反对派的一方来与商鞅当堂辩论、商讨是否在秦国实行变法。

《商君书·更法》详细记载了这场大辩论：

　　秦孝公说："我既然是国君，就应该以国家为重，这是做国君的本分。现在我很想变法图强，改变统治方法，但是又担心天下人议论我，而最终达不到目的。"

　　针对秦孝公的发问与顾虑，商鞅首先发言回答道："行动犹豫不决，就不会有所成就；办事疑神疑鬼，就难以取得成功。您应当下足变法的决心，而不要去顾虑天下人的议论。况且有非凡作为的人，本来就容易受到世俗的非难；有独到见解的人，往往会被人诋毁。俗话说，愚笨的人，对已经做过的事情还不明白为什么那样做；聪明的人，在事前就知道怎样才能把事情办好。在新事业开始时不能同一般人去商讨创新的大事，只能让他们去坐享其成。因此，'论至德者不和于俗，成大功者不谋于众。'只要能使国家富强，就不必沿袭旧制度；只要有利于民，就不必遵守老规矩。"

　　在这里，商鞅批评了秦孝公既想变法图强又举棋不定的矛盾心理。他热情地鼓励秦孝公去当机立断，不要顾虑太多。同时，商鞅也提出了一个重要的见解，这就是：治理国家要从实际出发，只要能强国利民，就不必因循守旧。

　　商鞅的观点，得到了秦孝公的积极支持，曰："善。"但是，商鞅一系列明确的观点，引起了甘龙、杜挚等秦国守旧势力的强烈不满。

　　甘龙首先跳出来反对变法。

他否定商鞅的变法论点，引经据典地进行辩驳："圣人只能在不改变民众习惯的前提下去进行统治；智者只能在不变更现有制度的情况下来治理国家。他们因循百姓的习惯去进行教化，不用费力就可以成功；沿袭旧法度而治理国家的，官吏们熟悉而人民也安心。现在如果变法不按秦国的传统办事，天下人肯定要议论国君，这股力量不能轻视，还是希望国君郑重考虑一下吧！"

对此，商鞅针锋相对，毫不退让。

他认为，甘龙之论是"世俗之言"。平常人安于老习惯，学究们迷恋自己听熟的老一套，让这两种人挂个官名、守守旧法度是可以的，但不能同他们讨论打破常规的事情。夏、商、周三代礼制各不一样，却都成就了霸业。智者勇于创立新法，笨家伙只能受到旧法的制约；贤者敢于变更礼制，不肖之徒只好受到旧制的约束。受旧礼约束顽固的人，是不值得同他们商量大事的；受旧法制约的人，是不配同他们讨论变革的。国君您再不要受他们困惑了。

杜挚实在忍受不住了，他站起来大声说道："我听说，没有百倍的好处，不可以变法，没有十倍的功效，不能够改换祖先的器物。我还听说过：遵循古法不会有过错，依照旧礼不会出现偏差。请国君三思。"

商鞅立刻反击道："前代的礼教各不相同，你究竟效法哪一个朝代呢？各代帝王的礼制并不一样，你究竟遵循哪一个帝王的旧礼呢？"

商鞅认为，历来帝王都是适应各自时代的需要来创立法度、根据实际情况来制作礼教的。"礼"与"法"，总是因时、因地、因环境变化而变化的，时代变化了，社会发展了，"礼"与"法"也必然随着发生变化，从来没有一成不变的东西。

据此，商鞅提出了自己变法的理论根据："治世不一道，便国不法古。"①意思很明显，治理国家没有一成不变的办法，只要有利于国家，就不应该一味地效法古代而泥古不化。

商鞅还认为，商汤、周武王并没有恪守古制，商、周却能兴旺发达，夺得天下。而由他们一手创建的商、周二朝，最后归于灭亡的原因，正是因为不能因时、因地、因环境的变化而进行变革。因此，他请求秦孝公，不要去听信杜挚等人的迂腐因循之论。

这场大辩论，主要围绕下面几个命题而展开：

第一，先知及后觉之别。商鞅援引春秋时期的晋国改革家郭偃的说法，提出了"至德者不和于俗，成大功者不谋于众……苟可以利民，不循其礼"②的著名命题。

第二，革新与循古之别。商鞅根据"三代不同礼而王，五霸

---

① 《商君书·更法》。
② 《商君书·更法》。

不同法而霸"的历史事实，得出了"故智者作法，而愚者制焉"①的结论。

第三，法、礼变否之别。在辩论的过程中，商鞅主张"当时而立法，因事而制礼。礼、法以时而定"②，提出了治国之道要从当时的客观实际出发，具体问题具体分析、具体办理的重要命题。

改革派与保守派双方针锋相对，争执不休。

最后，由秦孝公拍板结论："我听说，荒僻小巷的人少见多怪；头脑顽固的学究喜欢无谓的争论。愚蠢的人高兴的，正是聪明的人感到可怜的；狂妄的人所快乐的，正是贤能的人感到忧虑的。他们说的都拘泥于社会上那种庸俗的议论，现在我不再犹豫了。"

于是，中国历史上一场史无前例的大变革，就这样被决定了下来。

今天看来，举办这场大辩论是十分必要的。大辩论固然费神耗时，但是，却解决了许多关键性的问题。

第一，它给保守势力一个良机，让他们公开表白他们的立场与见解。他们在与商鞅的交锋过程中，至少表面上也知道了自己存在的问题，这引起了他们的反思，从而在一定程度上也可能导

---

① 《商君书·更法》。
② 《商君书·更法》。

致一部分保守力量中的明智者改变自己的立场，至少，不再明目张胆地阻挠即将到来的变法行动。

第二，它给商鞅一个良机，给了他展示自己雄辩口才及渊博学识的一个平台，给了他在反对派攻击下进一步完善自己变法理论与实战的机会。在这场以寡敌众的大论战中，商鞅以他雄辩的口才、超俗的见解、无畏的勇气，驳得反对派方面理屈词穷、哑口无言。通过这次大辩论，商鞅以崭新的风貌出现在秦国高层政界，让秦国权要对商鞅初步有了一个鲜明的认识与了解。对商鞅来说，这次亮相的重要性十分清楚。也许，这正是秦孝公在决心任用他变法前在政坛上先透出的一股强风，好使秦国上下有一个心理上的准备与缓冲的余地。

第三，它给秦孝公一个良机，使他了解了朝臣不同的政治主张与能力风貌，并且解除了他在变政上的种种困惑与顾虑，最终使他下定了变法的决心。要知道，秦孝公虽然想通过改革建立霸业，但他本身并无中原文化的素养，对商鞅的变法主张也不是一下子就能够做到全盘接受的。

因此，无论是对于君臣还是改革派与保守派各方来说，这场大辩论都是很有必要的。

应当看到，推行任何一场新政，必然会触及方方面面的利益，特别是既得利益集团的利益。改革从某种程度上说就是一场权力资源、物质资源、社会身份与地位等的利益重新分配，受到守旧势力的反对是必然的事情。因此，秦孝公在发动变法之前，精心设计一场大辩论，向社会各阶层，尤其是保守派人士展开政治宣传，告诉他们国君的想法与举动，使他们从思想上到行动上有一个认识与接受的转变过程，以此来减弱新的变政对秦国政局可能造成的巨大冲击力，这是一个必须做的明智的举措。秦孝公的这一举措，用事实证明了他是一个经验丰富、全局在胸、具有高超驾驭政治风险能力的英明雄主。

通过这场大辩论，秦孝公向社会各阶层发出了一个强烈的信息，告诉他们，一场翻天覆地的改革就要到来，国家领导人将以最坚强的决心及最彻底的措施强力推行。只有认真做好思想准备、认清形势者，才能适应新的环境，否则，政令无情，历史会将其淘汰出局。

不久，秦孝公便任命商鞅为左庶长，让他协助自己，主持秦国的变法。谕群臣："以卫鞅为左庶长，卒定变法之令。"①

这样，战国历史上最为壮观与彻底的一场大变革即将拉开帷幕。

（三）"商鞅能令政必行"

从公元前359年起，商鞅终于找到了他的人生准确位置，开

---

① 《史记·商君列传》。

始了他名传千载的变法实践。这个政治实践的平台，是秦孝公给他的，从商鞅角度来看，也是他自己付出努力争取得来的。

人们常说，幸运女神只垂青那些有准备的人。商鞅的事业起步离不开他多年处心积虑的准备与磨炼。

在这个列国争霸的时代，落后就会挨打。谁放慢了发展自己的步伐，谁就会被欺凌甚至被兼并，落得个亡国破家的悲惨下场。

国家是这样，个人也是这样。

各国都在争夺人才，有本事的人也都在积极奔走，希望能找到自己可以依托的"良木"，能够找到发挥自己才能的地方，建一番功业，凭本事博得一个"封妻荫子"的美妙结局。

商鞅就是这样一个人，在时机来临时，他牢牢地抓住了机遇。在落后的秦国急于要振兴的时机，他把全身本领像赌注一样押在了促使秦国的富强上面。因为他明白，如果这一次不再努力争取成功的话，上帝就真的要把他当成弃儿了。

凡是了解商鞅性格与处境的人都清楚，故乡卫国太小了，而且四处强邻，朝不保夕，何况，商鞅本人在卫国的身份、地位也不高，卫国不可能给他施展才华的平台，他也打心眼里不认可这是能够让自己腾飞的地方。于是，这个有野心、有能力、急想出人头地却缺乏辉煌背景的年轻人，一点也不留恋地离开了他的故土卫国，来到了当时经过魏文侯变法后强盛一时的魏国。

商鞅满心地希望，他能在魏国找到一个可以使自己起飞的平台，从而实现他的伟大的梦想。

但是，魏惠王的刚愎自用，给了商鞅兜头一盆冷水，淋得他浑身透湿。

那时的商鞅，不禁感到了绝望，感到了世态的炎凉，而且自然地产生了怨恨报复的情绪。好在天无绝人之路，就在商鞅无路可走的时候，秦孝公为了获得秦国强大而招揽奇才的消息，传进了商鞅的耳朵，在对魏国伤心与愤恨之余，他离开了自己已经熟悉的魏都安邑，到一个荒蛮之地去寻求发展。这其中固然有秦孝公物质刺激的因素，但对于商鞅来说，何尝不是不得已而为之的一步棋呢？魏惠王要是稍微给他一点发挥才能的空间，让他有个安身立命的地方，我相信，商鞅是不会离开他朝思夜想都想让它发达的魏国的，即使是秦国的招贤令价码开得天大。但是，魏惠王看不起他，根本就没有重用他的打算。商鞅于是被激怒了，他甚至有点负气，他很可能暗暗地对天发誓，他要凭自己的实际行动，让秦国迅速发达起来，然后打败甚至灭亡魏国。他要让魏惠王为轻视他而付出代价，悔恨一生。那一时刻，商鞅的心中阴冷阴冷的。

现在，商鞅已经说服了秦孝公，得到了秦孝公的重用。他的理想的翅膀就要张开了，他能不激动、能不全心全力地投入去证明自己的价值、让世人都知道自己是一个不平凡的人吗？

在变法之前，商鞅首先做了一件重要的事，这就是重建民众对政府的信任工程。

其实，把这件事视为建立民众对左庶长商鞅的信用，完成民众对这个还不知道来自何处的、正在受到国君信任与重用的人物形成言出必行的认识，似乎更加贴切。这个做法就是，他在国都栎阳的南城门外立起一根高有 3 丈的木杆，派官吏守着，并贴出告示：

左庶长有令：有谁能将此木由南门扛到北门，立刻赏给十金。

按秦汉的货币单位，一金就是一两黄金。把一根木杆从都城南门扛到都城北门，就能得到 10 两黄金。人们一时困惑了，搬动一根木杆，对他们来说，这不过是一件很容易的事情。正因为太容易了，人们反而都不敢相信自己的眼睛，不敢相信自己的耳朵。因为，这也太不合常情、太不合常理了。

民众对一件看似不起眼事情的第一反应往往就是如此。

但是，南城门口贴的告示上又写得明明白白、清清楚楚。把守木杆的官兵也对前来围观的民众说得清清楚楚、明明白白。

徙木赏金，人们既想赶快搬走木杆得赏金，又怕这是骗局，让别人笑他是幼稚虫、精神病。他们不知道商鞅的葫芦里到底卖的是什么药。于是，人愈聚愈多，观者如潮，议论纷纷，疑惧兼有，但就是没有一个人敢去移走这根木杆。这种状况，正好符合了商鞅的心意。商鞅的本意就是，要将民众不相信的这件小事做大做闹，造成一个前所未有的轰动效应，就是要让民众揣摸不透他的心事而最终又只能凭其摆布、听其命令。

于是，商鞅又让人在原告示旁边贴上了一张新的告示。明确宣布，谁能响应政府号召，将这根木杆搬到北门的，把赏金提升到五十金。

一时，人们更加轰动、更加困惑不解了。

50 两黄金呀！政府该不会是犯病了吧！

各种想法、各种议论，一时间充满栎阳城的大街小巷。

最后，有一个从大老远的乡间来都城赶集的农家汉子，从人群中挤了出来。他对把守木杆的官兵说，"我来扛木头，得不到赏金，总不至于遭到治罪吧"。于是，人群中又轰动起来。人们像欢送一个重要人物一样，看着汉子、跟着汉子，从南门来到了北门。

其实，当时的栎阳虽为秦国都城，但两门之间相距并不甚远。这个汉子将木杆放到指定的地点之后，商鞅马上走了出来。他大声地表扬这个汉子道："你是一个好百姓，能够听从我的命令。"同时，他命人拿出 50 两黄金，当场送到了这个正在用他的破旧衣衫擦着脸上汗水的穷家汉子手中。

围观的人们傻眼了、后悔了。这个轻松地供一家人生活一辈子都不一定用得尽的重金，就这么被一个穷家汉子拿走了。

有的人叹息，有的人追悔，有的人羡慕，但不管怎样说，人们从此认准了一个死理，左庶长商鞅言必行、行必果，说话办事不打折扣。听他的话，没有错，怀疑或违背他的命令，就要倒霉与后悔。

徙木赏金之事像长了翅膀一样很快传遍了整个秦国。其超常的效果，正是商鞅想要达到的。他就是要通过一个象征性的动作让人们记住他的铁腕，记住他所掌握的权力。他就是要通过一次震撼民心的举动来达到取信于民的目的。因为，商鞅认为，取信于民，是实行变法的基础，决定着变法的成败。

现在的栎阳城，依然静静地坐落在渭河的北岸，经过岁月的风化，古都的一切早就已经化成了尘埃。站在这里，回想着历史上它曾经有过的辉煌岁月，想象着这里曾经是美女如云、珍宝如山、繁花似锦的地方，不禁令人产生物是人非、恍如隔世的感觉。然而，这里虽然昔日繁华不再，徙木赏金的故事却还在流传。栎阳，因为这个故事，人们永远地记住了它，人们因为商鞅的政治智慧将永远地凭吊它。写到这里，我终于透出了一口气，浑身觉得舒服了许多，真想大喊一声：栎阳城，你是多么幸运啊！

在接下来的岁月里，凭借着秦孝公的全力支持，商鞅在秦国大地上掀起了一股变革的大旋风。从经济基础到上层建筑、从人的行为规范到人的观念改变，来了一个伤筋动骨的长达20余年的前所未有的大变革。

对于商鞅变法的内容，司马迁将此简单概括为：

令民为什伍，而相牧司连坐。不告奸者腰斩，告奸者与斩敌首同赏，匿奸者与降敌同罚。民有二男以上不分异者，倍其赋。有军功者，各以率受上爵；为私斗者，各以轻重被刑大小。僇力本业，耕织致粟帛多者复其身。事末利及怠而贫者，举以为收孥。宗室非有军功论，不得为属籍。明尊卑爵秩等级，各以差次名田宅，臣妾衣服以家次。有功者显荣，无功者虽富无所芬华。①

从司马迁所列的这些内容来看，商鞅变法主要集中在以连坐法为标志的改法为律、奖励军功、禁止私斗、鼓励耕织等上面。

关于商鞅变法的内容，多年来，各种学术书籍中都有涉及，多如牛毛，人们也皆知其一二，我不想在这里多加置喙。我只想就几个根本性的问题在这里与读者诸君共同探讨一下。

第一，奖励耕织、重农抑商。商鞅治国思想的核心就是"农战"，其中"农"处在基础的地位。

新法规定，凡粮食和布帛生产得多的人可以免除劳役和赋税。从事商业、手工业和因游手好闲而贫穷的，将其个人，连同妻子、儿女一起没入官府为奴。用司马迁的原话就是"僇力本业，耕织

---

① 《史记·商君列传》。

致粟帛多者复其身。事末利及怠而贫者，举以为收孥"①。国家不许商人买卖粮食、不许开设旅店，通过"贵酒肉之价，重其租，令十倍其朴""重关市之税，则农恶商"②等措施，加强对工商业者的限制，加重他们的徭役和赋税，促使他们尽可能多地破产，从而扩大农业劳动者的人口。

由于秦国地广人稀，荒地很多，商鞅也把奖励开垦荒地作为发展农业生产的重点。他甚至建议秦孝公，采取奖励措施，从秦国以外的三晋地区招徕移民，给予支持，使其为秦国开垦与农耕出力，以让更多的秦国本土居民腾出手来成为军人为国家开疆拓土。

商鞅的这个改革，奠定了中国几千年传统的重农抑商、重本轻末治国思想的基础。这一思想，被以后历代封建统治者继承，长期以来，使中国的经济模式成为单纯的农业经济，使中国的社会成为一个基础扎实的农业社会。这一思想与举措，对于两千年来中国大一统集权制国家的发展与稳定，客观地说，还是功不可没的。

第二，奖励军功，按军功授爵。在重视农本、富利国家的情况下，商鞅推出了强兵的政策。其目的不外乎是为了实现秦孝公

①《史记·商君列传》。
②《商君书·垦令》。

收回河西之地的目标，并进而东进中原，开疆拓土。

与奖励军功联系最密的是爵位制。在商鞅变法之前，秦国也有官爵，如上造、大夫、庶长等等，但不细密。

功名是一项巨大的荣誉，它的背后存在着巨大的利益，足以吸引人们去为之拼搏奋斗、驱动人们的心灵与支配人们的行动。

商鞅深谙人们的这种心理，在变法的过程中，对秦的爵制进行了系统的整理，明确规定出了 20 个等级：（1）公士；（2）上造；（3）簪袅；（4）不更；（5）大夫；（6）官大夫；（7）公大夫；（8）公乘；（9）五大夫；（10）左庶长；（11）右庶长；（12）左更；（13）中更；（14）右更；（15）少上造；（16）大上造；（17）驷车庶长；（18）大庶长；（19）关内侯；（20）彻侯。

与官爵配套的，便是规定相应的特权与待遇：

（1）凡在战争中能杀得敌人甲士 1 人并取得其首级者，赐爵 1 级，赐田 1 顷，宅 9 亩。

（2）凡在战争中杀得敌人甲首 1 人并取得其首级者，可得百石之官。

（3）凡在战争中斩得敌 1 甲首者，还可役使 1 人（或 1 家）为自己的农奴，"除庶子一人"，得 5 个甲首的即可"隶五家"。

商鞅同时规定：无军功者虽是宗室贵族，也不得超越规定的标准多占田宅、臣妾。"宗室非有军功论，不得为属籍。明尊卑爵秩等级，各以差次名田宅，臣妾衣服以家次。有功者显荣，无功者虽富无所芬华。"①

商鞅还明确规定，严厉禁止私斗，违犯者"各以轻重被刑大小"。

以军功大小为标准来重新确定人们在社会中的政治、经济地位，取消过去以血缘亲疏及世袭制确定功名利益及官爵贵贱的方法，是注定要遭到既得利益者的强烈反对的。这是因为，既得利益者不是一般的普通百姓，他们或为宗室贵戚，或为达官贵人，他们本身手中就握有一定的权力，拥有很大的社会影响力。推翻旧的游戏规则重新建立一套新的游戏规则，这是秦国政坛上的一次巨大地震。商鞅在此时就已经深深地得罪了秦国的权贵。只不过，他们惧怕秦孝公的惩罚，敢怒不敢言，把心中的怨气与报复情绪压在心底罢了。

我们也应当看到，废除世袭爵位，改为以军功大小为标准来确定政治上的尊卑、高低等级，确实调动了秦国下层有志气、有本事但苦于无门第、无门路而不能升迁并取得荣华富贵的民众积极性。以军功大小授爵，鼓励人们为国家奋勇作战，就是为自己及家庭的美好幸福而战，将国家利益与民众的私人利益有机地高度合而为一，这是商鞅运用自己政治智慧的又一项令人赞绝的发明。这一政策，把秦人的尚武精神不但推向了一个极致，而且更

---

① 《史记·商君列传》。

重要的是，商鞅以此为手段巧妙地将这种精神转化成了为国家拼死效力的物质力量。

第三，实行连坐，轻罪重罚。在商鞅的眼中，严刑峻法是保障他实行富国强兵道路上的卫兵。他本人就亲口说过："禁奸止过，莫若重刑。"① 这里的刑，我们可否应当将其理解为法律政令呢？可以。因为通过刑治确保变法的顺利实施与社会的治安与稳定，是商鞅法治思想的一项十分重要的内容。

在变法过程中，商鞅把全国居民编入户籍。五家为一伍，二伍为一什，互相监督，一家犯法，其他九家同法治罪，发现有人犯罪要及时报告，"不告奸者腰斩，告奸者与斩敌首同赏，匿奸者与降敌同罚"②。这种什伍制度，最终成为后代历朝封建国家在乡村实行的保甲制度的滥觞，成为后世封建统治者治理乡村的一个重要的制度来源。

商鞅还实行轻罪重罚，主张重其轻者，以刑去刑。"行刑重其轻者。轻者不至，重者不来。是所谓以刑去刑也。"③

在他看来，先人发明断足、黥面、车裂等刑罚，表面上看甚是残暴，但其目的却不是用来伤民，而是为了达到禁奸止过的目

---

① 《商君书·赏刑》。
② 《史记·商君列传》。
③ 《韩非子·内储说上》。

的。在重刑面前，老百姓感到恐惧，就不敢轻易地以身试法，做出违法乱纪的事情来了。

在他看来，如果一味地强调量刑公允，以重刑罚重罪，用轻刑罚轻罪，就会让人们去钻法律的空子，容易滋长违法犯罪的心理与行为，不容易达到真正"用刑"的目的。

韩非子说：

> 商鞅之法也重轻罪。重罪者，人之难犯也；而小过者，人之所易去也。使人去其所易，无离其所难，此治之道。夫小过不生，大罪不至。是人无罪而乱不生也。①

为了真正达到以刑去刑的效果，商鞅甚至于对随便倒垃圾的人也要治以重罪，处以黥刑，对盗窃牛马者更是重判以死刑。

今天看来，商鞅确实有其实践家兼理想家的一面。一方面，商鞅的改法为律的实践是成功的，确实做到了令行禁止。另一方面，我们也应该看到，任何法令都有它出笼的理由与不足的一面，世界上没有什么事物是能够达到十全十美的标准的。"以刑去刑"可以最大限度地起到其有利于政治与社会生活的积极的一面。但真理往前再走一步，往往就会走向真理的反面，变成谬误，反而

---

① 《韩非子·内储说上》。

达不到目的。"重刑，连其罪，则民不敢试"①，并不是绝对的真理。"国无刑民"可能只是治理者心中一种永远的理想，在现实生活中，从人类有阶级、国家生活以来，目前还未见到哪个国家或地区真正达到过这种理想的境界。

第四，移风易俗，"令民父子兄弟内室内息者为禁"②。这是令商鞅十分自豪与有成就感的一件改革举措。

商鞅说过："始秦戎翟之教，父子无别，同室而居。今我更制其教，而为其男女之别。"③也就是说，昔日秦国充斥着西戎习俗，父子男女无别，从商鞅开始，才下令禁止了父子兄弟姐妹同室而居的陋俗。这条禁令，对于文明程度较高的东方六国或许算不得什么惊天动地的大事情。但是，这件事放在了当时的秦国，却是一件了不起的改革，它促进了人们的人伦规范及观念的变化，有利于小家庭在社会上的普遍确立及伦理文明的进一步发展。

第五，推行郡县制。商鞅在秦全国推行郡县制。"集小乡邑聚为县，置令、丞，凡三十一县。"④商鞅在法令中规定：郡县的长官不能世袭，由国君直接任免。县下设立乡、亭、里等地方机构，直至"什伍"编部的最基层组织。

---

① 《商君书·赏刑》。
② 《史记·商君列传》。
③ 《史记·商君列传》。
④ 《史记·商君列传》。

经过商鞅的这一改革，全国的政权、兵权、财权、人事任免权就统统集中到了国君的手中，君主集权的政治体制在秦国以法律制度的形式正式确立。秦国正是凭借这种先进的政体，迅速改变了当时所谓的"国防格局"。从一个落后挨打的西方国家一跃而成为东方各国的克星。这岂不正应了《周易》里所说的"穷则变，变则通，通则久"的道理？就是今天，我们再翻阅审视这段历史，还是止不住感情地想赞扬这位敢于改革政体的"弄潮"英雄。中央集权、专制政权，是我们近现代以来国人批判抛弃的对象，多少人为了战胜它，抛了头颅，洒了热血。专制政体成为人们口诛笔伐、恨不得打翻在地再踏几脚的可悲的东西。但谁能想到，在历史上，这一政治体制为我华夏国家实现大一统、保持中华民族的文化与疆域统一曾发挥过重大作用。

第六，迁都咸阳。公元前 350 年，秦国把首都由栎阳迁到了咸阳。

这一决定，是秦孝公与商鞅二人高瞻远瞩、通力合作的结果。

（1）随着变法的推进、秦国国力的增强、对魏作战取得的一系列胜利，魏国已经不能再构成对秦国的威胁，斗争中心需要进一步向东转移，栎阳作为都城显然已经完成了它的政治使命。

（2）咸阳位于关中的中心地带，周围物产丰富，交通便利。它北依高原，南临渭水，东扼函谷要关，西拥雍州重地，雄踞甘陇和巴蜀通往中原的要津，东又有水路直通渭水、黄河，用顾祖禹《读史方舆纪要》一书中的原话形容就是真可谓"据天下之上游，制大卜之命者也"。

（3）随着变法的成功与对魏战争的胜利，秦孝公的野心进一步膨胀，已经远不满足于当初刚即位时"招贤令"中所说的"强秦"及"复穆公之故地，修穆公之政令"的愿望，他又在现有基础上，产生了"帝业"的冲动。西汉贾谊在《过秦论》中汇总说："秦孝公据崤函之固，拥雍州之地，君臣固守以窥周室，有席卷天下、包举宇内、囊括四海之意，并吞八荒之心。"从秦孝公任用商鞅在秦国实行伤筋动骨的大变革举动来看，这话的确是一语中的。

商鞅在这里大"筑冀阙宫廷"，全力贯彻秦孝公的战略意图，为秦国向东统一天下，在战略上做了进一步准备。

客观地说，迁都咸阳是一件极有远见的事情。从秦国的长远利益上看，这应当是一件值得称道的事情。商鞅晚年，贵族赵良曾以大筑宫阙，批评商鞅"不以百姓为事"，劳民伤财，看来并非完全尽然。

总之，关于商鞅变法的主要内容，大概也逃不出上述六条，至于细节，本书中不再继续探讨，只想以此说明，商鞅的变法，无论对当时的秦国，还是对以后的中国，并不是一件可有可无的事情。它不但实现了秦孝公的理想，而且为秦王朝统一六国开辟了坚实而广阔的道路。无商鞅及其变法，秦恐怕无力得天下，其诸多变法内容对于以后中华两千年历史影响之大之巨，已经由后世的历史作了很好的注脚与证明。

（四）奏响东进统一的序曲

随着商鞅变法的逐步深入，秦国综合国力迅速增强，秦孝公、商鞅开始将东进拓疆、恢复秦穆公当年之雄霸之风提上了议事的日程。

在商鞅的心中，一直没有忘记魏惠王对他的冷落与忽视。他早就想通过兵戎相见，让魏惠王睁开他那浑浊的眼睛，看一看他昔日瞧不起的小人物到底是一个怎样的能人。他要用实际的行动让魏惠王悔肠百结，寸心欲断。

在商鞅看来，对一个人实施最大的惩罚，不是砍头与剁身，那是让人一了百了的简单事情。报复人的最高境界，就是要打乱他心中的平衡，打掉他高贵的自信，打造他心中的地狱，让他的灵魂整日停留在追悔莫及的煎熬之中，生活在恐惧不安的阴影里面，让他对做过的错事付出千百倍的代价，让他生不如死。

现在，商鞅有这个条件了，他能不去发泄一下多年隐藏在心中的不快吗？

况且，国君秦孝公时时挂在心中的"且欲东伐，复穆公之故地，修穆公之政令"的心愿也一直还未能实现。这是取悦国君的最好礼物，聪明能干而富于心机的商鞅能不为之付出全身的力气吗？

这是一个公事与私心完美结合的事业，是一个无论于秦孝公还是商鞅都愿意积极进取的双赢事业。

不达目的，誓不罢休。

看来，魏惠王真的有麻烦事了，魏国真的有麻烦事了。

恰恰这个时候，东方各国战云密布。秦孝公八年（公元前354年），一场国际性的大战爆发了。

事情起因于赵国进攻卫国，企图迫使卫国朝赵。

卫国四处强邻，左右不敢得罪，就像一只可怜巴巴的羔羊，不知道哪一天就会被周围的恶狼咬上一口。

卫国原来是入朝于它西部的魏国的，但当北方的强邻赵国向它发起进攻的时候，势单力薄的卫国没奈何只得转而入朝于赵国，赵国此举自然引起了魏国的强烈不满与武力干涉。

于是，魏惠王派兵包围了赵国的都城邯郸。赵国坚持到第二年，不得不派人向齐国和楚国求救。

齐、卫、宋联合发兵攻魏，楚军也去偷袭魏国的南方。

公元前353年，魏军攻破了赵都邯郸，齐军在桂陵大败魏军，楚军则趁机夺取了魏的睢水间的大片土地。转过年，魏又联合韩国的军队在襄阳打败齐、宋、卫联军。

经过这场持续了3年之久的厮杀，东方的几匹野狼都已经喘着粗气，精疲力竭。这种状况，给西方的醒狮秦国提供了东进伐魏、收复失地的机会。

公元前 354 年，趁魏、赵大战邯郸之际，秦军开始东进伐魏，在元里一战，大获全胜，斩魏军将士首级 7000，夺取了魏的少梁，这是秦国自商鞅变法以来取得的第一次军事上的重大胜利。

公元前 352 年，商鞅调升为大良造，掌握了秦国的军政大权。趁魏与中原各国正在酣战、无暇西顾的形势，商鞅率领大军，穿过河西，直下魏国的旧都安邑，直到这个时候，魏惠王才真正领教了商鞅的厉害，感到非常地后悔，连声大呼："寡人恨不听公叔痤的话啊。"

可惜，太晚了。

紧接着，商鞅又乘魏与齐、赵等国议和之机，率领精兵奔袭正在筑魏长城以防秦的固阳，迫使守军投降。魏国门户开始全面暴露在东进秦军的面前。

但是，上述的三次袭击还只不过是商鞅的锋芒小试。

在战略上，秦、魏是不能并立的，不是你死，就是我活。这一点，商鞅早已成竹在胸。

公元前 342 年，面对魏国在马陵被齐国打得落花流水、国运日衰的状况，商鞅向秦孝公建议：

> 秦之与魏，譬若人之有腹心疾，非魏并秦，秦即并魏。
> 何者？魏居领阨之西，都安邑。与秦界河而独擅山东之利。
> 利西则侵秦，病则东收地。今以君之贤圣，国赖以盛。而魏

往年大破于齐，诸侯叛之，可因此时伐魏。魏不支秦，必东徙。东徙，秦据河山之固，东乡以制诸侯，此帝王之业也。①

这就是说，在商鞅的眼中，魏国与秦国，二者不能并存，必须灭亡一个，不是秦灭魏，就是魏灭秦，这个客观形势是不能改变的。现在，魏国陷于中原战争的泥潭，正是秦国收复河西之地，实现秦孝公"复穆公之失地"的大好机会。机不可失，时不再来。作为一个极端的功利主义者，商鞅岂能白白地错过这个机会？

在秦国君臣图魏的同时，魏惠王也正在积极安排着报复秦国。

公元前 344 年，从魏都大梁传来消息，魏国正在日夜操练军队，并派出使节穿梭往来于宋、卫、邹、鲁、陈、蔡等国家之间，准备以带领十二诸侯朝天子的名义，对秦国举行一次大规模的讨伐。

咸阳震动了。

秦孝公失眠了。

这时的商鞅，再一次显露出了他超众的智慧与冷静。

他向秦孝公分析道：

"看来，单靠秦国一国，纵使全力以赴，万幸而能存国，也定然损失惨重，只能视为下策。若能说动齐、楚来救，是为中策。

---

① 《史记·商君列传》。

但齐、楚皆有亡我之心，即使答应出兵，也必在我损兵折将接近危亡之时。他们出兵的目的无非是为了分赃。臣熟思三日，以为解困的上策是齐、楚等国不由我请而自行怒而奋起反魏。那么秦国边境非但可以不费一兵一卒而固若金汤，而且还可以趁大梁受困难以自保之时，迅速出兵，收复河西之地。"

接着，商鞅主动请缨去实施他的移花接木的计策。

早年在魏国，商鞅就没少对魏惠王进行研究与揣摩。尽管商鞅没有能够得到魏惠王的重用，但对魏惠王好大喜功、重虚而不务实的特点还是了然于胸的。魏国在魏文侯、魏武侯时经过李悝、吴起变法好不容易积攒下来的一点资本，经过庸陋浅薄的魏惠王的一顿瞎折腾，已经所剩无几了。

而这，正是商鞅心中窃喜的事情。

眼下，秦国危在旦夕，商鞅决定去魏亲自游说欺骗魏惠王，让他取消纠集列国讨秦的计划，同时，还要唆使魏国进攻楚、齐，使之继续战争，从而让秦国从中渔利。

商鞅真的去了魏国，他迎合着魏惠王一心想称帝王的心理，劝他"大王不如先行王服，然后图齐楚"①，并做出秦国坚决支持魏王称帝的许诺。早有称帝野心的魏惠王果然愚蠢地上了当，列国伐秦计划不但受挫，魏国倒因为得罪了列国而重新陷入四面楚歌

---

① 《战国策·齐策五》。

的战争泥潭之中。

商鞅笑了。

孙武子不是说过"上兵伐谋，其次伐交，其下攻城，攻城之法，为不得已"之类的话吗？

商鞅的削魏计划，正是贯彻了孙子的最高明的计策，即消灭敌国的阴谋与可怕的计划于无形，其次是破坏敌国的盟交，在外交上，挫败他们的携手合秦的计划。

商鞅所以能够取得成功，关键是在于他揣摩透了魏惠王内心深处的想法，正确地预测了当时东方各国之间的互相争夺攻伐的矛盾是不可避免的客观态势。

据《战国策》记载：

> 魏王悦于卫鞅之言也，故身广公宫，制丹衣柱，建九斿，从七星之旗。此天子之位也，而魏王处之。于是齐、楚怒，诸侯奔齐，齐人伐魏，杀其太子，覆其十万之军。魏王大怒，跣行按兵于国，而东次于齐，然后天下乃舍之。当是时，秦王垂拱受西河之外，而不以德魏王。[①]

看看，魏惠王因为虚荣心所驱使，竟然被商鞅的一句空话，骗得光着脚东奔西忙，落得个列国叛之、伐之，不仅帝王没有做

① 《战国策·齐策五》。

上，相反，丧师失地。魏国从此转盛为衰，真真是凄凄惨惨戚戚的一番景象。

中国历史上像魏惠王这样的大傻瓜，各代不乏其人。三国时袁术就是魏惠王的翻版。他们都是手中拥有了一点点资本，心中欲望就无限地膨胀起来，他们也不看看天下有没有取得成功的形势，就急急然黄袍加身，闭其门做只有自己承认自己的天子梦，结果，他们都为天下弃之，众叛亲离，不得善终，为人耻笑。相反，聪明人也有，如曹操、朱元璋类。他们都深知实力是决定一切的因素这个简单的道理。他们也都是南面称寡，但是，他们不是急于黄袍加身，而是努力打造自己横行天下的实力与能力。"深挖洞，广积粮，不称霸。"机会不成熟，他们决不会盲目乱干。

曹操戎马一生，挟天子以令诸侯，三分天下有其二，晚年尚能头脑清醒地拒绝孙权上书劝进的建议，认为这是孙权将他放到火炉上烤，是不安好心的馊主意。

朱元璋接受朱升的"高筑墙，广积粮，缓称王"的建议，让做反王的出头椽子先在元军一个个进攻下烂去，待各方精疲力竭的时候，他再渔翁得利，出来轻而易举地取得了天下。

看来，如何才能真正做上天子，这还真是一门学问。魏惠王傻气十足的小丑式的表演，作为反面教材，足以儆戒后人。

接着，秦孝公采纳商鞅的建议，立刻任命商鞅为大将，率兵收复河西之地。

《史记·商君列传》中这么记载：

> 军既相距，卫鞅将公子印书曰："吾始与公子欢，今俱为两国将，不忍相攻，可与公子面相见，盟，乐饮而罢兵，以安秦魏。"魏公子印为然。会盟已，饮，而卫鞅伏甲士而袭虏魏公子印，因攻其军，尽破之以归秦。

从司马迁的这段记载中，足见商鞅这次战胜魏军使用的是"兵不厌诈"的计策。在军事战争中，这无疑是一个有价值的成功范例。

但是，问题出在，公子印与商鞅虽为两国敌军将帅，但昔日却是志同道合的密友。当初公子印为了让魏惠王重用商鞅，在魏王面前没少下举荐的功夫。两人的友情，为当时人所熟知。商鞅以朋友的信用作担保，来欺骗公子印，虽然取得了重大的军事胜利，一时达到了他多年来处心积虑的军事目的。但是，从长远看，这一做法却未必高明。出卖旧时的朋友以换取功名，这实际上为秦魏两国都不容。从此，他就不仅没有了真正的朋友，而且秦国君臣也不敢在心理上太相信他了。以道德与信用来透支功名，日后证明，商鞅付出的代价太大了。

秦国收复了河西之地，就掌握了黄河天堑，东进的门户已被打开，秦孝公在昔日"求贤令"中提出的"强秦""复穆公之故地"的目标已经实现。

凯旋的商鞅，达到了他人生事业的巅峰。秦孝公亲至东郊，隆重地迎接他的归来，同时兑现了自己"有能强秦者，吾且尊官，与之分土"的丰厚支票。"卫鞅既破魏还，秦封之於、商十五邑，号为商君。"①商鞅从青年时就孜孜以求的功名与事业，终于在他的多年不懈努力下变成了现实。

为了这一天，从他至秦之日算起，已经为之奋斗了将近20年！

（五）身前的不幸与身后的永恒

常言道：日满则坠，月满则亏。

商鞅帮助秦孝公推行变法，实现"强秦"之梦，通过一系列军事行动，夺回河西之地，达到"消魏"目的同时，他的事业也就达到了巅峰状态。

巅峰其实是一种危险。没有人能够在巅峰上长久地停留。

果然，不出两年，在公元前238年，全身心支持变法的秦孝公便因劳累过度而英年早逝。

同一年，为秦国富强与自己功名而发奋了20年的商鞅，也便从权力的巅峰上跌落下来，不仅自己，而且连累全族亲人一起跌进了苦难的地狱。

---

① 《史记·商君列传》。

今天看来，理想主义者的结局总是残酷得使人不忍回首，总是令人止不住地扼腕叹息。从古及今，人们都在为理想所吸引、为理想而奋斗，却很少有人能真正品尝到由理想结出的幸福果实。

从历史上来看，秦孝公与商鞅，确是一对事业上的天生搭档。如果说商鞅是秦国变法运动的设计师与执行人的话，那么，秦孝公则的的确确是这次变法运动的监护人与支持者。秦国变法运动能够最终如此顺利地取得成功，没有秦孝公的理解与自始至终的鼎力支持，是很难做到的。

在商鞅变法之前，吴起在楚国也推行了变法，但因为触动了贵族集团的方方面面的特权和利益，遭到了他们一致坚决的反对。虽然楚悼王信任与支持吴起，怎奈这股守旧势力太大，在做他们的说服工作中，楚悼王最终因劳累很快去世。就在楚悼王尸骨未寒的灵前，楚国贵族联合起来，残忍地杀死了吴起并将他五马分尸。

在商鞅变法 1000 多年后，中国北宋大地上，也发生过一场王安石变法，与商鞅的变法目的颇为接近，旨在富国强兵。但王安石却没有商鞅那样的运气，其监护人宋神宗虽然也急于通过变法来挽救统治危机，但是他性格犹豫，在做事方式上不如秦孝公那样圆融与彻底。当然，王安石也不是商鞅，没有商鞅那种为功名敢于拼出一切的劲头。最终，在宋神宗积劳成疾去世后，保守派掌权，新法尽废。在这一新一旧的混乱中，北宋也被搞得疲倦不堪，终至亡国。

　　对比来看，如果从实现人的使命与人生价值的角度来观察，我们禁不住地要为商鞅能够遇到秦孝公这样的明君全力支持而感到庆幸。

　　秦孝公贤明、有能力、有志向而且又年轻。能够遇到这样一位胸襟豁达的君主，商鞅实在是太幸运了。

　　天下有本事的人多了去，哪里就缺你一个商鞅？"世有伯乐，然后有千里马。千里马常有，而伯乐不常有。"商鞅就是有天大的本事，如果遇到的是一个不识相的主人，他这匹千里马还不是得最终老死槽下，一事无成？当初商鞅满怀希望地在魏国一待就是四五年，还不是由于魏惠王不赏识而空怀一身本事？

　　话又说回来，魏惠王与秦孝公毕竟是两个不同层次上的重量级选手。虽然魏惠王也在到处笼络寻找人才，虽然他也想称王称霸，虽然也能够幸运地接收到先人传下来的一份丰厚的家业，虽然像商鞅、孙膑这样的文武全才都曾经投奔到他的帐前，但他不识人的眼睛、刚愎自用的性格以及好大喜功的作派却把这些优势抵消得干干净净。

　　我经常猜想，如果历史能够倒回来再演一遍，假设魏惠王接受了宰相公叔痤的临终建议，最终留任重用了商鞅，那么，后来的中国历史会是一种什么样的结局与变化？会不会是魏国不断强大，直至由它来一统天下？经过反复的推理与思忖，还是不得不得出这样的结论：魏国不是秦国，它身上背着太多的历史包袱，没有商鞅这样个性的人彻底施展才华的空间与土壤，魏惠王也不是秦孝公，他不可能把商鞅推到政治舞台上的聚光灯前，让耀眼的光芒，长时间地全部倾洒在商鞅的身上。他没有秦孝公要把国家彻底治理好的志气以及信人不疑、用人彻底的胸襟。在这一点上，魏惠王根本无法同秦孝公相提并论。如果商鞅留在魏国，他也不可能得到魏惠王的全力支持而全面放手让他真正地推行他的主张。他不可能在魏国做出像在秦国那样名留青史并且深刻地影响到中国后来历史进程的伟大事业来。

作为秦国国君，秦孝公不仅是一个现实主义者，而且更是一个理想主义者。

他在"招贤令"中提出的"强秦"目标，实际上就是一个理想主义的蓝图。因为"强秦"这个目标的可塑性非常大。它可大可小，可远可近，可长可短。在我的理解中，这很可能就是秦孝公给其本人制定的要终身努力的最高目标。至于秦国要在他的领导下强到什么程度，达到什么样的目标才叫强，秦孝公没有明确的界定。也许，这正是秦孝公高明的地方。

他在"招贤令"中提出的"复穆公之故地，修穆公之政令"基本上可以视作他一定要实现的目标。或许在秦孝公看来，实现这一目标是现实的，是一定能够在他的任内做到的。但我们如果稍微再深入思考一下，就会发现，即使这一目标，也是一个很大很宏伟的计划。至少，在秦孝公的父亲秦献公的手中，就根本没有能看到有实现这一目标的可能。即使在秦孝公的任内，也是在奋斗了20余年才将这一目标变成了现实。

但是，正是因为这种理想主义的气质与个性，秦国才最终在秦孝公的手中，真正由一个西方大国最终走向"世界"，直至统一天下。

试想一下，如果没有理想的驱动，秦孝公何至于在即位的当年就向天下发布了"招贤令"。如果没有理想的驱动，在前两次召见商鞅的过程中，面对商鞅滔滔不绝地迂阔的所谓三皇五帝神圣事，毫无兴趣的秦孝公，如何能耐心地等他唠叨完！要知道，秦孝公当年也不过是一位才20多岁的热血青年，要是没有一定理想的支配，他是不会如此苦了自己的。紧接着，从孝公第三次、第四次继续召见商鞅这位外籍人士，更可以看到秦孝公理想远大、求贤若渴，以及他难得的气度、胸襟。

听到商鞅的富国强兵之策，秦孝公立即大喜过望，"不自知膝之前于席也，语数日不厌"[①]。这个生动的历史事实充分展示了这位年轻国君急想有所作为的一面，这种童稚般的热情与激情，也许正是许多杰出并有所成就的领袖所共有的魅力。

――――――――――

① 《史记·商君列传》。

　　秦孝公在位 24 年便去世，死时正值 45 岁的壮年时期，很有可能与他过度操劳国事有关。因为从现有的各种历史资料中，并没有发现这位有为君主有别的有伤身体的嗜好，如纵欲过度、荒嬉过度等等。相反，历史材料上所记载的都是他严肃工作，专注于秦国富强大业的事实。我们可以推断，这位有为君王如果不是死于暴病，基本上就可以认为是因改革大业劳累过度、油尽灯枯的结果。

　　从史料记载来看，商鞅是位外籍政客，本身在秦国没有一点人脉基础，他所以能够顺利地推行变法，完全是因为秦孝公的全力支持。因为，真正能够推动变法，迫使全国臣民严格遵从实行的，并不是商鞅，而是站在幕后的身为国家最高掌舵人的秦孝公。

　　商鞅变法使秦国从经济基础到上层建筑都进行了全新的大变动，触动了上上下下各方面、各阶层的利益，反对之人当不在少数；加上商鞅的个性，为人"刻薄"、严酷果断、轻罪重罚、不留情面，这就为秦孝公的日常工作无形中增加了许多难度。秦孝公既要耐心说服或强迫本土势力派接受商鞅的改革事实，又要承担这场改革运动的风险与失败的责任。这可不是一件容易的事情。它足以使一个人在强大的压力之下损坏健康而最终丧命。秦孝公英年早逝，在很大程度上可以断定是为这次史无前例的大变动耗尽了他的心血，减短了他的寿命。这是翻天覆地的大变革运动必须付出的代价。春秋末年的楚悼王、北宋中期的宋神宗概莫能外。

这是一个宿命，理想主义者的悲剧宿命。

秦孝公刚死，腥风血雨便铺天盖地向商鞅直扑过来。

即位的太子驷，刚刚坐上龙椅，周围的旧贵族便纷纷将他包围起来，诬告商鞅欲行谋反。

商鞅的命运危在旦夕。

也许，自来到秦国，获得孝公信任重用以来，商鞅已经忘记了，他本来不过是一名宾客而已，他体内流的是中原卫国的血，和嬴秦没有任何关系；他忽略了，信任与支持他变法的，当权派中只有秦孝公一人，而不是那些根深蒂固、人数众多的贵族官僚。也许，在商鞅看来，信任他的孝公比他年轻十多岁，只要孝公健在，他就不怕什么风吹草动。但是，智者千虑，必有一失。没想到，他策划并进行的这场改革事业，从决策到执行，要理顺整个过程中复杂的人际关系，巨大的压力已经把秦孝公彻底累垮了！

就在秦孝公去世前 5 个月的一天，有一个名叫赵良的秦国人，已经敏锐地观察到了这一点。

俗话说，旁观者清。尽管赵良对商鞅的变法也抱着反对的态度，但他敬重商鞅拼命实干的精神，他看出商鞅处境危险，出于一片真诚，他前去劝说商鞅，悬崖勒马，回头是岸，交出权力，交出封地，到秦国偏远地方去做一个富家翁，颐养天年。商鞅虽然真诚地接待了赵良，但却否定了他提出的救赎建议。以商鞅的个性与处事方式，他是不会走回头路、勒住还在疾驰的战马的。何况，他凭半生的心血打拼而来的於、商封地，是他一生功名的广告牌，是他为后代造福的根据地。失去权力，再失去封地，就等于彻底否定了自己前半生的努力与成就，不要说是商鞅，就是换上我们碌碌之辈恐怕也一时难以下定决心。但是，不交出权力和封地，就必须交出自己的生命。二者只能选择其一。商鞅的悲剧就在这一瞬间注定了。

果然，5个月后，秦孝公因积劳成疾，英年早逝。太子驷即位，便是秦惠文公。

一朝天子一朝臣。

新君不用旧臣，这是一条铁定的政治法则，几千年来，谁也逃脱不了这幕铁网的制约。作为先王重臣，商鞅官爵至大良造，已经相当于其他诸侯国国相的职位。国相无权率领军队，而商鞅则集军政大权于一身，秦孝公对其言听计从，加上於、商之地15邑，商鞅的权势已经达到了无以复加的程度。换上任何一个新上任的君王，都不可能不对之深深加以关注与忌讳。何况，秦惠文公并不是一个庸陋无能的君王，他并不想做一个有名无实的国君。

因此，在第一次朝会中，善于揣摩国君意图的公子虔和公孙贾立刻跳了出来。他们援引"大臣重则国危，左右重则身危"的古训，并进而分析，商鞅立法治秦，秦国虽治，但国中老少男女都只说商君之法，而不说秦国之法，如今又加封采邑十五，权位已极，势必谋叛。望君上立刻明断，切莫养虎贻患！

这些话，秦惠文公不仅全部听进了耳朵而且深以为然。

于是，秦惠文公借此下令收缴商鞅的相印及兵权，命他立即从咸阳走人，回到封地於、商去。

但是，聪明而精通政治的秦惠文公是不会就这样轻易地放过商鞅的。

一则，在早年变法时，商鞅对他的定罪及惩罚，他还历历在目，心中之恨未除。

二则，商君相秦10年，宗室贵族怨者很多，民众也苦不堪言、苦不敢言。借商鞅的人头安抚人心、收买人望、增强政治凝聚力，又何乐而不为？

三则，商鞅之令之人的影响已经深入秦国各个角落，借商鞅人头做文章，正可晓谕天下民众，借此迅速建立自己的威信。

四则，"飞鸟尽，良弓藏；狡兔死，走狗烹"。变法已经20余年，商鞅的使命已经基本完成，该到了借他的人头对改革中的被伤害者表示慰抚的时候了。

这样，商鞅就死定了。

新上任的秦国国君，采取了逼反的高明策略。

对于商鞅这样一个深得先君信任、重用，而且为秦国服务了20余年的重臣，要杀他也必须找一个高明的借口，否则，各国会议论，民间会议论，但根据其20余年的从政生涯，秦惠文公太了解商鞅的个性与为人了。他知道，商鞅是不会甘心束手走上绝路的，只要自己再加一把火，商鞅就会狗急跳墙，叛逃或谋反的。

就在这最后的危急关头，商鞅似乎还没有嗅到即将到来的血腥气味。

也许，在功成名就之后，他的政治敏锐性已经大大地退化了。在他辞庙返回封地时，还特意再用了一次犹如国君的威仪。很可能，在商鞅看来，这是他最后一次临朝听政、指点江山的机会了，他要给自己的前半生从政生涯画上一个圆满的句号，他也想让咸阳的文武百官知道，他虎去风犹在。

商鞅觉得自己需要有这样一个结束，而他的政敌也正需要他再显摆这么一次威风。

公子虔、公孙贾立即禀秦："这叛贼已撤去相位，竟然还敢僭拟王者仪制，倘若任其回归商、於，必然后患无穷！"

当年曾在朝堂上与商鞅作过激烈争论，受到商鞅挫辱的甘龙、杜挚，也急急赶来作了同样的禀奏。

秦惠文公等的就是这样的罪状，他立刻命令公孙贾率领武士3000去追赶商鞅，斩首来报。

商鞅闻讯，赶忙扮成卒隶带着妻儿老母仓皇出逃。奔至函谷关时，看看天色已晚，便往旅店投宿，但商鞅没有公函证明，被不客气地拒在门外。店主告诉商鞅："商君之法，舍人无验者坐之。"面对此情此景，商鞅不觉地喟然长叹："嗟乎，为法之敝一至此哉！"①

这就是"作法自毙"的来历。

没办法，趁夜色，商鞅等人混出了函谷关，企图奔魏，但因公子卬事件，魏人已对商鞅产生极大的不信任，他们以"陷人于危，必同其难"的理由将商鞅赶回了秦国。在万般无奈的情况下，商鞅只好逃回自己的封地於、商，组织子弟兵，准备作孤注一掷式的抵抗。但惠文公很快派出大军，粉碎了商鞅有限的一点军事力量，在郑国渑池这个地方将他抓获，施以六种死刑中最残酷的一种：车裂。

惠文公指着商鞅的尸首说："今后有敢造反者，商鞅就是他的下场！"

覆巢之下，岂有完卵，商鞅一家及其族人也全部惨遭杀戮。

一个理想者，就这样为他的理想，将自己及其全族人的生命献上了祭坛。

事实上，惠文公处死商鞅，并非是要否定商鞅的法令，更不意味着要在秦国恢复商鞅变法之前的旧制度。商鞅的变法在秦国

_____

① 《史记·商君列传》。

推行了 21 年，已经深入人心，连妇孺都能言"商君之法"。变法给秦国带来的好处，惠文公心中清清楚楚。对于新法的成果，惠文公不但没有废止，而且全盘继承，甚至还有所发展。这说明，惠文公是一个合格有为的君主。

关于商鞅的死因，司马迁在《史记》中曾有这样的分析：

> 商君，其天资刻薄人也。迹其欲干孝公以帝王术，挟持浮说，非其质也。且所因由嬖臣，及得用，刑公子虔，欺魏将印，不师赵良之言，亦足发明商君之少恩矣。余尝读商君开塞耕战书，与其人行事相类。卒受恶名于秦，有以也夫！[1]

按照司马迁的说法，商鞅之死是因为他做人行事"刻薄""少恩"，这是不错的。但是，这绝不是商鞅一定要死的根本理由。秦惠文公之所以要除掉商鞅，我想，真正的原因只有一个：这就是商鞅在秦国权大势重、威望太高，已经构成了对秦惠文公的潜在威胁。

从更深刻的层面上讲，商鞅之死，也不是死在秦惠文公的手中，而是死在中国传统政治的潜规则中。君相之争一直是中国几千年政治权力斗争的一种常见的现象。新即位的君主对于前朝留下的宰相重臣没有几个是加以继续重用的。任何一位新君，只要

---

[1] 《史记·商君列传》。

想建立自己的权力统治，不能不把一切人们不满意的东西都推给前朝，而把一切好的都记在自己的名下。除非有万不得已的特别情况，先君的光辉形象是绝对不能损坏的。最有效最直接的办法，莫过于推出像商鞅这样一个颇有民愤、个人品性又有瑕疵的人出来，使他成为前朝所有过失的箭靶，杀之以安抚民众，又可借以收归权臣的权力，树立自己新的气象。明朝崇祯皇帝诛杀魏忠贤、清朝嘉庆皇帝诛杀和珅，无不是这一法则在历史大河中变相的继续。所以，即使即位的不是惠文公，商鞅侥幸不被车裂，也绝不会有太好的下场。所以，即使没有公子虔、公孙贾的借机报复，秦惠文公迟早也要借个题目做成这篇文章。

　　后来的历史发展事实是：处死商鞅后，秦惠文公也并没有重用公子虔等宗室贵族。在他统治的 27 年间，没有一个无功无能的宗室贵族得到过高官显爵。商鞅人虽亡政未息，其变法措施继续在秦国大地上成长壮大，直至成为参天大树，庇荫秦王嬴政统一六国，兼并天下。这样看来，如果撇开个体生命的得失，放在历史的长河中来评估人生的价值与长生之道的话，我们还是要为商鞅这位理想者感到庆幸，毕竟人生只有短短数十年，不过瞬间即逝，能够用肉体生命来创造精神不朽与永生，这才是真正的不老长生之道。

二、申不害的"术"

（一）申子在法家中的地位

申不害，约生于公元前385年，卒于公元前337年，郑国京
（今河南荥阳东南）人。战国中期思想家，法家的代表人物之一。
韩灭郑后，被韩昭侯（公元前362年—前333年在位）起用为相，
主持变法改革。申不害在韩国15年间，大力推行"术"治，颁布
了大量的法律，一度使韩"国治兵强"。《史记·老子韩非列传》说：
"申不害者，京人也，故郑之贱臣。学术以干韩昭侯，昭侯用为
相。内修政教，外应诸侯，十五年。终申子之身，国治兵强，无
侵韩者。"

申不害由郑国贱臣而为韩相，其从政之路正是战国时代士阶
层寻求政治出路的典型。据《战国策》记载，魏围邯郸，韩王向
申不害问计，申不害不是自己直接回答韩王所问，而是让别人先
说，然后微视王之所悦"以言于王"，由此使"王大说（悦）之"[①]。
其心计可见一斑。但这对于欲求仕以显名的士人，特别是出身卑
微的下层士人而言，实乃不得不然之举，自无可厚非。

---

① 《战国策·韩策一·魏之围邯郸》。

申不害有专门论著，《史记·老子韩非列传》载："著书二篇，号曰《申子》。"《汉书·艺文志》说《申子》计有六篇。均亡佚，只有《大体》篇保留在《群书治要》中。申不害的著作在先秦曾广泛流传，《韩非子》《吕氏春秋》等书都称引过其中的一些论说。《玉函山房辑佚书》有《申子》的辑本。《史记·老子韩非列传》称"申子之学，本于黄老而主刑名"。《索隐》："按刘向《别录》云：申子学号曰刑名家者，循名以责实，其尊君卑臣、崇上抑下，合于六经也。"可见其思想带有道家影响的痕迹。他把法家的"法治"和道家的"君人南面之术"结合起来，成为法家重视"术"的一个分支。

申不害在战国时期政治思想史上具有举足轻重的地位，与商鞅一起为后世并称为申、商。势、法、术是法家政治思想的三足鼎立。慎到侧重于势，申不害侧重于术，商鞅侧重于法，形成战国中期法家的三大巨擘。

申不害主术，但对势、法也很重视。行术首先必须握住势与法，申不害为此告诫君主："君之所以尊者，令。令之不行是无君也，故明君慎之。"他所讲的"号""令""本""要""柄"与慎到"势"的内容基本相同。

与其他法家一样，申不害也主张"法治"。

作为战国中期三晋地区法家的代表人物，申不害针对韩国既有旧法，又有新法，让人无所适从的客观情况，颁布《三符》刑名之书进行整治。

申不害认为，君主除了把握权势以外，还必须奉行法治。他说：尧的英明不过是善于明确法令、贯彻法令而已。圣明的君主以法为凭、按规律办事，而不是耍聪明或相信一人之辞。黄帝之所以能治天下，就是因为他建立了比较稳定的法令，让百姓守法而安居乐业。他还说：国君必须严明法纪，法就像约轻重、量长短的度量衡一样，国君就是靠法来聚合臣子的。国君之所以位尊权重就是因为能够令行禁止，如果做不到这一点国君也就形同虚设了，所以英明的君主都非常重视法令的上传下达。总的看来，申不害所主张的"法治"是同私智、私情、私说对立的，君主要实行"法治"，就必须排除私念，"明审法令"，"君必有明法正仪，若悬权衡以称轻重，所以一群臣也"；"圣君任法而不任智，任术而不任说"①。这些都是纯粹的法家之言，他也反对立法行私，但是他把重点放在"术"上，对法律制度的健全和"法治"推行不够重视，所以韩国的改革远不如商鞅在秦国的改革那样彻底。

申不害在韩国为相后，认为韩国落后的原因在于没有认真贯彻"见功而与赏，因能而授官"的用人机制。据《韩非子》中记载：

> 韩昭侯谓申子曰："法度甚不易行也。"申子曰："法者，

---

① 《申子》佚文，参见《艺文类聚》卷54引。

见功而与赏，因能而授官。今君设法度而听左右之请，此所
以难行也。"昭侯曰："吾自今以来，知行法矣，寡人奚听
矣。"①

一次，韩昭侯和申不害讨论治国之道时，询问为什么推行法
治非常艰难时，申不害说，实行法治要注意论功行赏，要对有功
劳的人实行奖励。任用官吏，要以其能力的大小作为任人的标准。
现在您虽在国内立了法，在行赏、任官时却不依法行事，只是听
左右臣下的推荐，这样一来法治当然难以推行。韩昭侯听后深有
感触，说：我今天才知道如何推行法治了。

据史料记载，韩昭侯恪守申不害主张的"见功而与赏，因能
而授官"和"循功劳视次第"的用人原则，对任何人都不通融，
甚至对于提出该建议的相国申不害也不例外。韩昭侯有件旧衣服
不想穿了，就让一臣子把衣服收藏起来。这个臣子请求韩昭侯将
衣服赏赐自己。韩昭侯严肃地说："贤明的君主或是皱眉头，或是
一笑，都不能平白无故地对臣子表露，一件衣服更不能随便无缘
无故赏给谁。我让你收藏起来，以便将来有人立了相应的功劳，
再赏给他。"韩昭侯连一件旧衣服都一定要赏赐给有功之人，就更
不要说俸禄、官职了。韩昭侯此举是要让官员们知道，在其位不

---

① 《韩非子·外储说左上》。

谋其政是行不通的，只要对国家有功劳，就一定会得到赏赐。

我们无从知晓申不害到底是出于试探韩昭侯是否能够认真落实自己提出的"见功而与赏，因能而授官"的建议，还是申不害自己本人就是一个说一套、做一套的小人，反正历史上留下申不害出于私心向韩昭侯请托，为自己的哥哥谋求一官职的事情。当申不害为哥哥做官一事请托韩昭侯时，韩昭侯反问道："你所做的事和你以往教导我的截然不同，我是听从你的请求而放弃你一向主张的原则呢？还是回绝你的请求而坚持你一向的主张呢？"申不害听后连连请罪，自此绝口再也不提封哥哥做官一事。① 这也算是申不害在韩国变法所以见效的一个典型的个案。

申不害主要的思想是重"术"。

申不害虽然重视势、法，但他更讲究治术。什么是术呢？现存申不害的言论中未见论述。韩非子对术有过明确的说明："术者，因任而授官，循名而责实，操杀生之柄，课群臣之能者也，此人主之所执也。"② 由此来看，术，应该是指君主驾驭群臣的统治术。

申不害认为，要实行法治，国君就必须要集权于一身，牢牢抓住立法、任免、奖赏这些大权，抓住要害进行统治，对百官严

---

① 参见《韩非子·外储说左上》。
② 《韩非子·定法》。

格要求，不许失职，不许越权，让群臣围着自己转，这样就可以防止"一臣专君，群臣皆蔽"的情形发生，否则他的统治就会动摇，以致灭国。申不害的"术"的思想就是为了调整这种君臣关系。申不害认为君主首先要以身作则，他的一言一行决定着一国的命运，因此君主的思想行为要端正。而且，国君应该表现出自己愚蠢、谦逊、不勇敢，要不露声色，表现自己无为而治，这样大臣才会效力。这一思想来源于黄老无为的思想，要注意他的这种无为的统治思想与慎到是不同的，他主张君主要装出不动、不做、不管的样子，但事实上是要去听、看、观察、了解，通过这种方法识别出忠奸，加强其统治。他还认为君主如果真的什么都不干、什么都不管，并不能达到驾驭权臣的目的。要无为而治而且又能驾驭权臣，就要依靠刑名之术。什么样的官就做什么样的事，官职的大小要和他的功绩相一致。有所贡献的官吏就会受到奖励，反之，则会被撤职或降职。

　　从法家的理论来看，术不同于法，法的对象是全体臣民，术的对象是官吏臣属；法要君臣共守，术由君主独操；法要公开，术则藏于胸中；法是一种明确的规定，术则存于心中，翻手为云，覆手为雨。申不害之所以特别注重术，同他如下的认识有重大关系。他认为威胁君主地位的主要危险来自左右大臣。常人总把民众视为最危险的敌人，筑高城大墙，严加防备。申不害则一反常人之见，认为对君主来说最可怕的群体，还是左右大臣，"今人君之所以高为城郭而谨门闾之闭者，为寇戎盗贼之至也。今夫弑君而取国者，非必逾城郭之险而犯门闾之闭也"。"妒妻不难破家也，乱臣不难破国也。"① 申不害还告诫君主，对君臣关系要有个清醒的估计，那就是所有的大臣都靠不住。君主如果寄希望臣子对己忠贞，到头来必定为臣子捉弄，"失之数而求之信，则疑矣"②。君主只靠势、法是远远不够的，没有术，势、法就会变得威严而不受用，刻板而不通达；如果注之以术，势、法就会虎虎有生气，无论是动是静，都会使臣子慑服。申不害关于帝王统治术的理论对于先秦法家学派政治思想体系的形成，有着极为重要的意义。

不过，君主独揽大权，虽然维护了君主的权威，但是，这种独断的行为如果得不到限制，就会出现超越法治的情况。因此，韩非批评他"徒术而无法"，但是申不害一派的思想，也确实在一定程度上适应了战国中后期新兴利益集团巩固中央集权、建立君主专制制度的需要。后期的法学家韩非将这一思想同"法治"结合起来，使之得到了发展。③

---

① 《群书治要》，又见《申子·长短经·大体》。

② 《韩非子·难三》。

③ 参见郭建主编：《中国法律思想史》，复旦大学出版社 2016 年版，第 51、52 页。

（二）申不害的术治思想

申不害所说的术基本属于君主用来驾驭群臣的手段，可以称之为驭臣术，大致归纳为如下数种：

1. 正名贵实之术

首先，申不害之"术"是公开用来任免、监督、考核臣下的方法，这也是改革人才制度和吏治的一项变革主张。

具体来讲，就是君主委任官吏，要考察他们是否名副其实，工作是否称职、言行是否一致、对君上是否忠诚，并据此进行赏罚，从而提拔忠诚有用之才，清除奸邪的官吏，在名实是否相符上，他的要求极其严格，既不许失职，更不许越权。他曾提出凡不属于职权范围内的事臣下即使知情也不许言讲的主张，目的就是为了防止臣下篡权。

申不害认为，君主对一切都要有明确的规定。事情千头万绪，难于一一应付，关键在于给事物以规定性。规定要明确具体，凡事有章可循。"昔者尧之治天下也以名，其名正则天下治；桀之治天下也亦以名，其名倚而天下乱。是以圣人贵名之正也。主处其大，臣处其细，以其名听之，以其名视之，以其名命之。"君主要善于抓大事，抓住了大事，就能控制细小，控制住臣下。申不害认为，君主不应该把精力放在论人忠奸上，重要的是应该抓住一般的规定，并按规定进行检查、考察和评论吏治的得失。"为人君者，操契以责其名。名者，天地之纲，圣人之符。张天地之纲，用圣人之符，则万物之情无所逃之矣。"对官吏不要求他们如何表示忠诚，而要求他们按规定办事，按规定办事即是好官，只有遵从规定才是真正遵从君主。君主不准臣下有超出规定的能动性，即使这种能动性符合君主的利益，也要禁绝。因为这种能动性破坏了君主的绝对权威，它与不执行君令在本质上并无差别。申不害主张严格实行"治不逾官，虽知不言"①。韩非虽肯定了申不害不许越权的思想，但却否定了他知情不讲的主张，认为如此下去势必使国君了解不到臣子是否守法的真实情况，无法实现真正的"法治"。由于要求一切官吏都必须按君主的规定办事，因此君主的规定便显得格外神圣，失之毫厘，谬以千里。在申不害看来，君主"一言正而天下定，一言倚而天下靡"②。这句话旨在强调君主发号施令要慎之又慎，但话中也透露了申子所主张的君主专制达到了何种程度。只有在绝对的君主专制的条件下，才可能出现一言治天下、一言乱天下的局面。因此他又说："明君治国，三寸之机运而天下定，方寸之谋正而天下治。"③

申不害发展的"术"治思想，使国君能够有效控制拥有实权

① 《韩非子·难三》。
② 《太平御览》卷 624 引。
③ 《太平御览》卷 390 引。

的臣下独断专行、无视君主的僭越行为，从而达到巩固君主集权，稳定国家政权的目的。

《韩非子·内储上七术》篇有这样一个小故事：

> 韩昭侯握爪，而佯亡一爪，求之甚急。左右因割其爪而效之。昭侯以此察左右之诚不。

韩昭侯把自己的手指甲紧攥起来，假装丢失了一个手指甲，非常迫切地要找到那个手指甲。昭侯身边的近臣就把自己的手指甲割下来奉献给昭侯。昭侯以此考察身边的近臣是否诚实。

韩昭侯任用法术大师申不害为相，在申不害的指导下，昭侯成长为历史上擅长用术的一代明君。这次昭侯为考察近臣哪些诚实哪些奸诈，自导自演了一出戏。他身边的臣子多数人明明知道君主在演戏，可是还都要揣着明白装糊涂，一起配合演好这场戏。说起来，这场戏里臣下的戏份实在是有难度的。首先，不能当面拆穿把戏（除非是全无官场历练的人，可能会请昭侯伸出手指来给大家看究竟哪个手指丢了指甲）；其次，要揣度清楚君主作这场戏的真实目的，是考察自己的办事能力，还是考验自己是否忠心？猜不透君主的真实想法，有人会表面假装替君主着急却采取静观的策略，有人会假意四下寻找。当然，也有人会相信君主确实丢了指甲，就贸然割下自己的手指甲，当做君主丢失的指甲献上去，结果可能有不止一个指甲被奉献出来。只有实心眼儿的人既相信君主丢了指甲，又奇怪君主要找这丢失的指甲干什么呢？难不成还能再装到手指上吗？十是茫然无措，不知该怎么办。而面对臣下形形色色的表现，昭侯心里在想什么？他会如何评价和处置他的这些臣子呢？

另据《韩非子·二柄》中记载：

> 昔者韩昭侯醉而寝，典冠者见君之寒也，故加衣于君之上，觉寝而说，问左右曰："谁加衣者？"左右对曰："典冠。"君因兼罪典衣与典冠。其罪典衣，以为失其事也；其罪典冠，以为越其职也。非不恶寒也，以为侵官之害甚于寒。

上述这个事例亦说明，韩昭侯真还是申不害术的忠实执行者。一次醉酒后，韩昭侯躺倒就睡着了。在一旁的典冠（专管君主帽、冠的内官）怕韩昭侯受寒，就悄悄取一件衣服盖在韩昭侯身上。过一会儿，韩昭侯醒来，发现身上盖了一件衣服，就问左右："刚才是谁为我盖的衣服？"左右忙回答："是典冠大人为您盖的衣服。"韩昭侯一听顿时脸色大变，当即下令将典衣（专掌君主衣服的官员）治罪，将好心为自己添加衣服的典冠处死。韩昭侯治典衣之罪是理所当然，因为其失职，但是许多人难以理解韩昭侯为什么却将典冠杀掉。在君主的眼里，臣下越权行为带来的危害性远远大于失职行为，所以韩昭侯宁愿忍受风寒，也绝对不会允许臣下越权行为的发生。学者孙开泰一语中的："臣下之所以会听从君主的，并不是因为臣下尊重君主，信任君主，而是因为臣下惧怕君主，因此，他们一有机会就难免会对君主不利。昭侯的醉卧就导致他短时间对臣下的失控，而在这种情况下典冠的越权，当然要引起昭侯的极大愤怒。正是基于这样的思维，昭侯才会对失职者仅是治罪，而对越权者则一定要杀之。"①

2. 静因无为之术

这是申不害"术治"的另一个基本点，最明显地表现出受了老子《道德经》的影响。

所谓"静因无为之术"，主要包括顺自然规律的"常静"与"贵因"，君主在处理政事时要做到随时而"静"，随事而"定"，从而对臣下的驾驭做到冷静、沉稳与准确。

申不害的静因之术基于对自然与人事规律的认识，"因冬为寒，因夏为暑，君奚事哉"②，春夏秋冬四季更替是不以人的主观意志为转移的客观规律，在这种规律面前，只能因循，不可违抗。申不害认为天地自然规律的特点是静，"地道不作，是以常静。常静是以正方举事为之，乃有恒常之静者"③。申不害并不否认动，但他认为动静之间以静为本。申不害在其《申子·大体》中说："刚者折，

<hr>

① 孙开泰著：《先秦诸子精神》，凤凰出版社 2010 年版，第 78 页。
② 《吕氏春秋·任数》。
③ 《北堂书钞》卷 157。

危者履，动者摇，静者安，名自正也，事自定也。"基于这样的观点，申不害认为对待一切事情要贵因、贵静。贵因则要"随事而定之"，善于顺水推舟；贵静就要"示天下无为"。"无为"之术最紧要的一点是把自己深藏起来，对任何事情都不要在决断之前表示出自己的好和恶、是和非、知和不知。因为只要有任何倾向性的表示，臣下都会钻空子或乘机玩弄技巧。无为之术要求君主不可全依靠个人的知觉办事，因个人的知觉总带有极大的局限性和片面性。偌大的天下，辽阔的地域，怎么能只靠个人的耳、目、心思去认识，去掌握呢？如果只凭借自己的耳、目、心去处理天下芸芸众事，那就不可避免地会出现漏洞，出现片面性。由此得出结论，治理国家不要只依赖自己的知觉，而要设法把握住事物的必然性和全局，而且只有抛弃个人感情上的好恶，才能明察事物，办事公道，才是真正的聪明。故曰："去听无以闻则聪，去视无以见则明，去智无以知则公。去三者不任（用）则治，三者任则乱。以此言耳目心智之不足恃也。"又说："至智弃智，至仁忘仁，至德不德。"①对于矛盾的事物如不得不有所选择的话，那么无为之术要求选择的就是有发展或有活动余地的一方。《申子·大体》说："善为主者，倚于愚，立于不盈，设于不敢，藏于无事。"因为"示人有余者，人夺之；示人不足者，人与之"。无为只是君

① 《吕氏春秋·任数》。

主工作的一种过程，并不是事物的终结，需要见分晓时，君主要独揽一切，决断一切。所以申不害又说："独视者谓明，独听者谓聪。能独断者故可以为天下主。"① 由此可以看到，无为以君主的独断为前提，同时又是为独断服务的。如果没有君主独断权力这个前提，无为就一文不值。试想，一个普通人的无为究竟有什么价值呢？所以，无为之术只能是君主专制的一种特殊方式。离开君主专制制度，无为之术是不会有什么意义的。

3. 驾驭群臣术

掌握用人之道是申不害无为之术的另一项内容。《申子·大体》说："鼓不与于五音，而为五音主。有道者不为五官之事，而为治主。君知其道也，官人知其事也。十言十当，百为百当者，人臣之事，非君人之道也。"又说："因者，君术也；为者，臣道也。为则扰矣，因则静矣。"② 君主要巧于用人，而不要与臣争事，陷入事务主义的圈子；要使群臣围着君主转，君主稳居中心。

申不害的术还有很大一部分属于耍手腕、弄权术、搞诡计之类的东西。从有关韩昭侯的一些活灵活现的行事记载中，可以体会这些权术的具体运用。

据《韩非子·内储说上》记载：

---

① 《韩非子·外储说右上》。
② 《吕氏春秋·任数》。

韩昭侯使骑于县，使者报，昭侯问曰："何见也？"对曰："无所见也。"昭侯曰："虽然，何见？"曰："南门之外，有黄犊食苗道左者。"昭侯谓使者："毋敢泄吾所问于女。"乃下令曰："当苗时，禁牛马入人田中，固有令，而吏不以为事，牛马甚多入人田中。亟举其数上之；不得，将重其罪。"于是三乡举而上之。昭侯曰："未尽也。"复往审之，乃得南门之外黄犊。吏以昭侯为明察，皆悚惧其所而不敢为非。

一次，韩昭侯派使者去外地巡查，使者回来之后，韩昭侯问他："巡查的路上都看到了什么？"使者回答："没有看到什么特别的。"韩昭侯又说："没有看到什么特别的，那你就随便讲讲这一路上都看到了什么吧。"使者想了想说："出国都南门的时候，看到黄牛犊在道路的左侧吃禾苗。"韩昭侯听完很严厉地说："不许向外泄露我曾经问过你这件事情。"国家早就下令，在禾苗生长期间，严禁牛马擅入农田毁坏禾苗。韩昭侯听过使者所讲的情况便知道承办这件事的官员没有严格执行法令，于是下令让官员马上把各地牛马擅入农田毁坏禾苗的情况上报，报不上来的要处以重罚。官员们只得急急忙忙地凑了一些材料报上，打算蒙混过关。韩昭侯看过之后，发现材料没有上报南门外黄牛吃禾苗一事，就说："还有遗漏。"官员们只得再次去核实材料，果然发现南门外黄牛在吃禾苗。这件事使官员们震惊，认为韩昭侯明察秋毫，无法蒙骗过关，再也不敢阳奉阴违、玩忽职守了。

《吕氏春秋·任数》篇曾记有这样一件事，韩昭侯爱耍弄一些小智慧，有一天，他看见祭庙用的猪太小，就叫人把它换了下来，不料那个人阳奉阴违，并没有照韩昭侯的话去做，仍把原来的那头小猪抬了进来，韩昭侯却记得很清楚，就毫不客气地指出："这不是原来的那头猪吗？你怎么能够骗得了我？"说得那个人没有办法回答。于是，韩昭侯派人治了他的罪。当时在韩昭侯身边的人问他，怎么知道那头猪还是原来的，韩昭侯回答说，是从那头猪的耳朵知道那个人并没换的。

申不害听说这件事以后，作了一大段评论，他通过此评论教导韩昭王不要用小聪明，让他明白了什么才是真正的用术，并由此上升到君王如何以术来治国这个高度，具体集中在两个方面：

第一，申不害认为，个人的见闻知觉是有限的，仅就此而言，申不害的思想是很深刻的，但显然他的用意并不在此，而是从个人的见闻知觉是有限的这个正确的命题，推论到要放弃一切见闻知觉，即他说的去听、去视、去知。他要求于君主的是，知道的假装不知道，不知道的假装知道，听见的假装没听见，没听见的假装听见，看到的假装没看到，没看到的假装看到，真真假假，虚虚实实，这样就显得深不可测，微妙神玄，如此，群臣百官就无从来揣测君王之意，进行取巧讨好了。实际上申不害要君王揣着明白装糊涂，在他看来，君王能这样的不择手段，就能察知一切，做到独视、独听、独断，从而为天下之主。

第二，申不害教导君主用术，是让君王藏于无事。他说在古代，君主不做具体的工作，而只是顺应着自然，自然无为，所以君王也应无为。所谓君王无为，不是说他不用做事了，他还是有事可做，只是不做具体琐碎的小事，这些小事自然有群臣去做，君主只要总其成即可，没必要事必躬亲。申不害认为，不事必躬亲的君王，他要做的就是用术，靠机密的手段来委任官吏，考察他们是否名实相符，工作是否称职，言行是否一致，对君主是否忠诚，据此对他们进行赏罚。①

总之，玩弄权术，当然不是自申不害开始，但他是中国历史上第一个在理论上系统的研究者与实践自己"术治"的学说者。申不害的"术治"理论在官场的政治斗争中，很受历代统治者的喜爱。申不害之用术，就是君主要藏于无形，深不可测，凡事不必躬亲，只要驱使群臣努力便可。术这种东西是官场尔诈我虞、你争我斗的理论表现，随着战国官僚制的推广而得到迅速的发展。术是以利害为中轴考虑问题的，因此，在理论上是与仁义道德互相排斥的。其表现形式有二，一为君驾驭臣属之术，二是臣子欺君弄君之术。申不害的术是为专制君主着想的。术的运用必须以有权作为前提条件，虽然它有时对控制臣属能起很大作用，但由

① 参见苏南著：《法家文化面面观》，齐鲁书社 2000 年版，第 69—70 页。

于它不是一种政策，因此过分玩弄权术有时也会走到自己的反面，从而助长勾心斗角的发展，使统治集团趋于涣散。[1] 从本质上说，术虽在短时间内可以取得一些成就，但从长远看来，无补于稳固政权。君主既然有驭臣之术，臣下也必有欺君之方，尔虞我诈，你争我斗，君臣互相欺骗，加剧了统治者之间的内耗，造成国家政局的不稳定。如以术治国，无异于饮鸩止渴，虽可解燃眉之急，最终将深受其害。[2] 然从历史分析方法来讲，它毕竟代表了法家源头高层次的观念变革。

三、慎到之"势"

（一）重"势"的慎到

慎到，战国中期赵国邯郸人，大约生于公元前 390 年，卒于公元前 315 年，原来学习"黄老道家之术"，是从道家分支"黄老思想"中分化出来的法家代表人物。齐宣王、齐湣王时期，慎到曾长期在稷下学宫讲学，对于法家思想在齐国的传播做出了贡献，

---

[1] 参见刘泽华、葛荃主编：《中国古代政治思想史》，南开大学出版社 2001 年版，第 88、89、90 页。

[2] 参见王亚军著：《法家思想小史》，安徽人民出版社 2014 年版，第 86 页。

受上大夫之禄。在齐闵王末年，稷下先生纷纷离开稷下学宫，慎到也离开齐国来到韩国为韩人夫。据东汉应劭《风俗通义·姓氏》记载，慎到为韩大夫。但历史未见其治绩记载，一般都认为他没有做官。在先秦的法家代表人物中，商鞅、申不害和慎到分别重视"法""术""势"。但慎到不像商鞅、申不害那样都是显赫一时的法家实践者。作为一个学者型的法家思想家，他关心当时天下的政治形势走向，发展了"势"的理论，成为仅次于韩非子的法家理论集大成者。

慎到曾到过齐国的稷下学宫讲学与学习，学识渊博，思想活跃，性格傲岸，也算是法家历史上一位继往开来的思想人物，曾著有系统说明他思想的著作。《史记·孟荀列传》中说"《慎子》十卷""慎到著十二论"。《汉书·艺文志》中说："慎子四十二篇。"原书已散失，目前通行的《慎子》仅有 7 篇及诸书引用的佚文。慎到在先秦颇有影响，《战国策》《孟子》《荀子》《庄子》《韩非子》《吕氏春秋》等书都曾引过《慎子》。关于他的思想历来有不同的看法。从哲学上看，慎子属于道家一脉。从政治思想看则为法家的重要代表人物。如果把《慎子》与《申子》《商君书》《管子》以及《韩非子》等法家派的著作加以比较，其明显的特点就是贵势而不尚独断，尚法而不苛严，任术而不贵阴谋。整个思想显得庄重、深沉。慎到又是法家中最先把道法结合起来的人物，所以在法家学派中占有特别重要的地位。

（二）慎到的势治论

在先秦法家思想中，"势"特指国家政权。"势治"意即凭借国家政权来治理国家。在先秦法家中，属于前期法家的慎到一派以重视"势治"而著称。他们认为实行"法治"的前提是必须获得国家政权。没有国家政权这个"势"，政治就是坐而论道的空谈。在慎到心目中，国家政权不是以往的贵族政体而是集权君主政体。因此只有确立了集权君主政体才能做到号令统一，政治措施才可以通过制定法律等监督手段得以贯彻执行。①

慎到的政治学说主要集中在如下几个方面：

1. 尊君贵势说

慎到十分重视"势治"，强调"势"在现实政治生活中的重要性。

在权、法、礼、政策等等政治诸因素中，慎到把权力即"势"放在了政治实践中的首要地位，要求国君"权重位尊"。

常言道，大丈夫不可一日无权。

掌握权势是成功从事政治活动的前提条件。

慎到从历史与现实的经验教训中深刻意识到，政治没有是非，成王败寇，成功者往往大多是那些占有充分的权势资源者。在政

_____

① 参见武树臣著：《法家法律文化通论》，商务印书馆 2017 年版，第 380 页。

治中谁服从谁，不是以才能、是非和道德为标准，而是要看权势的大小。

慎到说：

> 腾蛇游雾，飞龙乘云，云罢雾霁，与蚯蚓同，则失其所乘也。故贤而屈于不肖者，权轻也；不肖而服于贤者，位尊也。尧为匹夫，不能使其邻家；至南面而王，则令行禁止。由此观之，贤不足以服不肖，而势位足以屈贤矣。①

慎到的上述说法显然是在反驳儒、墨等派崇尚圣贤说教。慎到把权力看成高于一切，把道德、才能、是非看成不过是权力的仆从，这是符合当时历史实际情况的。

根据春秋战国以来各个诸侯国动荡不已的共同现实状况，慎到主张实行中央集权制，推行君主一元化的领导。

慎到认为，为了确保国家政权中君主权势的威力，最忌讳的就是在政治运作中出现一种权力有"两"的现象，即权力二元化或多元化，因为"两则争，杂则相伤"。他说："疑则动，两则争，杂则相纷，害在有与，不在独也。故臣有两位者，国必乱；臣两位而国不乱者，君在也，恃君而不乱矣，失君必乱。子有两位者，

---

① 《慎子·威德》。

家必乱；子两位而家不乱，父在也。恃父而不乱矣，失父必乱。"①君主只有"权重位尊"，才能"令行禁止"。一国之内只能有一个君主，"多贤不可以多君，无贤不可以无君"②。

在慎到看来，君主要实现寡头政治，就必须做到掌握一切权力以防备臣下欺君塞主。最紧要的是要做到两点：

第一，权势一定要操纵在自己的手中。"权势不可以借人，上失其一，臣以为百。故臣得借则力多，力多则内外为用，内外为用则人主壅"；"赏罚者，利器也，君操之以制臣，臣得之以拥主。故君先见所赏，则臣鬻之以为德；君先见所罚，则臣鬻之以为威。故曰：国之利器不可以示人。"③

第二，君主权势一定要超过一切臣属的权势。"君臣之间，犹权衡也。权左轻则右重，右重则左轻。轻重迭相橛，天地之理也。"④谁权力大谁就有指挥权。

那么，君主怎样才能使自己的权势大于臣子呢？

慎到提出，要在"得助于众"⑤。慎到用生活中的事例对得助的重要性进行了说明："爱赤子者，不慢于保。绝险历远者，不慢于

① 《慎到·德立》。
② 《慎到·佚文》。
③ 《韩非子·内储说下》。
④ 《慎到·佚文》。
⑤ 《慎子·威德》。

御。"意思是说，喜爱儿子的人，不要怠慢保傅；历险远游者，不要怠慢赶车的。从历史上看，三王五伯之所以能成大功，都因为得到了天地之助，鬼神之助，万物之助。一句话，"得助则成，释助则废"①。"得助于众"的关键在于"兼畜下者"。慎到说："民杂处而各有所能。所能者不同，此民之情也。""下之所能不同，而皆上之用也。是以大君因民之能为资，尽包而畜之，无能去取焉。是故不设一方以求于人，故所求者无不足也。大君不择其下，故足。不择其下则易为下矣。易为下，则莫不容。莫不容，故多下。多下之谓太上。"②

从上述这段论述可以看到，慎到在政治上颇通辩证法。这里他提出了两个关系及其处理办法：一是"民能"与"君用"的关系。民各有其长，各有其短，君主不要求备于民，要善用其长，兼畜而择能用之。二是"上"与"下"的关系。君主不要挑剔，不管什么样的"下"都要兼容，这样"下"就多。

拥有的臣民越多，"上"的地位就越稳固，权势就越大，故"多下之谓太上"。

实际上，慎到这种"势治"思想的产生是与战国中期的社会背景相适应的，是当时政治发展要求的产物，反映了战国中期法

---

① 《慎子·威德》。

② 《慎子·民杂》。

家进一步要求建立和巩固中央集权君主专制的要求。由于当时国与国之间的斗争和各国内部争权夺利的斗争，都与权力争夺以及"争民"密切相关，谁能最大程度地掌握权力资源、争取民众支持自己，谁胜利的可能性就大。慎到的主张正是反映了这种历史潮流。

从政治体制与权力结构看，慎到主张君主操纵大权。但他又提出君主应该掌权为天下，而不应借权吞天下。他从君主的产生论述了这个问题。

慎到说："古者立天子而贵之者，非以利一人也。曰：天下无一贵，则理无由通。通理以为天下也。"①

慎到在这里提出了贵、利、理、天子、天下五者的关系。天子是基于社会的需要为通天下之理而产生的。贵天子是为了通理平天下，而不是为了利一人。因此，他进一步说："古者，立天子而贵之者，非以利一人也。曰，天下无一贵，则理无由通，通理以为天下也。故立天子以为天下，非立天下以为天子也。立国君以为国，非立国以为君也；立官长以为官，非立官以为长也。法虽不善，犹愈于无法，所以一人心也。"②慎到的这种认识可谓开亘古未有之新论，是足以启迪后人之烛光，对后世批判君主专制说

---

① 《慎子·威德》。
② 《慎子·威德》。

提供了理论上的依据。

周王朝实行的是以血缘关系为核心的宗法制度、分封制度、礼乐制度。在这种政治制度中，最明显的特征就是家国同构，宗法分封制下，国事与家事是一回事，国家机构与职能很大一部分寓于血缘宗族关系之中。到了春秋战国时期，经过多年的变乱，情况应有了很大变化。国家机构与职能的大部分与君主的宗族关系已经出现了分离的趋向，国事与君主的私事明显地区分开来。从春秋中后期开始，一些思想家根据形势的变化，逐渐把君主个人与社稷、国家区分开来。慎到在这里把两者作了更明确的区分。这种区分在理论上有重要意义，是政治理论中国家观念发展的重大突破。国家不仅与君主分拆为二，而且提出国家的利益高于君主个人的私利，君主应该为国家和天下服务。

应该看到，慎到提倡君主权力一元化是对战国时代天下大一统形势发展的一种合理认识，是针对社会现实开出的一副政治药方。慎到主张尊君贵势是一方面，主张君主集权是为天下又是问题的另一个方面。这也是慎到所谓的"权势"运用的辩证法。

2. 尚法贵公说

慎到主"势"，同时也很重"法"。

慎到认为，君主之所以要掌握权势，其目的就是为了实行"法治"。

君人者，舍法而以身治，则诛赏予夺从君心出也。然则受赏者虽当，望多无穷；受罚者虽当，望轻无已。君舍法而以心裁轻重，则同功殊赏，同罪殊罚矣，怨之所由生也。……故曰大君任法而弗躬，则事断于法矣。①

古者立天子而贵之者，非以利一人也……立国君以为国，非立国以为君也；立官长以为官，非立官以为长也。法虽不善，犹愈于无法，所以一人心也。②

抱法处势则治，背法去势则乱。今废势背法而待尧舜，尧舜至乃治，是千世乱而一治也；抱法处势而待桀纣，桀纣至乃乱，是千世治而一乱也。③

君主的权威和势位只有同"法治"密切结合起来，才能统一民众的言论行为，形成持久稳定的社会秩序，达到天下大治的目的。

慎到主张实行法治，反对人治。

《庄子·天下篇》将慎到所宗的"古之道术"概括为四个方面："公而不（当）党，易而无私，决然无主，趣物而无两。"其大致意思就是说执法要秉公而断，不朋比勾结，不徇私舞弊，不主观

---

① 《慎子·君人》。

② 《慎子·威德》。

③ 《韩非子·难势》。

武断，不两样对待，"守成理，因自然"。

法家思想的核心是"法治"。

法治与人治是儒、法在政治思想上的一个重要分野。

法家思想与诸家思想既有差别又有联系。由于法家主张变法革新，儒家主张守旧改良，因此，在特定时期内，法家与儒家处于总体对立状态。但是，儒家、法家思想又有许多地方是相近和重叠的。

儒家主张人治，《中庸》明确提出反对法治。慎到则与之相对立，鲜明地提出实行法治，反对"身治"即人治的政治主张。

慎到指出"身治"有两大弊端：

第一，"身治"随心而定，无量化标准。慎到认为，"君人者，舍法而以身治，则诛赏予夺，从君心出矣"。只要一转念，对事情的处理便会差之千里。"君舍法而以心裁轻重，则同功殊赏，同罪殊罚矣。"赏罚不公，"怨之所由生也"[1]。

第二，人治使"国家之政要在一人之心矣"[2]。国家事务千头万绪，非常复杂，一个人无论多么英明，他的认识能力和治理能力总是有限的。"一人之识识天下，谁子之识能足焉？"[3]慎到从人

---

[1] 《慎子·君人》。

[2] 《慎子·威德》。

[3] 《慎子·佚文》。

的认识与能力的有限性论证了把国家政要系于一人之心是危险的，实在是具有远见卓识的一种观点。

在慎到看来，人治不足以治国。治理国家应该从实行法治入手，"唯法所在"，"事断于法，是国之大道也"①。慎到对于立法的原则、目的、职能、执法原则以及如何处理守法、变法等问题，都有自己简明扼要的论述。

慎到从两方面论述了立法原则。

首先，从哲学的意义上来看，法是本体"道"的人事化、社会化的表现。"道"与具体事物的关系具有两个特点，一是包容万物，二是对万物一视同仁。慎到认为法与"道"相对应，法也有两个特点。法犹如"权衡""尺寸"一样，是衡量人事的标准。由于法无所不包，又一视同仁，所以，法能起"一人心"的作用。因而法又称为"道术""常道""法度"。

其次，法要因"道"，但同时又要面向现实。慎到指出："法非从天下，非从地出，发于人间，合乎人心而已。"②所谓"合乎人心"，就像《荀子·非十二子》中所说："上则取听于上，下则取从于俗。"合人心、从俗，也就是因人情。人情的具体表现是"自

---

① 《慎子·佚文》。
② 《慎子·佚文》。

为"，慎到说"人莫不自为也"①。关于"自为"，慎到没有作进一步解释，从《慎子》看，"自为"就是为自己、为利。"家富则疏族聚，家贫则兄弟离，非不相爱，利不足相容也。"②兄弟之间尚且计利，亲族之外更不待言了。所以他又说："匠人成棺，不憎人死；利之所在，忘其丑也。"慎到所说的立法因人情、合人心的实际内容，便是从人情好利恶害出发，把法的关系建立在人的利害关系之上。慎到的法要遵"道"与因人情的理论，奠定了法家立法理论的基础。后世法家关于立法原则的种种理论，都是以这两条为基础而展开的。

立法要因人情好利之性，但是法又不是简单直接地保障一切个人私利，而是要在相互利害关系中找出一个共同的准则，从而使人们好利的本性获得普遍的保证。这个共同的准则叫"立公去私"，立法就是实现这一目的的最有效的手段。"法制礼籍，所以立公义也。凡立公所以弃私也。"③

那么，何谓"公"和"私"呢？

对此，慎到没有明确地论述。大凡"公"指的是有关事物的一般规定。他说："蓍龟所以立公识也，权衡所以立公正也，书契

---

① 《慎子·因循》。
② 《慎子·佚文》。
③ 《慎子·威德》。

所以立公信也，度量所以立公审也。"权衡、度量是从具体的重量
和长度中抽出来的公共标准。法制如同权衡、度量一样，是从人
事中概括出来的共同"准则"。这种准则便是"公"。慎到所说的
"私"，不是指自私的私，而是指与法相违背的或破坏法制规定的
行为。"立法而行私，是私与法争，其乱甚于无法。"① 这个道理讲
得极为深刻。因为"私与法争"会造成政治分裂。一方面有法而
行私，使法丧失了应有的权威；另一方面，既然有了法，法便不
以制定法律者个人意志为转移而成为一种标准，起着衡量每个人
的作用，包括君主在内，所以有法而不行法，必然造成法与统治
者两败俱伤。

　　除了重视法的作用，慎到还谈到了实施法的具体办法。慎到
认为，这个办法就是"分"。所谓"分"，就是分清每个人的职
守，分清每种行为的界限。慎到说："一兔走街，百人追之，贪人
具存，人莫之非者，以兔为未定分也。积兔满市，过而不顾，非
不欲兔也，分定之后，虽鄙不争。"② "故治天下及国，在乎定分而
已矣。"③ 具体而论，有君臣之务，天子、诸侯、大夫各有其位，不
得逾越；有职守之分，如"士不得兼官，工不得兼事"④；有权限之

---

① 《慎子·佚文》。
② 《慎子·佚文》。
③ 《吕氏春秋·慎势》。
④ 《慎子·威德》。

分，如"职不得过官"①；有赏罚之分，赏罚要与功罪相当，"定赏分财必由法"②；在家庭有父子、嫡庶、正妻嬖妾之分；等等。

慎到不愧为一个政治设计家。在他的设计图中，所有臣民都被法"分"为特定的个体，法作为纽带把每个个体连结起来，使之成为整个国家体系中的一个个部件，君主把握着法，掌握着全体。因此慎到的法治也叫分而治之。③

总的来说，慎到的"法治""势治"不仅仅是一个口号，而是一个相对完整的治理国家学说的理论体系，他的尚法贵公思想是要求把国家职能规范化，通过规范的形式体现和保证统治阶级的普遍利益，这个政治思想是具有可操作与实践空间的。

3. 驭臣之术

对于君臣关系，慎到认为，君臣之间的关系是权力与利害的较量。

儒家倡导君臣关系应建立在礼义忠信基础上，而慎到则认为君臣之间是权力与利害的较量。为防止君轻臣重、太阿倒持的现象发生，慎到提出了"尚法而不尚贤"的重要观点。

战国时期，尚贤之风甚盛，尤其以儒、墨为最。慎到则不以

---

① 《慎子·知忠》。

② 《慎子·威德》。

③ 参见刘泽华、葛荃主编：《中国古代政治思想史》，南开大学出版社 2001 年版，第 83、84 页。

为然。他告诫君主，尚贤是最危险的，"立君而尊贤，是贤与君争，其乱甚于无君。"①在慎到看来，第一，尚贤影响了他的君主集权一元化政治的设计。君主一元化政治需要的是"民一于君"，"臣下闭口，左右结舌"②。可是，尚贤、尊贤降低了君主的地位，或者说是给君主树立了一个对手，使民慕贤而不尊君。所以尚贤是万万使不得的。第二，尚贤与尚法存在着矛盾。如果提倡尚贤，就势必会降低法的地位，把政治命运系于贤者的身上，这显然不是正常的治国理政的方法。慎到反对尚贤的第一个理由显然是从君主着想，没有什么值得称道的价值。但第二点却很有见地。法作为制度在政治中表现为一般的规定性，反映的是普遍、持久性的东西。而人，即使是圣贤，只是历史进程中的偶然因素。把政治命运寄于偶然因素之上，无疑是危险的。

　　基于君臣关系是权力与利害之间较量的深刻认识，慎到提出了他的独到的驭臣之术，这就是"臣事事而君无事，君逸乐而臣任劳"。慎到说：

　　　　君臣之道，臣事事而君无事，君逸乐而臣任劳。臣尽智力以善其事，而君无与焉，仰成而已。故事无不治，治之正

---

① 《慎子·佚文》。
② 《慎子·佚文》。

道然也。①

这里，慎到说的"君无事"，并非是指君主无所事事，当政治摆设，而是指君主要集中力量，将自己的核心放在把握正确方向，进行正确决策，探究驾驭好群臣的手段等上面。君主最应该做的就是善于发挥臣子的才智，让他们把事情做成、做好。最正常的君臣关系就是臣子尽力，君收其利，即所谓"仰成而已"。慎到认为，做到这一步，不一定需要有超众的才能，妙道在于有相当的驭臣之术。这种术即前面讲到的贵势、尚法、兼畜、用长等。"臣事事"就是"守职之吏，人务其治，而莫敢淫偷其事。官正以敬其业，和顺以事其上"②。

依慎到之见，君主的职责是用臣，而不是代臣行事。代臣办事"是君臣易位也，谓之倒逆，倒逆则乱矣"③。慎到把君臣关系看得很是透彻，认为君主不要指望臣子无条件地忠于自己，无条件地为自己献身。君主应该"用人之自为，不用人之为我"，因为"人莫不自为也，化而使之为我，则莫可得而用矣"④。所谓"为我"，就是指臣子牺牲个人利益献身于君主。依慎到之见，如果臣

---

① 《慎子·民杂》。
② 《慎子·知忠》。
③ 《慎子·民杂》。
④ 《慎子·因循》。

子抛弃"自为"，那么君主就没有可"因"的了。一个连自己都不为的人，对君主难道是可靠的吗？显然是靠不住的。君臣之间是权衡利害的关系，而一切为了君主的人失去了与君主交换的价值，君主即无可"因"，其自然就失去了可用的基础。

　　与尊君抑臣的政治主张一脉相承，慎到也不赞成重用忠臣。他说："将治乱，在乎贤使任职，而不在于忠也。故智盈天下，泽及其君；忠盈天下，害及其国。"① 在先秦诸子中这真是一曲绝唱。儒家强调忠臣文化，认为忠臣不见用是亡国的重要原因。慎到与这种论调恰恰相反，乍然看去，使人感到不可理喻，但如果仔细品味，慎到的观点还是颇有些道理。首先，慎到认为忠与法是对立的，按照法的规定，臣只能在规定的职守范围内尽其智力，"忠不得过职，而职不得过官"。通常所说的忠臣总是超出法的范围，不在其位而谋其政。这样，忠臣的行为便破坏了法。其次，从历史上看，忠与治乱兴亡也没有必然的因果关系。"乱世之中，亡国之臣，非独无忠臣也。治国之中，显君之臣，非独能尽忠也。"既然有忠臣也可以亡国，显君之臣又未必都是赤忠，那么有什么理由把忠臣作为治国的依托呢？再次，忠臣常有，而国未必常安。"世有忠道之人，臣之欲忠者不绝世"，但君主并没有因此而常得安宁。最后，忠与智是两回事。有些忠臣成事不足，败事有余，

————————

① 《慎子·知忠》。

因为并不是所有的忠臣都像比干、子胥那样有才能。有些忠臣忠则忠矣，治理能力则平庸无奇，结果，"毁瘁主君于暗墨之中，遂染溺灭名而死"。遇到这样的忠臣，非但不能救乱世，而"适足以重非"①。应该说，慎到的看法是符合当时实际的，在历史上第一次比较深刻地揭开了君臣关系的帷幕。君臣之间是互相利用关系，君主不必寄希望于臣子尽忠，君主需要的是有实效的智能。

总之，慎到的治术是以"势"为核心的势、法、术三位一体的互相制约、互相补充的关系。势是法、术的前提，但又不能离开法、术独立行施。势要通过法来实现，通过术驾驭臣并处理与臣的关系。②

---

① 《慎子·知忠》。
② 参见刘泽华、葛荃主编：《中国古代政治思想史》，南开大学出版社 2001 年版，第 85、86 页。

第七章 《商君书》：
战国初中期法家之大成

《商君书》强调，国家的治乱兴衰，关键不在于君主是否英明，而在于法律制度是否能够真正得到贯彻与落实；只要实行"以法治国"，就能治理好国家。正是基于这种认识，《商君书》主张公布法律，强调"刑无等级"，要求"君臣上下贵贱皆从法"，这明显是具有进步意义的。一般而言，新秩序总是在与旧势力的斗争中产生的。《商君书》的政治思想在历史上起过积极的作用，沿着该书的设计，使人们的财产、权力、地位在农战中发生了迅速的变化，这种变化正是对西周以来旧的以血缘关系与贵族世袭制度为特征的政治、经济关系的破坏和瓦解，而以郡县制、官僚制为特征的新社会的政治、经济关系便在这种运动中产生了。《商君书》文字简练，内容丰富，许多观点可谓是切中时弊，穿越了时空，永久性地成为中华民族政治文化的一部分。

在战国时期的法家典籍系统中，应该以《商君书》及《韩非子》最为"大家"了。

至少，从目前所能看到的战国法家元典里，这两本书确实是划时代的产物。商鞅之前的李悝、吴起，与商鞅同时代有申不害、慎到等法家人物，由于文献的残缺不全，我们今天已经无法详细全面考察与研究他们的思想和业绩了。商鞅有《商君书》，韩非有《韩非子》，而且还保存得相当完整，因此，这两部书在先秦法家的文献系统里，地位便显得非常重要了。就本人观点，因为商鞅是"上位"者，而韩非则是一个一直没有进入政治核心地带的边缘人，因此二人的作品，风格、气韵完全不同。《商君书》在治国理政方面更显得大气、恢宏、理论与实践相结合，更接近实践层面。相比之下，《韩非子》虽然理论性较强，但以讲统治术为主，阴暗面较多，在治国理政的层面上显然无法与《商君书》同日而语。

对于《商君书》的成书年代与作品版权，长期以来，学界一直存有争议。

郑树良在《商鞅及其学派》自序中说："尽管晚近一部分学者已经考订出《商君书》不尽是商鞅的著作，甚至有一部分学者已经分辨出某些篇章是'伪作'，某些篇章是'真著'，但是，当我们讨论起商鞅的思想或者秦孝公的政治改革时，几乎没有例外地将《商君书》全书都囊括进去，不管这一言一语是来自'真著'的，还是来自'伪作'的。"《商君书》当然不尽是商鞅的'真著'，但是，也不必是他人的'伪作'。根据个人的浅见，应该是商鞅及其学派的集体著作，小部分是商鞅的'真著'，大部分是学派里的学生的作品。这些作品，对商鞅而言，固然是'伪作'；对商学派而言，无疑的却是'真著'了。有了这个认识之后，《商君书》的意义就非常重大了。"[①] 司马迁在《史记·商君列传》中说："余尝读商君《开塞》、《耕战》书，与其人行事相类。"由此推断，到西汉中期，《商君书》尚未编辑成册，社会上还是以章节单行本流传。《汉书·艺文志》说："《商君》二十九篇。"班固自注为商鞅所撰。《商君书》现存只有 24 篇，在内容上大体首尾一贯。但细加分析，大部分篇章并非出自商鞅之手，应该说是商鞅及其后学的论文总集。《韩非子·五蠹》说："今境内之民皆言治，藏商、管之法者家有之。"《韩非子·内储说上》中还引过商鞅的话，《韩非子·饬令》也显然因袭了《商君书·靳令》，由此可以推断，《商君书》在公元前 233 年韩非被害之前就已经编成书并广为流传了，这又与司马迁所言没有读到过《商君书》全书内容自相矛盾了。看来，《商君书》何时由何人编辑成册，因为年代久远，文献佐证缺乏，已经无法完全考证清楚了。我们还是以时间顺序为准，以较早的韩

---

① 郑树良著：《商鞅及其学派》，秦国政治与《商君书》——《商鞅及其学派》自序，上海古籍出版社 1989 年版，第 1、2 页。

非子所言为准吧。

一、从变政中寻找出路

耕战政策与以法治国，是《商君书》政治思想的两大支柱。

富国强兵与统一天下，是《商君书》政治上追求的最高目标。

通观《商君书》，有三个最基本的思想理论值得注意：

1. 历史进化论

《商君书》能够成为战国时期的重要文献之一，关键之处就在于它提出了不同于前人的政治变革理论。在中国思想史上，第一次用分期的方法分析了历史的过程，并得出了今胜于昔的结论，这是《商君书》对中国史学理论的一大贡献。《商君书·开塞》篇首先回顾了人类社会的发展过程，认为人类从"民知其母而不知其父"的母系社会发展到了"上贤"的禅让制氏族长社会，既而又发展到了"立官""立君"的专制官僚社会；与此相应，社会的政治道德准则也从"亲亲而爱私"发展到"上贤而说仁"，既而再发展到"贵贵而尊官"。该篇对社会发展阶段的这些描述，虽然不一定符合历史事实，却也接触到了国家的起源问题，具有相当的史料价值；而书中借此来揭示的"世事交而行道异"的观点，也就是政治措施要随着社会情况的变化而加以变革的观点，无疑是正确的。

《商君书·开塞》中说：

> 天地设而民生之。当此之时也，民知其母而不知其父，其道亲亲而爱私。亲亲则别，爱私则险。民众，而以别、险为务，则民乱。当此时也，民务胜而力征。
>
> 务胜则争，力征则讼，讼而无正，则莫得其性也。故贤者立中正，设无私，而民说仁。当此时也，亲亲废，上贤立矣。凡仁者以爱利为务，而贤者以相出为道。民众而无制，久而相出为道，则有乱。故圣人承之，作为土地、货财、男女之分。分定而无制，不可，故立禁；禁立而莫之司，不可，故立官；官设而莫之一，不可，故立君。既立君，则上贤废而贵贵立矣。然则上世亲亲而爱私，中世上贤而说仁，下世贵贵而尊官。上贤者以道相出也，而立君者使贤无用也。亲亲者以私为道也，而中正者使私无行也。此三者非事相反也，民道弊而所重易也，世事变而行道异也。故曰：王道有绳。[①]

《商君书·开塞》说，天地开辟以后人类就产生了。在这个时候，人们只知道自己的母亲而不知道自己的父亲，他们的道德原则是亲近亲人而酷爱私利。亲近亲人，就会区别亲疏；酷爱私利，就会险恶坑人。人多了，又都拿区别亲疏、险恶坑人作为自己的

事务,那么民众就乱起来了。在这个时候,人们都致力于压服对方而竭力去争夺财物。致力于压服对方,就会发生争斗;竭力去争夺财物,就会发生争吵;争吵而没有个标准加以处理,那么人们就不能满足自己的正常生活要求了。所以贤人确立了不偏不斜的正确原则,主张无私,因而民众就喜欢仁爱的道德准则了。在这个时候,亲近亲人的思想被废弃了,而尊重崇拜贤人的思想被树立起来了。大凡讲究仁爱的人都把爱护、便利别人作为自己的事务,而贤能的人都把推举别人作为自己的处世原则。但是百姓众多而没有个制度,长期把推举别人作为处世的原则,那就又发生混乱了。所以圣人承其余绪,规定了土地、财物、男女的名分。名分确定了而没有个制度,是不行的,所以建立了法律禁令;法律禁令建立了而没有人去掌管它,也是不行的,所以设置了官吏;官吏设置了而没有人去统一管理他们,也是不行的,所以设立了国君。已经设立了国君,那么尊重贤人的思想就被废弃了,而崇拜权贵的思想就被树立起来了。这样看来,在上古时代,人们的思想是亲近亲人而酷爱私利;在中古时代,人们的思想是尊重贤人而喜欢仁爱;在近古时代,人们的思想是崇拜权贵而尊敬官吏。在尊重贤人的时代,人们所奉行的原则是推举别人,而在拥立国君的时代,尊重贤人的原则不适用了。在亲近亲人的时代,人们把自私作为道德原则。而在奉行公正原则的时代,自私的原则就无法通行了。这三个时代的情况,并不是故意在做彼此相反的事情，而是人们原来所遵循的原则有害了，因而所注重的东西被改变了；社会的情况变化了，因而人们奉行的原则也就不同了。所以说：统治天下的原则是有规律的。

《商君书》认为，自从人类产生以后，社会的发展经历了四个阶段。

第一阶段，"上世"阶段。生民之始及其以后一个相当时期叫做"上世"。"上世"的特点是"民知其母，而不知其父"。这个时期人们的相互关系是"亲亲而爱私"。

第二阶段，"中世"阶段。继"上世"而来的叫"中世"。"中世"是对"上世"的否定，"亲亲废，上贤立矣"。"中世"的特点是"上贤而说仁"。

第三阶段，"下世"阶段。继"中世"的是"下世"。"下世"有了私有、君主、国家、刑法，都已经产生。"下世"的特点是"贵贵而尊官"。

第四阶段，"当今"阶段。与下世衔接的是当今。在当今之世，社会政治关系在很大程度上是由力量对比决定的。

《商君书》也记述了商鞅对历史进展的看法：

> 商鞅曰："前世不同教，何古之法？帝王不相复，何礼之循？伏羲、神农，教而不诛。黄帝、尧、舜，诛而不怒。及至文、武，各当时而立法，因事而制礼。礼、法以时而定；

制、令各顺其宜；兵甲器备，各便其用。臣故曰：治世不一道，便国不必法古。汤、武之王也，不循古而兴；殷、夏之灭也，不易礼而亡。然则反古者未必可非，循礼者未足多是也。"①

商鞅说："过去的朝代政教不同，该效法哪一代的古法？过去的帝王不相因袭，该遵循谁的礼制？伏羲、神农，旋行教化而不加诛杀。黄帝、尧、舜，施行诛杀而不过分。等到了周文王、周武王的时候，他们各自针对时势而建立法度，根据社会情况而制定礼制。礼制、法度要根据时势来确定；制度、命令要各自顺应它们的相关事宜；兵器、铠甲、器具、设备，都要有利于它们的使用。我所以要说：治理社会不必采取同一种方法，为国家谋利益不必效法古代。商汤、周武王的称王，正是由于他们不遵循古法而兴盛；商朝、夏朝的覆灭，正是因为商纣、夏桀不变换礼制才灭亡的。这样看来，那么违反古代法度的人不一定就可以否定，而遵循古代礼制的人也不值得赞扬肯定。"

总之，商鞅认为，历史演进的原因不在社会外部，而是由社会内部的矛盾引起的，即个人与社会及财产的分配、权力斗争等矛盾引起的。尽管贤者、圣人是一个时代的开创者，但又是社会

---

① 《商君书·更法》。

矛盾发展到一定阶段才出现的，是应运而生的。这种历史进化理论与迂腐守旧、尚古非今的儒家理论截然相反，为政治上的变法改制提供了有力的论据。由这种历史观直接得出了"三代不同礼而王，五霸不同法而霸"；[①] "不法古，不修（循）今。法古则后于时，修今则塞于势"；[②] "反古者未必可非，循礼者未足多是也"；"苟可以强国，不法其故；苟可以利民，不循其礼"[③] 的"更法""更礼"的改革现实的结论。

2. 人性好利论

《商君书》认为，政治治理的诀窍，应该从人的利益、利害角度入手办理。《慎子》持人性好利说，《商君书》继承了这一思想。《商君书·算地》说："民之性，饥而求食，劳而求佚，苦则索乐，辱则求荣，此民之情也。""民之生（性），度而取长，称而取重，权而索利。""民生则计利，死则虑名。"人们的一切社会活动都是为了追逐名利，"名利之所凑，则民道之"。哪里有名利，人们就会向哪里奔跑。《商君书·赏刑》将人性好利论讲得更为明确："民之欲富贵也，共阖棺而后止。"只有死去之后，才会停止对名利的追求。《商君书》还具体分析了人们追求名利的内容，泛而言之是

---

① 《商君书·更法》。
② 《商君书·开塞》。
③ 《商君书·更法》。

爵禄，具体而论便是土地与住宅。《商君书·徕民》说："意民之情，其所欲者田宅也。"这种说法真可谓是切中肯綮，号准了战国时期的土地所有制由原来的"公有"向"私有"迈进，利益需要重新分配的这个大时代的脉搏。

3. 万事决定于"力"原则

《商君书》认为，社会政治关系在很大程度上是由"力"原则决定的。

韩非子说："上古竞于道德，中世逐于智谋，当今争于气力。"①

春秋战国时代，战争频繁，天下大乱，"争于气力"已经成为天下政治发展的大势。孔夫子罕言"力"，这不能说明他不重视"力"，只不过是他采取了鸵鸟政策。墨子明确地提出了"力"这个概念，并论述了它在政治中的作用。《商君书》则是"力"的讴歌者。《商君书》认为，当今这个时代是以"力"的较量为特征的时代。《商君书·慎法》说："千乘能以守者，自存也；万乘能以战者，自完也；虽桀为主，不肯诎半辞以下其敌。外不能战，内不能守，虽尧为主，不能以不臣谐所谓不若之国。自此观之，国之所以重，主之所以尊者，力也。"一个国家有成千上万辆的兵车，这样的国家即使像夏桀那样的君主，也不会向敌人屈服，不

_____

① 《韩非子·五蠹》。

会说半句软话。反之，一个国家如果力量弱小，进不能攻，退不能守，即使有尧舜那样的贤圣君主，也不能不屈服于强国。"自此观之，国之所以重，主之所以尊者，力也。"《商君书》指出，力量是提高国家和君主地位最根本的凭借，力量决不是从天上掉下来的，而是藏于民中间。《商君书·靳令》说："圣君之治人也，必得其心，故能用力。"《商君书·错法》说："人情好爵禄而恶刑罚，人君设二者以御民之志，而立所欲焉。"君主用赏罚的目的就在于换取民力。总的来说，进化、利益、力量三者构成了《商君书》政治理论的基础。由历史进化观得出的基本结论是形势发生了变化，政治也必须相应改革，但改革必须切中时代的脉搏，抓住民众的意愿，为民众谋利益，这就是利益。君主掌握这种力量，一是用来攻打敌国、争王、图霸，二是出于治国理政管理民众的需要。进化、利益、力量三者构成一个有机的结合体，这就是《商君书》政治理论的基础。①

二、耕战一体、富国强兵

《商君书》认为，"力"原则决定着国家及政治集团政治关系

---

① 参见刘泽华、葛荃主编：《中国古代政治思想史》，南开大学出版社 2001 年版，第 91、92 页。

的走向，而国家的综合力量则来自于农战政策实施的好坏。

农战，就是指农耕与作战。

《商君书·农战》说：

> 国待农战而安，主待农战而尊。

商鞅劝告秦孝公，要复兴秦穆公之霸业，就得靠农战。只要民众致力于务农，就会"国富而治"；积极为国家而战，就能"尊主安国"。要采取一切办法，把民众引导到农战的轨道上来。

《商君书》中说：

> 先王能令其民蹈白刃，被矢石。其民之欲为之？非。如学之，所以避害。故吾教令：民之欲利者，非耕不得；避害者，非战不免。境内之民莫不先务耕战，而后得其所乐。故地少粟多，民少兵强。能行二者于境内，则霸王之道毕矣。[①]

从前有作为的帝王能使他的民众脚踩白刃，身受飞来的乱箭、石块。他的民众真愿意干这种事吗？不是的。他们之所以能够前仆后继，是为了避免刑罚的祸害。所以我们的教令应该是：民众想得到利益，不种田就得不到；想避免祸害，不打仗就避免不了。这样，国内的民众没有不是首先致力于种田、打仗，然后才能得

---

① 《商君书·慎法》。

到他们所想要的东西。所以国家的土地虽然很少，粮食却很多；民众虽然很少，兵力却很强。如果能在国内推行这两项教令，那么称霸称王的办法就完备了。

1.《商君书》特别重农，把粮食看成是国家财政充裕与否的重要标志

> 国好生粟于境内，则金粟两生，仓府两实，国强。[①]

《商君书》指出，国家富强之道在于农耕政策的贯彻与落实。要实现这项国策，就应该做到：

第一，"劫以刑"。《商君书》虽然提倡农耕经济，但是他不认为农耕是一件人们多么乐意做的事情。

《商君书》明确指出：

> 农之所苦者无（惟）耕。[②]
> 民之内事，莫苦于农。[③]

然而，农耕虽苦，但如果不务农就要受到刑罚，而且所受刑罚比务农还要苦的话，民众就会把务农当成是件乐事了。

---

① 《商君书·去强》。
② 《商君书·慎法》。
③ 《商君书·外内》。

第二，"驱以赏"。把"赏"作为鼓励民众积极农耕的一项政策，对于力耕者要赏以"官爵"①。《商君书·去强》中提出"粟爵粟任"，即用粮食换取官爵。《商君书·靳令》也提出："民有余粮，使民以粟出官爵。官爵必以其力，则农不怠。"

第三，制定经济政策以鼓励农耕。《商君书》主张重农抑商，利用价格和税收鼓励农耕。《商君书》中说：

> 民之内事，莫苦于农，故轻治不可以使之。奚谓轻治？其农贫而商富——故其食贱者钱重，食贱则农贫，钱重则商富；末事不禁，则技巧之人利，而游食者众之谓也。故农之用力最苦，而赢利少，不如商贾、技巧之人。苟能令商贾、技巧之人无繁，则欲国之无富，不可得也。故曰：欲农富其国者，境内之食必贵，而不农之征必多，市利之租必重。则民不得无田，无田不得不易其食。食贵则田者利，田者利则事者众。食贵，籴食不利，而又加重征，则民不得无去其商贾、技巧而事地利矣。故民之力尽在于地利矣。②

商鞅说：民众的国内事务，没有什么比务农更艰苦的了，所以轻微宽松的政治措旋是不能用来驱使他们去务农的。什么叫做

---

① 《商君书·农战》。
② 《商君书·外内》。

轻微宽松的政治措施呢？那就是指农民贫穷而商人富裕——因为粮食便宜了钱币就贵重了，粮食便宜了农民就贫穷，钱币贵重了商人就富裕；奢侈品等不重要的生产不受到禁止，因而做手艺的人能得利，而到处游荡混饭吃的人很多。所以农民用力最苦，而获得的利益却很少，不及商贩、做手艺的人。如果能够使商贩、做手艺的人不增多，那就是要国家不富，也是不可能的。所以说，要想靠农业来使自己的国家富起来，那么国内的粮食价格必须昂贵，而对不务农的人所征的徭役必须增多，对市场利润的税收必须加重。这样，民众就不得不种田，不种田的人就不得不购买粮食。粮食昂贵，种田的人就有利；种田的人有利，去从事农耕的人就会多起来。粮食昂贵，购买粮食不合算，而又加上沉重的赋税徭役：民众就不得不抛弃那经商、卖手艺的行当而去从事农业生产了。这样，民众的力量就会全花在农业生产上了。既然"食贱则农贫，钱重则商富"，那么，就必须采取抑末政策，限制人们从事工商业活动，"不农之征必多，市利之租必重"①，只有采取这种办法，粮价才可以提高，农民才会安心从事农耕。

第四，加强行政管理。《商君书·垦令》中提出了二十条重农措施，它们分别是：（1）无宿治；（2）訾粟而税；（3）无以外权爵任与官；（4）以其食口之数赋而重使之；（5）使商无得籴，农无

---

① 《商君书·外内》。

得籴；（6）声服无通于百县；（7）无得取庸；（8）废逆旅；（9）壹山泽；（10）贵酒肉之价，重其租，令十倍其朴；（11）重刑而连其罪；（12）使民无得擅徙；（13）均出余子之使令，以世使之，又高其解舍，令有甬官食概；（14）国之大臣诸大夫，博闻、辩慧、游居之事，皆无得为，无得居游于百县；（15）令军市无有女子；而命其商，令人自给甲兵，使视军兴；又使军市无得私输粮者；（16）百县之治一形；（17）重关市之赋；（18）以商之口数使商，令之厮、舆、徒、童者必当名；（19）令送粮无取僦，无得反庸，车牛舆重役必当名；（20）无得为罪人请于吏而饷食之。由这20条法令来看，其内容相当丰富，它涉及行政管理、地税征收、官吏任用、劳动力管理、粮食买卖、音乐服装的控制、雇佣的禁止、旅馆的废除、矿藏资源的国有化、酒肉的价格政策、刑罚制度、居住制度、贵族特权的限制、高级官员的管理、军队管理、政治制度的统一、关税商品税政策、抑制商人的徭役制度、运粮制度、刑狱辩护制度等等。对这种种法令的论证，充分体现了商鞅的重农思想及其对策。①

2.《商君书》特别重视开疆拓土的对外战争

战国时期是一个争战不已、由割据走向统一的时代，胜败高

---

① 参见张觉译注：《商君书全译》，垦令第二，题解，贵州人民出版社1993年版，第11页。

下只能由战争决断，《商君书》深切地认识到了这一点。农耕虽然是件苦事，但比农耕更苦的还是战争。《商君书》非常清楚地认识到，民之所"危者无（惟）战"①，而政治的妙用就在于使民不得不勇战。其办法如同使民务农一样，一方面鼓励人们去打仗，使人们从打仗中获取利益；另一方面，你不是怕流血，怕死吗？那么就要造成一种环境，让你感到比流血、比死更为难受，相比之下，还不如去流血打仗。这种办法便是重罚和株连。《商君书·外内》说："欲战其民者，必以重法。赏则必多，威则必严。"赏之重、严之酷要达到这种境地："民见战赏之多则忘死，见不战之辱则苦生。赏使之忘死，而威使之苦生。"重赏之下，必有勇夫；严刑之下，变怯为勇，途殊而同归。对于激励民众为国作战，《商君书》提出要通过赏罚与宣传，造成全国皆兵和闻战则喜的局面，达到"民之见战也，如饿狼之见肉"②的宣传效果。在商鞅农战政策的激励下，秦国上下形成了一片积极踊跃参战的局面。父送子、兄送弟、妻送夫出征时都说这样的话："不得，无返！"意思是："不能杀敌立功，你就不要回来！"秦国形成如此高涨的士气，战争当然是无往而不胜了。

　　《商君书》说：

---

① 《商君书·慎法》。
② 《商君书·画策》。

民之外事，莫难于战，故轻法不可以使之。奚谓轻法？
其赏少而威薄、淫道不塞之谓也。奚谓淫道？为辩知者贵、
游宦者任、文学私名显之谓也。三者不塞，则民不战而事失
矣。故其赏少，则听者无利也；威薄，则犯者无害也。故开
淫道以诱之，而以轻法战之，是谓设鼠而饵以狸也，亦不几
乎！故欲战其民者，必以重法。赏则必多，威则必严，淫道
必塞，为辩知者不贵，游宦者不任，文学私名不显。赏多威
严，民见战赏之多则忘死，见不战之辱则苦生。赏使之忘死，
而威使之苦生，而淫道又塞，以此遇敌？是以百石之弩射飘
叶也，何不陷之有哉？①

商鞅认为，就民众的对外事务而言，没有什么比作战更艰难
的了，所以轻微宽松的法制是不能用来驱使他们去作战的。什么
叫做轻微宽松的法制呢？那就是指奖赏少而刑罚轻，淫荡的歪门
邪道不加堵塞。什么叫做淫荡的歪门邪道呢？就是指那些搞诡辩、
耍聪明的人能得到尊贵，到处游说谋求官职的人能得到委任，研
究文献典籍而有个人名气的人能显赫荣耀。这三条歪门邪道不加
堵塞，那么民众就会不愿作战而对外战争就会失败。奖赏少，听
从法令而立功的人就得不到什么好处；刑罚轻，犯法的人就不会

---

① 《商君书·外内》。

受到什么伤害。所以开辟了淫荡的歪门邪道来引诱民众，又用轻微的法制去使他们作战，这叫做要捕取老鼠而用猫去引诱，恐怕是没有什么指望的吧！所以，要想使民众积极作战，就必须用重典。奖赏一定要优厚，刑罚一定要严厉，淫荡的歪门邪道一定要堵塞，搞诡辩、要聪明的人不能得到尊贵，到处游说谋求官职的人不能得到委任，研究文献典籍而有个人名望的人不能显赫荣耀。奖赏优厚、刑罚威严，民众看到作战立功的奖赏优厚就会舍生忘死，看到逃避作战所受的刑辱就会把苟且偷生看作是一种痛苦。奖赏使民众不怕死，刑罚使他们不愿苟且偷生，而淫荡的歪门邪道又被堵住了，用这样的民众对付敌人，这就好比是用上万斤的力量才能拉开的强弓去射飘落的树叶，哪会有攻不破敌人的道理呢？

总之，商鞅认为："故为国者，边利尽归于兵，市利尽归于农。边利归于兵者强，市利归于农者富。故出战而强、入休而富者，王也。"[1] 治理国家的人，要把边境上得到的利益都给战士，把市场上得到的利益都给农民。边境上的利益归给战士的国家就强大，市场上的利益归给农民的国家就富裕。如此，出外作战时兵力强大，回来休整时能致富的国家，能不称王天下吗？在通过战争争高下的战国年代，《商君书》直截了当地宣布战争是解决问题的唯一办法，王冠只有通过战争来取得，这比当时其他诸子的

---

[1] 《商君书·外内》。

政治主张真可谓是棋高一筹，入木三分。

三、以法治国、明分尚公

《商君书》十分重视法制建设。

作为秦律的最初缔造者，商鞅开创了秦国法律的基本框架、原则和内容制度建设的先河。

商鞅说：

> 国之所以治者三：一曰法，二曰信，三曰权。法者，君臣之所共操也；信者，君臣之所共立也；权者，君之所独制也，人主失守则危。君臣释法任私必乱。故立法明分，而不以私害法，则治。权制独断于君则威。民信其赏，则事功成；信其刑，则奸无端。惟明主爱权重信，而不以私害法。故上多惠言而不克其赏，则下不用；数加严令而不致其刑，则民傲死。凡赏者，文也；刑者，武也。文武者，法之约也。故明主任法。明主不蔽之谓明，不欺之谓察。故赏厚而信，刑重而必；不失疏远，不违亲近，故臣不蔽主，而下不欺上。世之为治者，多释法而任私议，此国之所以乱也。①

---

① 《商君书·修权》。

商鞅认为，国家之所以治理得好，是因为依靠了三样法宝：一是法度，二是信用，三是权力。法度，是君主和臣下共同遵守的东西；信用，是君主和臣下共同建立的东西；权力，是君主单独控制的东西，君主如果没有保住就危险了。君主和臣下如果舍弃了法度而任凭私意办事，国家一定会混乱。所以建立法度、明确名分，而不以私意损害法度，国家就治理得好。权力由君主专断，君主就威严。民众确信君主的奖赏，那么功业就能建成；民众确信国家的刑罚，那么邪恶的事情就不会发生。只有英明的君主才爱惜权力、注重信用，而不以私意损害法度。如果君主多说给人恩惠的话而结果却不能实施他的赏赐，那么臣民就不会被君主所利用；如果君主屡次增加严厉的命令而结果却不能施行他的刑罚，那么民众就不在乎死刑了。一般地说，奖赏，是一种起鼓励作用的"文"的手段；刑罚，是一种起强制作用的"武"的手段。这文、武两种手段，是法治的要领。所以英明的君主使用法度，奖赏优厚而且讲信用，刑罚严厉而且一定实施；实行奖赏不漏掉关系疏远的人，执行刑罚不回避关系亲近的人，所以臣子不敢蒙蔽君主，而下级不敢欺骗上级。英明的君主不会被人蒙蔽，所以被称为英明；不会受人欺骗，所以被称为明察。而今一些国家的统治者，多舍弃法度而听信私人的议论，这就是国家混乱的原因。

根据刘泽华、葛荃在其主编的《中国古代政治思想史》中总结,《商君书》的法治思想十分丰富,主要包括: 定分尚公,利出一孔,胜民弱民和轻罪重罚四项内容。[1]

1. "定分"

定分尚公是《商君书》法治理论的主旨,这一点与慎到的政治主张基本相同。

定分,就是确定名分,用法令把人的职分与地位、财物的所有权等等确定下来。《商君书》中有《定分》专篇进行论述。

《商君书·定分》篇首先记述了商鞅有关推行法令的具体办法: 配置通晓法令的法官以负责法律咨询;对那些删改法令或不答复民众咨询的法官法吏予以严惩;为了防止法令被篡改,法令必须设置副本,藏于天子殿中,每年颁布一次,供郡、县、诸侯等学习。通过广泛的推广宣传,就可使"天下之吏民无不知法者",也就能使"吏不敢以非法遇民,民不敢犯法以干法官",即使有"贤良辩慧""千金"者,也不能歪曲与破坏法令。这样,就是那些"知诈贤能者",也都会奉公守法了。接着,《定分》篇指出法令是治国的根本措施,利用法令来确定名分是一种"势治之道",它可以使"大诈贞信,巨盗愿悫(诚实),而各自治矣";而"法令不明""名分不定"则是一种"势乱之道",它将使"奸恶大起、

---

① 参见刘泽华、葛荃主编:《中国古代政治思想史》,南开大学出版社 2001 年版,第 95 页。

人主夺威势、亡国灭社稷"。最后,《定分》篇再次强调了法令必须"明白易知",并设置法官法吏,广为宣传,使"万民尤陷于险危",以达到有刑法而"无刑死者"的政治境界。可见,商鞅提倡严刑峻法,是为了使天下大治,而不是为了残杀生灵。

2. "壹赏,壹刑,壹教"

《商君书》说:

> 圣人之为国也,壹赏,壹刑,壹教。壹赏则兵无敌,壹刑则令行,壹教则下听上。夫明赏不费,明刑不戮,明教不变,而民知于民务,国无异俗。明赏之犹至于无赏也,明刑之犹至于无刑也,明教之犹至于无教也。①

商鞅说:圣人治理国家的时候,统一奖赏,统一刑罚,统一教化。统一了奖赏,军队就能无敌于天下;统一了刑罚,命令就能贯彻执行;统一了教化,臣民就会听从君主。明确的奖赏并不耗费财物,严明的刑罚并不会杀人,明白的教化并不需要去强行改变民众的风俗,而民众就知道自己应该做的事情,国家也就没有异常的风俗。明确的奖赏发展到极点可以达到不用奖赏的境界,严明的刑罚发展到极点可以达到不用刑罚,明白的教化发展到极点可以达到不用教化的境界。

---

① 《商君书·赏刑》。

有关"壹赏，壹刑，壹教"的政治主张，《商君书·赏刑》篇有专门的论述。该篇条理极其清楚，分别论述了"壹赏，壹刑，壹教"这三大政治主张。"壹赏"，就是只奖赏有军功的人，即所谓"利禄官爵抟出于兵"。这样，民众就会"出死而为上用"，"战必覆人之军"，君主就能"因天下之货以赏天下之人"，即使厚赏，也不会破费自己的财富，而平定天下后，又无须再进行战争，也就无须再进行奖赏，这也就达到了"无赏"的境界。"壹刑"，就是"刑无等级。自卿相、将军以至大夫、庶人，有不从王令、犯国禁、乱上制者，罪死不赦"[1]。不论亲疏贵贱，不论过去有无功劳，只要犯了罪，一律加以查处，一律施以重刑，并株连治罪。这样，人们就不敢以身试法，刑罚也就无处可施，也就可以达到"无刑"的境界。"壹教"，就是反对种种不利于农战的意识形态，利用赏罚来养成民众好立战功的风气。这种风气一旦养成，不再进行教育，人们也会积极参战，这也就达到了"无教"的境界。《商君书》指出，"壹赏""壹刑""壹教"是治国的纲领，如果加以贯彻实施，就是法度严明的表现，那么无论是"圣人"还是"凡主"，都能够把国家治理好。《商君书·赏刑》提出的"无赏""无刑""无教"，表达了法家的政治理想，值得研究与重视。

---

[1] 《商君书·赏刑》。

3. "利出一空（孔）"

为了保证耕战的成功，《商君书》提出了"利出一孔"的政治主张。

所谓利出一孔，就是用立法的办法，将国家对于爵禄的奖赏，只留出一条利途，把其他的利途统统堵死。这条利途就是耕战。利出一孔还是利出多孔，关系到国家的兴衰。《商君书·靳令》说："利出一空（孔）者，其国无敌。利出二空者，国半利。利出十空者，其国不守。"《商君书·弱民》说："利出一孔，则国多物；出十孔，则国少物。守一者治，守十者乱。治则强，乱则弱。强则物来，弱则物去。故国致物者强，去物者弱。"为了确保耕战，必须打击一切不利于耕战的人、事与思想。《商君书》把"豪杰""商贾""游士""食客""余子""技艺者"等列入非农战之人，主张采取政治、法律与经济手段加以限制和制裁，将国家的导向集中在农战上面，这是符合时代需要的。

4. "弱民"

弱民，就是使民众懦弱，削弱民众对法令的抗拒力，使民众俯首帖耳地遵行法令。《商君书》认为，民众懦弱守法，才能加以利用，国家才会强盛。君主应该利用法度，掌握权变，用奖赏农战的办法，使富裕的民众用粮食捐取官爵，使民众不怕牺牲上前线打仗，同时必须清除"六虱"（礼、乐，《诗》《书》，修善、孝悌，诚信、贞廉，仁、义，非兵、羞战），反对空谈仁义，利用民众所厌恶的刑罚来使民众懦弱守法，从而达到国富兵强、称王天下的目的。

《商君书》认识到，官与民、法与民是一种对立关系。解决这种矛盾的办法，就是民众必须服从法。法一经颁布，都必须遵从，不得违反，即所谓"法胜民"是也。

《商君书》说：

> 民弱国强，国强民弱。故有道之国，务在弱民。民朴则强，淫则弱。弱则轨，淫则越志。弱则有用，越志则强。故曰：以强去强者，弱；以弱去强者，强。[①]

《商君书》认为，民众懦弱守法，那么国家就强盛；国家强盛，在于民众懦弱守法。所以掌握了统治术的国家，致力于使民众懦弱守法。民众朴实，国家就强盛；民众放荡，国家就削弱。民众懦弱，就会遵纪守法；民众放荡，就会有争强好胜的意念。民众懦弱守法，就可以利用；民众有了争强好胜的意念，就会强悍不羁。所以说：采用使民众强悍不羁的措施来清除强悍不羁之民，国家就削弱；采用使民众懦弱守法的措施来清除强悍不羁之民，国家就强盛。

《商君书》又说：

---

① 《商君书·弱民》。

政作民之所恶，民弱；政作民之所乐，民强。民弱，国强；民强，国弱。故民之所乐民强，民强而强之，兵重弱。民之所乐民强，民强而弱之，兵重强。故以强，重弱；弱，重强，王。以强政强，弱，弱存；以弱政弱，强，强去。强存则弱，强去则王。故以强政弱，削；以弱政强，王也。①

国家治理首在治民。政治措施采用民众所厌恶的刑罚之类，民众就懦弱守法；政治措施采用民众所喜欢的仁义道德之类，民众就强悍不羁。民众懦弱守法，国家就强盛；民众强悍不羁，国家就削弱。民众所喜欢的政治措施会使民众强悍，民众已经强悍，而再用这种措施使他们强悍，那么兵力就会弱上加弱。民众所喜欢的政治措施会使民众强悍，民众已经强悍，而采用刑罚之类使他们懦弱守法，那么兵力就会强上加强。所以，采取使民众强悍的措施，兵力就弱上加弱；采取使民众懦弱的措施，兵力就强上加强，也就能称王天下。采用使民众强悍的措施去整治强悍的民众，国家就会削弱，因为强悍的民众还存在；采用使民众懦弱的措施去整治懦弱的民众，国家就强盛，因为强悍的民众被除去了。强悍的民众还存在，国家就削弱；强悍的民众被除去，就能称王天下。所以采用使民众强悍不羁的措施来整治懦弱的民众，国家

①《商君书·弱民》。

就会削弱；采用使民众懦弱守法的措施来整治强悍的民众，就能称王天下。

《商君书》还说：

> 民胜法，国乱。法胜民，兵强。①

民众不遵守法律制度，国家就会混乱；法律制度能制服民众，兵力就会强大。

如何治理才能实现"民弱"？《商君书》中提出了一些解决的办法，主要有以下几方面：

第一，使用严刑重罚，使民众时时处处如临深渊，如履薄冰，民众自然就怯弱而服法了。

第二，奖励告奸，挑动人们互斗，使人们互相监视，造成人人自危的局面。

第三，根据民的不同情况，有针对性地实行奖赏或者刑罚。"民勇，则赏之以其所欲。民怯，则杀之以其所恶。故怯民使之以刑则勇，勇民使之以赏则死。怯民勇，勇民死，国无敌者必王。"②

第四，设法使民在贫富之间不停地转化。"治国之举，贵令贫

---

① 《商君书·说民》。
② 《商君书·说民》。

者富，富者贫。贫者富，富者贫，国强。"①民疾恶贫苦，政府要通过农战之路，使之变富。可是人富了义易生淫乱，那就要设法使他们再变穷，如用粟捐官爵，用刑治罪等。法的妙用之一就是要使民在贫富之间循环转化，君主则坐收转换之利。民在贫富转换之中变得愈弱，君主就会变得愈加强大。

第五，使民变得愚昧无知。②《商君书·弱民》篇认为，民愚朴是民弱君强的基本要素。《商君书·算地》篇则提出："圣人之治也，多禁以止能，任力以穷诈。"

5. 以法治国

法家的"法治"是一种治国理论、治国方略。"以法治国"是先秦法家提出的一种著名的政治主张。在中国历史上最早由《管子》一书提出。《管子·明法》篇说："威不两错，政不二门，以法治国，则举措而已"。就是说只要国君集中权力，以法为治理国家的"举措"，就可以治理好国家。后来，法家代表人物商鞅、韩非都对此作过比较精辟的阐述。

《商君书》说：

---

① 《商君书·说民》。

② 参见刘泽华、葛荃主编：《中国古代政治思想史》，南开大学出版社 2001 年版，第 96—97 页。

　　凡将立国，制度不可不察也，治法不可不慎也，国务不可不谨也，事本不可不抟也。制度时，则国俗可化，而民从制；治法明，则官无邪；国务壹，则民应用；事本抟，则民喜农而乐战。夫圣人之立法、化俗，而使民朝夕从事于农也，不可不知也。①

　　凡是要建立一个国家，对于制度，不能不仔细审察；对于政策法令，不能不慎重对待；对于国家的政务，不能不严谨处理；对于事业的根本，不能不集中专一。制度适合时势，国家的风俗就能变好，而民众就会遵从制度；政策法令明确，官吏就不敢邪恶；国家的政务统一到农战上，民众就会听从使用；事业的根本集中专一，民众就会喜欢务农而乐意作战。圣人建立法治、移风易俗，是要使民众从早到晚都致力于农耕，这是不能不搞清楚的。

　　《商君书》又接着说：

　　夫民之不治者，君道卑也；法之不明者，君长乱也。故明君不道卑、不长乱也；秉权而立，垂法而治，以得奸于上，而官无不；赏罚断，而器用有度。若此，则国制明而民力竭，上爵尊而伦徒举。今世主皆欲治民，而助之以乱；非乐以为乱也，安其故而不窥于时也。是上法古而得其塞，下修令而

① 《商君书·壹言》。

不时移，而不明世俗之变，不察治民之情，故多赏以致刑，轻刑以去赏。夫上设刑而民不服，赏匮而奸益多。故民之于上也，先刑而后赏。故圣人之为国也，不法古，不修今，因世而为之治，度俗而为之法。故法不察民之情而立之，则不成；治宜于时而行之，则不干。故圣王之治也，慎为、察务，归心于壹而已矣①。

民众没有治理好，是因为君主不禁止卑鄙的行为；法令不严明，是因为君主助长了动乱的因素。所以英明的君主不放任卑鄙的行为、不助长动乱的因素；他掌握着大权而处在君位上，传下法令来统治人民，因此能高高在上而得知邪恶的情况，而官吏也不再敢有邪恶的行为；该奖赏还是该用刑，臣民自己能作出决断，做出的器物用具都符合一定的制度。像这样，所以国家的制度明确而民众的力量被充分利用，君主的爵位尊贵而各种人物被使用。现在各国的君主都想治理好民众，但却又用动乱的因素去资助民众；这并不是君主们乐意要把民众搞乱，而是因为他们墨守那陈规旧章、没有去考察一下时势啊。这样的话，他们远一点的就会去效法古代而得到那些行不通的措施，近一点的就会拘守现状而不能随着时代前进；又不明白社会风气的变化，不清楚统治民众

---

① 《商君书·壹言》。

的实际情况；所以滥加赏赐而导致了用刑，减轻刑罚而使奖赏失去了作用。因此，君主们设置了刑罚而民众还是不服从，赏赐用尽了而邪恶的人更多了。所以民众对于君主，往往是先受了刑然后再取得奖赏。所以圣人治理国家，既不效法古代，又不拘守现状，而是根据社会情况来给它制定相应的政策，考虑民情习俗来给它建立相应的法制。对于法制，如果不考察民众的实际情况而建立它，那就不会成功；对于政策，如果能适应时代的需要来实行它，那就不会受到抵制。所以圣明的帝王治理国家，只是谨慎地建立法制、采取措施，仔细地考察时务，把心思都集中到农战上罢了。

由此可见，《商君书》强调，国家的治乱与兴衰，关键不在于君主是否英明，而在于法律制度是否认真得到贯彻与落实；只要实行"以法治国"，就能治理好国家。正是基于这种认识，《商君书》主张公布法律，强调"刑无等级"，要求"君臣上下贵贱皆从法"，这明显是具有进步意义的。一般而言，新秩序总是在与旧势力的斗争中产生的。《商君书》的政治思想在历史上起过积极的作用，沿着该书的设计，使人们的财产、权力、地位在耕战中发生了迅速的变化，这种变化正是对西周以来旧的政治、经济关系的破坏和瓦解，而新社会的政治、经济关系便在这种运动中产生了。《商君书》文字简练，内容丰富，许多观点可谓是穿越了时空，永久性地成为中华民族政治文化的一部分。

第八章　战国后期的法家

战国后期的法家主要集中在三晋地区，其代表人物有荀子、韩非等，这其中要以韩非为代表。人们公认，韩非是战国后期法家思想的集大成者。他汲取了老子的"道"，商鞅的"法"，申不害的"术"，慎到的"势"，同时又汲取了老师荀子等人新法家思想中的合理积极的成分，经过个人熔铸，使道、法、术、势四者有机地融合为一体，从而构成了中国法家完整的政治理论思想体系，其专著《韩非子》成为独具特色的中国帝王学的范本。

一、稷下学宫的"齐法家思想"

从严格意义上讲，稷下学宫是从春秋齐桓公时期就开始了，到战国末年，已经延续长达一个半世纪之久，放在这里讲似乎是有点不太合适。然而，稷下学宫的道法融合、儒法融合等新的更加系统的援道、儒、名家等入法家的新法家思想，则是在战国时期主要是战国末期荀子等人的努力下完成的。

稷下学宫是齐桓公在齐国都城临淄设立的一个集学术研究、教育和政治咨询为一体的类似于今天国家社会科学院性质的官方机构。它由官方提供物质条件（场所、生活费用等），学者们自己管理，可以自由学习、讨论、研究学术与政治问题，甚至来去自由，在一定程度上真正实现了思想言论的自由，使这里成为当时华夏学术文化和思想交流的中心，在春秋战国的历史上，产生了巨大的影响。

稷下学宫创办于公元前4世纪中叶，延续了130多年。

有学者认为："稷下学宫以极高的礼遇召集各地人才，让他们自由地发展学派，平等地参与争鸣，造就了学术思想的一片繁荣。结果，它就远不止是齐国的智库了，而是成了当时最大规模的中华精神会聚处、最高等级的文化哲学交流地。"正是因为稷下学宫，"中华文化全面升值"。"进入了世界文明史上极少数最优秀的文化之列。"①

　　齐国政府之所以创办稷下学宫，原本是出于招徕天下贤士以增强其国力的政治目的，但这种局面一旦形成，其政治与文化的意义便远远超越了创办者的目的本身。它使曾经活跃在历史上原始民主精神和阔达好议之风得到弘扬。这样一个由国家举办的、持续百年以上的大型"学术机构"，其规模、成就、影响，不仅为古代中国所仅有，在世界古代史上也堪称独步。②

　　稷下学宫设立于列国争霸与兼并战争之时，当时各国为了富强图存，礼贤下士，吸引人才蔚然成风。齐国久有尚贤传统，这时也不甘落后，便设学宫以吸引天下学者，"自如淳于髡以下，皆命曰列大夫，为开第康庄之衢，高门大屋，尊宠之。览天下诸侯宾客，言齐能致天下贤士也"③。也就是说，齐国主观上是招揽贤才，为我所用。然而由于齐国统治者开放的文化传统和开明的文化政策，客观上又在稷下造成了一个不受官方控制的思想自由、学术上不拘一格、兼融并包，各家可以充分发展的独特

---

① 余秋雨著：《中国文脉》，岳麓书社 2013 年版，第 146 页。

② 参见郭沫若：《十批判书·稷下黄老学派的批判》，东方出版社 1996 年版，第 158 页；周斌：《文化中心由曲阜到临淄的转移》，《管子学刊》1989 年第 1 期；白奚：《稷下学宫研究——中国古代的思想自由与百家争鸣》，三联书店 1998 年版；韩星著：《儒法整合——秦汉政治文化论》，中国社会科学出版社 2005 年版，第 17—37 页。

③ 《史记·孟子荀卿列传》。

环境。

稷下学宫存在约 150 余年，并与齐国政治盛衰相对应，大约经历了三个阶段：齐桓公和齐威王时期是第一阶段；齐宣王和齐闵王时期为第二阶段，是稷下学宫鼎盛和由盛入衰的转折点。司马迁说："宣王喜文学游说之士，自如驺衍、淳于髡、田骈、接予、慎到、环渊之徒七十六人，皆赐列第，为上大夫，不治而议论。是以齐稷下学士复盛，且数百千人。"[①]湣王时稷下学士甚至达数万人。齐襄王和齐王建时为第三阶段，这是稷下学宫的衰亡期。随着齐亡，稷下学宫使命也宣告结束。

稷下学宫的突出特点是"百家争鸣"，先秦思想史上所谓"百家争鸣"的时代是与稷下时代相重叠的。稷下士人相聚一堂，挈徒属而演道术，穷事理而致诘难，促进了学术思想的分化和融合。其发展的趋势，大体是随着政治形势的需要，由黄老而转入名、法、儒、墨之学，前期（桓公—宣王）以道家黄老为主体，后期（湣王—建王）以名、法为时尚。[②]兼收并蓄，将长期以来的历史成果进行整合，主要集中在礼法、王霸、人治与法治等问题上面。

整合之一：儒法融合

应春秋战国形势发展的需要和生气勃勃的早期法家的影响，

---

① 《史记·田敬仲完世家》。

② 参见张柄楠：《稷下钩沉·序言》，上海古籍出版社 1991 年版。

黄老之学与齐文化相结合，在战国中期以前逐渐形成了黄老之学，并在稷下学宫优越的自由争鸣和交融中发展、壮大，在战国中后期以至西汉初年广泛流行和参与汉初政治。郭沫若说："黄老之术，值得我们注意的，事实上是培植于齐，发育于齐，而昌盛于齐的。"[①] 王充说："黄者，黄帝也；老者，老子也。黄老之操，身中恬淡，其治无为，正身共己而阴阳自和，无心于为而物自化，无意于生而物自成。"[②] 黄老学派奉黄帝及老子为宗，假托黄帝的名义，吸取《老子》哲学中"虚静"、物极必反等思想加以改造，形成一个重要思想流派，稷下学宫时期形成的代表著作主要有《黄帝四经》《尹文子》《管子》《慎子》等，其内容不外都是些调和儒法道等家思想，主张政治改革，以期能成为王者争霸天下的指导思想。

《黄帝四经》的核心是阴阳刑德思想；《尹文子》强调正名；《管子》重在法家，兼重融合各家；《慎子》则强调"势"的作用以及以法治国因时而变的重要性。

黄老学派从天道自然的高度论证：刑与德不是绝对排斥，而是相反相成，相得益彰，因而主张刑德对举，强调兼用，德先刑

---

① 郭沫若著：《十批判书·稷下黄老学派的批判》，东方出版社 1996 年版，第 157 页。

② 《论衡·自然》。

后，德主刑辅。

法治和德治两种治国方法的结合和兼用，是取法家之"要"，又采儒家之"善"——这是对儒法思想高度整合，开启了中国政治统治思想中阳儒阴法的政治文化模式的理论建构。这是礼法结合，调和儒、法的最初尝试。[①]这种思想为后来的汉代执政者所接受，成为中国政治文化模式中德主刑辅的先声。

不仅如此，黄老学派还认为，与刑德兼用密切相关的还有"文武并用"。有感于儒法之争的偏向，在作《黄帝四经》时，为未来统治者设计治国安邦之术，黄老学派提出行文武之道。他们认为，儒家重德轻力，趋向重文轻武；法家重力轻德，趋向重武轻文。都不适宜，应该调和二者，审行文武之道，文主武辅。惟有如此，才可以定天下，才可以安国家。

黄老学派这种对儒法进行高层次的整合，符合周秦之际社会发展与国家变革的趋势。这种治国方略更主要的是为汉代文武兼治、德主刑辅、霸王道杂之的政治文化模式的构建做了理论上的有益探索与准备工作，对汉初的治国理政政策产生了深远的影响。

整合之二：王霸融合

王霸之辨也是稷下学宫学术争鸣的话题之一。这个问题关涉

---

① 参见白奚:《稷下学研究》，三联书店 1998 年版，第 279 页。

当时天下的统一与齐国的霸业。通过争鸣，王霸对立渐消，走向融合，行成霸王一体之论，把三代儒法治国理政的方略、措施都涵盖在霸王之道下糅合到了一块儿，以适应战国中期以后日益趋向统一的形势，也迎合了齐国君主要做霸王之主的政治需要。

在《管子》一书中，"霸""王"并提的相关词语很多，反映了作者们对这一问题热衷探讨的情况。认真考察《管子》中的"王、霸"之言，不难发现，它们既不同儒家的尊王贱霸，也不同法家的崇霸贬王，而是把"王"和"霸"同等对待，只不过具体内涵不同而已。总的来说，《管子》是以齐法家为本位容纳儒家的，反映在"王、霸"说中就是多言"霸王"，综合霸道和王道且合成一个名词。另外，《管子》还提出了比"王""霸"更高的"帝"的概念。

首先，《管子》对"王""霸"的涵义作了不同于儒法的阐释。其典型的表述有："夫丰国之谓霸，兼正之国之谓王。"[1] "无为者帝，为而无以为者王，为而不贵者霸。"[2] "明一者皇，察道者帝，通德者王，谋得兵胜者霸。"[3]其思路是以道统摄儒法，强调强国富兵，扩地增土，建立实力强大之国，成就王、霸、帝业。

---

[1] 《管子·霸言》。

[2] 《管子·乘马》。

[3] 《管子·兵法》。

　　其次，《管子》对王、霸的具体内容有所阐发。《管子》认为，行王道则得民心，行霸政要靠武力，王霸之不同若此。"夫争天下者，必先争人。明大数者得人，审小计者失人。得天下之众者王，得半者霸。"① 仅从得民心角度来看，霸自然不如王，但在具体实践过程中，图霸图王还要因形势而异："强国众，合强以攻弱，以图霸；强国少，合小以攻大，以图王。强国众，而言王势者，愚人之智也；强国少，而施霸道者，败事之谋也。夫神圣，视天下之形，知动静之时；视先后之称，知祸福之门。战国众，先举者危，后举者利；强国少，先举者王，后举者亡。战国众，后举可以霸；战国少，先举可以王。"② 这就是说，在强国林立时要合强攻弱，成为强中强，这就是能称霸，或面对战国争斗厮杀激烈时，先坐山观虎斗，最后一举战胜别国，便可以称霸。而称王则不同，在强国还少时，团结众小国家以攻大国而称王，或在列国争战尚不激烈时可先下手以称王。这分明是通过比较春秋与战国的不同形势，来说明应采取称王或称霸的不同战略。

　　王、霸的区别在军事上表现为："凡有天下者，以情伐者帝，以事伐者王，以政伐者霸。"③ "情伐""事伐"和"政伐"类似于

---

① 《管子·霸言》。
② 《管子·霸言》。
③ 《管子·禁藏》。

《孙子兵法》上说的"伐谋""伐交"和"攻城"。情伐就是攻心、谋攻。

王、霸的区别在经济上是："王者藏于民，霸者藏于大夫，残国亡家藏于箧。"① 所谓"藏于民"即藏富于民，让老百姓富起来，民心稳定，社会安定，便是王者之业；而让一部分大夫聚积财富，形成贵族势力，便是霸者之业；而让财富都中饱私囊，藏在自己的小箱子里，人人以自保为务，必然使国家走向衰败、灭亡。后来荀子受其影响也有类似的说法："王者富民，霸者富士，仅存之国富大夫，亡国者富筐箧，实府库。"② 这里王、霸的褒贬是很分明的，王比霸高，纯以刑杀必然很快灭亡。

整合之三：人治与法治融合

《尹文子》说："仁、义、礼、乐、名、法、刑、赏，凡此八者，五帝、三王治世之术也。"③ 这是典型将人治与法治进行整合的理论。

《尹文子》中有一段宋钘与田骈、彭蒙讨论人治、法治问题的记述，生动地反映了几位学者就这个问题在学术上的争鸣：

> 田子读书，曰："尧时太平。"宋子曰："圣人之治，以致

---

① 《管子·山至数》。

② 《荀子·王制》。

③ 《尹文子·大道下》。

此乎？"彭蒙在侧，越次答曰："圣法之治以至此，非圣人之
治也。"宋子曰："圣人与圣法，何以异？"彭蒙曰："子之乱
名甚矣。圣人者，自己出也；圣法者，自理出也。理出于己，
己非理也。己能出理，理非己也。故圣人之治，独治者也；
圣法之治，则无不治矣。此万物之利，唯圣人能该之。"宋子
犹惑，质于田子。田子曰："蒙之言然。"

从这段有趣的记述中可以看出，齐国自齐威王变法后推行法
治，在稷下学者之间必然产生人治、法治之争，并且提高到"名、
理"的层次。宋钘初来齐国，不甚懂得人治、法治的区别，仍坚
持人治的观点，但田骈、彭蒙却持法治的观点，彭蒙指出法治优
于人治的道理。文中"宋子犹惑"，说明宋钘并没有轻易地接受
田、彭二人的意见，可见这个问题是一个不容易争辩清楚的问题，
作者尹文也似乎"犹惑"。[①]

整合之四：德治与法治融合

稷下人治与法治的争辩，还反映在德治与法治的争辩与融合
上面。

早在齐威王即位之初，淳于髡便以隐语向齐相邹忌提出"修

---

① 参见韩星著：《儒法整合——秦汉政治文化论》，中国社会科学出版社 2005
年版，第 17—37 页。

法律而督奸吏"①的治国方针。其后，慎到则进而提出倚势明法论："贤而屈于不肖者，权轻也；不肖而服于贤者，位尊也。尧为匹夫，不能使其邻家；至南面而王，则令行禁止，由此观之，贤不足以服不肖，而势位足以屈贤矣。"②"为人君者，不多听。据法倚数，以观得失。无法之言，不听于耳；无法之劳，不图于功；无劳之亲，不任于官。官不私亲，法不遗爱，上下无事，唯法所在。"③慎到强调国君要依靠国家权力依法实行统治。孟子以其性善论为思想基础，提出"以德行仁"的仁政德治理论：由于人性本善，天生就具有仁义礼智四端，故以此施政，就必须按照"老吾老，以及人之老；幼吾幼，以及人之幼"④的忠恕之道，推己及人，行仁政于天下。荀子则从性恶论出发，提出隆礼崇法，"化性而起伪"⑤的治国主张。

作为身兼儒法两家的代表人物，荀子强化周公和孔子重礼乐的传统，注重规范和制度，强调礼在治国安邦中的重要作用，并对儒家礼治的思想作了比较系统的发挥。另一方面，荀子也吸收了前期法家的理论成果，援法入礼，充实了传统礼学，克服了儒

---

① 《史记·田敬仲完世家》。

② 《慎子·威德》。

③ 《慎子·君臣》。

④ 《孟子·梁惠王上》。

⑤ 《荀子·性恶》。

家之礼与法家之法的对立，使两者在政治和法律层面交融互摄。他认为，"礼者，法之大分，类之纲纪"①，"故非礼，是无法也"②。同时他也非常重视法的作用："法者，治之端也。""至道大形：隆礼重法则国有常。"③他主张礼法并用："古者圣王以人之性恶，以为偏险而不正，悖乱而不治，是以为之起礼义、制法度，以矫饰人之情性而正之，以扰化人之情性而导之也。使皆出于治，合于道者也。"④荀子继续说："治之经，礼与刑，君子以修百姓宁。明德慎罚，国家既治，四海平。"⑤从齐法家的德法融合来看，荀子可谓是集大成者。具体内容下面还要论述，在此不作赘言。

二、荀子的儒法兼重思想

（一）"得孙卿之遗言余教，足以为天下法式表仪"

荀子是战国后期新法家大师。

荀子学术不仅包括周孔儒学，还包括法家学术。

---

① 《荀子·劝学》。
② 《荀子·修身》。
③ 《荀子·君道》。
④ 《荀子·性恶》。
⑤ 《荀子·成相》。

司马迁说：

> 荀卿嫉浊世之政，亡国乱君相属，不遂大道而营于巫祝，信禨祥，鄙儒小拘，如庄周等又猾稽乱俗，于是推儒、墨、道德之行事兴坏，序列著数万言而卒。[①]

荀卿嫉恨昏乱世道的政治，国家被灭亡，君主遭乱离，接连不断。当时的执政者不遵循王政大道，而专搞一些迷信荒唐的东西，而一些鄙陋的儒生拘泥于细枝末节，如庄周等人以其能言善辩淆乱世俗，于是，他考察儒家、墨家、道家的所作所为及成败得失，加以整理论述，著作数万言而最终成就一家之言。

荀子的学说在政治上具有实际的可操作空间。

他的隆礼重法思想开辟了中国政治思想史研究的新路径。

他的礼法一体论为 2000 年来历代统治者所采用，既有理论性，又具有实际政治生活中的可实践性。即使今日来看，要说中国诸子百家的学说能够兼理论与实践性为一体的自成治国理政系统的，以本人目前有限的眼光来看，还是非荀子的学说莫属。

荀子生年在公元前 298 年至前 238 年之间，名况，后人多尊称他为孙卿。

荀子是战国末年的赵国人。

---

① 《史记·孟子荀卿列传》。

　　他年轻时曾到燕国游说过燕王哙。15 岁时即到号称集天下贤士的齐国都城稷下学宫游学，50 岁时再游学齐国，在稷下学宫同各个学派的学者进行学术交流和讨论，受到齐襄王的优渥接待，曾经三次居于"祭酒"之位，颇受人尊敬。公元前 266 年左右，荀子还应聘入秦，曾与秦昭王、应侯范雎等政治人物讨论天下大政，后又曾议兵于赵国，"赵以为上卿"。春申君主政楚国时，荀子曾两度任楚国兰陵令。晚年罢官居兰陵，著书立说，直到去世。

　　荀子一生从教，弟子颇众，著名者有韩非、李斯等人，汉代贾谊是其再传弟子。

　　总的看来，荀子应归入游说纵横家的行列。游说之余，他又著书立说，广收门徒，成为一个大学者兼教育家。

　　荀子自称为儒，以孔子、仲弓的继承者自居，斥子张氏、子夏氏、子游氏之儒为"贱儒"，对子思、孟子一派也颇多批评。

　　他被公认为先秦孔孟之后儒学的第三大家。

　　对于经学的传扬，荀子功不可没。如《诗》中的《毛诗》《鲁诗》，《春秋》中的《左传》《穀梁传》，都是由他所传；《大戴记》与《小戴记》中也有多篇他的论文。"六艺之传，赖以不绝者，荀卿也。周公作之，孔子述之，荀卿子传之，其揆一也。"①

　　然而，荀子并不拘泥于儒家一派，他广采博收，学识渊通，

---

① 转引自王先谦：《荀子集解·考证下》。

在继承前期儒家学说的基础上，对孔子儒学有所损益；他还集各家各派之短长，对先秦道、法、名、阴阳各家加以综合、改造，从而建立起自己的思想体系，形成战国时期新法家政治理论。他的学说，可用"百科全书"来概括。

在政治思想上，荀子坚持儒家的礼治原则，同时采纳法家的法治之长，主张治理国家，礼治、法治应当充分结合，其中心思想就是"隆礼"和"重法"。他是中国政治思想史上最早进行儒法结合的伟大思想家之一。

荀子著作颇丰，汉时流传有300多篇，经刘向编定，定著《荀子》32篇。其中大部分是荀子自己的著作，其中有几篇是荀子学生编辑的有关荀子的言行录。《荀子》涉猎广泛，几乎无所不论，天地古今、政治、经济、哲学、军事、教育、文艺、逻辑、道德等，都有专论，在各方面均有自己的见解。正如前面提到，他的著作具有百科全书的性质。

荀子思想对后世影响很大。

梁启超说："二千年政治，既皆出于荀子矣，而所谓学术者，不外汉学、宋学两大派，而其实皆出于荀子，然则二千年来，只能谓之荀学世界，不能谓之孔学世界也。"[1]

孔子主张仁、礼并重，孟子发展了仁的思想，提出仁政说，

---

[1] 梁启超著：《饮冰室合集·文集之三》，上海中华书局1936年版，第57页。

开辟了反身求己的内在超越的政治思维传统。而荀子则发挥了礼的思想，倡导礼治，重在强调礼、法的外在规范作用，是外在超越的思维路向的肇始人。如果称孟子思想为"内圣"之学，那么荀子思想则可完全称为"外王"之道。最重要的是，荀子不仅自成一家，他还培养出了李斯、韩非这样两位对中国大一统及帝王制度的形成具有十分重要影响的学生，这很让后人刮目相看。

荀子虽然以儒家自居，而且是继孔孟之后的最有影响的儒家大师，但他的思想已经远远跳出孔孟之学的框框而独成一家。他不仅改造了孔孟的"礼治"，而且还修正了法家的"法治"，并把本来是水火不容、冷眼相向的东西，在新的理论框架下融为一体，成为儒法合流、礼法统一的先行者。正因为荀子思想中吸收了法家的思想成分，主张"法后王""王霸"并提，宣传"人性恶""天人相分"，直语严刑等，故后世称荀子之学"不醇"，甚至将荀子列为法家。其实，就其思想内容本身而言，荀子之学既非孔孟之儒学，又非申商之法术，而是"新法家"之学，究其实，实乃齐国之学的特殊产物。①

近代改革家谭嗣同指出："两千年来之学，荀学也。"② 此一语

---

① 参见武树臣著：《法家法律文化通论》，商务印书馆 2017 年版，第 457 页。

② 谭嗣同著：《仁学》第二十九，《谭嗣同全集》，中华书局 1981 年版，第 337 页。

道破中国传统社会的官方学术，既非孔孟的道德仁爱，亦非申商的严刑酷罚，而是兼两者而有之的荀子之学。荀子的"隆礼重法"是历代王朝的"法统"的雏形，而其"人治"理论则是古代成文法与判例相结合的"混合法"的指南。仅此两端，就足以使荀子成为我国古代真正的"素王"了。这里，我们可以荀子的弟子们对其师的评语结束本段的议论：

> 今之学者，得孙卿之遗言余教，足以为天下法式表仪。所存者神，所过者化。观其善行，孔子弗过。世不详察，云非圣人，奈何！天下不治，孙卿不遇时也。德若尧禹，世少知之。方术不用，为人所疑。其知至明，循道正行，足以为纲纪。呜呼，贤哉！宜为帝王。①

（二）制天命而用之

荀子提出"天人之分"，强调天不能干预人事，天道不能决定社会的变化，主张积极发挥人的主观能动性，认为"人定胜天"。

"人定胜天"是战国法家敢为天下先、勇于创新的哲学理论依据。

儒家讲天人合一，讲天道、地道、人道。荀子亦赞同这些，

---

① 《荀子·尧问》。

但他反对将儒学神秘化、宗教化。荀子跳出儒学的樊篱，从先秦官学中汲取治政的智慧，为法家否定旧事物寻找到理论依据，荀子主张"天人之分"，人天分开。

荀子在《荀子·天论》中说：

> 天行有常，不为尧存，不为桀亡。

荀子认为，天是自然的，大自然是伟大的；人是有主观能动性的。人的吉凶祸福、贫富夭寿，是人们自己决定的，与上天无关。

在荀子看来，上天并不神秘，大自然的运动是有其规律与法则可循的，人可以通过了解和掌握天命来为自己造福，但是不能改变天的客观运行规律。他说："天不为人之恶寒也，辍冬。地不为人之恶辽远也，辍广。"[①] 天不会由于人们厌恶寒冷而取消冬季。地不会由于人们厌恶路程遥远就取消辽阔。自然界及其规律的存在不受人的愿望所决定。所以，荀子提出"不求知天"。然而在大自然面前，荀子指出人类对于自然不是无能为力，人类是可以用主观努力去改变自然，给人类造福。他的"制天命而用之"思想的提出，彻底将人们从"人生有命，富贵在天"的消极、神秘思想中解放出来。在这种思想的指导下，荀子指出，君子

①　《荀子·天论》。

要依靠自己，不断学习，不断探索，不断努力，不断进步；小人依赖上天的恩赐，托命于天，自己偷懒，经常落后。人在社会上生活，放弃努力，企望上天，是不符合实际的，也最终不会得到幸福。

荀子指出，"大天""颂天"不如"制"天、"用"天。他说：

> 大天而思之，孰与物畜而制之？从天而颂之，孰与制天命而用之？望时而待之，孰与应时而使之？因物而多之，孰与骋能而化之？思物而物之，孰与理物而勿失之也？愿于物之所以生，孰与有物之所以成？故错人而思天，则失万物之情。①

在荀子看来，与其尊崇天而思慕它，哪里比得上把天当作物一样蓄养起来而控制着它呢？与其顺从天而赞美它，哪里比得上控制自然的变化规律而利用它呢？与其盼望、等待天时，哪里比得上适应天时而役使它呢？与其依顺万物的自然繁殖而求它增多，哪里比得上施展人的才能而使它按着人的需要有所变化呢？与其思慕万物而使它成为能供自己使用的物，哪里比得上管理好万物而不失掉它呢？与其希望万物能自然生长出来，哪里比得上掌握万物的生长规律呢？所以放弃人的努力而只是寄希望于天，那就

① 《荀子·天论》。

不能理解万物的本性，也就不能去利用它了。总之，自然界的恩赐是有限的，它不会主动去满足人类的自然需要，人类应该相信自己的力量，充分发挥人的主观能动作用，积极地利用天时、地利，去开发、控制、改造、征服自然，向自然界夺取财富，让自然界为人类服务。

荀子"制天命而用之"的提出，是中华民族认识发展史上的一次巨大的飞跃。这种人能胜天，不信邪，靠自己拼搏的思想，是中国哲学社会科学史上的一笔巨大的财富。

（三）"人性恶"与"化性起伪"

人性论是先秦思想争论的一个热点，从现有文献来看，最早对人性进行了深刻总结与认识的人是孔子。

孔子提出："性相近也，习相远也。"[1]

然而，人性的具体内容是什么？其内涵和外延究竟应该如何划定？孔子并没有就此进一步展开。孔子的高徒子贡当时就说"不可得而闻也"[2]。这样，因为孔子没有讲清楚这个问题，孔学后门就对此看法不一，意见分歧当属于自然现象。

进入战国时期，诸子对人性的探讨进入了一个新的阶段。

---

① 《论语·阳货》。
② 《论语·公冶长》。

告子认为："生之为性""食色性也""性无善，无不善也"①。孟子则提出了性善论，认为人只要很重视自己品德的修养，人人皆可以为尧舜。

和先秦许多思想家一样，荀子也认为治理国家最重要的就是对人的治理。他对于国家治理的思考也是从探讨人的本性开始的。他的政治思想也是以人性论为理论基础和逻辑出发点而展开论述的。

不过，荀子对人性的看法与其他儒家不同，和孟子的性善论相反，荀子的人性论是一种性恶论。

荀子说："人之性恶，其善者，伪也。"②

荀子认为，人的本性是"恶"的，所以有"善"，那是人为后天改造修养的结果。

荀子认为：人生而好利，贪情欲好名利。"今人之性，生而有好利焉，顺是，故争夺生而辞让亡焉；生而有疾恶焉，顺是，故残贼生而忠信亡焉；生而有耳目之欲，有好声色焉，顺是，故淫乱生而礼义文理亡焉。然则纵人之性，顺人之情，必出于争夺，合于犯分乱理而归于暴……用此观之，人之性恶明矣。"③因此，要

---

① 《孟子·告子上》。
② 《荀子·性恶》。
③ 《荀子·性恶》。

想拥有一个正常稳定的社会秩序，就必须建立起一套有效的社会约束机制，以礼治、法治与人治的共同治理来防止人的阴暗性一面出笼作乱。

与孟子"人之性善"论相反，荀子说："是不然，人之性恶。"①

荀子认为，所谓人性，并非后天习得之善性，而是天成之自然本性，"生之所以然者谓之性"②，这种人的天性，一方面表现在生理的层面上，"今人之性，饥而欲饱，寒而欲暖，劳而欲休，此人之情性也"③，人的生理欲求决定了"若夫目好色，耳好声，口好味，心好利，骨体肤理好愉佚，是皆生于人之情性者也；感而自然，不待事而后生之者也"④。另一方面则表现为心理和意识层面，由生理层面所决定，"人生而好利焉""人生而疾恶焉"，"好荣恶辱，好利恶害，是君子、小人之所同也"。⑤

不论是生理层面上的耳、目、口、鼻、性之欲，还是心理、意识层面上的荣辱利害计较，都体现出人的逐利避害之本性。如果从人之性，顺人之情，社会就会陷入混乱无序的状态。

如果人性本恶，那么如何解释现实中的善恶并存现象？

---

① 《荀子·性恶》。
② 《荀子·正名》。
③ 《荀子·性恶》。
④ 《荀子·性恶》。
⑤ 《荀子·荣辱》。

人性的善又是怎么形成的呢?

事实上,强调人性恶是荀子人性论的特点,但并不是荀子人性学说中最有价值的观点,荀子人性学说中最有价值的观点还是他的"化性起伪"的人性改造论。荀子认为,善是后天人为的结果。善,不是人先天具有的本性,而是后天环境影响、教化和学习以及通过自身修养而形成的。荀子认为,人的本性都是一样的,现实中之所以有善、恶之分,就是因为后天环境和经验对人性的改造起着决定性的作用。

由此可见,荀子虽认为人性本恶,但又认为善可人为,这就很自然涉及了人性的改造问题。

如何改造人性恶的本性呢? 荀子提出了自己的解决方法。

荀子说:"今之人,化师法,积文学,道礼仪者为君子。"[1]

荀子又说:"古者圣人以人之性恶,以为偏险而不正,悖乱而不治,故为之立君上之势以临之,明礼仪以化之,起法正以治之,重刑罚以禁之,使天下皆出于治,合于善也。"[2] 他还认为:"得贤师而事之,则所闻者尧舜禹汤之道也;得良友而友之,则所见者忠信敬让之行也。身日进于仁义而不自知也者,靡使然也。"[3]

---

[1] 《荀子·性恶》。

[2] 《荀子·性恶》。

[3] 《荀子·性恶》。

总结起来，荀子的人性改造，包含了如下几层含义：

1. 人性可化

荀子说：

> 性也者，吾所不能为也，然而可化也。①

人的本性是可以改变的，若没有这种可能性的话，纵然你是贤是圣，也无法将恶的本性加以矫正。在利害面前，人能以理智的思虑，使其行为限制在合理的范围内，对恶的本性本身会根据实际情况加以有效地约束或者调整，从而达到"可化"的效果。

2. 抑制性恶应该依靠道德教化的引导和法律制度的制约

只有圣人的道德教化以及统治者的法律制度双管齐下，才能达到弃恶扬善的效果。矫正人之性恶，只有圣人与大人才能为之。之所以如此，一是因为圣人与执政者能清醒地认识到矫正人性恶的必要性；二是因为圣人与执政者懂得以"礼义"这种社会弱控制手段与"法度"这种社会强控制手段，来有效矫正人的性恶的一面。

3. 改造人性恶要靠老师的教育

荀子说："人无师法，则隆性也；有师法，则隆积矣。而师法

———————

① 《荀子·儒效》。

者，所得乎情，非所受乎性，不足以独立而治。"①为了改造性，"必将有师法之化"。②

在荀子看来，单靠本性是难以达到改造性恶的目的，所以荀子将"师法"称为"人之大宝"。

4. 改造人性恶要靠好的环境和习俗的熏陶

《荀子·儒效》篇中说：

> 注错习俗，所以化性也。
>
> 习俗移志，安久移质。

荀子认为习俗习惯能改变人的思想和习性，久而久之，甚至会改变人的素质。对于这一观点，荀子还有十分精彩的论述。他说：

> 蓬生麻中，不扶而直。兰槐之根是为芷，其渐之滫，君子不近，庶人不服，其质非不美也，所渐者然也。故君子居必择乡，游必就士，所以防邪僻而近中正也。③

这段话的大意是：蓬草长在麻地里，不用扶持也能挺立住。

---

① 《荀子·儒效》。

② 《荀子·性恶》。

③ 《荀子·劝学》。

兰槐的根叫香艾，一旦浸入臭水里，君子下人都会避之不及，不是艾本身不香，而是被浸泡臭了。所以君子居住要选择好的环境，交友要选择有道德的人，才能够防微杜渐保其中庸正直。

正是因为人"居楚而楚，居越而越，居夏而夏"①，所以，荀子坚持"化性"，最重要的就是"积靡"②。

5. 改造人性恶要靠人们自己不断修身与进步

荀子十分重视修身，为此专门写了《修身》篇。他主张以道理来节制人性恶的一面，提出要时时处处注意用礼义来克制自己，努力提高自己的善行。

荀子说：

> 积土成山，风雨兴焉。积水成渊，蛟龙生焉。积善成德，而神明自得，圣心备焉。③

在荀子的眼中，"涂之人可以为禹"④。圣人君子都是积善而成的，是人为的。所以，礼义法度都出于人为。人人都有积善的可能，所以，只要经过努力，人人都可以通过后天的改造而成为圣人。

---

① 《荀子·儒效》。
② 《荀子·儒效》。
③ 《荀子·劝学》。
④ 《荀子·性恶》。

　　总而言之，人性是自然性和社会性的有机统一。荀子认为，善是后天的人为，不同意道德先验论，强调自我改造和社会改造，这是他比孟子高明的地方。荀子的性恶论为政治控制的必要性和政府管理提供了理论根据，将人们对伦理政治的关注焦点，从伦理一端转移到了政治的一端，这是荀子对东方政治的一大贡献。

（四）"隆礼尊贤而王，重法爱民而霸"

　　如何有效地控制人性恶的一面？

　　如何进行政治控制？

　　对此，荀子给出的答案是："隆礼尊贤而王，重法爱民而霸。"主张以隆礼重法的双重手段，来保证人心抑恶趋善与维护社会的正常秩序。"隆礼""重法"可谓是荀子政治学说的重要特征。

　　重视礼，这本是儒家的特征和传统。

　　孔子贵"仁"，主张德礼并重。

　　孟子主张仁义，强调仁政。

　　与孔孟不同的是，荀子隆礼，也主张法治。"隆礼至法，则国有常。"[1]

　　上文说过，荀子虽然认为人性本恶，但又认为礼治和法治

───────────

[1] 《荀子·君道》。

能够矫正人之性情中恶的一面。因而，荀子所以特别重视礼治和法治。

荀子说："国之命在礼。"① 礼是国家命运之所系。

他又说："国无礼则不正，礼之所以正国也。"②"为政不以礼，政不行。"③

在荀子看来，礼是治国的标准，为政的前提。"礼者，治辨之极也，强国之本也，威行之道也，功名之总也。王公由之，所以得天下也；不由之，所以陨社稷也。"④ 礼是治理国家的最高准则，是使国家强盛坚固的根本，是威力盛行于天下的途径，是建立功名的总纲。天子诸侯遵循礼，就能夺得天下；反之，就会毁坏国家。"隆礼贵义者其国治，简礼贱义者其国乱。"⑤ 君主崇尚礼义则国治，怠慢礼义者，国家就会产生混乱。

《荀子·王制》中还说：

> 天地者，生之始也。礼义者，治之始也。君子者，礼义之始也。

---

① 《荀子·天论》。
② 《荀子·王霸》。
③ 《荀子·大略》。
④ 《荀子·议兵》。
⑤ 《荀子·议兵》。

荀子所说的"礼",内涵丰富,主要包括外在的道德规范和礼节仪式。荀子认为,礼,不仅是个人立身处世的规范,思想言论的准绳,同时也是治国安民所不可缺少的准则。

《荀子·修身》篇说:

> 人无礼则不生,事无礼则不成,国家无礼则不宁。

荀子在《荀子·礼论》篇概括说,礼是人修身、处世、治事、安国、平天下最高的准则。只有遵守外在的道德规范和礼节仪式,国家才能长治久安,最终结束割据状态,实现天下的统一。

荀子隆礼,是因为他看到礼的作用重大。

荀子将礼的作用归纳为四个方面:"治辨之极""强国之本""威行之道""功名之总",即礼是确定人与人之间关系的分界,是治理国家的根本,是人们在政治与日常生活中遵循的法则,是从事政治的人能够具体运作的规范法式。孔子仁、礼并重;孟子内求于仁;荀子则承继了孔子之礼治为用的思想。孔子以仁、礼学说确定了儒家的伦理政治理论的构架,孟子的性善论、仁政说凸显了它的伦理内蕴。荀子少言仁义,而专注于礼义,把本于人伦的礼外在化、政治化、制度化、实践化了,这也是儒学适应当时现实的必然结果。

荀子不但"隆礼"而且"重法"。他深刻认识到了"法者,治之端也"①的重要道理。

荀子不仅继承了孔子政治思想中的礼治观，而且在"隆礼"的同时还特别"重法"。他的政治思想的特点之一就是强调礼法并重，荀子指出："治之经，礼与刑，君子以修百姓宁。明德慎罚，国家既治四海平。"②他首先在地位上把法这样的外在规范，提升到与孔孟认定的体现了仁义的礼同等重要的水平，这是荀子与先秦其他儒家的最大的区别。他主张礼法并重，认为"隆礼重法则国有常"，礼和法都是治国所必不可少的两种手段。这说明，荀子与主张"法治"的法家也有明显的区别。

荀子强调要重视法度的作用与尺度。他认为治理国家离不开法律。对犯法的人不加以严惩，社会就会发生混乱，民心就会不服，国家就会不稳定。在实施法治时，刑罚必须与罪行相当，"故刑当罪则威，不当罪则侮"③。刑罚与所犯的罪相称，社会就安定：刑罚与所犯的罪不相称，社会就混乱。对于犯法的官吏，也要依法惩治。"正法以齐官"④，这样，"百吏畏法循绳"⑤，君主才能把自己的治国理念落到实处。

---

① 《荀子·君道》。
② 《荀子·成相》。
③ 《荀子·君子》。
④ 《荀子·富国》。
⑤ 《荀子·王霸》。

荀子引法入礼，隆礼而不轻法，这给儒家传统的礼治观、德治观注入了崭新的时代内容。他的"隆礼重法"思想，为汉以后中国历代王朝所重视，在政治治理过程中不同程度地得到了实践和运用。

（五）法后王、兼王霸

先秦诸子，几乎都喜欢挟先王以令当今。自荀子出，方提出了"法后王说"。法后王是荀子针对孟子的"法先王"的思想而提出的政治主张。

《荀子·儒效》里说："法后王，统礼义，一制度，以浅持博，以今持古，以一持万。"

荀子的"法后王"是从现实出发的。

《荀子·性恶》说："善言古者必有节于今。"荀子也认为王道礼制千古不变，但因为远古圣王之道的失传，使人只好效法较近而清楚可见的王道，"舍后王而道上古，譬之是犹舍己之君而事人之君也"。由此可见，韩非子的厚古薄今思想的产生，如果要寻找思想发展的逻辑环节的话，荀子的"法后王"说就是其间不可忽视的一环。

荀子主张法后王，兼王霸。

《荀子·强国》中说："粹而王，驳而霸，无一焉而亡。"

《荀子·王霸》中说："义立而王，信立而霸，权谋立而亡。"

这就是王道、霸道、亡国之道。

荀子在《荀子·王制》篇中又有四分法："王者富民，霸者富士，仅存之国富大夫，亡国富筐箧、实府库。""聚敛者，召寇、肥敌、亡国、危身之道也，故明君不蹈也。"

荀子没有固守孔孟的"仁政""王政"而主张"礼治"，没有取法"先王"尧舜，而是取法"后王"春秋五霸，提出"兼王霸"。所谓"兼王霸"，就是兼取"王政"和"霸政"的长处，而弥补其各自的不足。单纯的王可以存国安民，而不足以应变创业；单纯的霸可以兼并而不足以守业有成。荀子提出"兼王霸"的政治主张，放弃夏商周的政治模式，而取法于春秋时期的历史，这是他对春秋战国以来现实社会状况的充分思考与研究的结果。

（六）尚贤使能、富国富民

荀子主张尚贤使能与富国富民。

在荀子看来，礼、法执行得好坏，取决于执法之人。能否尚贤使能，是衡量明君与昏君的重要标准。

荀子说："故明主急得其人，而暗主急得其执。急得其人，则身佚而国治，功大而名美，上可以王，下可以霸；不急得其人，而急得其执，则身劳而国乱，功废而名辱，社稷必危。"[1]

---

① 《荀子·君道》。

荀子认为，是否重视贤才，是君王明昏的标志。荀子为此专门作《君道》《臣道》这样的篇目来论述君臣之间关系的问题。

荀子认为，要实现国家强大昌盛的目标，其捷径是选用贤能为相。使用贤能时必须充分信任，使其充分发挥能力。荀子认为，人主不可任人唯亲，金石珠玉可以赏给亲近者，而官职则不行。任职者若无能力，则君臣必定一起灭亡。荀子主张"无德不贵，无能不官"，因人的才能决定其取舍，"不恤亲疏，无偏贵贱，唯诚能之求"①。荀子的用人思想对后人影响很大，司马迁就说："士贤能而不用，有国者之耻。"②

君民关系是先秦诸子争鸣的重点。如何认识君民地位及处理好二者之间的关系，这也是荀子政治学说中的一项重要内容。

荀子主张立君为民说。

他说："天之生民，非为君也；天之立君，以为民也。故古者列地建国，非以贵诸侯而已；列官职、差爵禄，非以尊大夫而已。"③

在荀子的王道观中，君与民的关系是："君者，仪也，民者，景也。仪正而景正。""君者，民之原也。原清则流清，原浊

---

① 《荀子·王霸》。
② 《史记·太史公自序》。
③ 《荀子·大略》。

则流浊。"① "主者民之唱也，上者下之仪也。彼将唱而应，视意而动。"② "君者，舟也；庶人者，水也。水则载舟，水则覆舟。"③ 君臣关系是："君人者，爱民而安，好士而荣"，"生则天下歌，死则四海哭"④。相反，"世无王，穷贤良，暴人刍豢，仁人糟糠"⑤。唐人李白也有与荀子相同的体会，他的《古风》诗中有"珠玉买歌笑，糟糠养贤才"之类的名句。

君与民的关系，既然是"仪"与"景"的关系，"盘"和"水"的关系，"原"与"流"的关系，"唱"与"应"的关系，"舟"与"水"的关系，那么荀子谈隆礼致治，讲修身治国平天下，自然不能不重君、尊君，同时也不能不重民、顺民。

在大讲重君、尊君的同时，荀子亦特别重视"裕民以政"，主张重农抑商。

荀子是先秦诸子中第一个以"富国"二字为题来论述经济问题的思想家。他的富国论建立在富民的基础之上，是一种以富民为目的的富国论。

荀子在《富国》篇中提出了"节用裕民"为"足国之道"的

① 《荀子·君道》。
② 《荀子·正论》。
③ 《荀子·王制》。
④ 《荀子·解蔽》。
⑤ 《荀子·成相》。

政治思想。他说:"足国之道:节用裕民,而善臧其余。节用以礼,裕民以政。彼裕民,故多余;裕民,则民富。民富,则田肥以易;田肥以易,则出实百倍。上以法取焉,而下以礼节用之。余若丘山,不时焚烧,无所臧之。夫君子奚患乎无余?故知节用裕民,则必有仁义贤良之名,而且有富厚丘山之积矣。此无它故焉,生于节用裕民也。不知节用裕民,则民贫;民贫,则田瘠以秽;田瘠以秽,则出实不半。上虽好取侵夺,犹将寡获也;而或以无礼节用之,则必有贪利纠诉之名,而且有空虚穷乏之实矣。此无它故焉,不知节用裕民也。《康诰》曰:'弘覆乎天,若德裕乃身。'此之谓也。"①

荀子认为:保障国家富足的途径,在于节约费用,使民众富裕,并妥善贮藏那多余的粮食财物。节约费用依靠礼制,使民众富裕依靠政策。推行节约费用的制度,所以粮食财物会有盈余;实行使民众富裕的政策,所以民众会富裕起来。民众富裕了,那么农田就会被多施肥并且得到精心的耕作;农田被多施肥并且得到精心耕作,那么生产出来的谷物就会增长上百倍。国君按照法律规定向他们收税,而臣民按照礼制规定节约地使用它们。这样,余粮就会堆积如山,即使时常被烧掉,也还是多得没有地方贮藏它们。那君子哪里还用担心没有余粮呢?所以,懂得节约费用、

① 《荀子·富国》。

使民众富裕，就一定会享有仁爱、正义、圣明、善良的名声，而且还会拥有丰富得像山陵一样的积蓄。这没有其他的缘故，而是由于贯彻了节约费用、使民众富裕的方针。不懂得节约费用、使民众富裕，那么民众就会贫困；民众贫困了，那么农田就会贫瘠而且荒芜；农田贫瘠而且荒芜，那么生产出来的谷物就还达不到正常收成的一半。这样，国君即使热衷于索取侵占掠夺，仍将得到很少；如果有时没有按照礼制规定节约地使用它们，那就一定会有贪婪搜刮的名声，而且还会有粮仓空空穷困贫乏的实际后果。这没有其他的缘故，而是因为不懂得节约费用、使民众富裕的办法。他利用《尚书·康诰》中的内容为例来说明这个问题："广大地庇护民众啊就像上天覆盖大地，遵行礼义道德就能使你本人也得到富裕。"说的就是这个啊。

荀子主张轻徭薄赋，保护民力。"轻田野之税，平关市之征，省商贾之数，罕兴力役，无夺农时，如是，则国富矣。夫是之谓以政裕民。"①

总体上来看，先秦的儒学大家，各有主张，特质有别。

孔子强调仁，重视礼，其思想是复杂的，丰富的。孟子重点发挥了孔子的心性修养方面的思想，着重于内圣，同时也提出仁政设想，属于内圣的范畴。荀子则主张隆礼重法，着重于外王，

---

① 《荀子·王制》。

比较切合当时的政治需要，对中央集权制度，有可行性和实用性。荀子的政治思想对汉代以后的政治有着很大的影响，谭嗣同认为"荀学"统治中国思想界长达两千年之久。

荀子也强调人的修养，第一篇就是《劝学》，第二篇是《修身》，他的著作中还有《荣辱》等篇，都与修身有关，也属内圣的范畴。孔、孟、荀，虽有侧重，但都还是比较全面的。孟子学说理想成分大一些，而荀子理论对于中国大一统的中央集权制度更切实可行。

先秦有两条政治路线：礼治与法治。用孔子的话说，就是："道之以政，齐之以刑，民免而无耻；道之以德，齐之以礼，有耻且格。"① 法家主张法治，儒家主张礼治。荀子则熔二家精华为一炉，强调礼法并重，主张隆礼重法，起到了综合的作用。在乱世，重法可以富国强兵，他的学生韩非、李斯帮秦王嬴政统一了六国，建立了大秦帝国，是成功的。在治世，不知隆礼，忽视文化建设，统治就会不巩固、不长久，秦因此而迅速灭亡。汉以陆贾"下马治天下"，重视文化建设，才最终取得了"秦果汉收"的理想的结果。因此，荀子的政治学说，有功于中国政治，应当好好加以总结与研究。

---

① 《论语·为政》。

三、韩非的帝王学

（一）先秦法家思想的集大成者

人类历史上绝无仅有，一位雄才大略的国王，为了得到一个人才，会不惜一切去发动一场国与国之间的战争。这位战争的发动者就是秦王嬴政。而值得他发动战争、梦寐以求想得到的人便是《韩非子》一书的作者——韩国人韩非。

关于韩非其人，详细的史料已不可考，从《史记》的记载中，我们只知道他是韩国的一位公子，其生年已不能详考，大约生于公元前280年，死于公元前233年，与秦国丞相李斯是同时代人。韩非出生于韩国贵族世家，政治起点很高。他喜欢研究刑名法术之学，也曾钻研过黄老南面之术。他曾拜当时著名的新法家大师荀况为师，与后来做了秦帝国丞相的李斯有同门之谊，二人曾经一道从荀子学习，相互切磋，他的聪颖曾经引起李斯的嫉妒与不安。

或者由于和韩王有宗室的关系，或者由于在韩国王宫担任了一定的职位，韩非对于韩国的前途非常忧虑，不忍心看着韩国走向灭亡。他见韩国日渐削弱，急切地探索起弱致强之道，数次书谏韩王，但韩王不能用，于是韩非退而发奋著书，最终成为先秦法家思想的集大成者。

韩非认为，韩王不能以法治国，不能以权势驾驭群臣，不以富国强兵为目的去求人任贤，反而重用那些徒有虚名的人担任重要的官职，这是韩国不能振兴的重要原因。

在韩非看来，"儒士以文乱法，侠者以武犯禁"①。对国家有害的人反而博得了好的名声，在战场上拼死拼活厮杀的将士却没有得到应得的爵禄。所养非所用，所用非所养，是韩国积贫积弱的症结所在。为此，他发奋著书，先后写了《孤愤》《五蠹》《说难》《主道》《二柄》《八奸》《十过》《有度》等有声有色、内容十分深刻犀利的文章，以讥讽韩国当轴，希望他们能够幡然觉醒，亡羊补牢。

司马迁说：韩非的著作是"观往者得失之变"②的求强之术。

韩非的目的在于拯救故国，可是他讲的道理却具有普遍性的意义。所以，韩非的著作传到了秦国，秦王嬴政阅读之后大为赞赏，感叹说："嗟乎，寡人得见此人与之游，死不恨矣！"正好李斯在他身边，立即回答说："此韩非之所著书也。"③于是，秦王嬴政立即派兵攻打韩国，战争的唯一要求就是要得到韩非这个人。

---

① 《韩非子·五蠹》。
② 《史记·老子韩非列传》。
③ 《史记·老子韩非列传》。

对于韩国来说，韩非是无足轻重的，在大兵压境之下，韩王便拱手把韩非送给了秦王。

秦王嬴政得到了韩非，非常高兴。然而秦王嬴政也同常人一样，渴求得到的东西，一旦真正到了手，就不觉得那么珍贵了，韩非并没有立即得到重用。

李斯与韩非是同学，自认为才能不及韩非，担心自己在秦国的地位受到威胁。姚贾是秦王的宠臣，对于韩非也十分不满。因为韩非曾在秦王面前直言不讳地批评他不该贿赂燕、赵、吴、楚，浪费国家的财物，并嘲笑他出身卑贱。

于是，李斯、姚贾联合起来，在秦王面前诋毁说："韩非，韩之诸公子也。今王欲并诸侯，非终为韩不为秦，此人之情也。今王不用，久留而归之，此自遗患也，不如以过法诛之。"[①]

嬴政一听，觉得也有道理，就派人把韩非关进了监狱。李斯借此机会，派人给韩非送去了毒药，逼迫其自杀。韩非想见到秦王嬴政，当面提出申诉，但由于李斯、姚贾从中作梗，无法实现。等到秦王嬴政悔悟不该如此处置韩非时，韩非已经在云阳狱中死去多日了。

韩非的命运，和商鞅、吴起两个法家先驱人物一样，是个悲剧，法术被君王采用，然而自身却遭惨死，结局都十分不幸。

---

① 《史记·老子韩非列传》。

不过，古人认为，人的不朽表现在生前能够立德、立功、立言三个方面。韩非以立言而不朽。忌妒他的人，可以谋害他的性命，但无法消灭他的言论和著作以及他身后所产生的巨大影响。

韩非的著作在战国时期就已经开始流传了，但那时流传的不过是些单篇的文章。秦汉时期，韩非的作品被编订成集，称为《韩子》。司马迁说韩非的著作有十余万言，《汉书·艺文志》说《韩子》有55篇，现有的《韩非子》这部书，篇数刚好是55篇，与汉初班固所见的篇数相同，但正如先秦其他诸子的著作一样，今天我们所看到的《韩非子》一书并不全是韩非本人的作品，其中有些是他人的作品。

韩非是中国古代道法术势思想的集大成者。

人们公认，他吸收了老聃的"道"、商鞅的"法"、申不害的"术"、慎到的"势"，经过个人熔铸，使法、术、势三者有机地融合为一体，从而构成了中国法家完整的政治理论思想体系。

韩非曾批评申不害"徒术而无法"①，指出，申不害辅佐韩昭侯，虽用术于上但法不勤饰于官，所以韩国不能称霸。他又批评商鞅"徒法而无术"②，指出，商鞅辅佐秦孝公，推行法治，虽然达

---

① 《韩非子·定法》。
② 《韩非子·定法》。

到了富国强兵的目的，但因为不善于权术，人君得不到利益，大权旁落，未能达到帝王之治。

因此，韩非主张兼用法、术。同时，他又采用慎到的势治学说，重视权势的重要性。韩非强调说："抱法处势则治，背法去势则乱。"①

在这样的认识驱动下，韩非从时代的要求出发，研究创新法家的治国理论。集各派之长，同时又吸取了荀子思想中的积极合理成分加以发挥，终于形成了独具特色的帝王学思想体系。

韩非认为，法是官府公布的成文法，是编著在图籍上的法规；术是君主暗藏在心中的权术，是驾驭臣民的手段；势则是君主掌握在手中的权势，是控制臣下的凭藉力量。韩非把这三种学说综合起来，形成法家完整的政治学说。这样，韩非的政治学说就集前期法家代表人物之大成，为大一统帝国君主集权制提供了理论上的根据，从而催化了一个新时代的诞生。

在韩非的政治思想体系中，法治、术治、势治各有侧重，互为作用，互为依托。概括起来说，就是君主凭借地位和权势运用术数来驾驭群臣，并通过群臣的辅助，使老百姓严格遵守已经公布的成文法规，从而达到天下大治的目的，这是一种地地道道的帝王统治术，也正是韩非集法家思想大成之所在。

---

① 《韩非子·难势》。

作为韩国贵族，又曾与李斯一起跟随注重现实问题的著名学者荀况求学，种种经历，使得韩非对于当时的政治局势与时局问题的症结洞若观火，可谓了然于胸。

李斯长于游说，被秦国重用；韩非因为口吃，不善言谈，就把主要精力放在著书立说上。韩非的贡献，在于为即将出世的秦帝国在理论上做好了准备。李斯则辅佐秦始皇从实践上为这个帝国创建了一套新的政治模式。

韩非看到韩国在战国时期日益走向衰亡，这个关注国家命运的人焦虑不安，便急切地探索救弱致强之路。

经过对历史和时代的研究，韩非认为，只有法家路线能够改变韩国的命运。韩非的理论虽然没有达到挽救韩国命运的目的，但它适应了建立统一的君主集权国家的时代需要，成为大秦帝国建立自己政治统治秩序的指路明灯。

（二）帝王学的根基与渊源

韩非继承了以前法家的历史进化理论，把人类的历史从远古到战国分作四个时期，即"上古""中古""近世"和"当今"四世。

在韩非看来，社会是发展变化的，历史在发展，时代在变化，治国的办法也要作相应的调整和改变。历史上的伟大创举只是在过去具体的时代具体环境下才具有意义，把它原封不动地移用后

世，绝不是对历史的尊重，而只能说是一种愚蠢的行为。圣人不
盲目学习照搬古代的一套，不墨守成规，而是考察研究当今社会
的实际情况，具体问题具体分析，从而对症下药，为它制定出相
应的正确的治国之道以及具体措施来。对此，韩非给出的结论是：
"是以圣人不期修古，不法常可，论世之事，因为之备。""事因于
世，而备适于事。"①

　　为了给法家路线提供伦理学方面的根据，韩非改造了荀况的
性恶论，提出了人性好利论。

　　在韩非看来，人的本性是自私自利的，这种本性本无所谓好
坏。利，可以使人变成懦夫、贪夫，但也能驱使人变成猛士。君
主利用好群臣民众的这种天性，是从事一切事业的推动力。针对
这种情况，韩非主张，政治就应该从这个实际出发，把全部政策
自觉地建立在"利"的基础上。君主的主要举措不是改变人的本
性，而是要搞好"利益"的排列与组合，利用刑赏法治等各种手
段，适应臣民趋利避害的正常要求，用刑德二柄建立起自己的王
霸之业。

　　在以前法家君主中心论的基础上，韩非也吸收了老子有关
"道"的思想，进一步提出了君道同体论的独特主张。

---

① 《韩非子·五蠹》。

司马迁说：韩非"喜刑名法术之学，而其归本于黄老"①。

在韩非看来，君主不仅应该掌握国家的最高权力，而且还要"体道"。为此，他提出了"君""道"同体的重要政治观点。

在韩非看来，之所以要如此，是因为"道"是万物的本源，是事物运行的规律。君主本身就是"道"的体现，这也是君主高于臣民的原因所在。"道者，万物之始，是非之纪也。是以明君守始以知万物之源，治纪以知善败之端。"②"有术之君，不随适然之善，而行必然之道。"③韩非认为，既然"道"是绝对的、唯一的，君主的地位也应该是绝对的、唯一的。在人世间，君主是道的体现者，群臣与民众就应该要受君主的制约。

实力原则是韩非政治理论的重要基础。

韩非认为，当今时代的特色是角力。在当今时代，在社会矛盾关系中，要想吃掉一方或绝对压倒一方，最有效、最可靠的手段就是"力"。"力"是定乾坤、成大事的不二法宝。"力"是君主得以控制臣民，国家得以保全乃至称霸的利器。

在《韩非子》中有很多对于"力"的颂扬。如"先王所期者利也，所用者力也"。④"力多则人朝，力寡则朝于人，故明君务

---

① 《史记·老子韩非列传》。
② 《韩非子·主道》。
③ 《韩非子·显学》。
④ 《韩非子·外储说左上》。

力。"①"上古竞于道德，中世逐于智谋，当今争于气力。"②"是故力多，则人朝；力寡，则朝于人；故明君务力。"③

历史进化论、人性好利论、君道一体论、功利主义及实力原则，构成了韩非政治思想体系的理论基础。

（三）君主如何操纵和行使权力

在韩非看来，"好利"是一切人的本性。君王应当明确并充分利用这种人的本性，处理好驾驭群臣与管理民众的事情。

韩非认为："好利恶害，夫人之所有也。"④ 安全有利的人们就靠近它，危险有害的人们就离开它。由于人性是"好利""自为"，人与人之间的关系纯粹是一种利害关系，有利则合，无利则散。君主应该充分利用这种利益关系，调动群臣的积极性并且处理好与臣工之间的关系。

韩非认为，在各种利益关系中，君主的利益应该是最高的，甚至高于国家利益。"故国者，君之车也；势者，君之马也。"⑤ 国家是君主的日常运行工具，是君主的私物。为了保持自己的最高

---

① 《韩非子·显学》。

② 《韩非子·五蠹》。

③ 《韩非子·显学》。

④ 《韩非子·难二》。

⑤ 《韩非子·外储说右下》。

权力，君主就应该顺应群臣和民众"好利"的本性，用"利"来调动臣民。君与臣的关系就是一种买卖交换关系，主卖官爵，臣卖智力。君主只有通过利益才能求得大臣们的忠贞报效。君臣之间，并不是父子那样的骨肉之亲，而是以互相计算利害得失为出发点的。

韩非还认为，为了实现君主的利益，只有群臣支持还不够，必须把民众动员起来，动员的方法也是一个"利"字，应该用"名""利"来充分动员民众的力量，"利之所在民归之，名之所彰士死之"①。对于那些不为利禄诱惑，不为君主卖命的大臣与民众，则应当加以严厉的打击和制裁，对于这样的人，韩非主张只能杀掉。"赏之誉之不劝，罚之毁之不畏，四者加焉不变，则除之。"②总之，臣民只有对君主有用、有利，才有存在的价值，否则，均应除掉。

韩非主张以法治国，反对贤人政治。他对贤人政治持批判的态度。

韩非提出：尚法不尚贤。

他认为，对君主而言，无须待贤人而后治，亦无须等贤君而后治。

---

① 《韩非子·外储说左上》。
② 《韩非子·外储说右上》。

韩非说：

> 释法术而任心治，尧不能正一国；去规矩而妄意度，奚
> 仲不能成一轮；废尺寸而差短长，王尔不能半中。使中主守
> 法术，拙匠执规矩尺寸，则万不失矣。君人者能去贤巧之所
> 不能，守中拙之所万不失，则人力尽而功名立。①

韩非显然认为，放弃法术而凭主观办事，就是尧也不能治理
好一个国家；不要规矩而胡乱猜测，就是奚仲也不能做好一个车
轮；废弃尺寸而比较长短，就是王尔也不能做到半数符合标准。
假如中等才能的君主遵循法术，笨拙的匠人掌握规矩尺寸，同样
能够做到万无一失。做君主的如果能去掉贤人、巧匠也办不成事
情的做法，奉行中主、拙匠都万无一失的做法，人们就会竭尽全
力为君主效力，君主功名自然也会建立起来。

韩非认为，历史上的贤君和暴君都是千世不一出，绝大多数
的君主都是"中人"。中人只要"抱法处势"，也可以治理好天下。
甚至暴如桀、纣者，只要"抱法处势"亦可治理好天下。"立法，
非所以备曾、史也，所以使庸主能止盗跖也。"②韩非的不尚贤，主
要是出于维护君主的权力统治的立场，出于戒备的心理，害怕尚

---

① 《韩非子·用人》。
② 《韩非子·守道》。

贤将被贤者所篡,"信人则制于人"①。但是,假若一个亲信也没有,事情也难办,不过越少越保险。韩非说:"贞信之士不盈于十。"②就是说,君王身边的心腹之人不能超过 10 人。韩非尚法不尚贤,甚至认为庸人、暴君也可以以法治理国家的观念,实际上为扩大君主政治的消极因素开辟了道路。

韩非的法治虽有强调政治规范化的内容,但更主要的表现了君主对所有的人都不信任。一方面信法而不信人,另一方面又要使所有的臣民都变成法的工具和奴仆,君主则要稳坐在法之巅。所以法如同势一样,是君主实行绝对专制统治的工具。

除了法治,韩非同样强调术治。但术有君驭臣之术,也有臣弄君之术。韩非是君主集中操纵权势的讴歌者,他所讲的术都是维护君主专制的驭臣之术。由于韩非把君臣关系视为虎狼与买卖关系,所以除了讲考课监察之外,更多的是讲阴谋诡计。韩非说:"术者,藏之于胸中,以偶众端而潜御群臣者也。"③术与法不同,法是臣之所师,术为主之所执,法要公开,术要暗藏,所以韩非又说:"法莫如显而术不欲见。""用术,则亲爱近习莫之得闻也。"④韩非在论术时着重指出近亲与近臣是最危险的人物,他指出:"难

---

① 《韩非子·备内》。
② 《韩非子·五蠹》。
③ 《韩非子·难三》。
④ 《韩非子·难三》。

之从内起，与从外作者相半也。"①

韩非之所以强调用术驾驭臣属，是因为他看到臣僚在政权中具有特别重要的作用。毕竟，君主最终的统治对象是民，然而君主却不能直接面对民众，必须通过官吏这一中间环节以实现统治。因此，韩非说："人主者，守法责成以立功者也。闻有吏虽乱而有独善之民，不闻有乱民而有独治之吏。故明主治吏不治民。"②这段话意思很明显：官吏叛乱，仍有守法的善民；如果民起来作乱，就决不会有好的官吏，民作乱是由官吏逼出来的。依据这一观点，韩非明确指出了"明主治吏不治民"这一重要的观点。

事实上，在整个传统国家统治结构中，官吏为"本"，民为"末"，官吏如网之纲，民如网之目。君主治吏比治民更重要，术的作用主要在于治吏。

韩非的术中，有些属于积极的考课监察方法，如：

第一，任能而授官。

第二，赏罚严明。

第三，形名参验。主要是指：官任其职，以其职课其功；臣不兼官，事不越位；言行一致，"听其言必责其用，观其行必求其

———————————

① 《韩非子·说疑》。

② 《韩非子·外储说右下》。

功"①。

第四，众端参观，听无门户。韩非说："观听不参则诚不闻，听有门户则臣壅塞。"② 即是说，听谏不以私故，而看是否有利于事。"忠言拂于耳，而明主听之，知其可以致功也。"③ 听无门户，十分重要，但还要善于抉择才会益事。

不过，韩非的术更多的是为君王提供的驾驭群臣的谋略，主要有以下十项：

第一，深藏不露。君主在决断以前，要保持绝对的"无为"状态，去好去恶，绝不让臣下揣摩清楚自己的意图。为了防止泄露机密，他特别提出要备内，以防备夫人、后妃、太子、左右之人等。他还生怕说梦话泄露机密，劝君主在重要时刻要"独寝"。

第二，国之利器不可以示人。

第三，"用人如鬼"④。

第四，深一以警众心。什么是深一以警众心呢？不妨举一例说明："周主下令索曲杖，吏求之数日不能得。周主私使人求之，不移日而得之，乃谓吏曰：'吾知吏不事事也。曲杖甚易也，而吏不能得，我令人求之，不移日而得之，岂可谓忠哉？'吏乃皆悚

---

① 《韩非子·六反》。
② 《韩非子·内储说上》。
③ 《韩非子·外储说左上》。
④ 《韩非子·八经》。

惧其所，以君为神明。"①

第五，装聋作哑，以暗见疵。"道在不可见，用在不可知。虚静无事，以暗见疵。见而不见，闻而不闻，知而不知。"②故意装聋作哑，等待臣工大意时自露马脚。

第六，倒言反事。即故意说错话，做错事，以检验臣下是否忠诚。"子之相燕，坐而佯言曰：'走出门者何白马也？左右皆言不见。有一人走追之，报曰：'有。'子之以此知左右之不诚信。"③这种方法未尝不是对付那些贪官污吏的一种办法，但毕竟是一种阴谋，不能多用。

第七，事后抓辫子。凡遇事，君必须设法让臣发表意见。韩非说："主道者，使人臣必有言之责，又有不言之责。""人臣言者必知其端以责其实，不言者必问其取舍以为之责。"④这一招实在太厉害了，而更厉害的是言必有记录。韩非又说："言陈之日，必有策籍。"⑤仅作记录还无关紧要，问题在于，韩非要求事情的结果必须与陈言相合，符合者受赏，不合者则受罚。人非圣贤，哪能言必有中！韩非的主观设想是为了防止臣下危言巧语，但实际上却

---

① 《韩非子·内储说上》。
② 《韩非子·主道》。
③ 《韩非子·外储说左上》。
④ 《韩非子·南面》。
⑤ 《韩非子·八经》。

使人根本不敢讲话，然而韩非又设法使人非讲话不成，讲了又抓辫子，从而让众大臣畏君如虎，唯恐出半点差池，真是令人毛骨悚然！

第八，防臣如防虎。时时要有戒心，如"不食非常之食"[1]等。

第九，设置暗探。"设谏（同"间""间谍"）以纲（纠正）独为"，"阴使时循以省衰（当为衷）"[2]。暗设侦探以刺群臣实情。

第十，暗杀。对于可疑者或任重势大之人，要设法加以控制与削权，不能控制的便应借故处死。如果明罚不便，"生害事，死伤名，则行饮食"[3]。一句话，设法暗杀，以免太阿倒持。

总之，韩非认为，君主要集权于一人，首要之事就是抑制左右大臣。君臣之间绝不是忠义关系，而是虎狼关系、利害关系。君主对所有臣属，甚至自己的妻子儿女都必须时刻警惕戒备，切不可以"亲""爱""信""依赖"相待。因为篡位窃权者首先是这些身边的人。"爱臣太亲，必危其身；人臣太重，必易主位。"[4] "万乘之患，大臣太重；千乘之息，左右太信。此人主之所公患

---

① 《韩非子·备内》。

② 《韩非子·八经》。

③ 《韩非子·八经》。

④ 《韩非子·爱臣》。

也。"①"人主之患在于信人，信人则制于人。"②亲属也不例外，"后妃、夫人、适子为太子者，或有欲其君之蚤死者。"从人情上说，这些人未必憎君，但利害之争会超过情感，当"君不死则势不重"，影响到自己权势利益时，利欲就会压倒人情与亲情，不仅欲君早死，甚至还会亲下毒手。为了防止大臣以及左右势侵君主，韩非提出了如下一些具体措施：

第一，严格控制分封。"大臣之禄虽大，不得藉威城市。"③"有国之君，不大其都。"④

第二，臣不得擅专兵权。臣子"党与虽众，不得臣士卒"⑤。

第三，臣不得专财权。"臣制财利则主失德。"⑥

第四，臣不得专人事大权。任免臣吏之权，只能由君主专擅，臣下不得"树人"，"臣得树人则主失党"⑦。

第五，臣不得有刑赏之权。"明主之所导制其臣者，二柄而已矣。二柄者，刑、德也。"刑、德二柄落入臣下之手，"则一国

---

① 《韩非子·孤愤》。
② 《韩非子·备内》。
③ 《韩非子·爱臣》。
④ 《韩非子·扬权》。
⑤ 《韩非子·爱臣》。
⑥ 《韩非子·主道》。
⑦ 《韩非子·主道》。

之人皆畏其臣而易其君，归其臣而去其君矣，此人主失刑德之患也"①。

第六，禁止臣下结交私党。"大臣之门，唯恐多人。"②一旦发现臣下结党，就要下决心"散其党，收其余，闭其门，夺其辅"③。

第七，取缔私朝。春秋时期，大夫效法国君设立家朝。在家朝内，大夫形同国君，家臣以君相奉。这种家朝制到战国时还仍然存在。韩非指出，私朝是一种奸邪行为，应加以取缔，提出"人臣处国无私朝"④的主张。

韩非把君臣之间的较量视为能否实现君主集权的关键，应该说，他十分准确地抓住了要害。从中国历史实际过程看，君主的高度专制与集权往往都是在君臣之间的较量中形成的。在没有民主制度的情况下，君臣之间的每一次较量，不管是哪方胜利，所产生的合力必然是推动君主集权的进一步发展。因此，我们可以说，统治阶级内部争权夺利的斗争，是推动君主专制的主要动力。⑤

---

① 《韩非子·二柄》。

② 《韩非子·扬榷》。

③ 《韩非子·主道》。

④ 《韩非子·爱臣》。

⑤ 参见刘泽华、葛荃主编：《中国古代政治思想史》，南开大学出版社 2001 年版，第 105—108 页。

　　韩非主张取长补短，把法、术、势三者结合使用。在他看来，国家如同君主的车，"势"好比拖车的马，"术"就如同驾驶的手段。韩非所说的"法"，是指赏罚的标准，"术"则是国君根据"法"控制群臣的手段。"法"是公开的，而"术"是隐蔽的，是藏在君主心里用来对照验证各方面的事情从而暗地里用它来驾驭群臣的东西。"故法莫如显，而术不欲见。"① 国君有了"术"，就可以独揽政权。"势"就是权势，是君主利益的保证，对于威严和权势，君主应该牢牢地掌握在自己手中。君主如果不掌握术治，就会在上面受蒙蔽；臣子如果不遵守法制，就会在下面闹出乱子；所以法、术这两样东西是不可或缺的，都是成就帝王大业的工具。

　　韩非把国家视为君主的私物，从而把君主独裁推向了新的高峰。

　　韩非描述的君主专制的格局是：

　　　　事在四方，要在中央。圣人执要，四方来效。②
　　　　远在千里外，不敢易其辞。
　　　　臣毋或作威，毋或作利，从王之指；无或作恶，从王之路。③

---

① 《韩非子·难三》。
② 《韩非子·扬权》。
③ 《韩非子·有度》。

就是说，具体的事务分配给各地官员，主要的大权集中在中央政府。圣明的君主掌握了关键的人权，四面八方的臣民就会自动来奉献与效劳了。

韩非指出，君主平时不仅要独揽大权，还需要获得群臣的协助。可以听取不同的意见，但决事必须乾纲独断，决断之前还要做到深藏不露，不可让臣下摸到自己的意向，从而被臣下所利用。

韩非认为："人主者，以刑德制臣者也。"①

赏罚是君主控制臣民的两把利器，英明的君主用来控制臣下的手段，不过是两种权柄罢了。这两种权柄，就是刑和德。

何为刑德？

杀戮的权力为刑，奖赏的权力为德。

赏罚的目的除了控制大臣外，更是为了让民众专心于农战，从而保证富国强兵。

韩非的帝王学说对秦帝国政治统治的影响是全方位的。秦始皇读到他的书，竟然崇拜得五体投地。韩非的思想也因此成为秦帝国政治建设的基本政治纲领。

韩非思想对秦帝国政治上的影响，核心集中在两个方面：

1. 高度中央集权的政治体制

韩非"事在四方，要在中央。圣人执要，四方来效"的中央

---

① 《韩非子·二柄》。

集权体制的思想，完全为秦始皇所采纳。

秦灭六国后，用郡县制代替了分封制，建立了从中央到地方的一整套官僚政权机构。在中央建立皇帝制度与实行三公九卿制。三公九卿直接对皇帝担负各种责任。在地方，先后在全国设置40余郡，彻底废除封国建藩制度。郡设郡守、郡尉、郡监，分别掌管一郡的行政、军事、监察。郡下设县，县下有乡、里、亭等基层政权组织，从而形成了从上到下严密的行政控制体系。

按照大秦帝国制度，中央和地方所有重要官吏都要由皇帝任免调动，从而铲除了地方割据与官僚尾大不掉的可能性。为了防止官吏违法弄权，大秦帝国制定了一套比较完善的官吏选拔和考核制度。规定官吏必须经过中央政府正式委任才可以任职，官吏调动时，不准带随员，使官吏难以形成私人势力。官吏一经任命，就要服从调遣，否则就会受到惩处。对官吏随时进行考核，根据考核结果分别给予处罚或奖赏。官吏任职期间享受国家俸禄，如被免职则俸禄取消。通过这样一套制度，官吏变成了君主豢养的鹰犬和奴才，国家权力牢牢地被皇帝所完全控制和操纵。

为了保障帝国政令的畅通，防止因受六国固有传统影响，地方各自为政局面的出现，秦始皇废除了六国原有的法令，颁布实行统一的国家法令。同时，统一文字、货币、车轨度量衡，修建沟通全国的交通网络，拆除内地的长城、关隘、堡垒、堤坝等。通过这样一系列措施，既加强了中央对地方的控制，也加强了各地的联系。秦始皇建立的这一套中央集权、君主专制的国家政治体制，在当时是有效的、先进的。这一套高度中央集权制度被后来历代统治者所继承，对中国历史的进程产生了十分深刻而长远的影响。

2. 帝王独尊、独裁的国家治理模式

在秦始皇的思想观念和政治实践中，把韩非帝王独尊、独裁的理论奉为至典，极力宣扬并全面付诸实施。秦代通过建立一整套完善的君尊臣卑的政治制度，建立起了皇帝个人的绝对权威。

秦帝国的政治制度具有如下四个特征：

（1）国家最高权力的不可分割性，权力集中在皇帝一人手中。

（2）皇权的不可转移性，皇位只能在皇帝本家族内世袭。

（3）从中央到地方实行官僚制度，官吏可以随时罢免。

（4）集权中央。钳制民意，轻视地方，以严刑酷法与暴力来维持统一和稳定的政治和社会秩序。

这四个特征，是专制主义政治制度的根本条件。自大秦帝国建立伊始，伴随着统一的国家的诞生，专制主义就成为中国传统政治生活的一种常态。大秦帝国时期确立的帝王独尊文化与帝王独裁的国家治理模式，在两千年的中国传统社会里不断被发扬光大，对中国历史和政治的发展产生了巨大的影响。

但是，从另一方面来看，由于韩非极端夸大帝王独裁与帝王驭臣术在国家政治生活中的作用，其政治理论也埋下了大秦帝国灭亡的祸根。

在国家治理方式上，韩非主张君主掌握对大臣的生杀予夺之权，以术驭臣，自操权柄；对民众则采用严刑峻法，严加控制。这些思想在秦始皇的政治统治中完全被付诸实践。

秦始皇父子对大臣抱防范之心，自匿行踪，与群臣隔绝，导致歌功颂德之声四起，犯颜直谏之风尽消。由于他们听不到真话，了解不到实情，政令越发偏颇而失去了修正的机制和机会。

法家政治虽然适应了特殊时期集中国力、动员民力参与战争的需要并在秦国获得了成功，然而统一之后，秦始皇仍把这种成功当作和平时期高度集权统治的逻辑根源之一。严刑酷法，横征暴敛，与民众渴望和平、安定，恢复和发展生产的要求大相径庭。这种继续用打天下的手段来治理天下的结果，就是大秦帝国最终没能实现由战争到和平、由天下大乱到天下大治的完全转变。同时，法家鼓吹暴力至上，认为重刑的威力无穷，只要不断地加重刑罚，就能够保证民众的绝对服从，完全忽视了道德教化的作用；法家学说所鼓吹的"以法为教""以吏为师"的思想及秦始皇采取的"焚书坑儒"政策，使帝国政治难以吸收其他学说理论的合理因素，变成了一种僵化而封闭的思想体系，这就难以适应时代的发展和形势的变化。

这样看来，韩非学说所造就的大秦帝国的极权政治，其有效性和局限性是同时并存的。任何极权政治的初期，都有很高的行政效率；但因违反人道精神，终究不能久存，不能作立国的长治久安之计。

（四）治理民众的办法

在韩非的帝王学中，人主除了以刑德制臣外，还有治理民众的职责。对于民众的治理，韩非主张推行文化专制主义，实行愚民政策。

企图以法律条文代替人们的精神生活，直至取消人们的精神生活，这是韩非政治理论的一大发明。

韩非在强调君主绝对至上的权威性时，同时主张实行文化专制主义，禁绝一切文化传统。"境内之民，其言谈者必轨于法。"[1]就是韩非的一大政治发明。

为了把遵守法令与听从君主长官指挥和学习结合为一体，韩非提出："故明主之国无书简之文，以法为教；无先王之语，以吏为师。"[2]

从表面看，战国时期的思想领域是诸子并存，百家争鸣。但是，如果仔细考察一下各种学说的政治思想脉络，就会发现，争鸣的每一家都不把对方的存在当作自己存在的条件，从而给予应

---

[1] 《韩非子·五蠹》。
[2] 《韩非子·五蠹》。

有的尊重，每一家几乎都要求独尊已见，禁绝他说。由于争鸣与争霸是一个过程的两个方面，因此争鸣形成的合力是朝着文化专制主义方向迈进。法家是这方面跑得最快的一家。韩非提出言轨于法、以吏为师，就在理论与实践的结合上很好地把文化专制主义落实了。

韩非提出："明法者强，慢法者弱。"[①] 必须把国人的思想统一到国家法令上来。他认为不仅要颁布法令，还要宣传法令，使民众妇孺皆知。他说："明主言法，则境内卑贱莫不闻知也。"[②] 所有人的思想方式和全部生活的出发点，都必须"以法为本"，"本治者名尊，本乱者名绝"[③]。"一民之轨，莫如法。"[④] 韩非所说的法令，无疑体现了统治者的意志，特别是君主的意志。人人服从法，自然是维护君主统治，维护政治和社会秩序的最有效的办法。把法作为人们的行动规范，从法律的观点看，无疑是合乎逻辑的，是先秦法家的共同主张。

不过，把法作为人们思想的唯一规范，则是韩非提出的新主张。这个主张的意义不在于要求人们都必须遵法，而在于取消人们进行思考的权利。韩非明确规定了思想犯罪说。他说："言行而

---

① 《韩非子·饰邪》。
② 《韩非子·难三》。
③ 《韩非子·饰邪》。
④ 《韩非子·有度》。

不轨于法令者必禁。"①他更进一步提出："禁奸之法，太上禁其心，其次禁其言，其次禁其事。"②用法禁心禁言，从根本上扼杀了人们的精神生产活动，这无疑走上了另外一个极端，是非常严酷的专制主义的表现。

在韩非看来，法是为君主专制服务的，而官吏则是君主的爪牙和法律的执行者。为了把人们遵法守令与学习结合为一体，韩非提出了"以吏为师"的政治主张。纵观先秦历史，儒、墨、纵横等流派从不同角度出发，基本上都是倡导以圣为师，以贤为师。在形式上，圣贤与当权者不完全一致，教育与政治也不完全是一回事，教育有它的相对独立性。韩非"以吏为师"的提出，一笔勾销了文化教育的相对独立的性质，使文化教育完全变成君主政治统治的从属品，同时也取消了教育的认识价值。在韩非看来，教育的职能只有一个，这就是政治驯化，一切为政治服务，这是专制主义一个十分极端的表现。

韩非把法术之学与诸子之学，特别是儒、墨之学，视为不可两立、不可并存的两种思想体系，对儒、墨进行了猛烈的抨击。他把一些国家衰败的原因归诸儒学的影响。在《五蠹》中，他指责学习儒学的儒生是"邦之蠹"，也就是国家的蛀虫。韩非认为：

---

① 《韩非子·问辩》。
② 《韩非子·说疑》。

"人主不除此五蠹之民，不养耿介之士，则海内虽有破亡之国，削灭之朝，亦勿怪矣。"①他把六国衰败与秦强盛的原因归结为六国受儒家影响太重，秦则一直奉行法术。这虽然有其一定的道理，但显然也有所偏颇。

韩非抨击儒、墨与其他诸子，并不是简单的委罪和批评，他的确讲出了一些道理。最根本的一点，韩非认为仁爱之道与人的好利本性是相悖的。其次，仁爱慈惠与国家法令也是相互对立的。平心而论，韩非这种见解是有相当道理的。因为舍法而从心，就失去了政治标准，在无标准的情况下，与其把仁义与残暴视为对立，不如视为一个问题的两个方面更为合理。

除了儒、墨之外，韩非对其他学派也多有批评。批评的主要点也是认为这些学派的学说不切合实际。如公孙龙的白马非马说，辩则辩矣，然而白马过关并不能以此为据而免税。他还用画马与画鬼为喻，斥责诸子的宏阔辩说如同画鬼一样，不过都是些不近实际的鬼论。

韩非为了打击诸子百家，还使用了陷害手法。他认为凡属称颂古圣者，都是借古讽今，借先贤而刺今主。他说："为人臣常誉先王之德厚而愿之，是诽谤其君者也。"②为了加害于人，他甚至认

---

① 《韩非子·五蠹》。
② 《韩非子·忠孝》。

为诸子百家称颂尧舜是鼓动人臣造反篡主。因为在韩非看来，尧、舜、汤、武都是人臣篡主之辈，"尧为人君而君其臣，舜为人臣而臣其君，汤、武为人臣而弑其主、刑其尸，而天下誉之，此天下所以至今不治也。"①在韩非的眼中，这些人都不是什么圣人，而是奸劫弑臣。儒、墨等对之倍加称颂，这分明是鼓动人臣篡主，是导致天下所以至今不治的重要原因。如果说前面那些批评还有一些道理的话，这种说法显然就是成心诬陷了。

"以法教心"②"以吏为师"，以及禁绝百家等等皆是韩非文化专制理论的主要内容，这与政治上的极端君主专制主张是一致的。

总的说来，韩非的全部政治思想，是以加强君主独裁和维护君主利益而展开的，这是韩非观察问题和处理问题的出发点和归结点。加强君主集权和维护君主利益会涉及社会生活的各个方面。按照利导、利诱、利用、利禁的方式去调动臣民为君主服务时，不可避免地要引起社会经济、政治关系的一系列变动。在这种变动中，有一部分内容表现了对旧秩序的破坏，如取消无功受禄者的特权等，这些变动有益于社会的进步。但在韩非看来，严刑高压又是利导、利用、利禁的一种特殊方式，而且这种方式更简便、

---

① 《韩非子·忠孝》。

② 《韩非子·用人》。

更有效。

韩非的专制政治主张无疑符合君主的口味，但是，由于他把君主公开置于与一切民众对立的地位，从而又使君主陷于孤立。韩非最真实地揭开了君臣、君民之间关系的帷幕，不揭开这个帷幕，双方都缺乏自觉性，遭了殃都不知原因在哪里；可是一旦揭开了这个帷幕，又使双方都处在了恐怖之中，双方之间无法建立完全信任的关系，从而对维护君主的统治带来了副作用。韩非的著作不能说不明、不智、不圣，但他却没有捞到圣人的牌位，享受到后世治国理政者祭祀的香火与提供的冷猪头肉，主要的原因恐怕是他太忠于事实，太敢说真话了。在封建时代，虚伪比诚实更有用，更能赢得帝王政客们的欢心。[1] 这也许是秦始皇特别喜欢韩非的著作，却又特别讨厌与害怕韩非这个人的原因吧。

四、《吕氏春秋》中的法思想

《吕氏春秋》是秦国统一六国前夕，相邦吕不韦集合门客花费巨资所作的一部重要著作，其目的在为秦国统一天下后如何进行治理做好理论上的准备。

---

[1] 参见刘泽华、葛荃主编：《中国古代政治思想史》，南开大学出版社 2001 年版，第 108—110 页。

吕不韦可谓是中国历史上一位传奇式的人物。他原本是阳翟巨商，往来贸易，家累千金。商业利润丰厚，但这并不能满足他的胃口。秦昭王晚年，吕不韦结交了以质子身份居住在邯郸的秦国公子子楚。子楚是秦太子安国君之子，但是安国君有子20余人，子楚的母亲早已失宠，因而地位低微，又因为秦赵两国长期频繁交战，不能得到赵国的礼遇。吕不韦细心观察形势，发现子楚是位可"居"而以待增值的"奇货"，于是利用安国君所爱幸的华阳夫人无子的机会，进行政治投机。他给予子楚五百金作为交游之用，又以五百金买奇物玩好献给华阳夫人，说服她同意确立子楚为继承人。秦昭襄王去世后，安国君即位，子楚顺理成章成为太子。安国君即秦孝文王。他在位只一年就短命而死。子楚顺理成为秦王，即秦庄襄王。秦庄襄王元年，吕不韦被任命为相邦，多年的政治投资终于得到回报。三年后，秦庄襄王去世，出生在赵国的嬴政立为王。少年秦王尊称吕不韦为"仲父"。

应当说，秦实现统一，在吕不韦专权时大势已定。后来大一统的中央集权的秦王朝的建立，吕不韦是当之无愧的奠基者之一。秦国用人可以专信，如商鞅、张仪、魏冉、蔡泽、吕不韦、李斯等人，皆委国而听之不疑，而论其功业，吕不韦完全可以与商鞅并居前列。

吕不韦是中国历史上以个人财富影响国家历史进程的第一人。从这一角度认识当时的社会与经济，或可有所新知。吕不韦以富商身份参政，并取得非凡成功，就仕进程序来说，也独辟蹊径。秦政治文化实用主义的特征，与山东各国文化"迂远而阔于事情"①风格大异。而商人务实精神，正与此相契合。司马迁笔下巨商白圭自称"权变""决断"②类同"商鞅行法"，是发人深思的。吕不韦的出身，是他身后招致毁谤的原因之一。而这种由商从政的道路，虽然履行者罕迹，但对于国家政治文化风貌的影响，也许是有其特殊的价值。

吕不韦执掌秦国朝政时，魏国有信陵君，楚国有春申君，赵国有平原君，齐国有孟尝君，都以礼贤下士、大聚宾客闻名。吕不韦羞于秦虽强国，却不能形成同样的文化气氛，于是也招致天下之士，给予特殊的优遇。一时宾客云集门下，据说多达3000人，形成了一个实力雄厚的学术与智囊合一的团体。

当时，各地学者游学成风，多有倡论学说，著书传布天下者。吕不韦让他的宾客人人著述自己的所见、所思及所倡，又综合整理为《八览》《六论》《十二纪》，共20余万言，以为天地万物古今之事，都充备其中，号为《吕氏春秋》。

据说，书成之后，吕不韦曾经将之公布于咸阳市门，悬千金于其上，请列国诸侯游士宾客修正，号称有能增减一字者，给予

① 《史记·孟子荀卿列传》。
② 《史记·货殖列传》。

千金奖励。可见这部书在当时的秦国已经占据了一种不容否定的文化权威的地位。

刘泽华说："《吕氏春秋》的编写不只是一部书的问题，而是一种文化政策的产物，这一层意义，应该说，更值得注意。"①

在《吕氏春秋》中，吕不韦不囿一家一派之成见，而是居高临下，看到各家各派之中都有利于君主统治的内容。他像百花中的蜜蜂，无花不采。他站在百家之上，用有益于统治这一标准去通百家。吕不韦没有取消任何一家的企图，也没有想用一家一派把其他家吃掉的打算。他对诸家之说采取了兼收并蓄的方针。但是，在对各家各派的选择上，吕不韦是有自己原则的，他对各家各派中走向极端的流派，一般是不选的。比如，对儒家的君臣父子伦理道德之论选取了，对儒家许多迂腐之论和繁缛之礼弃而不选；对法家的通变、赏罚分明，依法行事的思想选了进来，但遗弃了轻罪重罚那一套；对道家的法自然的思想选取了不少，但对道家中以自然排斥社会的思想弃而不取；对墨家的节葬、尚俭思想选取了，但对明鬼、非乐的思想置之不顾。总之，他很有眼光。②

---

① 刘泽华著：《中国政治思想史集》第 1 卷，人民出版社 2008 年版，第 446 页。
② 参见刘泽华著：《中国政治思想史集》第 1 卷，人民出版社 2008 年版，第 447 页。

吕不韦杰出之处，不仅在他能广蓄人才，而且他很善于折中，能够汲取百家的长处，去粗取精，为我所用。班固将《吕氏春秋》一书列入"杂家"之中，又说，"杂家"的特点，是兼采合化儒家、墨家、名家、法家诸说，"知国体之有此，见王治之无不贯，此其所长也"①。《吕氏春秋》的确是"兼""合"以前各派学说编集而成的一部文化名著。司马迁记述《吕氏春秋》成书过程的特点时使用"集论"一语，可谓切中肯綮。

（一）《吕氏春秋》中的"重农"论

《吕氏春秋》强调，施政要依照十二月令行事。而十二月令，实际上是长期农耕生活经验的总结。

《吕氏春秋·上农》强调治国应当以发展农业为重，认为古代的圣王之所以能够领导民众，首先在于对农耕经济的特殊重视。民众务农不仅在于可以收获地利，而更值得重视的，还在于有益于端正民心民志。《吕氏春秋》提出了后世长期遵循的重农原则，特别强调其意义不仅限于经济方面，还可以"贵其志"，即发生精神文化方面的作用。

《吕氏春秋·上农》从三个方面说到推行重农政策的目的：

（1）"民农则朴，朴则易用，易用则边境安，主位尊。"

---

① 《汉书·艺文志》。

（2）"民农则重，重则少私义，少私义则公法立，力专一。"

（3）"民农则其产复，其产复则重徙，重徙则死处而无二虑。"

这就是说，民众致力于农耕，则朴实而易于驱使，谨慎而遵从国法，积累私产而不愿意流徙。很显然，特别是其中前两条，"民农则朴，朴则易用"以及"民农则重，重则少私义"的内涵，其实都可以从政治文化的角度来加以理解。这样的思想，对于后来历代统治者有长久的影响。此外，《吕氏春秋》又有《任地》《辨土》《审时》三篇，都是专门总结具体的农业技术的。《汉书·艺文志》称"农家者流"计有九家，班固以为其中《神农》二十篇"和《野老》十七篇"成书在"六国时"。然而这两种农书至今已经无存。因而《吕氏春秋》中有关农业的这些重要篇章，成为秦以前极其可贵的农史文献资料。《吕氏春秋》有关农业的内容，不仅体现了一种重视农耕的政策传统，还体现了一种重视发展经济以及讲究实用的文化传统。

（二）《吕氏春秋》中的君道论

《吕氏春秋》认为，在治理国家的诸项环节中，君主处于核心地位，起着决定性的作用。因此，只有在正确的君道指引下，才能够构建良好的治国方略。

《吕氏春秋》吸收了道家的"无为"之术，加以理论系统化，认为世间最高明的治国方略就是要遵循"君道无为而无不为"，君主不具体做什么事情，但对什么事情都起决定性的作用。要实现"君道无为而无不为"，君主必须做到以下几点：

第一，"静虚"。君静臣动既是符合宇宙运行的最合理状态，也是国家昌盛的根本所在。君主"静"，才能使"意气得游乎寂寞之宇矣，形性得安乎自然之所矣"①；君主"虚"，才能够"天子不处全、不处极、不处盈。全则必缺，极则必反，盈则必亏"。"静虚"要求君主处于无思、无意、无想、无爱、无恶的精神状态下，是君主能够感悟"君道"的状态，唯有如此，才可以"得道者必静，静者无知，知乃无知，可以言君道"。因此，君主必须"去想去意，静虚以待"；"君服性命之情，去爱恶之心，用虚为本"②。

第二，"无识"。君道要求君主不要追求"智"。因为（1）掌握"智识"对君主身体不利，"思虑自心伤"。（2）君主也是人，感性认知能力有限，不能以此为凭。因此，君主治理天下不能仅凭自己一人之才力，要靠"众智众能之所持"。

第三，"无事"。"善为君者无识，其次无事。"③君虚臣实，各司其职。臣子的事情，就应该臣子去做。君道无为要求君主不要包揽政事，事必亲为。君主要去做本该臣子做的事情，就如同人

---

① 《吕氏春秋·审分》。
② 《吕氏春秋·知度》。
③ 《吕氏春秋·君守》。

与骐骥赛跑一样荒谬；再者君主如果去做本该臣子做的事情，也会带来很多弊端："人主好以己为，则守职者舍职而阿主之为矣。阿主之为，有过则主无以责之，则人主日侵，而人臣日得。"① 因此，无事是君主的应有职分，君主只需驾驭好臣子，充分发挥和使用臣子的智慧和能力来治理国家即可。一旦君主在治理国家时把握住上述三个要领，就可以始终占据主动，无往而不利了，"不为者，所以为之也"，"天无形，而万物以成；至精无象，而万物以化；大圣无事，而千官尽能"②。

第四，君主应加强自身修养。在力主"公天下"和"天下非一人之天下也，天下人之天下也"的理论下，《吕氏春秋》同时也提出了限制君权独断的一些具体措施。研讨历史是为了说明现实；讨论君主的产生和本质，是为了给现实的君主进行理论规定。《吕氏春秋》的作者们共同认为，周天子已被历史淘汰，眼前的状态是群龙无首，争战不已。历史要求一位新天子君临天下。《谨听》说："今周室既灭，而天子已绝，乱莫大于无天子。"《观世》也说："今周室既灭，天子既废。乱莫大于无天子，无天子则强者胜弱，众者暴寡，以兵相刓，不得休息，而佞进。今之世当之矣。"历史迫切需要一位新天子，那么新一代的天子应该具有怎样的品质

---

① 《吕氏春秋·君守》。
② 《吕氏春秋·知度》。

呢？他们根据历史的经验和当时的情况，提出了如下理论：

（1）天子必须是法自然和与自然取得和谐的模范，并统领天下民众沿着这一条道路走，只有这样的人才可谓之天子。

（2）在与民的关系上，天子必须顺从民意。《顺民》说："凡举事必先审民心，然后可举。"《爱类》说："仁人之于民也，可以便之，无不行也。"如果民意与君主私欲发生矛盾时，必须放弃君主私欲而从民意，《行论》说："执民之命，重任也。不得以快志为故（事）。"

（3）在公私关系上，天子必须贵公而抑私。《贵公》说："昔先圣王之治天下也，必先公，公则天下平矣。平得于公。"春秋以降，国家观念有了飞快的发展，君主与国家并不完全是一回事，国家之事为公，除此之外都为私，包括君主个人的事在内。为此要求君主崇公抑私。

（4）由以上规定必然引出如下结论："天下，非一人之天下也，天下人之天下也。"① "置君非以阿君也，置天子非以阿天子也，置官长非以阿官长也。"② 类似这种提法慎到早就说过，道家也有过论述。但把问题说得这样清楚，在先秦诸子中，《吕氏春秋》显然堪称第一家。视天下为天子私物是当时流行的观念，吕不韦支持

① 《吕氏春秋·贵公》。
② 《吕氏春秋·恃君》。

作者向这种观念发起挑战，不能说不具有特别重要的意义。他显然是在教戒秦王政如何成为天下一统后一位合格的新天子！

（三）《吕氏春秋》中的变法论

《吕氏春秋》根据现实政治的需求，在总结商鞅变法理论的基础上，旗帜鲜明地提出"世易时移，变法宜矣"的政治变法主张。《吕氏春秋》指出，因为先王之法，一来"非不贤也，为其不可得而法"；二来"言异而典殊"；三来"有要于时也"①，因此不可能成为效法的对象。古代圣王制定的法律制度，经过前代辗转流传下来，伴随着时间的流逝，其内容曾有人增补过，也有人删减过，已经变得面目全非了，所以，先王之法是不能效法的，今人必须依据现在的时势立法。"先王之所以为法者人也，而己亦人也，故察己则可以知人，察今则可以知古"，"治国无法则乱，守法而弗变则悖。"②如果没有法律制度，国家就会陷入混乱。但固守先前的法律制度而不加以变化，国家也会陷入混乱。社会变化了，时代发展了，变法是理所当然的。这就像高明的医生给人治病一样，病情千变万化，药物也应该随之变化。如果病情已经发生变化，而药物却仍千篇一律，原本可以治愈的人就会被耽误而因此丧命。

---

① 《吕氏春秋·察今》。
② 《吕氏春秋·察今》。

古代曾出现过 71 位贤君圣王，他们制定的法律内容各不相同，但他们有一个共同点，便是能够顺应时代而及时变法，因此都称得上是贤明的君主。如果现在的人仍然拘泥于先王之法，就如同刻舟求剑的楚国人一样愚不可及。

（四）《吕氏春秋》中的"重民"论

《吕氏春秋》接受了当时流行的重民思想，另外，对民性看法又接受了法家的人性好利说。这两点是《吕氏春秋》倡导的治民政策的基础。

得民心而得天下，失民心而失天下，这是《吕氏春秋》许多篇中反复论述的一个基本思想。

《吕氏春秋·顺民》说：

> 先王先顺民心，故功名成。夫以德得民心以立大功名者，上世多有之矣。失民心，而立功名者，未之曾有也。

民众是力量的源泉，得民心，力量无穷；逆民心，势孤力单。汤武等圣王之所以成功，主要是由于得到民众的支持。

《吕氏春秋·用民》说：

> 汤武非徒能用其民也，又能用非己之民。能用非己之民，国虽小，卒虽少，功名犹可立。古昔多由布衣定一世者矣，

皆能用非其有也。

历史上败亡之主之所以败，其根本原因在于失民。失去民心，即使拥有物质力量，这种力量也会变为死的东西，不能发挥应有的作用。

如何才能顺民心，得民心？这涉及如何看待民情、民欲问题。《吕氏春秋》认为，人的生理需求和追逐物质利益是人们的共同情欲。

《吕氏春秋·情欲》说：

> 耳之欲五声，目之欲五色，口之欲五味，情也。此三者，贵贱愚智贤不肖，欲之若一。虽神农、黄帝，其与桀、纣同。

《吕氏春秋·精谕》说：

> 同恶同好，志皆有欲，虽为天子，弗能离矣。

《吕氏春秋·审为》篇把人们之所以勇于"危身、伤生、刈颈、断头"等行为，都归因于"徇利"。《吕氏春秋·离谓》把问题说得更清楚直白："凡事人，以为利也；死不利，故不死。"人的这些情欲是天生的、不可更改的。《吕氏春秋·诚廉》说："性也者，反受于天也，非择取而为之也。"因此，治民之道的纲是顺民性、从民欲。《吕氏春秋·用民》说："用民有纪有纲，壹引其纪，万目皆起；壹引其纲，万目皆张。为民纪纲者何也？欲也、恶也，何欲何恶？欲荣利，恶辱害。辱害所以为罚，充也；荣利所以为赏，实也。赏罚皆有充实，则民无不用矣。"人的欲望是多方面的，因此要从多方面利用。善于利用，众为我用；用之不当，人物两失。《吕氏春秋·为欲》说："人之欲虽多，而上无以令之，人虽得其欲，人犹不可用也。令人得欲之道，不可不审矣。善为上者，能令人得欲无穷，故人之可得用亦无穷也。"在《吕氏春秋》看来，最难对付的是无欲望者。"使民无欲，上虽贤，犹不能用。……故人之欲多者，其可得用亦多；人之欲少者，其得用亦少；无欲者，不可得用也。"

　　为了顺从民欲、民情，《吕氏春秋》提出君主要有爱民之心，实行德政。书中说："圣人南面而立，以爱利民为心。"[1]"古之君民者，仁义以治之，爱利以安之，忠信以导之，务除其灾，思致其福。故民之于上也，若玺之于涂（印泥）也，抑之以方则方，抑之以圜则圜。"[2]"行德爱人则民亲其上，民亲其上，则皆乐为其君死矣。"[3]"为天下及国，莫如以德，莫如行义。以德以义，不赏而民劝，不罚而邪止，此神农黄帝之政也。"[4]

---

① 《吕氏春秋·精通》。
② 《吕氏春秋·适威》。
③ 《吕氏春秋·爱士》。
④ 《吕氏春秋·上德》。

(五)《吕氏春秋》中的"赏罚"论

《吕氏春秋》立足于人性恶的现实性，认为仅仅依靠君主广施德政，就达到天下大治的目标，是不现实的，还必须辅助以法家的"赏罚"两柄，遵循"义审赏罚"的刑赏原则。

《吕氏春秋》认为，人有贤、不肖的区分，因此，君主运用"赏罚"两柄之时，一定要遵循"使不肖以赏罚，使贤以义。故贤主之使其下也必义，义审赏罚，然后贤不肖尽为用矣"刑赏原则，尽量做到：

第一，信赏必罚。《吕氏春秋》指出，人都有"欲荣利，恶辱害"① 之心，因此，君主可以"辱害所以为罚，充也；荣利所以为赏，实也。赏罚皆有充实，则民无不用矣"。② 所谓赏罚"充""实"，就是指信赏必罚，做到当赏则赏，当罚则罚，赏当其功，罚当其罪。并告诫君主千万不能以个人的感情好恶为评判标准，恣意赏罚："赏，非以爱之也；罚，非以恶之也，用观归也。所归善，虽恶之，赏，所归不善，虽爱之，罚。此先王之所以治乱安危也。"③

第二，赏为主、罚为辅。在赏罚两柄的运用中，《吕氏春秋》

---

① 《吕氏春秋·用民》。
② 《吕氏春秋·用民》。
③ 《吕氏春秋·当赏》。

非常重视"赏"的作用，主张以赏为主，以罚为辅。"闻善为国者，赏不过而刑不慢。赏过则惧及淫人，刑慢则惧及君子。与其不幸而过，宁过而赏淫人，毋过而刑君子。"①赏的效果远远大于罚的作用，"赏一人而天下之为人臣莫敢失礼"，"赏重则民移之，民移之则教成焉"②。罚的作用是有限的，"威不能惧，严不能恐，不可服也"③。

第三，刑罚适中。《吕氏春秋》分析了秦国自商鞅变法以来，一直推行法家"刑九赏一"的重刑思想，指出其理论存在的弊端是"威太甚则爱利之心息。爱利之心息而徒疾行威，身必咎矣。此殷夏之所以绝也"④。认为如果礼节过于烦琐就不庄重了；事情过于烦琐了就不能成功；命令过于严苛了就不被听从；禁令过于繁多就行不通了。所以主张改变商鞅的重刑苛法，做到刑罚适中。⑤

（六）《吕氏春秋》中的义兵论

战国是一个争战不已的时代，在这个时代，政治家研究的一

---

① 《吕氏春秋·开春》。
② 《吕氏春秋·义赏》。
③ 《吕氏春秋·论人》。
④ 《吕氏春秋·用民》。
⑤ 参见王亚军著：《法家思想小史》，安徽人民出版社 2014 年版，第 170、171 页。

个重要问题就是如何在战争中取得胜利。在对待战争问题上,《吕氏春秋》坚持法家的"农战"观点,认为战争是从人的本性中引申出来的。"凡兵也者,威也;威也者,力也。民之有威力,性也;性者,所受于天也。"①从当时的实际需要看,《吕氏春秋·荡兵》的这个论述是适合时代需要的。

针对当时流行的偃兵说,《吕氏春秋》坚持了义兵说,认为战争不可避免,应该反对侵略的战争,坚持正义的战争。"圣王有义兵,而无有偃兵。"②"三王以上,固皆用兵也,乱则用,治则止。治而攻之,不祥莫大焉。乱而弗讨,害民莫长焉。此治乱之化也,文武之所由起也。"③"今兵之来也,将以诛不当为君者也,以除民之仇而顺天之道也。"④《吕氏春秋》说:顺天之道和为民除害的战争,即是义兵(正义的战争)。鉴于战国末年统一已经成为天下趋势,《吕氏春秋》指出义兵是达到统一天下的必由之路,只有义兵才能结束纷争局面。这是正确的符合时代要求的主张。

总之,《吕氏春秋》是春秋战国百家争鸣时代最后的文化成就,它的文化倾向,对秦汉帝国的政治治理思想有着重要的影响。从《吕氏春秋》一书的指导思想来看,吕不韦不愧是一位具有战略眼

---

① 《吕氏春秋·荡兵》。
② 《吕氏春秋·荡兵》。
③ 《吕氏春秋·召类》。
④ 《吕氏春秋·怀宠》。

光的政治家。他不为诸子门户之见所囿，而是高居其上，从政治需要出发，择可用者而用之，不可用者而弃之。秦汉以后的封建统治者尽管名义上尊崇儒家，但在实际上走的都是《吕氏春秋》定下的"霸王道杂之"的道路。

第九章 《韩非子》:
中国传统政治学之大成

《韩非子》是后人根据韩非的著述编辑而成的，共 55 篇，成书于战国末年。作为中国古代最重要的君主政治学文献，君臣关系是韩非在其中的最为浓墨重彩处，《韩非子》的主题是讲君主政治，讲统治术，讲如何治吏。该书从不同角度记述了韩非关于君臣关系、"治吏""治民"举措以及对法术势的具体内涵及其在现实政治中的灵活运用等问题的认识。自大秦帝国将韩非学说作为治国思想的理论基础和指导方针、建立了完整的君主政治制度后，其后两千多年的封建社会中，韩非的"君主论"就始终为历代统治者所奉行，成为他们枕边常翻常新的红宝书。可以说，《韩非子》一书是理解和研究中国古代政治管理学的必由门径。

一、君主的道术

（一）虚静无为

讲政治，韩非是以君主专制为主体来谈的。

在韩非看来，一人兴国，一人亡国。君主的作用别人根本无法替代。国家治理的好坏得失，最后总决定于君主是否遵循了政治治理的基本法则。

作为君主，其治理国家的最重要的法则应该是什么？或者说，其"贤主之经"是什么？

《韩非子·主道》给出了明确的答案。这就是：

1. 君主要"虚静以待令，令名自命也，令事自定也"

《韩非子》说：

> 道者，万物之始，是非之纪也。是以明君守始以知万物之源，治纪以知善败之端。故虚静以待，令名自命也，令事自定也。虚则知实之情，静则知动者正。有言者自为名，有事者自为形；形名参同，君乃无事焉，归之其情。故曰：君无见其所欲，君见其所欲，臣自将雕琢；君无见其意，君见其意，臣将自表异。

故曰：去好去恶，臣乃见素；去旧去智，臣乃自备。故有智而不以虑，使万物知其处；有贤而不以行，观臣下之所因；有勇而不以怒，使群臣尽其武。是故去智而有明，去贤而有功，去勇而有强。群臣守职，百官有常；因能而使之，是谓习常。故曰：寂乎其无位而处，漻乎莫得其所。明君无为于上，群臣竦惧乎下。明君之道，使智者尽其虑，而君因以断事，故君不穷于智；贤者敕其材，君因而任之，故君不穷于能；有功则君有其贤，有过则臣任其罪，故君不穷于名。是故不贤而为贤者师，不智而为智者正。臣有其劳，君有其成功，此之谓贤主之经也。①

道，是产生天地万物的本原，是判定是非的准则。因此英明的君主遵循着这个本原来了解万事万物的根源，研究这个准则来了解善恶成败的起因。所以君主要用虚无安静的态度来对待一切，使名称根据它所反映的内容自己来给自己命名，使事情按照它所具有的性质自己来确定自己的内容。内心虚无而没有成见，就能了解事实的真相；安静不急躁，就能了解到行动的规律。让进说的人自己来发表言论，君主不要事先规定言路；让办事的人自己去做事，君主不要事先规定他怎么做；只要拿

---

① 《韩非子·主道》。

臣下做的事和他发表的言论互相对比验证、看是否互相契合，
在这方面君主用不着做其他的事，臣下就会说真话、做实事了。
所以说：君主不要表现出自己的欲望。君主显露出自己的欲望，
臣下便将粉饰自己的言行来迎合君主的欲望；君主不要表现出
自己的想法，君主泄露了自己的想法，臣下将利用君主的想法
而独自表现出异常的才能。所以说：君主不流露出自己的爱好，
不显出自己的厌恶，臣下就会表现出真情；君主不用自己的心
机，不用自己的智慧，臣下就会自己防范自己，不敢出现差错。
所以君主有了智慧也不用它来谋划事情，而是一切按法办事，
使各种事物都明了它们各自的处所；君主有了德才也不用它来
做事，而是用它来观察臣下立身行事的依据；君主有了勇力也
不用来逞强，而是让群臣使尽他们的勇力。所以君主不用自己
的智慧，一切依法办事，就有了明智；不用自己的德才，使臣
下各尽其能，就有了治国的功绩；不用自己的勇力，用群臣的
勇力，就有了国家的强大。群臣都坚守自己的岗位，各尽职责，
百官的行动都有常规；君主根据各人的才能来使用他们，这叫
做遵循常规。所以说：是多么地寂静啊，君主没有把自己放置
在尊贵的君位上；是多么地空廓啊，臣下没有一个能知道君主
的处所。英明的君主在上面无所作为，群臣便在下面提心吊胆
了。英明君主的统治方法，是使聪明的人绞尽他们的脑汁来出
谋划策，而君主便根据他们的考虑来决断事情，所以君主在智

慧方面不会枯竭；使贤能的人锻炼自己的才干，君主便根据他们的才能来任用他们，所以君主在才能方面也不会穷尽；如果有功劳，那么因为是君主决断、君主用人所取得的，所以君主就有了贤能的名声，一旦有了失误，那么由于是臣下出的主意、是臣下干的，所以臣下就得承担那失误的罪名，所以君主在名誉方面也不会不得志。没有才能的君主可以做能人的老师，不聪明的君主可以做聪明人的君长。臣下承担那劳苦，君主享受那成功，这是贤明的君主应该永远遵守的法则。

2. 君主要"道在不可见，用在不可知"

《韩非子》说：

> 道在不可见，用在不可知。虚静无事，以暗见疵；见而不见，闻而不闻，知而不知。知其言以往，勿变勿更，以参合阅焉。官有一人，勿令通言，则万物皆尽。函掩其迹，匿其端，下不能原；去其智，绝其能，下不能意。保吾所以往而稽同之，谨执其柄而固握之。绝其望，破其意，毋使人欲之。不谨其闭，不固其门，虎乃将存。不慎其事，不掩其情，贼乃将生。弑其主，代其所，人莫不与，故谓之虎。处其主之侧，为奸臣，闻其主之忒，故谓之贼。散其党，收其余，闭其门，夺其辅，国乃无虎。大不可量，深不可测，同合刑名，审验法式，擅为者诛，国乃无贼。是故人主有五壅：臣

闭其主曰壅，臣制财利曰壅，臣擅行令曰壅，臣得行义曰壅，臣得树人曰壅。臣闭其主，则主失位；臣制财利，则主失德；臣擅行令，则主失制；臣得行义，则主失明；臣得树人，则主失党。此人主之所以独擅也，非人臣之所以得操也。①

君主的统治术在于隐蔽，使臣下无法测度；术的运用在于变幻莫测，使臣下不能了解。君主应该毫无成见、平心静气、无所作为，从暗地里来观察臣下的过错；看见了好像没有看见，听见了好像没有听见，知道了好像不知道。了解了臣下的意见以后，不要去改变它，不要去更动它，而是用对照验证的形名术去考察它。每个官职只配置一个人，不要让他们互相通气，那么一切事情都会暴露无遗。君主掩盖起自己的行踪，隐藏起自己的念头，臣下就无法推测了；排除自己的智慧，抛弃自己的才能，臣下就不能揣测了。君主应该不泄露自己的意向来考核臣下是否和自己一致，谨慎地抓住自己的权柄而牢固地掌握它。君主应该抛弃自己的才能，来破除臣下对自己的测度，不要使别人来图谋自己。君主如果不谨慎地搞好自己的防守，不加固自己的大门，杀君篡权的老虎就将存在。不谨慎地处理自己的政事，不掩盖隐藏自己的真情，贼就将产生。他们杀掉自己的君主，取代君主的地

---

① 《韩非子·主道》。

位，而人们没有一个不顺从的，所以我把他们叫做老虎。他们待在君主的身边，做奸臣，偷偷地窥测君主的过失，所以我把他们叫做贼。解散他们的朋党，收拾他们的残渣余孽，封闭他们的家门，夺取他们的帮凶，国家就没有老虎了。君主的统治术，大得不可以度量，深得不可以探测，考核形和名是否相合，审查和检验法规的实施情况，擅自胡作非为的就给予惩罚，国家就没有贼了。所以，君主有五种被蒙蔽的情况：臣下封闭他们的君主而不让他们的君主料理国家政事叫做君主被蒙蔽；臣下控制了国家的财富和利益叫做君主被蒙蔽；臣下擅自发号施令叫做君主被蒙蔽；臣下可以施行仁义给人好处叫做君主被蒙蔽；臣下可以扶植人叫做君主被蒙蔽。臣下封闭了君主而不让君主处理政务，那么君主就会失去尊贵的地位；臣下控制了国家的财富和利益，那么君主就失去了奖赏的大权；臣下擅自发号施令，那么君主就失去了用来控制臣民的命令；臣下能施行仁义给人好处，那么君主就失去了民众；臣下能扶植人，那么君主就失去了党羽。这处理国家政事、使用国家财富、发布命令、给人好处、提拔官员的权力，都是君主应该独揽的，而不是臣下可以把持的。

3.“人主之道，静退以为宝”

《韩非子》认为：

> 人主之道，静退以为宝。不自操事而知拙与巧，不自

计虑而知福与咎。是以不言而善应，不约而善增。言已应，则执其契；事已增，则操其符。符契之所合，赏罚之所生也。故群臣陈其言，君以其言授其事，事以责其功。功当其事，事当其言，则赏；功不当其事，事不当其言，则诛。明君之道，臣不得陈言而不当。是故明君之行赏也，暖乎如时雨，百姓利其泽；其行罚也，畏乎如雷霆，神圣不能解也。故明君无偷赏，无赦罚。赏偷，则功臣堕其业；赦罚，则奸臣易为非。是故诚有功，财虽疏贱必赏；诚有过，则虽近爱必诛。疏贱必赏，近爱必诛，则疏贱者不怠，而近爱者不骄也。[1]

君主的统治原则，以安静退让为法宝。君主不亲自操劳事务而能知道臣下的事情办糟了还是办好了，不亲自谋划而能知道臣下的计谋是得福还是得祸。因此，君主虽然不说话，但臣下却能提出很好的意见来报答君主；君主虽然对臣下做的事情不作硬性规定，但臣下却能用很好的技能来增加做事的功效。臣下的言论已经汇报上来了，君主就把它当作券契握在手中；臣下做的事已经增加了功效，君主就把它当作信符拿在手里。信符和券契对合验证的结果，就是赏罚产生的依据。所以群臣陈述自己的意见，

---

[1] 《韩非子·主道》。

君主根据他们的意见分别给他们事做，然后根据他们的职事来责求他们的成绩。如果取得的成绩和他的职事相当，完成职事的情况和他的报告相符合，就给予奖赏；如果取得的成绩和他的职事不相当，完成职事的情况和他的报告不相符合，就加以惩处。英明君主的统治原则，是臣下不可以陈述了意见而做不到。所以，英明的君主施行奖赏，充沛就像那及时雨，百姓都贪图他的恩惠；英明的君主执行刑罚，威严就像那雷霆，就是君主本人也不能解除它。所以英明的君主没有随随便便不合法度的奖赏，没有可以赦免的刑罚。奖赏如果苟且随便，那么就是有功之臣也懒得去干自己的事业；刑罚如果可以赦免，那么奸臣就会轻易地为非作歹。所以，如果确实有功劳，那么即使是疏远卑贱的人也一定给予奖赏；确实有过错，那么即使是君主亲近喜爱的人也一定加以惩处。疏远卑贱的人一定给予奖赏，亲近喜爱的人一定加以惩处，那么疏远卑贱的人做事就不会懈怠，而君主亲近喜爱的人也不会骄横放纵了。

在《韩非子》中，韩非突出地阐明了君主的统治术的理论来源和哲学基础。他扬弃了老子的哲学思想，把老子哲学思想中最为核心的"道""虚静"等概念改造成了法家的政治思想原则，用来指导君主的统治。老子所说的道，是一种先于物质而存在的精神实体，是产生天地万物的总根源。韩非从这一点加以引发，认为既然道生万物，那么道也就是判定万物是非的准则，这一准则在政治生活中的反映，就是顺自然之道而立的反映社会现实要求的常规法纪。老子宣扬道，是主张一切听凭自然，让社会自然地发展，反对人们对社会的强行干涉，所以鼓吹虚静无为的处世哲学。韩非则把老子放任而无法度的虚静无为发挥成为君主驾驭臣下的一种政治手段。

　　《韩非子》认为，君主统治臣民的基本原则，首先是君主应该掌握反映社会规律的"道"，以便"知万物之源""知善败之端"。这种"道"的主要内容之一是虚静无为。即君主不暴露自己的欲望和见解，"见而不见，闻而不闻，知而不知"，使臣下无法算计自己。君主应该"有智而不以虑""有贤而不以行""有勇而不以怒"，应该充分利用臣下的智慧、才能和勇力。这样才能做到"有功则君有其贤，有过则臣任其罪"，是"臣有其劳，君有其成功"。其次是君主应该对臣下加以严格的考核，实行严格的赏罚。君主无为，并不是让君主什么事都不做，而只是要君主"虚静以待"，使"有言者自为名，有事者自为形"，然后参合形名，根据考核的结果实施赏罚，做到"无偷赏，无赦罚"，"诚有功则虽贱必赏，诚有过则虽近爱必诛"。再次是君主应该牢牢掌握国家大权，不能让臣下"闭其主""制财利""擅行令""行义""树人"。否则，君主就有大权旁落甚至被弑的危险。

（二）赏罚利器

"人主者，以刑德制臣者也。"赏罚利器不可以示人，君主要独立实行赏罚，不可以将赏罚二柄借给臣下。

明主之所尝制其臣者，二柄而已矣。二柄者，刑、德也。何谓刑德？曰：杀戮之谓刑，庆赏之谓德。为人臣者畏诛罚而利庆赏，故人主自用其刑德，则群臣畏其威而归其利矣。故世之奸臣则不然，所恶，则能得之其主而罪之；所爱，则能得之其主而赏之。今人主非使赏罚之威利出于己也，听其臣而行其赏罚，则一国之人皆畏其臣而易其君，归其臣而去其君矣。此人主失刑德之患也。夫虎之所以能服狗者，爪牙也，使虎释其爪牙而使狗用之，则虎反服于狗矣。人主者，以刑德制臣者也。今君人者释其刑德使臣用之，则君反制于臣矣。故田常上请爵禄而行之群臣，下大斗斛而施于百姓，此简公失德而田常用之也，故简公见弑。子罕谓宋君曰："夫庆赏赐予者，民之所喜也，君自行之，杀戮刑罚者，民之所恶也，臣请当之。"于是宋君失刑而子罕用之，故宋君见劫。田常徒用德而简公弑，子罕徒用刑而宋君劫。故今世为人臣者兼刑德而用之，则是世主之危甚于简公、宋君也，故劫杀壅蔽之。主非失刑德而使臣用之，而不危亡者, 则未尝有也。①

明君用来控制臣下的手段, 主要是两种权柄。这两种权柄, 就是刑和德。什么是刑德? 杀戮的权力叫做刑, 奖赏的权力叫做德。做臣下的害怕杀头惩罚而贪图奖励赏赐, 所以, 君主如果使用刑赏的大权, 群臣就会害怕君主用刑的威势, 追求君主行赏的好处。但是当世的奸臣却不是这样, 他对所憎恶的人, 就能从他君主那里取得刑赏大权来惩治他们; 他对所喜欢的人, 就能从他君主那里取得刑赏大权来奖赏他们。现在如果君主不使赏罚的威势和好处出于自己, 而听任他的臣下去行使自己的赏罚大权, 那么全国的民众就都会害怕他的臣子而看轻他们的君主、归附他的臣子而背离他们的君主了。这是君主失去刑赏大权的祸害啊。常言道, 老虎之所以能够制服狗, 是因为它的爪和牙齿, 假使老虎去掉了它的爪和牙齿而让狗来使用它们, 那么老虎反而要被狗制服了。因此, 君主, 是依靠刑赏大权来控制臣下的。现在君主如果抛弃了自己的刑赏大权而让臣下去使用它, 那么君主反而要被臣下控制了。过去田常在朝廷向君主求取爵位、俸禄而把它赐给群臣, 在民间加大斗、斛来把粮食施舍给百姓, 这是齐简公丧失了奖赏大权而田常使用了它, 所以齐简公被杀掉了。子罕对宋桓

① 《韩非子·二柄》。

侯说："奖赏恩赐这种事，是民众所喜欢的，请您自己去施行它吧；杀戮惩罚这种事，是民众所憎恶的，请让我来承担它吧。"于是宋桓侯失去了用刑的权力而子罕使用了它，所以宋桓侯被劫持。田常单单用了奖赏的权力，齐简公就被杀掉了；子罕单单用了刑罚的权力，宋桓侯就被劫持了。所以，当今做臣子如果兼并了刑罚和奖赏两种大权来使用它们，那么君主的危险就比齐简公、宋桓侯更厉害了，所以现在的臣子劫持、杀害、隔绝、蒙蔽君主。君主同时失去刑罚和奖赏两种大权而让臣下去使用它们，却又不危险灭亡的，那是从来没有过的呀。

（三）审合刑名

韩非的虚静参验和赏罚是紧紧联系在一起的，坚守虚静参验，进而实行赏罚，这是《韩非子》理想中的明君的为君之道。虚静参验是过程和手段，而赏罚则是虚静参验的举措和结果。虚静、参验、赏罚一起构成明君之道的内涵。

> 人主将欲禁奸，则审合刑名者，言与事也。为人臣者陈而言，君以其言授之事，专以其事责其功。功当其事，事当其言，则赏；功不当其事，事不当其言，则罚。故群臣其言大而功小者则罚，非罚小功也，罚功不当名也；群臣其言小而功大者亦罚，非不说于大功也，以为不当名也，害甚于有

大功，故罚。昔者韩昭侯醉而寝，典冠者见君之寒也，故加衣于君之上。觉寝而说（悦），问左右曰："谁加衣者？"左右对曰："典冠。"君因兼罪典衣与典冠。其罪典衣，以为失其事也；其罪典冠，以为越其职也。非不恶寒也，以为侵官之害甚于寒。故明主之畜臣，臣不得越官而有功，不得陈言而不当。越官则死，不当则罪。守业其官，所言者贞也，则群臣不得朋党相为矣。①

君主将要禁止奸邪，就得审察考核实际情况是否与名称相合，这也就是看臣下的言论是否不同于他们所做的事。让做臣下的陈述他们的意见，君主便根据他们的意见交给他们职事，然后专门根据他们的职事来责求他的成绩。如果取得的成绩和他的职事相当，完成职事的情况和他们的话相符合，就给予奖赏；如果取得的功绩和他们的职事不相当，完成职事的情况和他们的话不相符合，就加以惩罚。所以，群臣之中那些话说大了而功绩小的就要受惩罚，这不是惩罚他们取得的功绩小，而是惩罚他们取得的功绩与他们的言论不相当；群臣之中那些话说小了而功绩大的也要惩罚，这并不是不喜欢大功，而是认为功绩与言论不相当的危害超过了他们所取得的大功，所以要惩罚。从前韩昭侯喝醉了酒睡着了，掌管君主帽子

① 《韩非子·二柄》。

的侍从看见君主受寒了，就把衣服盖在君主的身上。韩昭侯睡醒后很高兴，问身边的侍从说："盖衣服的是谁？"身边的侍从回答说："是掌管帽子的侍从。"于是韩昭侯同时惩处了掌管衣服的侍从和掌管帽子的侍从。韩昭侯惩处掌管衣服的侍从，是认为他没有尽到他的职责；韩昭侯惩处掌管帽子的侍从，是认为他超越了他的职责范围。韩昭侯并不是不怕着凉，而是认为侵犯他人职权的危害比自己着凉更危险。所以英明的君主畜养驾驭臣下时，臣下不得超越职权去立功，也不可以说话与做事不相当。超越了职权就处死，言行不一致就治罪。诸臣都在他们自己的职权范围内恪守职务而不越职取功，所说的话与所做的事相当，那么群臣就不能拉党结派、互相帮助、狼狈为奸，危害君主了。

（四）使法择人，使法量功

韩非主张以法治国，要求君主按照法律规定严格执法，以维护君主的权威。"法也者，官之所以师也。"[①]"法不阿贵，绳不挠曲……刑过不避大臣，赏善不遗匹夫。"[②]

当今之时，能去私曲就公法者，民安而国治。能去私行

---

① 《韩非子·说疑》。
② 《韩非子·有度》。

行公法者，则兵强而敌弱。故审得失有法度之制者加以群臣之上，则主不可欺以诈伪；审得失有权衡之称者以听远事，则主不可欺以天下之轻重。今若以誉进能，则臣离上而下比周；若以党举官，则民务交而不求用于法。故官之失能者其国乱。以誉为赏、以毁为罚也，则好赏恶罚之人，释公行，行私术，比周以相为也。忘主外交，以进其与，则其下所以为上者薄矣。交众、与多，外内朋党，虽有大过，其蔽多矣。故忠臣危死于非罪，奸邪之臣安利于无功。忠臣之所以危死而不以其罪，则良臣伏矣；奸邪之臣安利不以功，则奸臣进矣。此亡之本也。若是，则群臣废法而行私重、轻公法矣。数至能人之门，不壹至主之廷；百虑私家之便，不壹图主之国。属数虽多，非所尊君也；百官虽具，非所以任国也。然则主有人主之名，而实托于群臣之家也。故臣曰：亡国之廷无人焉。廷无人者，非朝廷之衰也；家务相益，不务厚国；大臣务相尊，而不务尊君；小臣奉禄养交，不以官为事。此其所以然者，由主之不上断于法，而信下为之也。故明主使法择人，不自举也；使法量功，不自度也。能者不可弊，败者不可饰，誉者不能进，非者弗能退，则君臣之间明辩而易治，故主雠法则可也。①

——————————

① 《韩非子·有度》。

当今之世，能够除去臣下谋取私利的歪门邪道而追求实施国法的国家，民众就安定，国家就太平；能够除去臣下谋取私利的行为而实行国法的国家，就兵力强大，而敌人相对变得弱小。所以，审察是非得失时掌握了法度的规定的君主凌驾在群臣之上，那么君主就不可能被臣下用狡诈虚伪的手段来欺骗；审察是非得失时拥有了有秤锤秤杆的秤这种法度的君主来听取远方的事情，那么君主就不可能被臣下用天下的轻重来欺骗了。现在如果根据声誉来提拔人才，那么臣下就会背离君主而在下面紧密勾结；如果根据朋党关系来推举官吏，那么臣民就会致力于勾结拉拢而不再在法律的规定内凭功劳求得任用。所以任命官吏不以才能作为标准而只根据声誉和朋党关系，那国家就会混乱。如果以赞颂的好话作为奖赏的依据，以诋毁的坏话作为惩罚的依据，那么喜欢奖赏、厌恶惩罚的人，就会抛弃国家的法度，玩弄阴谋手段，抱成一团来互相帮助吹捧。他们不顾君主的利益而在朝廷外面私下结交，进用他们的党羽，那么这些下层官吏替君主着想和尽力的地方也就少了。这些人结交广泛、党羽众多，在朝廷内外结成私党，即使犯了大罪，为他们掩盖罪责的人也多得很。所以忠臣在无罪情况下也遭受到危难与死亡，而奸臣在无功的情况下却得到平安与利益。忠臣遭受到危难死亡的原因并不是因为他们有罪，那么贤良的臣下就会潜伏退隐；行奸作恶的臣下平安得利并不是因为有功，那么奸臣就会钻营进来。这是国家衰亡的根本原因。

如此下去，群臣就会废弃法治而玩弄自己的权势、轻视国法了。他们屡次奔走于权贵的门下，百般考虑私家的利益，一点也不为君主为国家着想。这样的下属数量即使再多，也不是使君主尊贵的人；各种官员虽然都具备了，也不是用来担当国家大事的人。这样，君主虽然有了君主的名义，而实际上却依附于群臣私门。所以造成这样的状况，是由于君主不按法裁决事情，而将法令职权交给了臣下。因此，英明的君主用法制来选择人才，不凭借自己的感觉来提拔；用法制来衡量功劳，不凭自己的主观意识来估量。这样，有才能的人就不会被埋没，败坏事情的人就不能文过饰非，徒有虚名的人就不能够当官晋升，有功劳而被毁谤的人就不会被降职或罢官。可见，一切依法办事，那么君臣双方都能够明确地辨别功过是非，而国家也就容易治理了，所以说，君主的统治术，重要在于用法。

（五）防范"八奸"

韩非认为，人臣所能够危害君主的地方，主要表现为以下八个方面：

> 凡人臣之所道成奸者有八术：一曰"同床"。何谓"同床"？曰：贵夫人，爱孺子，便僻好色，此人主之所惑也。托于燕处之虞，乘醉饱之时，而求其所欲，此必听之术也。为

人臣者内事之以金玉，使惑其主，此之谓"同床"。二曰"在旁"。何谓"在旁"？曰：优笑侏儒，左右近习，此人主未命而唯唯、未使而诺诺、先意承旨、观貌察色以先主心者也。此皆俱进俱退、皆应皆对、一辞同轨以移主心者也。为人臣者内事之以金玉玩好，外为之行不法，使之化其主，此之谓"在旁"。三曰"父兄"。何谓"父兄"？曰：侧室公子，人主之所亲爱也；大臣廷吏，人主之所与度计也。此皆尽力毕议、人主之所必听也。为人臣者事公子侧室以音声子女，收大臣廷吏以辞言，处约言事，事成则进爵益禄，以劝其心，使犯其主，此之谓"父兄"。四曰"养殃"。何谓"养殃"？曰：人主乐美宫室台池，好饰子女狗马以娱其心，此人主之殃也。为人臣者尽民力以美宫室台池，重赋敛以饰子女狗马，以娱其主而乱其心，从其所欲，而树私利其间，此谓"养殃"。五曰"民萌"。何谓"民萌"？曰：为人臣者散公财以说民人，行小惠以取百姓，使朝廷市井皆劝誉己，以塞其主而成其所欲，此之谓"民萌"。六曰"流行"。何谓"流行"？曰：人主者，固壅其言谈，希于听论议，易移以辩说。为人臣者求诸侯之辩士，养国中之能说者，使之以语其私。为巧文之言、流行之辞，示之以利势，惧之以患害，施属虚辞以坏其主，此之谓"流行"。七曰"威强"。何谓"威强"？曰：君人者，以群臣百姓为威强者也。群臣百姓之所善，则君善之；非群臣百姓之所善，则君不善之。为人臣者，聚带剑之客，养必死之士，以彰其威，明为己者必利，不为己者必死，以恐其群臣百姓而行其私，此之谓"威强"。八曰"四方"。何谓"四方"? 曰：君人者，国小则事大国，兵弱则畏强兵。大国之所索，小国必听；强兵之所加，弱兵必服。为人臣者，重赋敛，尽府库，虚其国以事大国，而用其威求诱其君；甚者举兵以聚边境而制敛于内，薄者数内大使以震其君，使之恐惧，此之谓"四方"。凡此八者，人臣之所以道成奸，世主所以壅劫，失其所有也，不可不察焉。①

大凡臣下所以能够挟制君主，阴谋得逞，主要使用八种手段：第一叫做"同床"。什么叫做"同床"? 高贵的皇后夫人，得宠的姬妾妃子，善于逢迎谄媚的美女，这是君主所醉心的。让她们依靠君主退朝后和她们同居时的欢乐，趁君主酒醉饭饱的时候，来求取她们想要的东西，这是一种使君主一定能听从的手段。做臣子的在内中用金玉珍宝来奉承贿赂她们，让她们去蛊惑君主，这就叫"同床"。第二叫做"在旁"。什么叫做"在旁"? 就是供君主取乐能使人发笑的滑稽演员和侏儒，君主身边的侍从和亲信，这些都是君主还没有下命令就说"是是是"、还没有使唤他们就说

----

① 《韩非子·八奸》。

"好好好"、在君主的意思还没有表达出来就能奉承君主的意图、能靠察言观色来事先摸到君主心意的人。他们联合起米，进一起进、退一起退、共同应诺、共同回答、靠统一口径和一致行动来改变君主主意。做臣子的在内中用金银玉器、珍贵的玩物奉承贿赂他们，在外面替他们干非法的事，然后让这些能够接近君主之人腐蚀改造他们的君主，这就叫做"在旁"。第三叫做"父兄"。什么叫做"父兄"？就是君主的兄弟儿子，是君主亲近宠爱的人；权贵大臣、朝廷上的官吏，是和君主一起谋划国家大事的人。这些都是竭尽全力一起议论而君主一定能听从他们意见的人。做臣子的用动听的音乐和美丽的少女来侍奉讨好他们，用花言巧语来笼络收买权贵大臣和朝廷上的官吏，和他们订立盟约，叫他们按他的意图去同君主谋划事情，事情如果成功，就答应给他们晋级加薪，用这种方法来鼓他们的劲，使他们去干扰君主，这就叫做"父兄"。第四叫做"养殃"。什么叫做"养殃"？就是君主喜欢修筑美化宫殿房屋、亭台楼阁、池塘园林、爱好装饰打扮少女狗马来寻欢作乐，这是君主的祸殃啊。做臣子的用尽民力来修筑美化宫殿房屋、亭台楼阁、池塘园林，重征赋税来装饰打扮少女狗马，以便使他们的君主寻欢作乐而神魂颠倒，他们顺从了君主的欲望而在修饰亭台楼阁和美女狗马的过程中大捞油水，这就叫做"养殃"。第五叫做"民萌"。什么叫做"民萌"？就是做臣子的挥霍公家的财物来讨好民众，施行小恩小惠来收买百姓，使朝廷和城市乡村的人都称赞他们自己，用这种办法来蒙蔽他们的君主而使他们的欲望得逞，这就叫做"民萌"。第六叫做"流行"。什么叫做"流行"？就是君主本来就不畅通他的言路，很少去听取别人的议论，所以很容易被动听的游说打动而改变主意。做臣子的就搜罗各国能言善辩的说客，收养国内能说会道的人，派他们为自己的私利去向君主进说，让他们设计巧妙文饰的话语和流利圆通的言辞，用有利的形势启发君主，用灾难祸害来恐吓君主，杜撰虚假的言辞来损害君主，这就叫做"流行"。第七叫做"威强"。什么叫做"威强"？就是统治民众的君主，是靠群臣百姓来形成强大的威势的。群臣百姓认为好的，君主就认为它好；群臣百姓不认为好的，君主也就不认为它好。做臣子的，聚集携带刀剑的侠客，豢养亡命之徒，借此来显示自己的威势，说明为自己的一定有好处，不为自己的一定要被杀死，用这个来恐吓他的群臣百姓而谋求他的私利，这就叫做"威强"。第八叫做"四方"。什么叫做"四方"？就是当君主的，自己国家小就得侍奉大国，兵力弱小就害怕强大的军队。大国的勒索，小国一定听从；劲旅压境，弱小的军队一定屈服。做臣子的，重征赋税，耗尽国库，挖空自己的国家去侍奉大国，而利用大国的威势来勾引诱惑自己的君主；厉害的，还发动大国的军队聚集在边境上来挟持国内，轻一点的，便屡次招引大国的使者来恐吓自己的君主，使君主害怕，这就叫做"四方"。

这八种方法，是臣子用来使他们的阴谋得逞的手段，也是君主受蒙蔽胁迫以致丧失了自己所拥有的权威的原因。对于破坏君主利益的"八奸"，英明君主不可不仔细审察呀。

（六）人主应该杜绝十项过错

韩非认为，人君应该杜绝危害国家与自身利益的十项过错。这"十过"具体就是：

> 一曰行小忠，则大忠之贼也。二曰顾小利，则大利之残也。三曰行僻自用，无礼诸侯，则亡身之至也。四曰不务听治而好五音，则穷身之事也。五曰贪愎喜利，则灭国杀身之本也。六曰耽于女乐，不顾国政，则亡国之祸也。七曰离内远游而忽于谏士，则危身之道也。八曰过而不听于忠臣，而独行其意，则灭高名为人笑之始也。九曰内不量力，外恃诸侯，则削国之患也。十曰国小无礼，不用谏臣，则绝世之势也。①

十种过错：

一是奉行对私人的小忠，那是对大忠的一种戕害。

二是只顾小利，那是对大利的一种残害。

---

① 《韩非子·十过》。

三是放肆作恶，刚愎自用，对待诸侯没有礼貌，那是使自己身亡的成因。

四是不致力于治理国政而爱好音乐等个人嗜好，那是使自己陷于困境的事情。

五是贪婪固执、利迷心窍，那是亡国杀身的祸根。

六是沉迷于女色享乐，不顾国家的政事，那就有国家灭亡的祸害。

七是离开朝廷到远处游玩，面对劝谏的大臣不加理睬，那是危害自身的做法。

八是犯了错误而不听忠臣的劝告，一意孤行，那是丧失崇高的名声而被人讥笑的开始。

九是对内不衡量一下自己的力量，而去依靠外国诸侯，那就有国土被割削的祸患。

十是国家弱小而没有礼貌，又不听劝谏的大臣，那就有断绝后嗣的危险。

常言道，治理国家者，首先应该从修身做起，做到有理想、有道德、有文化、有能力、能自律，高瞻远瞩，具备战略眼光，防微杜渐，懂得"生于忧患死于安乐"的道理，懂得大小之辨，谨慎小心，这样才能治理好国家。

二、君臣关系的真相

（一）从"竖刁现象"看君臣间关系的真相

《韩非子》治吏理念的理论基础是来自他对历史上君臣关系真相的探讨与研究。

在《韩非子》中，韩非为我们讲了这样一个故事：

> 管仲有病，桓公往问之，曰："仲父病，不幸卒于大命，将奚以告寡人？"管仲曰："微君言，臣故将谒之。愿君去竖刁，除易牙，远卫公子开方。易牙为君主味，君惟人肉未尝，易牙蒸其子首而进之。夫人情莫不爱其子，今弗爱其子，安能爱君？君妒而好内，竖刁自宫以治内。人情莫不爱其身，身且不爱，安能爱君？开方事君十五年，齐、卫之间不容数日行，弃其母，久宦不归。其母不爱，安能爱君？臣闻之：'矜伪不长，盖虚不久。'愿君去此三子者也。"管仲卒死，桓公弗行。及桓公死，虫出尸不葬。①

管仲有病，齐桓公前往问政。桓公咨询："仲父病了，假如

---

① 《韩非子·难一》。

由于自然寿数的关系而不幸逝世，您将用什么来劝告我呢？"
管仲回答说："即使没有您的问话，我本来也要告诉您。希望
您去掉竖刁，除掉易牙，疏远卫国公子开方。易牙为您主管伙
食，您只有人肉还没有吃过，易牙就把自己儿子的头蒸了进献给
您。人没有不爱自己儿子的，现在他不爱自己的儿子，哪会爱君
主呢？您忌妒卿大夫而爱好后宫的女色，竖刁就自宫来管理后
宫。人的本性没有不爱自己身体的，自己的身体尚且不爱，哪
能爱君主呢？开方侍奉您十五年，齐国、卫国之间要不了几天
的行程。他却抛弃了母亲，长期在外做官而不回家探望。连自
己的母亲都不爱，哪能爱君主呢？我听说过这样的话：'从事诡
诈，不会久长；掩盖虚假，不能经久。'请君主除去这三个人。"
管仲死后，齐桓公没按管仲的话去做。齐桓公晚年到外地游猎
时，三人果然趁间作乱。将齐桓公囚禁起来，发动变乱，齐桓公
被饿死，好几个月都无人问及，尸体上的蛆虫爬出了门也没有
收葬。

其实，管仲的君臣关系论是符合常人的基本思路的，如果一
个人为了达到某种目的连自己的身体、自己的亲生儿子、自己的
亲生母亲都不爱，那么他怎么可能会发自内心地爱戴并效忠于自
己的君主呢？

然而，韩非子对管仲的这种观点并不认同。

韩非认为："臣尽死力以与君市，君垂爵禄以与臣市。君臣之

际，非父子之亲也，计数之所出也。君有道，则臣尽力而奸不生；无道，则臣上塞主明而下成私。"君臣之间不能靠亲情感情来维系，而要依靠利益这一纽带来维系。管仲之论是不懂得用法度来管理臣下。

韩非说：

> 或曰：管仲所以见告桓公者，非有度者之言也。所以去竖刁、易牙者，以不爱其身、适君之欲也。曰："不爱其身，安能爱君？"然则臣有尽死力以为其主者，管仲将弗用也。曰："不爱其死力，安能爱君？"是欲君去忠臣也。且以不爱其身度其不爱其君，是将以管仲之不能死公子纠度其不死桓公也，是管仲亦在所去之域矣。明主之道不然，设民所欲以求其功，故为爵禄以劝之；设民所恶以禁其奸，故为刑罚以威之。庆赏信而刑罚必，故君举功于臣，而奸不用于上，虽有竖刁，其奈君何？且臣尽死力以与君市，君垂爵禄以与臣市。君臣之际，非父子之亲也，计数之所出也。君有道，则臣尽力而奸不生；无道，则臣上塞主明而下成私。管仲非明此度数于桓公也，使去竖刁，一竖刁又至，非绝奸之道也。且桓公所以身死虫流出尸不葬者，是臣重也。臣重之实，擅主也。有擅主之臣，则君令不下究，臣情不上通。一人之力能隔君臣之间，使善败不闻，祸福不通，故有不葬之患也。

明主之道：一人不兼官，一官不兼事；卑贱不待尊贵而进，大臣不因左右而见；百官脩通，群臣辐辏；有赏者君见其功，有罚者君知其罪。见知不悖于前，赏罚不弊于后，安有不葬之患？管仲非明此言于桓公也，使去三子，故曰：管仲无度矣。①

韩非认为，管仲用来面告齐桓公的，不是懂法度的人应该说的话。管仲要除去竖刁、易牙的原因，是因为他们不爱自身而去迎合君主的欲望。管仲说："一个人不爱他自身，哪会爱君主呢？"按照这样的逻辑，那么臣下有为他们君主拼命出力的人，管仲就不会任用了。因为管仲会说："不爱自己的生命和气力，哪会爱君主呢？"这是要君主去掉忠臣啊。况且用不爱他自身来推断他不爱他的君主，这样的话，就会用管仲不能为公子纠而死来推断出他不能为齐桓公而死，那么管仲也在被革除的范围之内了。根据这样的矛盾法则，韩非指出，英明君主的治国原则不应该是管仲之论，而是设置臣民想要得到的东西来争取他们为自己立功，所以制定了爵位俸禄来鼓励他们；设置臣民厌恶的东西来禁止他们为非作歹，所以建立了刑罚来威吓他们。奖赏遵守信用而刑罚一定要严格执行，所以君主能在臣子中选拔有功的人，而奸邪的

① 《韩非子·难一》。

人不会被君主任用，即使有竖刁那样的人，他们又能把君主怎么样呢？况且臣子拼死出力来和君主换取爵位俸禄，君主用国家的爵位俸禄来和臣下换取智慧气力。君臣之间，并不是父子那样的骨肉血缘之亲，而是以互相计算利害得失为出发点的。君主如果掌握了这样治国的原理和方法，那么臣下就会为君主竭尽全力而奸邪不会产生；君主如果没有掌握这样治国的原理和方法，那么臣下就会对上堵塞君主的明察之路而在下面用公权谋取自己的私利。管仲不是向齐桓公讲清这种法术，而是让他除掉竖刁，但除掉了一个竖刁，另一个竖刁又会出现，所以这绝不是消灭奸邪的办法。而且，齐桓公之所以自己死后尸体腐烂还得不到安葬，是因为臣下的权力太大。臣下权大的结果，就会控制君主。有了控制君主的臣子，那么君主的命令就不能向下贯彻到底，群臣的情况也不会想法上通报到君主那里。一旦权臣有力量能够隔开君主与臣下之间的联系，架空君主，君主就会有齐桓公那种不得安葬的祸患。因此，君主的治国理政原则应该是限制权臣的产生，用法律制度规定一个人不兼任其他的官职，担任一个官职不兼管其他的事情；地位低下的人不必等待地位高贵的人来推荐，大臣不必依靠君主身边的亲信来引见；百官整饬而君主通晓他们的情况，群臣就像车轮上的辐条聚集在车毂上那样会依附君主；受到奖赏的人，君主一定要看到他的功劳；受到惩罚的人，君主一定要了解他的罪过。在赏罚之前君主对功过的观察了解必须正确无误，那么在后来实行赏罚时就不会受蒙蔽了。如果做到这些，怎么还会有齐桓公那种不得善终的祸患呢？管仲不是向齐桓公讲清这个道理，而是要他除掉3个人，从这个意义上讲，管仲并不懂得国家法度建设对君主治国理政的重要性。

在韩非看来，政治领域的人际关系法则实质上表现为权力与利益的一种"互市"关系。决定君臣处理权力与利益关系的原则，不在领导与被领导之间的内在的情感与动机，而在执政者是否"有道"，即是否建立合适的法度。换言之，决定人臣最终政治行为的关键因素，不在他们的动机如何，而在君主是否能够有切实的措施来加以应对，即所谓"君有道，则臣尽力而奸不生；无道，则臣上塞主明而下成私"①。韩非认为，人们追求利益之动机并不可怕。人各自利，这是一个必须面对的事实。人的动机与行为都是为了追求自身利益最大化，这是权力场的法则。权力与利益之间的博弈，可以通过外在的制度规则加以引导与约束。一方面，可以通过利益驱动机制，引导人们最大限度地发挥个人潜能及创造力，将个人利益与国家利益融为一体；另一方面，对于邪恶动机所具有的破坏倾向，可以通过外在的一系列制度规范加以最大限度地规避。所谓明主之道，"设民所欲以求其功，故为爵禄以劝之；设民所恶以禁其奸，故为

---

① 《韩非子·难一》。

刑罚以威之。庆赏信而刑罚必，故君举功于臣，而奸不用于上，虽有竖刁，其奈君何？"

韩非认识到，君臣异利，蕴含着正负两面的两种可能性。关键在于执政者的治吏理念，是否意识到君臣之间实质为利益与权力的博弈关系，并且加以有效引导与防范。如果君主认识到君臣不同道、君主不同利这两个关键点，引入客观规则加以引导与防范，那么，君臣之间就可能由"异利"转变为"互利"；如果君主没有意识到君臣异利所蕴含的权力与利益之博弈，盲目信任，忽视监管，其负面后果也是不堪设想。

韩非认为，既然君臣关系的实质是一种权力与利益的互市关系，君臣之间的博弈就不可避免。在这种现实情况下，君臣关系就不能用感情关系来维系，不能将私人情感夹杂其中，而应该建立"互市规则"即国家政治的法度秩序，在买卖博弈关系中达到一个稳定的"双赢"或者"多赢"的满意结局与比较理想的状态。

（二）君臣不同利

在韩非的政治思想中，君主与群臣地位不同，利益也不相同。韩非说：

> 臣主之利与相异者也。何以明之哉？曰：主利在有能而任官，臣利在无能而得事；主利在有劳而爵禄，臣利在无功

而富贵；主利在豪杰使能，臣利在朋党用私。是以国地削而私家富，主土卑而大臣重。故主失势而臣得国，主更称蕃臣，而相室剖符。此人臣之所以谲主便私也。①

君臣的利害关系是不同的。如何知道这点呢？君主的利益在于谁有才能就任命他当官，臣子的利益在于没有才能而能得到官职；君主的利益在于谁有了功劳就给他爵位和俸禄，臣子的利益在于没有功劳却能富裕高贵；君主的利益在于发现豪杰而使用他们的才能，臣子的利益在于拉帮结派而任用自己的党羽。因此，君主的国土被侵占割削而大臣私人家邑反而富裕，君主权势衰微而大臣却权势更重。因此君臣易位，权臣窃国。这就是大臣欺诈君主满足私利的原因。因为君臣利益不同，利君则害臣，利臣则害君，"君臣之利异，故人臣莫忠。故臣利立而主利灭"②。因此，君主与臣下时时处在尖锐的冲突之中。正因为如此，韩非才会总结"凡人臣之所道成奸者有八术"。提出臣下会利用"同床""在旁""父兄""养殃""民萌""流行""威强""四方"八种方法来实现其阴谋。同样，君主的法、术、势三宝所要对付的，主要也是人臣。因为君臣的利益是对立的、此消彼长的关系，为了维护

① 《韩非子·孤愤》。
② 《韩非子·内储说下·六微》。

君主的地位和利益，君主要注意削弱臣下的利益，也就是臣下的权势和富贵。君主不能让臣下太贵、太富，以防止发生君臣易位的后果。正如韩非所讲：

> 爱臣太亲，必危其身；人臣太贵，必易主位；主妾无等，必危嫡子；兄弟不服，必危社稷。臣闻千乘之君无备，必有百乘之臣在其侧，以徙其民而倾其国；万乘之君无备，必有千乘之家在其侧，以徙其威而倾其国。是以奸臣蕃息，主道衰亡。是故诸侯之博大，天子之害也；群臣之太富，君主之败也。将相之管主而隆家，此君人者所外也。万物莫如身之至贵也，位之至尊也，主威之重、主势之隆也，此四美者，不求诸外，不请于人，议之而得之矣。故曰人主不能用其富，则终于外也。此君人者之所识也。①

君主宠爱臣下过分亲近，一定会危害到君主本人；大臣过分尊贵，一定会改变君主的地位；王后和妃子如果不分等级，一定会危害到王后所生的儿子；国君的兄弟如果不服从国君，一定会危害到国家。拥有千辆兵车的国君，如果没有防备，就一定有拥有百辆兵车的大臣在他的身旁，来夺走他的民众而颠覆他的国家；拥有万辆兵车的国君，如果没有防备，就一定有拥有千辆兵车的

---

① 《韩非子·爱臣》。

大夫在他的身旁，来夺走他的威势而颠覆他的国家。因此奸臣繁殖滋长起来，君主就会衰亡。所以诸侯的领地广阔。兵力强大，是天子的祸害；大臣们过分富裕，是君主的失败。大将宰相控制了君主而使大臣私门兴盛起来，这是君主应该摒除的事情。世间各种事物之中，没有什么能及得上君主身体的极端宝贵、君主地位的极端尊严、君主威势的极端重要、君主权力的至高无上。这四种美好的东西，不必从身外来寻觅，不必向别人来求取，君主只要合理地使用它就能得到它了。所以说：君主如果不会使用他的这些财富，那么结果就会被奸臣排斥在外。这是当君主的所要牢记的。

总之，按照《韩非子》的政治设计，君臣的正常关系应该是君臣之间，君上臣下，君主地位尊贵，臣下地位低下。但因为君臣一不同道，二不同利，客观上存在着博弈的关系，如果臣下地位尊贵又拥有财富和权势，就会威胁君主的地位，因此君主必须利用好刑赏法度，以保证君主的至高无上的地位、服从君主的意志，竭尽全力为君主服务好。

（三）正常政治关系中的官吏责任与义务

既然在传统政治结构中君臣之间是一种"君臣异利""君臣互市""君臣互利"的实质性关系，那么保证这个结构正常运转就必须是君主与臣下都要做到各尽其职，努力做好自己的本分。君主的统治要求前面已经专门谈到，现在专门谈谈韩非眼中臣下应该做到的标准与义务。

在传统政治运作结构中，韩非特别强调人臣在君臣利益交换过程中的基本要求，这就是人臣必须忠于职守，尽力做好自己的本职工作，保持一个"忠臣"形象。

按照韩非的设计，在正直透明规则体系之中，人臣可以不必对人主有个人情感，比如报恩、爱戴、效死之类，但必须做到忠于职守，因为这是他们分内应尽之义务。即所谓食君之禄、忠君之事也。人臣在获得爵禄得偿所愿、达到目的之后，需要诚信地履行自己的责任和义务，做到尽职尽责。在《韩非子》中，韩非用大量的故事来多次提到了这一点。这里仅选几个典型案例加以说明一下。

第一个故事：严格执法的廷理。

> 楚王急召太子。楚国之法，车不得至于茆门。天雨，廷中有潦，太子遂驱车至于茆门。廷理曰："车不得至茆门。至茆门，非法也。"太子曰："王召急，不得须无潦。"遂驱之。廷理举殳而击其马，败其驾。太子入，为王泣，曰："廷中多潦，驱车至茆门，廷理曰'非法也'，举殳击臣马，败臣驾。王必诛之。"王曰："前有老主而不逾，后有储主而不属。矜矣！是真吾守法之臣也。"乃益爵二级，而开后门出太子：

"勿复过。"①

楚庄王紧急召见太子。楚国的法律,（大臣和贵族的）车子不能行驶到茆门。那天下了雨,朝堂前的院子里有积水,太子便径直驾车穿过院子往茆门驶去,廷理（拦下车子）说:"法令规定,车驾不能驶到茆门。"太子说:"君王紧急召见我,我等不到将积水处理干净。"就赶着马车直奔茆门。廷理举兵器击向太子的马,结果马被打倒,车子也翻倒了。太子跑进去流着泪对父王说:"院子里有好多积水,我就驾车到茆门,廷理说这样不合乎法令,举起兵杖打倒了我的马,把我的车子弄翻了。父王一定要重重处罚他。"楚庄王知道后,不但没有顺从太子的话降罪于廷理,而且还给廷理提高了两级爵位,并打开王宫的后门让太子出去,并且叮嘱太子别再犯这样的过错。

王子犯法,与庶民同罪。正是因为楚庄王法度严明,他才能够不鸣则已一鸣惊人,成为春秋战国历史上楚国唯一的跻身春秋霸主行列的君王。

第二个故事:管仲不荐鲍叔牙。

昔者齐桓公九合诸侯,一匡天下,为五伯长,管仲佐之。管仲老,不能用事,休居于家。桓公从而问之,曰:"仲

---

① 《韩非子·外储说右上》。

父家居有病，即不幸而不起此病，政安迁之？"管仲曰："臣老矣，不可问也。虽然，臣闻之，知臣莫若君，知子莫若父。君其试以心决之。"曰："鲍叔牙何如？"管仲曰："不可。鲍叔牙为人，刚愎而上悍。刚则犯民以暴，愎则不得民心，悍则下不为用。其心不惧，非霸者之佐也。"①

管仲与鲍叔牙的友情为后世赞颂不已。管鲍之交，被视为真正的君子之交。鲍叔牙信守约定，在帮助公子小白做了国君之后，政治前途不可限量；当齐桓公请他出任相国时，他毫不迟疑地拒绝并向齐桓公举荐了管仲；他举荐管仲并非出自兄弟情义，而是认为管仲确实有能力使齐国强盛。管仲平时与齐桓公谈论到鲍叔牙时，从不因两人的私交而无原则地褒扬，而是从国家利益指出鲍叔牙的不足；他告诉齐桓公，鲍叔牙"好直"，这是优点；但是不能为国家大事而屈己，这就是缺点。当管仲年老有病无力执政时，齐桓公首先想到让鲍叔接掌国政，可管仲认为他并非合适的人选。管仲的评论，同样是出自公心，是为国家的未来考虑，而非顾全老友情谊，报答鲍叔当年的知遇、救命和举荐之恩，在人事举荐及职位安排方面，真正做到公正无私。

第三个故事：公仪休的清醒。

---

① 《韩非子·十过》。

公仪休相鲁而嗜鱼，一国尽争买鱼而献之，公仪子不受。其弟谏曰："夫子嗜鱼而不受者，何也？"对曰："夫唯嗜鱼，故不受也。夫即受鱼，必有下人之色；有下人之色，将枉于法；枉于法，则免于相。虽嗜鱼，此不必能致我鱼，我又不能自给鱼。即无受鱼而不免于相，虽嗜鱼，我能长自给鱼。"此明夫恃人不如自恃也，明于人之为己者不如己之自为也。[①]

公仪休担任鲁国的相国，极爱吃鱼。全国的人都抢着买鱼奉献给他，公仪休一概不接受。他弟弟劝道："您酷爱吃鱼，别人送你鱼你又不接受，这是为啥呀？"公仪休回答说："正因为我酷爱吃鱼，所以才不能接受别人送鱼。假如我接受了别人奉献的鱼，那就必然会有迁就别人的心理和表现；有了迁就别人的想法和表现，就难免会做些损害法度的事情出来；损害了法度，就会被罢免相位。失去了相位，我虽然爱吃鱼，可别人就不会再给我送鱼了；我（没有相国的俸禄，）也就没有能力自己买鱼。我现在不接受别人送的鱼，就不至于被罢免相位，虽然爱吃鱼，我还是有能力长久地给自己买条鱼吃的。"这是明白靠别人不如靠自己，明白别人帮助自己不如自己帮助自己的道理。这则故事中，公仪休的一番话，合乎情，达乎理，令人信服。只是读过故事的官员能真

---

① 《韩非子·外储说右下》。

正认同其中的道理并将其作为自己行为指南者，实在太少了。毕竟，欲望是人与生俱来的本能；放纵欲望易，节制欲望难；畏难喜易，同样是人的本性。可见清醒如公仪休者，不仅洞察人性，且有强大的意志力约束自己，方能达到如此境界。其实，民间俗语就有"吃人嘴软，拿人手短""拿人钱财，替人消灾"之类的警言警句。"无欲则刚"，"无欲"或许不那么符合人性，像公仪休那样能够有意识地把无限膨胀的欲望控制在合理的范围之内，主要不是因其修养高，而是不敢，因为有伸手必被捉的法度在，权衡利弊之下，正常的选择自然是不肯铤而走险。因此，治理国家而依赖官员的道德品性超过一般人，希望他们自觉地节制欲望、廉洁自律，在韩非看来是愚蠢可笑的；真正有效力的是法律，有了完备的制度，官员都会高风亮节如公仪休。所以君主只要做到"正赏罚"的法度，就可以让官员做到清正廉洁，君主自己也就高枕无忧了。

第四个故事：操其利害之柄以制之。

> 中山之相乐池以车百乘使赵，选其客之有智能者以为将行，中道而乱。乐池曰"吾以公为有智，而使公为将行，今中道而乱，何也？"客因辞而去，曰："公不知治。有威足以服人，而利足以劝之，故能治之。今臣，君之少客也。夫从少正长，从贱治贵，而不得操其利害之柄以制之，此所以乱

也。尝试使臣：彼之善者我能以为卿相，彼不善者我得以斩其首，何故而不治！"①

中山国相乐池带着100辆车子出使赵国，他选拔手下门客里一位最聪明能干的担任统率随行人马的总管。走到半路，出使的团队变得混乱无序。乐池把那位总管叫来责问："我以为你聪明能干，所以让你做总管；如今半路上乱成这个样子，你是怎么搞的？"那位门客当即提出要告辞离开，说："您不懂管理人的道理。有威权足以使人服从，有利益足以使人卖力，这样才能够管理好。如今，我只是您属下一个既年轻地位又低下的门客。由年轻的来管理年长的，由卑贱的来管理尊贵的，却又没有操控给人以利益或惩罚的权柄，这才是队伍混乱无序的原因。试试让我有这样的权力，随从人员中表现好的人我能够用他担任卿相，而表现不好的人我可以杀他的头，哪有管理不好的道理！"

确实，在实际生活中，有效管理一个团队，关键在于"操其利害之柄以制之"，这也是《韩非子》管理思想的核心理念。对于一个数百人的使团来说，一名被临时指定的负责人虽然既年轻且身份卑微，但只要掌握了这个使团的赏罚大权，向团队成员申明赏罚的规定，然后严格按照规定执行，就可以将这个团队管理得

---

① 《韩非子·内储说上·七术》。

井井有条。同样，对于一个国家来说，通过完备的法律严格规定赏善罚恶的具体条文，以赏利为诱饵，以罚害为威慑，则臣工百姓就都会不敢犯上作乱以避害。在这样的前提下，即使是平庸的君主也可以治理好国家。

总之，在韩非子的政治学中，君臣之间是一种基于利益与权力为基础而建立起来的博弈关系。理想的君臣状态应为正当规则主导之下的利益交换关系。君臣各自利，自利同时又利他，故而能够促成君臣合作，实现共赢。君臣能否实现共赢的关键，在于合作规则是否公平、公正、公开、透明并且切实得到贯彻实施。如果指导君臣雇佣关系之规则没有瑕疵，那么，人臣就会像庸客为主人那样尽心尽责干活一样，恪尽职守，廉洁奉公，为人主尽心竭力，全心全意地做好职责范围内的事情。

三、官吏滥权成因及主要表现

君臣之利益博弈与权力较量，若缺乏正当规则的引导，势必酿成公权之滥用，腐败由此产生。腐败概念，外延很广，长期以来，众说纷纭，很难有一个绝对准确的说法。然而，腐败概念的内核却非常清晰，那就是滥用公权力以及以权谋私。作为人类社会的一种普遍现象，腐败在国家机器尚存之时代，根本无法彻底消除。腐败涉及政治、经济、军事、文化、教育等多个领域，现代社会之腐败除了政治领域诸如以权谋私、任人唯亲之外，还更多表现为"权力寻租"，当权者彼此之间形成权权交易、政治领域与经济领域之间形成权钱交易、当权者与异性之间形成权色交易等。在特定时代背景下，韩非子对腐败现象的分析，主要集中在政治领域，应该说，这是各种官吏滥权现象中之最核心部分。或者说，所有腐败，其实都与公权力之滥用密切相关，而公权力之滥用，实为政治领域腐败之最基本特征。[①]

（一）官吏滥权之主要成因

从历史上看，对于公权力滥用之成因，先秦儒家将之归结为人性的贪欲。既然"衣食男女人之大欲"是人的自然天性，那么因为"衣食男女"所引发的人之贪欲也就不可避免。孔子、孟子都对于人欲泛滥所蕴含的潜在破坏性抱有深刻的戒心。因此之故，儒家往往避免正面谈论利欲，强调诉诸内在之心性涵养，见贤思齐，修身、慎独、自律以节制个人私欲之泛滥。

与孔、孟等人对人之欲望认识的思路不同，韩非子分析政治现象，并不讳言人们追求利益之动机，他不主张运用道德这个标准去判断人之动机；相反，他要求执政者要根据实际情况

---

① 参见宋洪兵著：《循法成德：韩非子真精神的当代诠释》，生活·读书·新知三联书店 2015 年版，第 176 页。

充分利用与疏导人的这种欲望,以调动人的积极性,充分让官吏和民众为自己谋利益的动机去驱动他们为国家服务、为社会服务。在韩非子看来,人的动机如何并不重要,与其挖空心思去追究难以捉摸之内在动机,还不如立足于简单明白之实际行为,即执政者承认人之欲望,然后建立法度利用和控制好这些欲望。

第一,政治腐败之产生,君主负有不可推卸之责任。马基雅维利在《论李维》一书中认为:"君主不应抱怨他所统治的人民犯下的罪行,因为这些罪行不是来自他的疏忽大意,就是因为他的诸如此类的过失。"① 与马基雅维利的观点一样,韩非子认为,政治腐败之直接原因,首先应该归责于奸臣当道,而奸臣当道又应归责于君主之昏聩无能。因此,在韩非子看来,政治腐败之产生,君主负有不可推卸之责任。"君臣异利",这是一个无法回避的事实,此时,决定大臣忠奸、廉污取向的关键因素,就在于君主是否意识到"君臣异利"之事实,并且采取有效之规则来加以约束与防范。如果意识到君臣异利并加以正确引导,就会有效防止人臣权力之滥用;相反,如果一厢情愿地认定君臣同利,忽视引导与防范,其结果就会导致权臣当道及朋党政治等腐败现象之产生。

---

① [意]马基雅维利著,冯克利译:《论李维》,上海人民出版社2005年版,第397页。

君主的政治见识及其采取的政治行为，乃是决定人臣是否腐败之关键。

第二，权力与利益之内在关联是导致腐败产生之根本原因。如果说权力滥用是腐败之表象的话，那么，在韩非子看来，人类需要权力，离开权力，人类社会之正常秩序就很难得以维持，所谓"尧为匹夫，不能正三人"①。作为维持人类社会秩序的基本要素之一，权力具有强制性特征："柄者，杀生之制也；势者，胜众之资也。"②权力之强制性特征，又与人的利益密切相关。可以说，如果没有利益内涵之权力，其对于人类来说，是缺乏吸引力的。一般说来，与权力相关的利益主要包含尊重、安全与收入三个方面。韩非子对此具有深刻的认识，他认为权力如果没有蕴含尊重、安全与收入等方面的利益，即使是天子这样的位置，也不会具有吸引力，所以在三代时期才会出现轻辞天子之位的"禅让"现象；相反，一旦权力与利益挂钩时，即使当今县令这样的小官，人们也会争相夺取，原因无他："薄厚之实异也。"③正是因为权力与利益密切相关，才会导致手握权力之人为了攫取更多利益不择手段甚至铤而走险，从而导致权力被滥用，腐败由此

---

① 《韩非子·难势》。

② 《韩非子·八经》。

③ 《韩非子·五蠹》。

滋生。

第三，腐败形成与产生的深层面原因源自官僚体制之层级分权。韩非子的政治思想具有明显的官僚制色彩。在官职层级制层面，韩非子敏锐地发现了一个治理该困境的思路，这就是任何统治机构的运转无法凭借一个或几个人就能实现，势必需要一个统治集团，由此就意味着统治权力的等级分配。只要政治权力不是完全集中于一人并由其单独行使，那么就无可避免地存在统治集团中的个人或群体利用手中权力谋取私利之可能性。如何借人成势实现统治的同时又不致使公权力被滥用而最终损害最高统治者之利益，在韩非子看来，是一件非常困难的事情。这个困境直接使得根除腐败成为一个不可能实现的目标。

第四，政治腐败之产生，还与权力之可传递性密切相关。由于政治统治之实现离不开层级分权，分权导致官员自身滥用权力之可能性难以避免。同时，权力可传递性特质，更使得权力滥用成为一种普遍的政治现象。所谓"权力可传递性"特质，是指与权力所有者关系亲密之人利用亲近关系形成的优势影响力，进而以此谋取私利。权力的可传递性特征，在政治领域无处不在，无时无刻不在影响着正常的政治运作，如此，权力滥用之可能亦随之无限增大，政治腐败亦因此成为人类难以根除之痼疾。或许，腐败是人类社会根深蒂固的宿命。只要有权力的地方，就会存在权力滥用之可能性。就此而言，彻底消除腐败，追求绝对的河清海晏，终究是一种虚无缥缈的政治幻想。[①] 由此可见，反对腐败是一个伴随人类社会发展的永久性的政治工程。

（二）官吏滥权的成因及主要表现

在韩非子看来，政治领域的腐败现象主要表现在以下几个方面：

第一，官员收受贿赂，徇私枉法。韩非子发现，在政治领域普遍存在着利用私人情感关系在人事安排及赏罚方面违背正当规则的腐败行为。韩非子将这种腐败现象描述为"货赂"（财物贿赂）、"请谒"（托关系）、"私门之请"（托关系）。《韩非子·说疑》篇说"为人臣者，有侈用财货赂以取誉者"，将这种向上级行贿以博取好名声的做法视为"五奸"之一；《韩非子·五蠹》篇也称："其患御者，积于私门，尽货赂而用重人之谒，退汗马之劳。"所谓患御者，即指那种只享受利益而不承担任何义务之极端自利之人，他们为了达到自身利益之最大化，通过贿赂及托关系的方式来逃避兵役及劳役等政治义务。

《韩非子》有这样一个故事，意在阐明政治领域金钱贿赂之危害。

---

① 参见宋洪兵著：《循法成德：韩非子真精神的当代诠释》，生活·读书·新知三联书店 2015 年版，第 186—190 页。

> 鲁丹三说中山之君而不受也，因散五十金事其左右。复见，未语，而君与之食。鲁丹出，而不反舍，遂去中山。其御曰："反见，乃始善我，何故去之？"鲁丹曰："夫以人言善我，必以人言罪我。"未出境，而公子恶之曰："为赵来间中山。"君因索而罪之。①

鲁丹三次游说中山国的君主都没有被接受，因而用五十两黄金贿赂奉承中山君的侍从。然后再去拜见中山君，还没有开口说话，中山君便赐给他食物了。鲁丹出来后，不回旅馆，马上就离开中山国。他的车夫说："这次进见，中山君不是已经开始待我们好了吗，为什么还要离开中山国呢？"鲁丹说："中山君因为别人的话而待我好，也一定会因为别人的话而加罪于我。"果然，他们还没有走出中山国的国境，公子就毁谤他说："鲁丹是为赵国来探测中山国的。"中山国君主于是便捕捉并惩处了鲁丹。

在上述故事中，鲁丹向中山之君表达自己的政治见解以期获得重用。刚开始，鲁丹试图通过正当渠道向中山国君表达自己的政治见解，但并未获得认同。于是，鲁丹用五十金贿赂国君身边之人，再次拜见中山国君时待遇已是迥异于前，没说一句话就获得君主赏赐。这对于鲁丹个人来说，本是一件好事，因为已经得

---

① 《韩非子·说林上》。

到国君的赏识。但是，鲁丹深知，他之所以获得赏识，并非是国君看重其才能，而是因为国君左右之人为他说了好话的缘故。在这一过程之中，不是正当规则在起作用，而是国君左右之人的看法影响着君主的判断。贿赂之所以能够盛行并在实际生活中切实发挥作用，关键就在于正当规则之缺失。鲁丹之所以离开中山国，原因亦在于此。

第二，请托之风盛行。在《韩非子》中，有一个故事，说明了请托说情在政治领域尤其人事安排层面具有极大的危害性，因为它破坏了政治规则之公平性。

> 韩昭侯谓申子曰："法度甚不易行也。"申子曰："法者，见功而与赏，因能而受官。今君设法度而听左右之请，此所以难行也。"昭侯曰："吾自今以来知行法矣，寡人奚听矣。"一日，申子请仕其从兄官。昭侯曰："非所学于子也。听子之谒，败子之道乎，亡其用子之谒？"申子辟舍请罪。①

韩昭侯对申不害说："法度很不容易实行。"申不害说："所谓法，就是看到谁有功劳就给予赏赐，依据才能而授予官职。如今君主设立了法度，而又听从左右近臣的请托，这就是法度

---

① 《韩非子·外储说左上》。

实行起来很困难的原因。"昭侯说:"我从今以后知道怎样实行法度了。我还听什么请托呢?"有一天,申不害请求任用自己的堂兄为官,昭侯说:"这不是我从您那儿学来的道理呀。我是听从您的请托,从而破坏您的治国思想呢?还是忘掉办理您的请托这件事呢?"申不害听后后悔不已,赶紧退出宫殿并请求治罪。

事实上,所谓请托就是跑关系、走门路、通关节。这是中国传统人情社会最常见的现象。在这样的社会里,人际关系具有至高无上的神通,几乎所有的事情都需要找熟人、跑关系。有关系一路畅通,无所不能;没有关系则寸步难行,至少会遭遇冷脸和刁难。关系型社会实际意味着无序和规则的缺失。即便建立了法度,也只能是一种装饰和摆设,无法真正对社会起到约束和制衡作用。因为法律规定在人情关系面前可能会不堪一击。韩非等先秦法家努力倡导的,便是要使国家走出关系型社会,让完善的法律成为规范整个社会生活的唯一标准,从而实现社会的有序化。申不害是战国时期法家的代表人物之一,他在理论上对于法治的认识和论述非常系统和深刻。他告诫韩昭侯做事严格依照规矩,不在法度之外答应身边亲近的臣子的请托,全社会树立法律的权威和尊严。可是,当申不害遇到人情与请托两难时,他还是首先选择了破坏他政治法度主张的人情社会规则,向君主请求给自己的堂兄一个官职,而没有想到堂兄是无功受禄,也没有考虑堂兄的能力如何。这个事例说明了在中国建立法治社会的必要性与艰难性。

第三，滥用职权，谋取私利。韩非子身处战国末期，目睹韩国当时政治生态中广泛存在的卖官鬻爵、滥用职权的腐败现象，感到十分忧虑。在韩非子看来，官职爵禄之功能，在于君主进贤才劝有功，从而治理好国家。然而，如果金钱与权力形成合谋关系，权钱交易介入政治领域，势必导致官职爵禄原有的奖赏激励功能根本丧失，其结果便是"劣币驱逐良币"，真正有才能的人被排斥，从而引发"亡国之风"[1]。

韩非子认为：

> 释法禁而听请谒，群臣卖官于上，取赏于下，是以利在私家而威在群臣。[2]

韩非子还说：

> 亡国之廷无人焉。廷无人者，非朝廷之衰也。家务相益、不务厚国；大臣务相尊，而不务尊君；小臣奉禄养交，不以官为事。此其所以然者，由主之不上断于法，而信下为之也。

---

① 《韩非子·八奸》。

② 《韩非子·饰邪》。

故明主使法择人，不自举也；使法量功，不自度也。能者不可弊，败者不可饰，誉者不能进，非者弗能退，则君臣之间明辨而易治。故主雠法则可也。①

将要灭亡的国家，朝廷上是没有人的。说朝廷上没有人，并不是说朝廷里的官员数量减少了，而是指卿大夫们都专心一意地互相帮忙谋私利，却没人致力于使国家富强；位高权重的朝廷大臣拼命互相吹捧提携，而不致力于尊奉国君；普通官吏则是拿着国君给的俸禄供养私交，以图结成朋党谋取个人的权力和利益，没有人真正把自己的工作当回事。造成这种状况的原因，就是由于君主不能在上面依据法律裁断事务，而是完全听信下面的官吏为所欲为。所以英明的君主用法度来选拔人才，而不凭自己的意愿来举用；使用法度来衡量功绩，而不凭自己内心的揣度加以衡量。有才能的人不允许被埋没，做坏事的人不能被掩饰，徒有虚名的人不能进用，而受到诋毁的人也不会被免职。这样，君主和臣子之间的关系就可以明白地区分而且容易治理。所以君主使法令应验就可以了。

韩非子强调君臣之间本质上虽然是一种基于利益基础上的买卖互换关系，但这种关系是基于能力与爵禄之政治权利规则上的

---

① 《韩非子·有序》。

公平交换，而非通常意义上金钱与权力之间形成的滥用职权，谋取私利。朝堂上官员济济，然而各怀鬼胎，阳奉阴违，欺上瞒下，人浮于事；各打自己的算盘，一门心思巩固已有的地位和既得利益，并寻求一切可能的机会投机钻营往上爬，或者拼命为自己捞取更多的实惠。没有人真心实意地为国家的现实问题和长远利益考虑。韩非认为，在这样的政治氛围下，满朝文武竟然找不到为国为君之臣，岂不等于无臣？如此说来，一眼望去，人满为患的朝堂，实质上竟是空空荡荡！因此国政徒有其表，实际上已经陷入深重的危机。一旦有风吹草动，无论是内忧还是外患，都足以导致君主身亡政息。

第四，中饱私囊，贪污公家财物。贪污公家财物亦是古今政治腐败的一种突出现象。韩非子对此也有相当深刻的阐述。

《韩非子》中记载了这样一个故事：

> 韩宣子曰："吾马菽粟多矣，甚臞，何也？寡人患之。"周市对曰："使骐尽粟以食，虽无肥，不可得也。名为多与之，其实少，虽无臞，亦不可得也。主不审其情实，坐而患之，马犹不肥也。"①

韩宣子说："我的马，豆类谷物等饲料已经给得很多了，却

① 《韩非子·外储说左下》。

很瘦，为什么呢？我对此十分担忧。"周市回答说："假如马夫把所有的饲料都拿来给马吃，就是不要它肥，也不可能不肥。名义上是给了马很多饲料，实际上马吃到的饲料很少，即使不要它瘦，也是不可能不瘦的啊。主上不去仔细考察它的实际情况，只是坐着为此发愁，马还是不会肥的啊。"

通过韩宣子与周市的对话可知，马料不可谓不丰富，然而马却因为喂马之人中饱私囊，克扣马料，贪污公家财物，致使马瘦弱不堪。喂马如此，治理国家的道理何尝不是如此呢？韩非子是在借这个故事揭露官吏"中饱"从而导致了国家贫弱。

第五，利用裙带关系谋取私利。利用裙带关系谋取私利也是政治腐败的一个重要表现。政治领域的裙带关系，直接侵蚀了公平与公正的政治原则。所谓裙带关系，就是亲属及关系亲近者之间形成的利益同盟关系。具体呈现于政治领域，大多表现为任人唯亲、为亲谋利。作为手握权势一方，在人事任免及利益分配方面，倾向于为那些与自己关系亲近的人谋利，此为第一层级的裙带关系腐败；作为有权势之人的亲属或亲近之人，亦可因裙带关系而获得优势影响力，进而为自己及自己身边的人谋取私利，这是第二层级的裙带关系腐败。①

① 参见宋洪兵著：《循法成德：韩非子真精神的当代诠释》，生活·读书·新知三联书店 2015 年版，第 179 页。

韩非子在《韩非子·八说》中描述了当时盛行的第一层级的裙带关系腐败状况：

> 为故人行私谓之"不弃"，以公财分施谓之"仁人"，轻禄重身谓之"君子"，枉法曲亲谓之"有行"，弃官宠交谓之"有侠"，离世遁上谓之"高傲"，交争逆令谓之"刚材"，行惠取众谓之"得民"。"不弃"者，吏有奸也；"仁人"者，公财损也；"君子"者，民难使也；"有行"者，法制毁也；"有侠"者，官职旷也；"高傲"者，民不事也；"刚材"者，令不行也；"得民"者，君上孤也。此八者，匹夫之私誉，人主之大败也。反此八者，匹夫之私毁，人主之公利也。人主不察社稷之利害，而用匹夫之私誉，索国之无危乱，不可得矣。"①

为老朋友奔忙私事叫做"不抛弃朋友"，拿公家财物散发施舍叫做"仁爱之人"，轻视俸禄而看重自身叫做"君子"，歪曲法制来偏袒亲人叫做"有德行"，放弃官职看重私交叫做"有义气"，逃离现实回避君主叫做"清高傲世"，互相争斗违抗禁令叫做"刚强之才"，施行恩惠收买民众叫做"得民心"。"不抛弃朋友"，官吏就会有邪恶的行为了；有了"仁爱之人"，国家的财产就会受

---

① 《韩非子·八说》。

到损害了；有了"君子"，民众就难以驱使了；有了"有德行"的行为，法制就会遭到破坏了；有了"有义气"的行为，官职就会出现空缺了；有了"清高傲世"的道德观，民众就不侍奉君主了；有了"刚强的人才"，禁令就不能实行了；有了"得民心"的行为，君主就孤立了。这八种道德说教，使普通百姓得到了有利于个人的赞誉，但却使君主受到了极大的损害。和这八种相反的道德观念，会使普通百姓得到有害于自己的毁谤，但却符合君主的国家利益。君主不去考察它们对国家是有利还是有害，却听从这些使普通百姓获得个人声誉的道德说教，这样，想求得国家不危险混乱，就不可能了。

虽然韩非子说的这八种现象并不都是指裙带关系腐败，但这八种腐败多少都与人情社会裙带关系息息相关。

归根结底，第二层级的裙带关系腐败，源自君主第一层级的裙带关系腐败。

在《韩非子·八奸》中，则深刻揭示了第一层级与第二层级裙带关系腐败的内在关联，这种腐败现象被韩非子命名为"父兄"现象：侧室公子、大臣廷吏作为君主的亲近之人，深获君主信任，言听计从，这些人之所以能够获得重用进而手握重权，本身就是君主任人唯亲的一个结果，这是第一层次意义上的裙带关系腐败；同时，这些与君主关系亲近的人又充分利用裙带关系形成的政治影响力，在次级政治生态领域任用与自己关系亲近的其他臣子，狼狈为奸，结成利益攻守同盟，最终侵犯君主利益。在韩非子看来，君主利益代表着公利或社稷之利，因此他劝解君主应对"父兄"保持警惕。这是第二层级的裙带关系腐败。

第六，权臣当国与朋党政治。韩非子认为，当权重臣之所以能够结党营私、以权谋私，害君害国，根本原因就在于他们手中拥有权势，而当权重臣的权势又源自君主的信任与授权。在韩非子看来，权臣之所以能够得逞其私欲，正在于他们善于揣摩君主心思，充分利用君主的人性弱点，投其所好，阿谀奉承，从而骗取君主信任并授权。而当权重臣一旦大权在握，势必充分利用自身已经获得的政治影响力，在人事任免及政治考核过程中，举荐自己的亲信，排斥异己，拉帮结派构建自己的小利益集团，从而谋取私利，胡作非为，甚至擅权以害君乱政。有鉴于权臣当国与朋党政治在政治领域之腐败情状及其巨大危害，韩非子主张将其绳之以法，判处死刑："故当世之重臣，主变势而得固宠者，十无二三。是其故何也？人臣之罪大也。臣有大罪者，其行欺主也，其罪当死亡也。"①

---

① 《韩非子·孤愤》。

四、韩非子的治吏术

（一）治国理政的关键是治吏

治理方略是治理国家中的具有战略性的指导原则和策略。韩非子的治理方略，有着一个逻辑体系的完整结构。《韩非子》的核心内容就是努力在大乱之世为君主寻找到一套能够拨乱反正、长治久安的治国之策。

韩非子为君主提供的治理方略主要有：[①]

第一，循天守道。即遵循和顺应自然规律——"道"。老子说："道恒无名，侯王若能守之，万物将自化。"[②]

第二，因情而治。即遵循和顺应社会规律，根据人情的实际需要治理国家，不违背人情世故。韩非子说："凡治天下，必因人情。"[③]

第三，中央集权。即"事在四方，要在中央。圣人执要，四

---

① 参见王立仁著：《韩非的治国方略研究》，中国社会科学出版社 2012 年版，第 118 页。
② 《道德经·第三十七章》。
③ 《韩非子·八经》。

方来效"。①

第四，依法赏罚。即以法治国。赏罚是君主治理国家的两个最重要的权柄，赏罚要依法度行事。韩非子说："以刑治，以赏战，厚禄以周术。"②

第五，治吏引纲。即治吏是治国抓纲的表现，君主治国重在治吏。韩非子说："明主治吏不治民。"③

第六，务力尚力。即国家要靠实力发展，发展农战，务力尚力才能使国家强大。韩非子说："故国多力，而天下莫能侵也。"④"力多，则人朝；力寡，则朝于人。"⑤

以上六项内容中，治吏引纲可谓是韩非提供给君主治国理政的最为关键性的一项方略。

在韩非子的吏治思想中，"治吏"不仅是为了维护专制主义中央集权，更好地发挥官僚机构的统治效能的需要，而且也是为了更好更有效的"治民"需要。

韩非说：

①《韩非子·扬权》。

②《韩非子·饰令》。

③《韩非子·外储说右下》。

④《韩非子·饰令》。

⑤《韩非子·显学》。

人主者，守法责成以立功者也。①

作为君主，就是要依靠法律制度和官吏履行职责来建立自己的功绩。就是说君主治理国家主要凭借两种武器：一是法律；二是官吏。由于法律也是通过官吏来执行的，君主治理国家不能离开官吏，因而，对官吏的治理就成为君主治理国家的关键之关键。

韩非又说：

人主者，以刑德制臣者也。②

在韩非看来，君主的工作就是以刑德来控制臣下监督臣下完成既定目标。刑是刑罚，德是奖赏。这一方面是说，君主治理官吏不能离开刑德二柄，离开刑德二柄就无法做到有效治理官吏；另一方面是说，君主就是治理官吏的人，他的使命和责任就是做好治理官吏的工作。

由于臣下或官吏是君主治理国家的关键所在，因此，韩非告诫君主：

明主治吏不治民。③

---

① 《韩非子·外储说右下》。
② 《韩非子·二柄》。
③ 《韩非子·外储说右下》。

为什么说君主治理国家只治吏不治民呢？韩非子给出了两点理由：

第一，官吏是国家乱与不乱的关键所在，官吏如果不乱，国家就不会乱。

韩非说：

> 闻有吏虽乱而有独善之民，不闻有乱民而有独治之吏。①

中外古今大量历史事实表明，在官吏作乱时还能有遵守规矩的百姓，而在百姓作乱时却不会有遵守规矩的官吏。这说明百姓乱时则官吏必乱，百姓不乱时官吏也会乱，官吏决定着百姓乱与不乱，官吏是国家乱与不乱的关键。这话的潜在意义是治理好官吏，使官吏不乱国家就不会乱，而要使国家不乱，就必须治理好官吏。为什么？这是因为官吏是国家行政部门的具体管理者、执法者，是负责民众的教化者、示范者，是民的榜样。把官吏治理好了，国家就会安宁，官吏治理不好，国家就会混乱。

第二，官吏是君主治理国家的工具。

韩非说：

---

① 《韩非子·外储说右下》。

> 吏者，民之本、纲者也。
>
> 圣人不亲细民，明主不躬小事。①

官吏是什么？官吏是君主治理国家、治理百姓的纲。俗话说，纲举目张。君主治吏不治民，并不是说君主治理国家不需要治理百姓，而是说君主不需要直接治理百姓。君管官，官管百姓，各司其职。选官就是为了治理百姓。君主选用官吏，就是通过他们来治理百姓，以实现国家的治理。"对于君主来说，对民众的统治必须通过官吏来进行，官吏的好坏直接关系到君主的利益，因而'治吏'比'治民'显得更为迫切、更重要。"②"韩非的思路是君主'治吏不治民'，能掌握臣下也就自然能统治民众，治理民众应当是间接的，君主不宜亲自去做。"③"君主最终的统治对象虽然是民，然而君主却不能直接面对民众，而必须通过官吏这一环节，才能理顺上下统治关系，取得事半功倍的效果，所以为政的重点是'治官'。""官吏如网中之纲，民如网中之目。"④

---

① 《韩非子·外储说右下》。
② 杨鹤皋主编：《中国法律思想史》，北京大学出版社 1988 年版，第 188 页。
③ 施觉怀著：《韩非子评传》，南京大学出版社 2002 年版，第 188 页。
④ 纪宝成主编：《中国古代治国要论》，中国人民大学出版社 2004 年版，第 110 页。

（二）治吏的关键是选用能人为官

在韩非看来，选择什么样的人作为官吏来替君主管理民众，完成政事，这是决定国家与君主存亡的大事。君主若没有选用官吏的正当方法、手段和标准，就会导致治理国家的失败。既然官吏是君主治理国家的重"纲"，是国家治乱的关键所在，那么，君主治理国家就应该把选吏与治吏作为治国理政之首要大事。

治吏首要之事就是要选拔有才能合适的官吏。

韩非子说：

> 任人以事，存亡治乱之机也。无术以任人，无所任而不败。[1]

把政事交给什么人，是国家存亡治乱的关键。如果君主没有手段来任用人，那么无论任用什么人都会把事情搞坏。因而，必须有一个正确的标准来选择官吏，这个标准就是能者居其劳，以治理才能大小而授其官。

除了才能外，韩非子也同意把个人品行作为君主选择官吏的重要标准。

韩非子揭示了当时政治上存在的一种普遍现象，这就是：

---

[1] 《韩非子·八说》。

　　人君之所任，非辨智则洁修也。 [①]

　　即君主选拔官吏不是根据其智慧才能，就是根据其道德品行。

　　就是说，君主选择官吏有两个标准：一个是人的才能，另一个是人的品行。或者是根据人的能力，或者是根据人的品行选择官吏。尽管只有这两个用人标准，但是选择有能力之人为官还是选择有德行之人为官，却是很让人为难的事。因为"任人者，使有势也" [②]。君主任用大臣和官吏，就是使他们掌握权势。而"智士者未必信也，为多其智，因惑其信也。以智士之计，处乘势之资而为其私急，则君必欺也焉。为智者之不可信也，故任修士者，使断事也。修士者未必智，为洁其身，因惑其智。以愚人之所悟，处治事之官而为其所然，则事必乱矣" [③]。韩非告诫人们，有智能的人未必受到信任，原因在于他们富有才智，因而君主怀疑他们的诚实。在人们的眼里，凭智士的聪明，加上君主给他们的权势，如果他们极力为个人打算，君主一定会受到欺骗。由于智者不可信任的缘故，于是君主便任用有德行的人，让他们去决断政事。可由于有德行的人未必有智能，因为他们品行端正，所以人们又怀疑他们的能力。如果使用庸人担任行政官员，让他们根据自己

---

① 《韩非子·八说》。
② 《韩非子·八说》。
③ 《韩非子·八说》。

的认识行事，事情就一定会办糟糕。在这两种标准或两种人面前，"人主有二患：任贤，则臣将乘于贤以劫其君；妄举，则事沮不胜"①。君主的两种忧患是：任用能干的人，那臣子将会凭借能干来夺取君位；随便提拔人，那事情又可能会半途而废做不好。在这样的情况下，君主"无术以用人，任智则君欺，任修则君事乱，此无术之患也"②。君主如果缺乏正确的方法，就会出现任用聪明人欺骗君主，任用有德行的人为君主做坏事的恶果。这是君主治国理政中无法规避的一个矛盾而又两难的问题。治理国家不能离开官吏，而任用官吏又存在着用智士（有能力的人）被欺，任用修士（有德行的人）坏事的实际，"今舜以贤取君之国，而汤、武以义放弑其君，此皆以贤而危主者也"③。舜以贤能夺取了君主尧的政权，汤、武以道义流放和弑杀了自己的君主，这都是凭借能力危害君主。那么在这两难中到底应该怎么办呢？在智能之人和修士之间，在被欺和坏事的可能之间，韩非主张选择前者即选用有能力的人作为官吏来为君主治理国家，而不是选择有德行而坏事的人。有德行的人品行端正不一定有才智，不一定有能力，而有能力的人品行又未必优秀。面对这个两难的问题，韩非给出的答案

① 《韩非子·二柄》。
② 《韩非子·八说》。
③ 《韩非子·忠孝》。

是选用能人来治理国家，选拔官吏的根本标准应该是有没有能力。

韩非子说：

> 官之失能者，其国乱。①

在官职上任用没有治理能力的官员，国家就会混乱。

总之，韩非处在乱世尚力的时代，面对这样一个时代，治理国家的难度要比和平稳定时期困难得多，这个时代，更需要有能力的官员，这也是韩非子特别重视以才能选拔官员的一个重要原因。

韩非子说：

> 上古竞于道德，中世逐于智谋，当今争于气力。②

在一个靠实力说话的时代，选用官吏就更需要他的实际能力。有富国强兵能力就可以做官，没有富国强兵能力就不能做官，这就是韩非在治吏或选拔官吏时坚持的一个基本标准，或者说是韩非子选拔官吏一个根本思想或者是指导原则。③

---

① 《韩非子·有度》。
② 《韩非子·五蠹》。
③ 参见王立仁著：《韩非的治国方略研究》，中国社会科学出版社 2012 年版，第 121、122 页。

（三）君主的课能之术

韩非子的课能之术是君主使用和考验人才的方法。其要点是：

> 术者，因任而授官，循名而责实，操杀生之柄，课群臣之能者也，此人主之所执也。①

所谓术治，就是根据各人的能力来授予相应的官职、按照官职名分来责求其实际的功效、掌握生杀大权、考核各级官吏的才能这么一整套的方法。这是君主所必须掌握的驾驭官吏的手段。

> 术者，藏之于胸中，以偶众端而潜御群臣者也。故法莫如显，而术不欲见。②

所谓"术"，就是藏在君主心里用来验证各方面的事情从而暗地里用它来驾驭群臣的方法。

> 为人臣者陈而言，君以其言授之事，专以其事责其功。功当其事，事当其言，则赏；功不当其事，事不当其言，则罚。③

---

① 《韩非子·定法》。
② 《韩非子·难三》。
③ 《韩非子·二柄》。

就是说，君主根据臣下所作的保证和诺言，授予某种职事，然后按其职事检查其功效。对功效与职事和诺言相符合的官吏进行奖赏，对功效与职事和诺言不相符合的官吏则实施惩罚。

由此可见，韩非子的"术"，是特指君主驾驭群臣的统治术，也可称之为"刑名之术"。这种统治术要求君主暗中综合研究各方面的情况，对照群臣的职分和诺言，检查群臣活动的效能和事实真相，然后予以赏罚进退，借以达到任能、禁奸、维持统治稳定的目的。

据孙实明在《韩非思想新探》一书中总结，韩非子政治思想中课能之术的具体步骤和方法大致有 10 项：

（1）君主遇事首先要集中群臣的智慧，以便确立工作方案。

（2）君臣订立工作合同。方案进言者和实行者要对方案实施的后果承担相应的责任。

（3）订立工作合同一定要讲究功效。

（4）在订立合同、考验功效时，必须将责任具体落实到臣下个人。

（5）检验功效时必须运用"参验"即"众端参观"的方法，比较研究多方面的情况，以了解事实真相，从而防止冒功和"诬能"。

（6）审合刑名时，必须要求刑（形）与名、功效与诺言完全相符。

（7）审合刑名之后，要实行"必罚明威"和"信赏尽能"。

（8）君主所亲自考验和任用的贤能，必须通过自下而上的逐级考验和提拔，不宜单凭虚名，重用那些未经实际考验的人。

（9）君主所亲自任用和考验的贤能系由群臣推荐，明君不自举臣。举贤者举得其人则与之俱得赏，否则同受罚。

（10）要防止大臣为避免负责而不说话——包括不议论、不请事、不荐贤。①

现在，结合以上十项"课能之术"，进一步加以详细的说明。

第一项：君主遇事要集中群臣的集体智慧，逐一听取群臣个人意见，然后公开集会进行讨论辩难，最终果断将工作方案确定下来。

韩非子说：

> 力不敌众，智不尽物；与其用一人，不如用一国。故智力敌而群物胜，揣中则私劳，不中则有过。下君尽己之能，中君尽人之力，上君尽人之智。是以事至而结智，一听而公会。听不一，则后悖于前；后悖于前，则愚智不分。不公会，则犹豫而不断；不断，则事留。自取一，则毋堕壑之累。故

① 参见孙实明著：《韩非思想新探》，湖北人民出版社 1990 年版，第 77—81 页。

使之讽，讽定而怒。是以言陈之日，必有英籍。结智者事发
而验，结能者功见而谋成败。成败有征，赏罚随之。事成，
则君收其功；规败，则臣任其罪。君人者合符犹不亲，而况
于力乎？事智犹不亲，而况于悬乎？故非。用人也不取同，
同则君怒。使人相用，则君神；君神，则下尽；下尽，则臣
上不因君；而主道毕矣。^①

君主一个人的力量敌不过众人，一个人的智慧不能全部了解
所有的事物；所以，与其使用自己一个人的智慧和力量，还不如
利用全国臣民的智慧和力量。君主如果拿自己的智慧与力量去和
众人万物较量，那么众人万物就会胜过君主；君主即使凭智力把
事情猜测到了，那自己也会劳累；如果猜不中，那就还会犯过错。
下等的君主只是竭尽自己的才能，中等的君主能充分发挥别人的
力量，上等的君主能充分利用别人的智慧。因此，遇到事情就应
该集中众人的智慧，一一听取意见以后再把大家公开集合起来讨
论。听取意见时如果不是先一个一个地分别进行而马上集中起来
讨论，那么臣下在后来讲的话就会参照别人的观点而和他先前想
讲的话相反；后来讲的话和原先想讲的相反，那么臣下的愚蠢和
聪明也就无法辨别清楚。如果逐一听取意见后不把大家公开集合

---

① 《韩非子·八经》。

起来讨论，那就会犹豫而不能决断；不能决断，那么事情也就拖下去了。君主对臣下的意见能独立自主地择取其中的一种，那就不会掉入臣下所设的陷阱而导致祸害。所以，君主先让臣下提意见，等他们把意见确定之后再严厉地斥责他们。臣下发表言论的时候，一定要有簿册加以记录。集中众人智慧的，等事情发生以后，再检验一下谁的计谋正确；集中众人才能的，等功绩表现出来以后，再考察一下各人的成败得失。成功和失败有了证验，奖赏和惩罚就按照它来进行。事情办成了，那么君主就收取它的功劳；谋划失败了，那么臣下就承担它的罪责。君主对于验合符信这种重要而又不费力的事尚且不亲自去做，更何况是那些要用力的事呢？君主对于稍动脑筋的事尚且不亲自去做，更何况是那些要费尽心机凭空推测的事情呢？所以君主不在具体的事情上费心尽力。君主任用官吏时，不应该录用彼此意见相同的人；如果臣下相互附和，那么君主就应该严厉地加以斥责。使臣下相互对立而为君主所利用，那么君主就神妙莫测了；君主神妙莫测，那么臣下就会尽心竭力地为君主效劳；臣下尽心竭力地为君主效劳，那么臣子就不会向上来利用君主；这样，君主统治臣下的方法也就完备了。

第二项：君臣订立工作合同。方案实施的后果，要由进言者和实行者承担责任。

在第一项中，韩非子已经说过：

> 结智者事发而验，结能者功见而谋成败。成败有征，赏罚随之。事成，则君收其功；规败，则臣任其罪。

为了追究责任，对群臣的建议和诺言一定要作书面记录以待后验："言陈之日，必有莢籍。"这种载之于册籍之言，相当于军令状式的工作合同，是君主对臣工进行奖赏的重要参考依据。

第三项：订立工作合同一定要讲究功效。君主应该注意办事的功利性，必须是收入超出支出而又是有利可图的事情才可以做，决不能让"人臣出大费而成小功"来损害君主的利益。

韩非子说：

> 人主欲为事，不通其端末，而以明其欲，有为之者，其为不得利，必以害反。知此者，任理去欲。举事有道，计其入多，其出少者，可为也。惑主不然，计其入，不计其出，出虽倍其入，不知其害，则是名得而实亡。如是者，功小而害大矣。凡功者，其入多，其出少，乃可谓功。今大费无罪而少得为功，则人臣出大费而成小功，小功成而主亦有害。①

君主想做某事，如果还没有搞清楚那事情的头绪以及后果，就已经把自己的想法透露了出来，有这种行为的君主，他做的事

---

① 《韩非子·南面》。

不但不能得利，而且一定会受害。懂得了这种道理的君主，就会顺应客观的事理办事而去掉自己的主观欲望，做事情有一定的原则，计算下来那收入多而支出少的事情，是可以做的。糊涂的君主却不是这样，他们只盘算那收入，而不考虑那支出的成本，支出即使是那收入的一倍，他们也不知道那害处，这样表面上看，名义上虽然是得到了，但实际上却是失去了。像这样的话，那么功效微小而损失就十分重大了。大凡功效这东西，那收入多而支出少的，才可以称为功效。现在耗费大了并没有罪过而稍有所得就被认为有功，那么臣下就会支出大量的费用去成就小的功效，这微小的功效即使成就了，而君主也还是有损失的。因此，韩非子认为，功效的概念应包含成本观念在内，"凡功者，其入多，其出少乃可谓功"。因此，在订立获取功效的合同时，一定要有成本规定。成本规定也是名的一部分。为追求功效而不计成本的做法是愚蠢而有害的。

第四项：在订立合同、考验功效时，必须将责任落实到臣下个人。这包括两个方面：

（1）人主应"一听则愚智不分，责下则人臣不参"①。君主要逐一听取臣下的意见和诺言，并一一考验其功效，只有这样才能有效地分辨贤愚，避免混淆视听。韩非子用齐王听竽的故事形象地

① 《韩非子·内储说上七术》。

说明了这个道理：

> 齐宣王使人吹竽，必三百人，南郭处士请为王吹竽，宣
> 王说之，廪食以数百人。宣王死，缗王立，好一一听之，处
> 士逃。①

齐宣王让人吹竽，一定要 300 个人一起吹。南郭先生请求为
宣王吹竽，宣王很喜欢他，由官仓供给他的粮食与几百个人一样
多。宣王死了以后，缗王登上了王位，喜欢一个一个地听人吹竽，
南郭先生就逃跑了。

（2）君主要贯彻"一听责下"，严格划分臣下个人的职权范围，
"不得越官而有功，不得陈言而不当"。韩非子用韩昭侯重视法度
的故事形象地说明了这个道理。

第五项：检验功效时必须运用"参验"即"众端参观"的方
法，比较研究多方面的情况，以了解事实真象，从而防止冒功和
"诬能"。

第六项：君主审合刑名时，必须严格执行合同，要求刑（形）
与名、功效与诺言完全相符。

韩非子说：

---

① 《韩非子·内储说上七术》。

人主有诱于事者，有壅于言者，二者不可不察也。

人臣易言事者，少索资，以事诬主。主诱而不察，因而多之，则是臣反以事制主也。如是者谓之"诱"，诱于事者困于患。其进言少，其退费多，虽有功，其进言不信。不信者有罪，事有功者必赏，则群臣莫敢饰言以惛主。主道者，使人臣前言不复于后，后言不复于前，事虽有功，必伏其罪，谓之任下。

人臣为主设事而恐其非也，则先出说，设言曰："议是事者，妒事者也。"人主藏是言，不更听群臣；群臣畏是言，不敢议事。二势者用，则忠臣不听而誉臣独任。如是者谓之"壅于言"，壅于言者制于臣矣。主道者，使人臣必有言之责，又有不言之责。言无端末、辩无所验者，此言之责也；以不言避责、持重位者，此不言之责也。人主使人臣，言者必知其端以责其实，不言者必问其取舍以为之责，则人臣莫敢妄言矣，又不敢默然矣，言、默皆有责也。①

韩非子说：君主有被事情诱惑的，有被言论蒙蔽的，这两种情况不可不加审察。

臣子中把做事说得很容易的人，他们索取的费用很少，用自

---

① 《韩非子·南面》。

己能办事来欺骗君主。君主受到他们的诱惑后不加审察，便夸奖他们，这样的话，那么臣下就会反过来用办事来控制君主了。像这样的情况就叫做"被事情诱惑"，被事情诱惑的君主就会被祸患搞得焦头烂额。他们进见君主时所说的费用很少，但他们回去办事时花费却很多，即使办事有了成效，他们进见君主时讲的话也是不诚实的。不诚实的人有罪，他们即使办事有了成效也不给奖赏，那么群臣就没有谁再敢吹牛夸口来迷惑君主了。君主的统治手段应该是，假如臣下先前说的话和后来办的事不合，或者后来说的话和先前办的事不合，事情即使办成了，也一定要使它们受到应得的惩罚，这叫做使用臣下的方法。

臣下为君主筹划了事情而又怕被别人非议，就预先出外游说，使人扬言说："议论这件事情的人，就是嫉妒这件事情的人。"君主心里记住了这种话，就不再听信群臣了；群臣害怕这种话，就不敢议论这件事了。君主不听群臣、群臣不敢议论这两种情形起了作用，那么君主就不听信忠臣的话而专门任用那些徒有虚名的臣子了。像这样的情况就叫做"被言论蒙蔽"，被言论蒙蔽的君主就会被臣下控制。君主的统治手段应该是，使臣下一定负有说话不当的罪责，又负有该说不说的罪责。说话无头无尾，辩词无从验证的，这就是说话不当的罪责；用不说话来逃避责任以保持重要官位的，这是该说不说的罪责。君主使用臣下，对说话的臣子，一定要了解他说话的头绪，并用它来责求他的办事实效；对不说话的臣子，一定要问清他对某事是赞成还是反对，并把它作为问责他的责任。像这样的话，那么臣下就没有谁再敢乱说了，也不敢沉默了，因为说话和沉默都有责任了。

第七项：审合刑名之后，要实行"必罚明威"和"信赏尽能"，因为"刑罚不必则禁令不行"，"赏誉薄而谩者下不用"①。只有奖罚分明，君主才能治理好官吏。

一方面，韩非子主张君主一定要做到"必罚明威"，对违反法度的官员严惩不贷。"爱多者，则法不立；威寡者，则下侵上。是以刑罚不必，则禁令不行。"②君主仁慈过分的，那么法制就不能建立；君主威严不足的，那么臣下就会侵害主上。因此刑罚如果不坚决地加以实施，那么禁令就不能实行。因此，对罪犯一定要加以严惩。

另一方面，韩非子也主张君主一定要做到"信赏尽能"，对有功者一定要做到奖赏表扬。"赏誉薄而谩者，下不用也；赏誉厚而信者，下轻死。"③奖赏表扬轻微而又欺诈不能兑现的，臣民就不肯被君主使用；奖赏表扬优厚而又确实守信用的，臣民就会不惜牺牲为君主效劳。

---

① 《韩非子·内储说上七术》。
② 《韩非子·内储说上七术》。
③ 《韩非子·内储说上七术》。

第八项：君主所亲自考验和任用的贤能，必须通过自下而上的逐级考验和提拔，不宜单凭虚名就重用那些未经实际考验的人。"故明主之吏，宰相必起于州部，猛将必发于卒伍。夫有功者必赏，则爵禄厚而愈劝；迁官袭级，则官职大而愈治。夫爵禄大而官职治，王之道也。"①

第九项：君主所亲自任用和考验的贤能系由群臣推荐，明君不自举臣，推荐者应自负其责。君主既要考察任事者的功效，又要考察举贤者的功效。举贤者举荐得其人则与之俱得赏，举贤者举荐不得其人则与之俱罚。韩非子认为，明君治国的办法是：录用有才能的人，推崇忠于职守的人，奖赏有功劳的人。臣下推荐人才时所说的话合于法度，君主就高兴，推荐者与被推荐者一定都得到奖赏；如果不合乎法度，君主就发怒，推荐者与被推荐者一定都要受到惩罚。正如韩非子所说："明主之道：取于任，贤于官，赏于功。言程（合标准），主喜，俱必利，不当，主怒，俱必害；则人不私其父兄而进其仇雠。"②"论之于任，试之于事，课之于功。故群臣公政（正）而无私，不隐贤，不进不肖。"③只有这样才能保证荐举者的公正无私。

---

① 《韩非子·显学》。

② 《韩非子·八经》。

③ 《韩非子·难三》。

第十项: 要防止大臣为避免负责而不说话——包括不议论、不请事、不荐贤。为此, 君主应做到"使人臣言者必知其端以责其实, 不言者必问其取舍以为之责, 则人臣莫敢妄言矣, 又不敢默然矣, 言默皆有责也"①。官吏作为者"必知其端以责其实"; 官吏不作为者"必问其取舍以为之责"。言者不当者问责, 不言者更要问责。唯有如此, 才能保障臣下言行一致。

(四) 君主的禁奸之术

韩非子所谓的禁奸之术, 即是君主同"奸邪"做斗争以巩固其统治的方法和策略。禁奸之术与课能之术有着紧密的联系, 不能决然分开。课能之术可以发现冒功诬能的奸邪; 而禁奸之术亦有助于达到课能的目的。有的术, 如"众端参观"等, 本身就既是课能之术又是禁奸之术, 因为勿论课能和禁奸都必须弄清事实真相。当然, 这两类统治术还是有区别的: 课能之术的侧重点在于"课能", 直接服务于选贤任能的组织原则; 禁奸之术的侧重点则在于直接服务于巩固君主的权势和法制的政治斗争。禁奸术按其内容可分为奸情、察奸、防奸、自神等几类。②

---

① 《韩非子·南面》。

② 参见孙实明著:《韩非思想新探》, 湖北人民出版社 1990 年版, 第85—99 页。

1. 奸情种种

韩非子将奸邪可能发生危害君主的事情集中总结为"八奸""六微"。

韩非在列举八奸的同时，也指出了人主防御这没有硝烟却是来自四面八方进攻的一些具体措施。"不怀爱而听，不留说（悦）而计"，不听"私请"以防同床；不准左右越职"益辞"（饶舌）以防在旁；"言必有报，说必责用"，追究言事之责，不验必罚，以防父兄大臣；观乐玩好的费用依法供给，不准臣下擅自进奉，以防养殃；"利于民者，必出于君"，以防民萌；言谈者对人有所毁誉，必予核实，以防流行；严禁私斗，以防威强；不听诸侯"不法"之求，以防四方。这八项防范奸臣的办法在前面"君主的道术"中已经论述，此不赘述。

六微是指奸邪危害君主活动的六种微妙情形，其条目是："一曰权借在下，二曰利异外借，三曰托于似类，四曰利害有反，五曰参疑内争，六曰敌国废置。"韩非子说："此六者，主之所察也。"① 六种隐微的情况：一是君主的权势转借给臣下；二是由于君臣的利益不同而臣下借助外国的势力来谋取私利；三是臣下依靠类似的事来欺骗君主谋取私利；四是人们的利害关系存在着相反的情况而臣下会危害君主和他人来谋取私利；五是臣下的势力互

---

① 《韩非子·内储说下六微》。

相匹敌而导致了统治集团内部的争权夺利的斗争；六是敌对的国家插手对大臣的废黜与任用。这六种情况，是君主应当明察并时刻要预防的。

2. 察奸

察奸之术可简要地概括为"参言以知其诚，易视以改其泽"①。

一方面，所谓"参言以知其诚"，即"众端参观"②与"听无门户"③。也就是说，君主对臣下所言之事，要通过比较研究多方面的情况予以考察、验证，而不要偏听一人。韩非指出："观听不参则诚不闻，听有门户则臣壅塞。"④韩非认为，即使对众人异口同声之言也必须加以参验而不能轻信，因为众人之言并非都是真实可靠的。有时，众人可能因考虑利害关系而一味附和于权臣。在这种情况下，君主如果相信众言，无异于偏听一人。

另一方面，韩非主张在"众端参观"的过程中，不仅要研究来自同一个观察角度的各种情况，而且还要研究来自不同观察角度的各种情况，以便更好地排除假象，获得真情。所以他进一步提出"易视以改其泽"，即变换视线以观其是否改变光泽，也就是从不同的角度、通过不同的渠道以猎取对方的情况。其办法有：

---

① 《韩非子·八经》。

② 《韩非子·内储说上七术》。

③ 《韩非子·八说》。

④ 《韩非子·内储说上七术》。

第一，"举往以悉其前"^①。即参考其往事以认识其现状。

第二，"设谍"。即设置间谍进行密察，以管理专任之人。

第三，"举错（措）以观奸动"^②。即采取某些措施，引诱奸邪之人以观其动静。

第四，"卑（俾）适（敌）以观直谄"^③。即使对方迎合己意，以观其人为直、为谄。

第五，"握明以问所闇"^④。即心怀智故巧诈而发问，以探知对方诚实与否等隐情。

第六，"倒言反事以尝所疑"^⑤。即对所疑之事用说倒话、做反事的方法加以试探。

3. 防奸

察奸、除奸不如防奸于未然。所以韩非子说："禁奸之法，太上禁其心，其次禁其言，其次禁其事。"^⑥防奸的办法有：

第一，"宣闻以通未见""明说以诱避过"^⑦。通过宣传申明法

---

① 《韩非子·八经》。

② 《韩非子·八经》。

③ 《韩非子·八经》。

④ 《韩非子·八经》。

⑤ 《韩非子·内储说上七术》。

⑥ 《韩非子·说疑》。

⑦ 《韩非子·八经》。

制，进行正面的告诫。

第二，"以三节持之"，用三种至关利害的制约手段把持大臣。韩非子说："其位至而任大者，以三节持之，曰质、曰镇、曰固。亲戚妻子，质（人质）也。爵禄厚而必，镇（安定）也。参伍贵帑，固（通锢）也。"①

第三，"勿使民比周"②，防止臣民结党营私。其具体做法有："比周而赏异也，诛毋谒而罪同"③，奖励迥异于朋党比周的正派言行，惩罚包庇犯罪而不告奸者；"渐更以离通比"，逐渐调换人员以离散比周相通者；"作斗以散朋党"④，挑起一些人之间的斗争以解散他们的朋党勾结。

第四，"疑诏诡使"，⑤"深一以警众心"⑥。"疑诏"，是指君主故意下达某种诏令，使群臣相猜疑而不敢为非。"深一以警众心"，是指君主拿某件事情做文章，严厉惩罚不守法度者。

第五，"心藏""不漏"，要求君主将臣下的密奏藏之于心、不予泄露。韩非认为，君主若不善保密，则人臣必然有所顾忌而不

---

① 《韩非子·八经》。
② 《韩非子·扬权》。
③ 《韩非子·八经》。
④ 《韩非子·八经》。
⑤ 《韩非子·内储说上七术》。
⑥ 《韩非子·八经》。

敢直言实情。韩非子说："人臣有议当途之失、用事之过、举臣之情，人主不心藏而漏之近习能人，使人臣之欲有言者，不敢不下适近习能人之心而乃上以闻人主，然则端言直道之人不得见，而忠直日疏。"① 韩非子认为："浅薄而易见，漏泄而无藏，不能周密，而通群臣之语者，可亡也。"② 韩非子要求君主像韩昭侯那样周密："堂谿公每见而出，昭侯必独卧，惟恐梦言泄于妻妾。"③ 对于执政者言，韩非子的这一思想，颇有可以借鉴的合理因素。

4. 自神

韩非认为，与君主进行防奸、察奸的同时，奸邪也在不断窥伺君主以利其活动。"篡臣"要了解君主的为人以做出其决策；"佞臣"要摸清君主的私意以投其所好；"奸臣"要窥探君主的内情以"谄主便私"，拉拢或构陷其同僚。因此，韩非子认为，君主禁奸，一方面要防奸察奸、了解奸邪的活动规律，另一方面还要避免奸邪对君主的窥伺。要达到这两方面的目的，君主必须讲究自神之术。所谓自神，就是把自己装扮得神秘无端、高深莫测。自神的要领是虚静无为。君主既不表现个人的欲望和意图，又不好强争胜、矜夸其贤智，"掩其迹，匿其端，下不能原；去其智，绝其能，

---

① 《韩非子·三守》。
② 《韩非子·亡徵》。
③ 《韩非子·外储说左上》。

下不能意"①，以避免奸邪的窥伺。君主如果表现自己的欲望和意向，则臣下必将为迎合其好恶而进行自我表现、自我掩饰；如果君主去好去恶，深自韬晦，则臣下为了自保就只好各行其素，现出本来面目来。

总之，韩非子的治吏思想给了我们如下启示：

第一，治理国家的关键在于治理官吏。一个国家无论是君主专制还是民主共和政体，总是要有人履行管理职能，官吏能力水平的高低直接影响着国家的管理水平的好坏。

第二，治理国家需要有能力的官吏，用人之能用人之长。如果没有能吏来治理国家，国家既不能发展也不会稳定，更不会在国家之间的竞争中取得优势地位，这是由国家事务的复杂性和国家之间竞争的残酷性决定的，在混乱纷争的时代和社会变革时期就更是如此。

第三，对官吏必须用法律制度加以制约和监督。官吏也是人，也好利，并不是因为爱君主而为君主做事，而是为了自己的利益而做事，官吏也是好利恶害。韩非子的态度是一方面肯定人好利的行为，另一方面主张对官吏要进行监督和约束，以使他们不得为非作歹。官吏不因为成了官吏，就改变自己为恶的可能，因而要在使用中加强监督约束。

---

① 《韩非子·主道》。

第十章　法家与中国传统政治
文化模式之定型

秦王朝是中国历史上少有的几个主张用法律手段来维护社会秩序的朝代之一。秦始皇打破周代的法治传统，提出了以法治国的政治准则。作为历史上第一个在制度上真正实现了"大一统"的高度集权的秦帝国，其执政的理论基础就是法家的以法治国、以吏为师、以法为教、以刑去刑、事皆决于法的基本思想。尽管刘邦推翻了秦始皇的帝国而建汉，尽管从此之后汉代的史书、官牍把秦帝国描绘得一片黑暗，但是，汉帝国君臣却毫不犹豫地承袭了秦帝国全部的政治制度，这对后世中国政治影响很大。

一、法家在大秦帝国的政治实践

（一）以法治国

秦代，是法家理论得以全面实践的一个重要历史时期。

作为历史上第一个实现了"大一统"的高度集权的专制主义大帝国，秦王朝执政的理论基础就是法家的以法治国、以刑去刑、事皆决于法的基本思想。

秦朝，是中国历史上少有的几个主张用法律手段来维护社会秩序的朝代之一。秦始皇继承前代的法治传统，在法律制度日益完善的基础上，提出了以法治国的政治准则。

1975 年 12 月出土的睡虎地秦简，除了《编年纪》以外，都多多少少地涉及了秦的法律制度。其中，《语书》是公布法律的文告；《为吏之道》是官吏的守则；《法律答问》主要是对刑法条文的运用和解释，涉及《盗律》《贼律》《囚律》《杂律》《具律》等多方面的内容；《封诊式》主要是诉讼程序法规和有关侦查、勘验、审讯等法律文书的程式；其他则涉及行政法、经济法和民事法律关系方面的内容。在《法律答问》中，也有一部分是行政法、经济法和民法的内容。从睡虎地新出土的秦简上看，除了商鞅变法时颁行的《刑律》《军爵律》之外，还有《田律》等 30 项单行法规，内容丰富，体系庞大。

公元前 238 年，在粉碎嫪毐、吕不韦两大政治集团后，秦始皇便开始着手成文法典的编纂工作，大约到公元前 227 年以前完成了这项任务，前后共花费了十多年的时间。

从睡虎地新出土的秦简上看，秦始皇编纂的成文法典中主要涉及如下四方面的内容：

第一，刑事、民事以及诉讼法方面。除了商鞅变法时颁行的《盗律》《贼律》《囚律》《捕律》《杂律》和《具律》之外，还包括新出土的《法律答问》的全部内容。这里涉及犯罪构成、量刑标准、刑事责任、共犯、犯罪未遂、犯罪中止、自首、累犯、数罪并罚、损害赔偿、婚姻的成立及解除、财产继承等一系列理论原则和概念，也涉及了诉讼权利、案件复查、诬告、失刑、不直、纵囚等诉讼法的理论原则问题。仅《法律答问》就有 187 条，除去 26 条关于法律概念、术语的解释，其余 161 条中，有关惩治盗窃的有 45 条，属于惩治所谓"贼"的有 41 条。

第二，依法行政方面。商鞅变法后，秦国家政权的一个根本变化，就是以中央政府统一任免官吏的行政制度，取代了过去的世卿世禄制度。一来历史不允许回归；二来秦统一以后，面对这样一个庞大国家机构和官员队伍，也需要用法来规定各级国家机关的有组织的活动，规范和约束大小官吏的工作行为。在秦简中，有不少类似现代国家的行政法规，如《置吏律》《行书律》《内史杂》

《尉杂》等。

　　第三，用法律来确定兵员和保证军队战斗力方面。在"诸侯争力"的战国时代，秦国有重视军队建设的传统。商鞅说："国之所兴者，农战也。"[①]秦统治者通过制定法律，把他们的这一主张具体化、制度化，并以此来提高军队的战斗力。秦简中的《除吏律》《军爵律》《中劳律》《屯表律》《戍律》《秦律杂抄》中摘录的其他一些法律条文，都是有关军队建设的法律。这些法律和条文，对服兵年龄、士吏训练、军事检阅、战斗指挥、军队纪律、功劳计算、爵位予夺、军马饲养等方面都做了具体的规定。如秦国的男子自 15 岁以后，随时皆有被征调入伍的可能。据云梦秦简《编年纪》记载，喜这个人在秦始皇三年、四年、十三年曾 3 次入伍。可见，秦国的每个男子一生服兵役绝不止一次，当兵的年龄也绝非自 23 岁开始。正由于秦国有这样的法律规定，才保证有源源不绝的兵源，使秦国的军队数目最多时达到百万之众，为统一六国准备了重要的条件。秦统一六国之后，这些法律规定仍然在继续发挥着它的作用。

　　第四，经济法规方面。法属于上层建筑，同上层建筑的其他部分一样，是为经济基础服务的。在秦简中有不少类似现代国家的经济法规和条款，如《田律》《厩苑律》《仓律》《金布律》《均

---

① 《商君书·农战》。

工律》等。这些法律对所有制关系、农田水利、山林保护、种子保管、防止风涝、除虫灭害等方面都做了具体的规定，充分说明秦统治者对农业生产的高度重视。

有一种说法：秦王朝重视农业生产而对工商业实行打击。从秦律看，并非如此。对工、农、商之间的地位，秦始皇当然有所侧重，而且把重心放在"重农"上面，但不能由此得出打击工商业的结论。秦统治者对手工业生产和商业贸易也是相当重视的。秦律对手工业管理、劳动力调配、生产计划以及产品规格都做了明确的规定。从有关规定看，秦王朝非常注意手工业技术力量的保护和使用。在《均工律》中有这么一条规定：凡是有技术的奴隶，不让他们从事一般杂役；手工业技术奴隶解放之后，也让他们继续充当技术工人。对于商业贸易，《金布律》等也作了许多保护的规定，这都表明秦统治者对工商业的重视。重农而不轻商，这正是秦始皇的高明之处。①

秦始皇不仅继承了商鞅变法以来重视法令宣传的传统，主张把法律、法令公布于众，并且通过种种方式，进行法律的普及工作，使更多的人知法守法，这就是所谓的"宣明法制"。李斯曾提出："今天下已定，法令出一，百姓当家则力农工，士则学习法令辟禁。"秦始皇同意李斯关于学习法令、宣传法令的建议，明令全

① 参见郭志坤著：《秦始皇大传》，上海三联书店1989年版，第129—131页。

国："若欲有学法令，以史为师。"①

　　从新发现的云梦秦简材料来看，秦律包括的内容是相当广泛的，但是法律条目简单易懂，如：《田律》6 条；《厩苑律》3 条；《金布律》15 条；《关市律》1 条；《仓律》26 条；《工律》5 条；《均工》3 条；《工人程》4 条；《徭律》1 条；《司空律》13 条；《军爵律》2 条；《置吏律》3 条；《效律》26 条；《傅食律》3 条；《内史杂》10 条；《尉杂》1 条；《行书》2 条；《属邦》1 条。②

　　为了达到更好地控制民众的目的，秦始皇在朝廷、郡、县等各级行政机关中普遍设置法官或法吏，负责法律的公布、解释、宣传和实施的任务。秦统治者对于法官或法吏的要求很高。这些人必须精通法律，各个主管法令的人如果胆敢违背执行法令条文的某项规定，就按照他们所违背的法令条文的某项规定，来办他们的罪。同时秦法规定，官吏如果不努力学习法律、法令，就不能继续为官。

　　秦始皇带头讲法，他在巡视各地时的一项重要活动就是宣传法律和法令，让所有的官吏都知法讲法。

　　在《泰山刻石》上说："训经宣达，远近毕理，成承圣志。"③

---

① 《史记·秦始皇本纪》。

② 参见郭志坤著：《秦始皇大传》，上海三联书店 1989 年版，第 137—138 页。

③ 《史记·秦始皇本纪》。

就是说，要广泛宣传法制，使全国臣民完全领会，并按法律法令办事。

在《琅琊台刻石》上说，"端平法度，万物之纪"，"除疑定法，咸知所辟"。① 就是说，制定了统一的法律制度，就有了办事的准则；确定法令，消除疑点，使大家都能遵守而不触犯。

在《芝罘刻石》上说："普施明法，经纬天下，永为仪则。"② 就是说，全面地推行法治，使之永远成为治理天下的准则。

在《会稽刻石》上说："秦圣临国，始定刑名，显陈旧章。"③ 就是说，秦始皇亲政以后，开始确定了崇尚刑名，明白地宣布继承秦国以往的规章制度。

秦始皇继承了秦的法治传统，在法律制度日益完善的基础上提出了全面实行法治的原则。

秦始皇时代，上至军政大事、下至百姓的日常生活，都有法律进行规范。司马迁在谈到秦始皇法律思想的特点时说："事皆决于法。"④ 的确，秦始皇把法看成治理国家唯一有效的工具。封建制度的特点是人治，而不是法治。封建社会的种种法典往往只是封建帝王和封建官僚意志的摆设品，而秦帝国却是法网严密，一定

---

① 《史记·秦始皇本纪》。
② 《史记·秦始皇本纪》。
③ 《史记·秦始皇本纪》。
④ 《史记·秦始皇本纪》。

程度上真正实行了法治。

秦始皇不相信人们经过道德教育可以不犯罪，相信只有经过刑罚，人们才不敢犯罪。因此，他主张为了防止犯罪，必须轻罪重罚，以刑去刑。秦始皇采用连坐法，实行家属连坐、邻里连坐、部门连坐等等。秦始皇信奉商鞅、韩非等人的重刑理论，就不可避免地从历史中寻找并继承许多残酷的刑罚。

历代都认为秦律酷烈，故激起民叛以至短命而亡。但是，从睡虎地秦墓出土的简牍中，我们看到了秦法的另一面，那就是以法律管理官吏，要求官吏必须知法、守法、严格依法办事，这对秦的统一及其统一的巩固，是有积极意义的，对后代历史的发展无疑也具有借鉴的价值。

秦律规定，官吏的选拔要依法进行。官吏作为国家政权的支柱，其能力与素质直接影响着国家政治的清浊状况，因此秦律特别重视对官吏的选拔，规定了严格的官吏任用条件。

秦律规定，所任官吏必须有一定的能力，这种能力包括"尚武功"和"治民事"两个方面。

商鞅变法以后，秦国的兼并战争连续不断，以军功大小授官爵成为秦国重要的任官手段。秦朝统一前后，随着疆土的不断开拓和控制区域的不断扩大，巩固统治就成为秦朝政治的重要内容。相应地，强调官吏"治民事"的能力，以此作为任用官吏的重要标准。

在秦朝，为了保证被任官吏具有一定的实践经验和任职能力，秦律规定任用官吏必须有年龄条件和文化程度的限制。《秦律十八种·内史杂》规定：任命官府的佐吏必须是壮年以上的男子，刚刚被登记入户口的无爵位的青年人不能任职。官吏还必须有一定文化水平，才能承担处理政务的工作。

为了防止任官上的随意性和徇私舞弊行为的发生，秦律规定任官必须严格按照法定程序进行。

首先，任官要有现职官吏的保举。为了避免任人唯亲或滥行保举的情况出现，秦律规定保举者要对被保举者负连带责任。《秦律杂抄》规定：如果举荐因为违法犯纪曾被撤职的官吏再度任官，举荐者要受到经济处罚。如果被举荐者犯了罪，举荐者还要负法律责任。

其次，官吏必须经过正式任命才能行使职权。《云梦秦简·置吏律》规定：如果没有经过正式任命就行使职权或派往就任，要依法论处。

再次，秦律还规定了严格的官吏委任时间。正常的官吏任免，要在十二月到次年三月底之间进行，如果因为特殊原因官吏出现空缺，才可以随时补充。严密的任免程序，在一定程度上保障了新任官吏的较高素质。

另外，《秦律》规定，官吏必须依法考核与奖惩。

官吏任职后，秦律规定了严格的考核措施，并根据考核结果决定他们的奖惩与升黜。对于工作业绩差的官吏，秦律制定了严格的惩罚措施。秦律把考核评比与对官吏的奖惩升降密切结合起来，无疑有利于官吏尽职尽责地搞好本职工作，有利于形成一种竞争进取的氛围，有利于官吏积极性和主动精神的调动，这对促进秦国的统一与政治控制是极有好处的。

除了定期评比外，对于日常工作中出现的失职、渎职、违纪等现象，秦律也予以严厉处罚。对于官吏徇私舞弊、贪赃枉法的行为，秦律的处罚相当严厉。

对于秦朝法律，过去人们较多注意到了它的严酷暴戾、盘剥镇压的一面，而对于其奖励引导官吏兢兢业业、为国效力的一面则认识不足。秦王朝把奖励作为管理官吏的重要手段，对调动他们的工作积极性，提高工作效率，必然起到积极的作用。秦以法治吏，不仅注重对官吏的选拔培养，而且要求官吏必须精通法律，严肃执法，恪尽职守，公正无私。在严格考核的基础上实行责任追究制，奖勤罚懒，劝善惩恶，这既调动了各级官吏的积极性，提高了工作效率，保证了国力的发展与社会的稳定，也限制了各级官吏的私心膨胀，减少了以言代法、以权谋私情况的发生，体现出了封建地主阶级上升时期的蓬勃朝气与进取精神。严肃法治，以法治吏，促进了秦国的迅速强大和封建经济的发展，有利于提高封建国家的统治效能，这是秦国最终胜出六国、一统天下的因素之一。

今天看来，秦始皇颁行的法律不仅规范类型较为完全、结构较为严密，而且确定性程度相当高，为各级官史和平民百姓明确指出应该做什么、允许做什么、禁止做什么、要求做什么，并且也有对违反规范的后果做出法律制裁的具体规定。秦始皇的明法定律，从历史发展角度看，有其一定的进步性。它对普及法的观念，完善法制体系，提高法在整个政治生活和日常生活中的地位，都是很有价值的，具有一定的借鉴意义。

（二）君权至上

"秦王扫六合，虎视何雄哉！挥剑决浮云，诸侯尽西来。明断自天启，大略驾群才。"①这是唐朝诗人李白称颂秦始皇统一天下的诗句。

经过多年的兼并战争，公元前221年，秦王嬴政实现了天下统一。

统一战争的进程刚刚结束，他就吩咐丞相和御史大夫等大臣重新议定新朝的各种名号。

秦王嬴政说：

以前韩王献来土地，奉上玉玺。请求做我大秦的藩臣，然而不久就撕毁了约定，和赵国、魏国合纵叛秦，我不得不兴兵诛伐，

---

① 《唐诗鉴赏辞典·古风（秦王扫六合）》。

俘虏了韩王。寡人认为这样做是十分适当的。本来以为或许就可以不再打仗了。而赵王派他们的国相李牧来约盟，于是我们归还了赵国作为人质的王子。可是不久他们也背弃了盟约，占领了我国的太原。因此，我兴兵诛之，俘虏了赵王。赵公子嘉又自立为代王，我因此又举兵将他击灭。魏王起初到秦国来和谈，态度还比较好，但是后来又和韩国与赵国合谋，一同袭击我大秦。秦军予以坚决的反击，于是击破其国。楚王曾经献青阳以西的土地，然而不久也背弃和约，进攻我南都地方，我因此发兵进攻，俘虏了楚王，平定了楚地。燕王昏乱，其太子丹策划阴谋，让荆轲做刺客，秦军攻燕，灭其国。齐王断绝了和大秦的外交往来，要发动变乱，秦军远征，俘虏了齐王，平定了齐地。寡人没有什么能耐，能够发动大兵诛灭暴乱，实在是有赖于先祖宗庙之灵的佑护，终于使得六王皆伏其罪，天下得以大定。

接着，嬴政转入正题：“今名号不更，无以称成功，传后世，其议帝号。”[1]

秦王嬴政在这段话里，称自己为“寡人”。而就在发表这番议论、群臣议定政体名号之后，则规定了最高执政者要用“朕”来自称。

臣下称君主，则用“陛下”的尊号。

---

[1] 《史记·秦始皇本纪》。

"陛下"和"朕"作为政治称谓的出现，标志着中国政治史的演进，进入了一个崭新的历史阶段。

"陛下"和"朕"的称呼，后来在中国通行了两千多年。这一历史阶段，就是中国漫长的帝制时代。

"陛下"和"朕"这样的称呼，标志着对最高政治权力的崇拜达到了一个顶峰。皇帝制度的所有秩序，都建立在这种崇拜体现的奴性意识之上；秦王嬴政以为现在"天下大定"，而名号如果不变更的话，则无法标志成功，使他的帝王事业传之后世。

根据秦王嬴政的意思，丞相王绾、御史大夫冯劫、廷尉李斯等人经过商议，很快上奏说：过去五帝时代，地方不过千里，在他们统治中心地带的外围，地方势力有的顺从，有的反抗，天子不能够完全控制。现今陛下兴正义之兵，诛灭各地顽贼，使天下得以平定，四海之内都归为秦地，法令终于实现一统，这是自上古以来从来没有的功业，"五帝"均望尘莫及。我们咨询了博士们，都说：古来有天皇，有地皇，有泰皇，泰皇地位最为尊贵。我们昧死上尊号，王称为"泰皇"，所宣布的政令，称为"制"，所颁发的文告，称为"诏"。

秦王嬴政大笔一挥：把"泰"字去掉，保留一个"皇"字，再采用上古"帝"位号，称作"皇帝"。

于是，秦王嬴政承袭"三皇""五帝"的传说，自称"始皇帝"。他又追尊其父秦庄襄王为"太上皇"。

　　嬴政说，我听说远古的时候有名号，没有谥称，中古的时候有名号，死后又以其行为表现确定谥称。这样做，其实导致儿子议论父亲，臣下议论君主，没有什么意义，应当废除。

　　秦王嬴政随即宣布："朕为始皇帝。后世以计数，二世三世至于万世，传之无穷。"①

　　中国，从此走进了帝制新时代。

　　秦王朝的统治虽然未能长久，但是，秦始皇创制的若干重要制度，特别是皇帝独尊的政治制度，却对此后两千多年的中国历史的演进产生了重要而深刻的影响。

　　皇帝制度创立后，为了有效地管理国家，秦始皇吸取了战国时期设置官职的具体经验，建立了一套相当完整的与皇帝制度配套的中央集权制度和政权机构。

　　我们可以从官制入手，来看一下秦代国家机构设置的大致情况：

　　丞相分左、右，是中央政权机构的最高行政长官，协助皇帝处理全国政务。

　　太尉是中央的最高军事长官，协助皇帝处理全国军务。

　　御史大夫掌管监察工作，协助丞相处理政事。

　　丞相、太尉、御史大夫习称"三公"。"三公"之下设有"九

_____

① 《史记·秦始皇本纪》。

卿"，即：

奉常，负责宗庙礼仪。

郎中令，执掌宫廷戍卫大权，负责统辖皇帝的禁卫军工作。

卫尉，掌管宫门警卫。

太仆，负责皇帝使用的车马。

宗正，管理皇族事务。

典客，主管少数民族事务。

少府，负责山林池泽的税收和宫廷手工业，属于管理皇室私家财富的机构。

治粟内史，负责租税赋役和财政开支。

廷尉，掌管刑罚。

秦汉以降，人们常将秦代中央官制归纳为上述"三公九卿"。然而事实上，在此之外，秦代还设置了一些比较重要的官职，比如：博士，"掌通古今"，即通晓古今史事以备皇帝咨询，同时负责图书收藏。

典属国，与典客一样主管少数民族事务，不同的是典客掌管与秦友好的少数民族的交往，而典属国则负责已投降秦朝的少数民族。

詹事，管理皇后和太子的事务。

将作少府，负责宫殿建造。

秦王朝建立的这套中央集权的政权机构，一直被后来的历代王朝所承继。

　　特别值得指出的是，为了使秦王朝的军政大权能够操纵于一己之手，实现皇帝的个人独裁，同时又要让政府部门各司其职、各尽其能、有效地运作，以加强对国家的有效管理，秦始皇对如何集权又如何分权，颇下了一番苦心。其中，他对相权、兵权以及司法权，进行了独到的处置。于此，最能看出秦始皇是怎样加强君主专制中央集权的。

　　丞相，秦时或称相邦、相国，职责是辅佐天子，助理万机，是皇帝以下最重要的官职，有百官之首之称。

　　秦国的丞相最早出现于公元前309年。在此之前，史籍中虽有"商鞅相秦"一类的记载，但此"相"并非官名，商鞅担任的是"左庶长""大良造"。自武王任甘茂、樗里疾分别为左、右丞相以后，丞相才在秦国成为正式的官职。自设丞相以后，秦国的一些国君就将军国大事全部委于丞相，以致出现了像魏冉那样擅权的丞相。吕不韦为相国，也是总揽一切军政大权。所以，从一开始，君权与相权之间就既存在着互相依赖的一面，又存在着矛盾斗争的一面：皇帝要依靠丞相处理政务，但丞相又最容易侵犯和削弱君权。

　　这一点，秦国在初置丞相时就已意识到了，所以它设了左、右二相，其目的就是要分散相权，便于国君的控制。但是，以后的事实证明，以这种方法分散相权，并不能解决君权与相权之间的矛盾。对此，秦始皇认真总结了历史经验，决定进一步缩小相权。

（1）在统一后的秦王朝，丞相仅系文官之长，武事由"三公"之一的太尉掌管。太尉与丞相地位相等，同由皇帝颁予"金印紫授"。

（2）以御史大夫分割相权。位列"三公"之一的御史大夫，原为秦国所无，系秦始皇参照六国官制在统一后所设。御史大夫地位低于丞相，但他掌监察，又参与处理朝政，对丞相的权力起到了一定的牵制作用。

（3）用博士侵削相权。秦王朝博士的地位和作用向来为人们所忽视。其实，博士在秦的政治生活中常发挥重要的作用。这些类似于顾问和智囊的人物，经常活动在始皇帝的身边，发表各种议论。由于秦始皇特别迷信，所以对"通古今"的博士也就格外信赖。秦始皇二十六年（公元前 221 年）"初并天下"，令朝臣议帝号时，丞相、御史大夫、廷尉"与博士议"①后才向上回奏。始皇三十四年（公元前 213 年）"焚书"后，博士是唯一有权读禁书的人。所以，博士以其特殊的地位和放谈各色言论，影响秦始皇，影响朝政，从而在事实上构成了对相权的一种侵削。

秦始皇不仅在官制上制约相权，在平日里也对丞相存有戒心。

---

① 《史记·秦始皇本纪》。

有一次，秦始皇来到梁山宫，从山上见到李斯的车骑仪仗很是隆重，就表示不满之意。谁知道这话后来传到了李斯那里，李斯立刻削减车骑。当秦始皇再次见到李斯的车骑仪仗时，发觉已经减少了，马上意识到是有人向李斯泄露了自己说的话，就下令将当时在场的人全部处死。

秦王朝的兵权，理论上是交给太尉执掌的，然而事实上，秦的太尉形同虚设。据考核，秦代未发现有一人担任太尉之职，在重大军事行动中也从不见有太尉出场。秦始皇始终亲自控制着兵权。

此外，秦始皇又有意抬高廷尉的地位。廷尉为秦王朝最高司法官，深受法家思想影响的秦始皇，赋予廷尉很大的职权，以此威慑百官。如秦始皇二十六年（公元前221年），李斯身为廷尉就能同丞相王绾、御史大夫冯劫一起向秦始皇"上尊号"。由于地位显赫，所以后来当王绾提出分封皇子之议时，李斯就敢于站出来予以反驳。

秦王朝的"三公九卿"制，确立了传统中国政治制度中的一种分权原则。

中国传统政治体制的基本框架，就这样初步建立起来了。

现在有人将设丞相、太尉、御史大夫，喻为中国的"三权分立"，这种比喻十分形象、引人注目。不过要注意，这种分散的权力不是最后集中到了国家的手中，而是都集中到了皇帝一人的手中。分权是为了让百官公卿通过互相牵制，更好地服务于皇权，所以也就是为了更好地集权，这和西方的三权分立有着本质的区别。

秦始皇汲取了周朝衰亡的经验教训，主张皇帝与中央政府实行绝对的集权，国家大事最终由皇帝一人说了算。这种做法，对于一个分裂了500年才又重新统一起来的国家，是有重要意义的。到底是社会的稳定重要，还是民主的精神重要，从当时国家的实际情况乃至此后数千年中国的具体国情来看，恐怕这是一个见仁见智的问题。但不管怎样说，我们完全可以这样认为：秦始皇虽然没有留下什么风雅的篇章，但在皇帝理论以及中国传统的治国理念上，却可以称得上是一个前所未有的大政治家，属于开天辟地式的设计师角色。他对中华帝国制度一系列的草创，不仅继往，而且开来。

（三）郡县制

在刚刚统一六国、强化中央集权机构之后，对于辽阔的国土如何进行统治与管理，秦朝君臣展开了一场大的争论。

以丞相王绾为代表的一批大臣，认为关东诸侯各国刚刚消灭，地方不靖，燕、齐、楚又距秦王朝统治中心偏远，若不置王不利于统治。为此，他们请求秦始皇将其诸子封于燕、齐、楚等地为王，成为秦王朝的辅翼。

王绾的主张，实质上是沿袭西周以来"封亲建戚，以藩屏周"的制度。

但是，秦始皇却有着与众不同的想法。

秦国的历史告诉人们：在秦昭王初年，由于太后当权，大封宗室贵族和贵戚以及所宠爱的人。除了贵戚魏冉被封为穰侯外，还有昭王的同母弟公子市被封为泾阳君，公子悝被封为高陵君，宣太后的同父弟芈戎被封为华阳君和新城君，当时被合称为"四贵"。造成君权侵夺的局面。到了秦始皇初年，有王弟成蛟被封为长安君，嫪毐由于太后宠爱而被封为长信侯，除得山阳为封地外，"又以河西、太原郡更为毐国"。吕不韦被封为文信侯，食洛阳 10 万户。结果成蛟叛乱后，又发生嫪毐之乱，秦始皇差一点因此丧了性命。在除去嫪毐和吕不韦两大势力以后，秦始皇才亲自掌握政权。有感于分封造成的弊端，他决定否定王绾的建议，不给无功的宗族贵族高级爵位，也不分封子弟为封君。

司马迁说：

> 秦无尺土之封，不立子弟为王、功臣为诸侯者，使后无战攻之患。[①]

但是，当时主张分封的势力相当大，许多大臣认为王绾的建

---

① 《史记·李斯列传》。

议是可取的。于是，秦始皇便下令群臣专门就此问题进行讨论。

在议论中，廷尉李斯不同意分封，他说："周文武所封子弟同姓甚众，然后属疏远，相攻击如仇雠，诸侯更相诛伐，周天子弗能禁止。今海内赖陛下神灵一统，皆为郡县，诸子功臣以公赋税重赏赐之，甚足易制。天下无异意，则安宁之术也。置诸侯不便。"①

李斯从两个方面提出自己的反对意见：

第一，历史的教训。周文王、周武王曾经大封子弟同姓，后来封国之间日渐疏远，以至相互攻伐如同寇仇，结果周天子也难以禁止。

第二，现实的实际。如今海内统一后，已普遍设置郡县。对皇帝诸子及功臣，只要让他们坐食赋税并重加赏赐就足够了。这样天下无异也才是永久安宁之术。

据此两点，李斯坚决反对分封制，认为重新分封诸侯会削弱皇帝的权力，使国家重新处于四分五裂的混战局面。

秦始皇同意李斯的分析，认为过去天下苦苦争斗，战乱不休，就是因为天下有诸侯王的缘故，分封诸侯是战乱的根源。对此，唐代柳宗元曾经作过具体的分析。

柳宗元认为，在周武王得到全国政权以后，就把天下的土地

---

① 《史记·秦始皇本纪》。

瓜分开来，封给诸侯，根据封地的大小，分为公、侯、伯、子、男五等。建立了一大批的邦国君长。诸侯邦国真如天上的星星一样遍布各地。诸侯尊奉王室，团结在周天子周围，就像车轮运转时许多辐条都集中在轮子轴心一样。他们集合起来，就一起去朝见天子，或者自己聚集开会，分散开来，在自己的封国内就是保卫朝廷的守臣、大将。但是，下传到周夷王，他破坏了礼制，损害了天子的尊严，竟亲自下堂去迎接前来朝见的诸侯。直到周宣王时，凭着国势复兴和恢复周朝初年的德望，曾一度发挥了南征北伐的威力。尽管这样，周宣王到底还是无力决定鲁国君主的继承人选。后来衰落到周幽王、周平王时代，京都东迁，周朝已丧失了号召天下的威望，实际上已经把自己降低到和诸侯差不多的地位。此后，前来窥伺周朝九鼎有多重的人有了，放箭射中周王肩膀的人有了，攻击并劫走周王使者凡伯和要挟周王杀死周大夫苌弘的事情也发生了。总之，天下已经反常，都不把天子当天子看待了。此时的周朝已失去统治诸侯的实际力量多时了，只不过在诸侯之上徒然保存一个空名罢了。这就是分封诸侯，以致诸侯太强大而无法指挥所酿成的恶果。尔后，周朝的政治权力就被鲁、齐、晋、秦、楚、宋、卫、陈、蔡、曹、郑、燕十二国所瓜分，到了战国又并成为秦、楚、齐、燕、韩、赵、魏七个强国。周王的权威已被韩、赵、魏、齐这些由陪臣篡夺的国家所分裂，周朝的天下终于被最后分封的秦国所覆灭。据此，柳宗元最后所得的结论；周朝灭亡的起因，就在于分封诸侯。

秦始皇对历史上分封诸侯的过程以及所带来的恶果是了解的。他让群臣讨论本身即具有教育群臣的意思在内，所以当李斯旗帜鲜明地反对分封制时，秦始皇认为十分有理，他说：

> 天下共苦战斗不休，以有侯王。赖宗庙，天下初定。又复立国，是树兵也；而求其宁息，岂不难哉！廷尉议是。①

于是，在全国各地废除分封制，推行郡县制。主要表现在：

（1）县制的推行。县制在春秋初年已有，秦、晋、楚等大国往往在新兼并的地方设县，一般在国家边境，带有国防的性质。后来随着国境的扩大，国内也开始设县。有关设置的记载最早出现于楚武王时（公元前740－前689年）。秦国在武公时（公元前697－前677年）推行县制。秦武公十年（公元前688年）"伐邦、冀戎，初县之"，十一年（公元前687年）"初县杜、郑"。到了商鞅变法时，又两次改革县制。第一次在公元前355年，"并诸小乡聚集为大县"②，将未设县的地方建立县制，或将原来的县划小另行设县，全国设"四十一县"。第二次在公元前350年，"初聚小邑为三十一县。即将原来的县加以调整、合并，缩小县的数量，扩

① 《史记·秦始皇本纪》。
② 《史记·秦本纪》。

大县的面积。到了秦始皇统一六国之后，县制建设在原有的基础上进一步完备并成为秦王朝法定的地方行政制度。

万户以上的大县设县令，万户以下的小县设县长。

县令是一县的最高长官，直接受郡县的节制。

县丞是县令的助理。

县尉管军事。

县司马管畜牧。

县啬夫管农业。

（2）郡制的推行。公元前221年，秦统一六国后，即分天下为36郡。以后，随着边境的开发和郡治的调整，全国的郡数最多时曾达到46郡。

郡制的产生晚于县制，它原是县之外更加荒僻之区，组织较县简单，也不及县富庶。地位较县低，故赵简子誓师时说："克敌者，上大夫受县，下大夫受郡。"① 后来随着生产的发展，物产的丰富，人口的增多，经济的繁荣，一些地域辽阔的郡就被划分为若干县；而在内地，由于县的数量增多，为了加强和便于管理，也就把郡推行于内地，县的地位降在郡之下，从而形成郡县两级制。

郡制是秦国兼并战争的产物。如：公元前324年攻楚汉中，

———

① 《左传·哀公二年》。

取地 600 里，置汉中郡；公元前 316 年灭巴，设巴郡；公元前 279 年，伐义渠，设陇西郡；公元前 271 年，灭义渠，置北地郡；公元前 301 年，"司马错定蜀"，置蜀郡；公元前 278 年，占领郢都，置南郡；公元前 277 年，取楚国黔中，置黔中郡；公元前 273 年，取南阳，置南阳郡；公元前 248 年，攻赵，定太原，置太原郡；公元前 242 年，"伐魏取三十城，置东郡"；公元前 230 年，灭韩，置颍川郡；公元前 228 年，灭赵，置邯郸郡；公元前 223 年，灭楚，置长沙郡、九江郡；公元前 221 年，灭齐，置齐、琅琊、东海、胶东、济北五郡；公元前 216 年，灭燕，置广阳、上谷、渔阳县、右北平、辽西等郡；公元前 214 年，灭南越，置南海、桂林、象郡；公元前 214 年，伐匈奴，在河套至包头一带置九原郡。可见，郡制的推行同秦国军事推进的步伐有着密切的关系，是秦国兼并战争的产物。郡县由起初多设置在边境地区，到后来在新占领的地方也均设置郡县，进而全面设置。在县制之后又设立郡制，从中央到地方的统治就又多了一个层次，使中央集权统治就更稳固了。

（3）乡、亭、里制度的推行。县以下有乡、亭、里的设置，这是秦代重要的地方基层组织。

乡，是秦代地方基层组织，直接隶属于县。大致是百家一里，十里一乡。大乡为 1500 户到 2000 户，小乡为 300 户。乡的官吏设置比较简单，只有三老、啬夫或有秩啬夫、游徼以及乡佐。

亭，是和乡同级的地方政府，直接隶属于县，一亭直接管辖的户数有几百户到 1000 多户居民，并且亭下设里。亭所设的官吏比乡复杂得多，这是因为亭的职责范围要比乡广泛得多的缘故。亭设有亭长、亭啬夫、亭佐、校长、求盗、亭父、鼓武吏等。

里，是秦地方政府最低的基层组织，一般说来百家为一里，里有"里正"，相当于后世的保甲长。秦简《法律问答》均不称"里正"，而称"典"或"里典"，这是避秦王政讳而改的。"里正"的职责是派徭、监督户口、维护本里的治安、协助官吏办乡事、组织生产等。

郡县制的推行，对中国政治制度的进步起到了十分重大的作用，有利于国家的统一与管理。郡县制的推行，大大推动了国家经济的发展和社会文化的交流。通过郡县机构，秦王朝中央政府可以统一调用全国的人力物力，这对于加强国家的经济和国防力量，有着十分重要的意义。郡县制度的推行，使秦始皇的一系列的改革措施，如统一货币、统一文字、统一度量衡、大规模的移民等都得以成功地贯彻与实施。由于郡县官吏的任免权操纵在皇帝的手中，中央通过郡县控制地方，就集中了全国政治、经济、军事、司法等权力。郡县受中央管辖，对于消除地方与中央的对立，铲除叛乱的祸根意义更加重大。实际上，秦王朝的灭亡是由于政治昏暗、酷刑激起民众的反抗，并不是因为郡县制度不好。今日中国的省县制，就是由秦朝的郡县制演变而来。

二、汉初统治者对秦制的继承

公元前 206 年，经过 3 年多的反秦战争，大秦帝国这座当时举世最宏伟的大厦，在以陈胜、吴广、刘邦、项羽等为首的各阶层民众的一致讨伐声中，轰然倒塌。

公元前 202 年，刘邦经过垓下一战最终夺鹿在手，天下战乱渐归结束，在这种情况下，刘邦在汜水北面登临皇帝之位，建国号汉，大汉帝国从此诞生。

为了保证新王朝的长治久安，汉高祖刘邦必须着手恢复大一统帝国的统治秩序。

尽管刘邦推翻了秦始皇的帝国而称帝，尽管从此之后汉代的史书、官牍把秦帝国描绘得一片黑暗，但是，汉帝国君臣却毫不犹豫地承袭了秦帝国的所有国家制度。

从总结历史经验教训的角度而言，秦帝国对中国政治的最大影响，莫过于它创立了一套以大一统形式为标志的政治模式。这套政治模式包括政治观念、政治制度、法制体系以及与之配套而成的社会经济体系。大秦帝国建立者的知识水平和理论水平明显高于起事于草莽布衣的汉帝国的创建者们。换句话说，秦始皇草创的政治制度和治国模式具有开辟性的特点及优势，继秦而起的任何新朝都不可能再在短时间内创造出比之更加完备的国家制度。

大秦帝国虽然因统治者施政不当而短命夭亡，但其创建的国家政体却有着强大的生命力，它不仅不会随着秦帝国的消亡而消亡，而且以新的面孔继续决定与影响着继秦而后的新王朝的政治。

历史发展的事实无可辩驳地证明："汉之法制，大抵因秦。"①根据云梦秦简提供的资料表明，许多以为是汉帝国创建的制度及其有关称谓，原来都是由前朝秦帝国那里传承下来的。"汉承秦制"，确凿无疑。

（一）汉帝国全盘接受了秦始皇创造的皇帝尊号及其相应的一整套皇帝制度与帝王观念

皇帝制度与帝王观念是大秦帝国统治模式的基础框架和核心内容。只要这个基础框架与核心内容不改变，新王朝的一切损益、更始、变制，都不具有变革统治模式的意义。这就是说，只要汉帝国的创始人继续实行帝制，汉代的政治制度与治国模式就不会与秦朝差异太大。

（二）汉帝国承袭了秦王朝的中央集权制度

汉代基本上沿用了秦朝的职官制度。东汉史学家班固就说：

---

① 《容斋随笔》卷九。

"汉迪于秦,有革有因,牺举僚职,并列其人。"①事实也正是这样,秦帝国确立中央集权制度,皇权至高无上,全国的政治、经济、军事、立法、司法、监察等各种权力皆决于皇帝,从中央政府的丞相、太尉、御史大夫一直到地方上的郡守、县令及各种军事长官,其任免权最终决定在皇帝的手中,或由皇帝直接任免,或由皇帝授权上级官员任免。汉帝国建立后,基本上沿用了秦帝国的这一套政治体制,只是在中央政府管理核心的三公设置上,略有变动。

大秦帝国后,秦始皇建立了一套以丞相为核心的文官体制。丞相王绾主管全国政务,御史大夫冯劫司职监察百官、廷尉李斯负责法律事务。三公均为文职官吏,极似现代西方国体的三权分立,各司其职,管理国家。而为秦始皇统一六国功勋卓著的将军们,如王翦、王贲、王离、蒙恬等,虽皆封侯,但似乎并不参与国家的行政管理。除蒙恬将兵 30 万北逐匈奴,修筑长城外,其他武将似只授爵位与重赏,并不给予实际职权。

汉代承袭秦代官制,其主要职官是丞相、太尉、御史大夫。丞相是百官之长,其职责是协助皇帝处理全国政务。太尉,负责管理军事。御史大夫,辅佐丞相,司职监察百官。

经过汉代的继承发展,中央集权的三公九卿制度更加严整与

① 《汉书·叙传下》。

完善。汉魏以降，中央机构和国家官制虽然不断地在改革与完善，但其基本框架与思路则没有超出秦始皇的设计与智慧。中国传统政治的发展趋势是：中央政府的权力在不断地加强和集中，皇权更加强化，明清两代较之秦帝国更加专制。

（三）汉帝国承袭了秦帝国的郡县制度

郡县制是维护中央集权的基本行政区划制度。

汉帝国基本上沿用了秦帝国的行政区划制度。

早在公元前 206 年刘邦、项羽灭秦之时，楚霸王项羽有绝对实力再次统一天下。但是，由于深受分封制的影响，他不愿意做秦始皇重建一个统一的帝国，同时又顾忌现实，知道也不能再回归实行周王朝的王政，于是，项羽决定调和现实，折中古今，选择第三条道路，在中国历史上首次实行了霸王支持下的封王建国。项羽自封为西楚霸王，王九郡，都彭城。然后，他将剩下的天下分封给在灭秦战争中立下汗马功劳的 18 个诸侯王。项羽的这种分封建国，表面上看是兼顾到了当时的历史传统、政治实际情况以及人心的取向，但是这种不伦不类的政治模式根本就不可能长久。它既不优越于秦始皇创建的中央集权的郡县制度，也没有周王朝分封时的那种大气和王气的约束，而只是一个松散的暂时的独立政治联盟体。很快，当项羽的军事实力虚弱之际，便是各诸侯王重新开战之时。

公元前 202 年，刘邦最后战败项羽建立汉家天下后，借鉴秦始皇因郡县而亡、项羽又因分封而灭的教训，调和二者，采用了以郡县制为主、封国制为辅的政治模式。很快，他又剪除了异姓诸侯王而以刘氏同姓诸侯王代替之。

刘邦以为，如此天下就能永享太平，然而，那也仅仅是一厢情愿。刘邦一死，先是吕后杀刘姓王，封吕姓子弟为王，后有周勃等人以非刘姓为王"天下共伐诛之"①为由，发动宫廷政变，杀吕姓，立刘姓为王。然而，没过多久，这些刘姓的王子皇孙，小者违法乱纪，荒淫无度，大者图谋不轨，犯上作乱。惠帝、文帝、景帝时期，诸侯王叛乱不断发生。

文景之时，朱虚侯刘章和东牟侯刘兴居，这两个刘邦的子孙虽有反吕之功，但因他们曾有拥戴齐王刘襄为帝的打算，所以汉文帝即位以后，对他们没有以大国作为封赏，只是让他们各自分割齐国一郡，受封为城阳王和济北王。城阳王刘章不久死去。济北王刘兴居于文帝三年（公元前 177 年）乘汉文帝亲自领兵攻打匈奴的机会，发兵叛乱，欲袭荥阳，事败自杀，于是，汉文帝趁机废除了济北国。文帝六年（公元前 174 年），淮南王刘长谋反，被废徙蜀，死于道中。

继承汉文帝皇位的汉景帝，同样每天都在应付危局，最后还

---

① 《汉书·高帝纪下》。

是爆发了"七国之乱"。

"七国之乱"是以刘邦之侄吴王刘濞为首，联合其他同姓王发动的一次大规模的足以撼动国本的大叛乱，起因是汉景帝和晁错欲削他的会稽和豫章两郡。刘濞乘机串通楚、赵、胶西、胶东、淄川、济南六国的诸侯王，联合发动了这场叛乱。

刘濞发兵20万，号称50万，又派人与匈奴、东越、闽越贵族联络，"以诛错为名"[①]，举兵西向。叛军顺利地打到河南东部。汉景帝惶恐，杀晁错，希望刘濞退兵。刘濞不仅不退兵，还公开声言要夺取皇位，直到此时，汉景帝才决心以武力平叛。他命太尉周亚夫与大将军窦婴率军，以奇兵断绝了叛军的粮道，用了3个月的时间，大破叛军。刘濞逃到东越，为东越人所杀。其余六王皆自杀，七国遂皆被废除。

"七国之乱"的平定和诸侯王权力的削弱，基本改正了刘邦实行诸侯王制度所产生的弊病，进一步加强了中央集权制度。叛乱平定之后，汉景帝痛定思痛，下决心效法秦始皇废除分封，把行政区划体制又完全恢复到原来秦始皇制定的框架中来。到汉武帝时，通过颁布推恩令，将诸侯王的权力进一步分散。这之后，汉代才最终完全承袭了秦代的郡县设置。

---

① 《史记·袁盎晁错列传》。

（四）汉帝国继承发展了秦帝国的官吏选任制度

秦国官吏的选任主要有荐举与征召两种方式。

所谓荐举，主要是中央与各郡长官定期或不定期地向国君推荐人才。

所谓征召，即是对全国特别有名望的人才，由皇帝派专人去聘任。

《史记》中说，叔孙通"秦时以文学征待诏博士"[①]。叔孙通因为文章和学问，被征召为待诏博士。

秦始皇统一六国后，除了继续使用上述两种方法外，特别注重通晓法律和绝对服从皇帝意志的人才。

汉初，统治者完全沿袭了秦帝国的人才选拔方式。刘邦曾于汉十一年（公元前196年）下诏："盖闻王者莫高于周文，伯者莫高于齐桓，皆待贤人而成名……贤士大夫有肯从我游者，吾能尊显之。"[②]文帝时，下诏举贤良方正。武帝以后，又有秀才、孝廉之选。

但是，由于西汉至武帝时儒家思想开始成为统治阶级的重要的意识形态，选官制度受儒家思想的影响而缺乏秦帝国时期那样

---

① 《史记·叔孙通列传》。
② 《汉书·高帝纪下》。

的法制化，任人唯亲、任人唯私的现象开始抬头，其结果如何，不再像秦朝那样要严格受到法律的追究。

（五）汉帝国沿袭了秦帝国的监察制度

秦帝国建立了中央监察机关——御史府，亦称御史大夫府、御史大夫寺。御史府的主管是御史大夫，其职位相当于副丞相，具有皇帝秘书性质，并有监察百官之责。秦始皇时代，御史大夫还拥有司法审判之权。《汉书·百官公卿表》说："御史大夫，秦官，位上卿，银印青绶，掌副丞相。"另外，秦御史府中还设有御史中丞，直接辅助御史大夫监察百官。

秦统一后，在郡一级普遍设置了监郡御史，监郡御史隶属于御史大夫。他的主要任务是代表皇权监察地方官吏。由此可见，秦朝已从中央到地方普遍设置御史司监察，并置御史大夫府为中央监察机构，这标志着秦朝以御史制度为主体的监察制度已经确立。

汉代的监察制度与秦朝一脉相承。

在地方，汉高祖刘邦放弃了对地方的监察。"秦有监御史，监诸郡，汉兴省之。"[1] 然而这一废置，导致了地方吏治的日趋腐败。鉴于这样的教训，惠帝三年（公元前 192 年），汉帝国又部分地恢

---

[1] 《后汉书·百官志》。

复了地区御史监郡的制度。

汉武帝时期，废除了监郡御史，改为设立十三部刺史，驻当地专司监察地方。

班固说："武帝元封五年初置部刺史，掌奉诏条察州，秩六百石，员十三人。"①

十三部刺史皆隶属于中央最高监察机关御史府，由御史中丞具体督管，在地方设有固定治所。十三部刺史的设立，虽然改变了秦代地方监察头绪过多、不利于上通下达的问题，也造成了新的问题，那就是十三部刺史权力过大；一人掌握几个郡官员的生杀大权，容易产生腐败和冤案。

由于御史大夫常因身兼副丞相职务而忙于政务，行政权日重，检察权日轻。而名义上属御史大夫领导的御史中丞因为和皇帝接近等特殊原因成为皇帝的耳目，不仅承担纠察百官的任务，而且可以受皇帝之命监察其上司御史大夫，逐渐演变成为专职的最高检察官。

从西汉末年到东汉初年，监察组织发生变化。御史大夫改称大司空后，不再担任监察的任务。与此同时，御史台作为独立执行监察的职能机构登上了中国的历史舞台，这标志着监察权开始同行政权相分离。

———————————

① 《汉书·百官公卿表》。

总而言之，帝国的监察制度始于秦始皇，经过汉代的承袭和完善，趋于成熟。其后，虽经各朝代的损益，并没有发生实质性的变化，有些合理的东西甚至一直沿用至今。

（六）汉代还承袭了秦朝的赋税制度

秦始皇统一后，对赋税制度进行了统一和改革。公元前216年，命全国各地自报占有田亩数目，即文献记载的"令黔首自实田"①制度。这是我国历史上在全国范围内实行土地登记制度的开始。民众有纳税，服徭役、兵役的义务。

汉代承袭秦朝这一制度，并发展成一套完整的封建管理制度和赋税制度。秦帝国的《田律》《仓律》和《徭律》，主要征收田赋、户赋和口赋。汉朝在这三律的基础上又增加了《田租税律》和《盐铁税律》等税收法规。另外汉代实行了编户齐民制度，登记人口，加强对全国各地的人口管理。这种制度，更加有利于国家对农民征收赋税和徭役。

汉高祖刘邦建国初期，曾实行轻徭薄赋政策，改秦代田租十税一为十五而税一。随着时间的推移与社会发展的需要，统治者又将田租恢复为十税一。汉惠帝即位后又恢复为十五税一。汉文帝二年（公元前178年），为了鼓励农民生产，减收当年天下田租

---

① 《史记·秦始皇本纪》裴骃《集解》。

之半。此后，由于实行重农积粟政策和募民入粟赐爵政策，国家掌握的粮食大大增加。汉文帝于十二年（公元前 168 年）再次减收天下田租之半，十三年（公元前 167 年）又完全免除民田的租税，以鼓励农业生产。到汉景帝二年（公元前 155 年）又恢复征税，正式规定三十税一。到了东汉光武帝初年，田租又恢复为十税一。

总的看来，汉代承袭秦代的赋税制度，并发展为灵活的征收方式，以适应国家发展和朝廷政策的需要，这是一个进步。

（七）汉帝国基本沿袭了秦帝国的礼仪制度

在中国古代社会，礼仪制度是区别上下、贵贱、尊卑的等级制度的一项重要内容。在行政权力支配社会的历史条件下，用礼仪制度来区别和规范官员之间的身份与交往的方式往往显得十分重要。因为，在人们看来，享受不同的礼仪是一个人的权力、地位、尊严以及富贵荣华的特殊象征。

历史的事实是最好的答案。

汉代的礼仪制度基本上沿袭了秦朝制度，即使有所损益，其基本原则也毫无变动。

大秦帝国建立后，为了显示气派，区别尊贵，秦始皇为上至皇帝、下至百姓，制定了一整套规模宏大的礼仪制度。汉承秦制，统治者对于秦帝国的礼仪制度在艳羡的同时，基本上采取了照单全收的政策。

班固说："高祖时，叔孙通因秦乐人制宗庙乐。"又说："汉兴，拨乱反正，日不暇给，犹命叔孙通制礼仪，以正君臣之位。高祖说而叹曰：'吾乃今日知为天子之贵也。'"① 可见，汉帝国建立后，君臣尊卑的朝堂礼仪、宗庙礼仪，宫室制度以及宫廷内部的烦琐礼仪等皆沿袭秦朝。司马迁为此总结道："自天子称号下至佐僚及宫室官名，少所变更。"②

（八）汉帝国对秦帝国的法律、德运、历法、风俗等也都加以承继

汉初 70 年法律，多依秦旧制。顾炎武说："汉兴以来，承用秦法，以至今日者多矣。"③ 陈寅恪说："汉承秦业，其官制法律亦袭用前朝。遗传至晋以后，法律与礼经并称，儒家周官之学说采入法典。"④ 据史料记载：汉丞相张苍好律历，专门遵用秦朝的《颛顼历》。他"以为汉乃水德之时，河决金堤，其符也。年始冬十月，色外黑内赤，与德相应"⑤。

---

① 《汉书·礼乐志》。

② 《史记·礼书》。

③ 《日知录·会稽山刻石条》。

④ 《冯友兰中国哲学史下册审查报告》，陈寅恪著：《金明馆丛稿二编》，上海古籍出版社 1980 年版。

⑤ 《汉书·郊祀志上》。

汉朝的风俗也沿袭了大秦帝国。西汉思想家贾谊、董仲舒等人都认为：秦朝的"遗风余俗"，在汉朝皆"犹尚未改"。其实，大汉帝国本来就是从大秦帝国脱胎而来，时间距离又不太长，生活习俗、风俗习惯沿袭秦朝也是一件自然而然的事情。[①]

总的看来，汉帝国对秦帝国的继承是一种全方位的继承，也是一种发展性的继承。这种继承的特点表现在：秦开其端，汉总其成。秦帝国虽然夭亡，但其灵魂犹存，通过大汉帝国之身，它又变相地得以复活。从这个意义上讲，大秦帝国就如一只涅槃的凤凰，在经过一场血与火的战争考验后又再次以汉帝国之身得以再生。

从历史的发展来看，秦帝国的夭亡，主要不是因为其政治制度、文化、理念、治国模式的错误导致，而是最高统治者的个人行为之失所引发。因此，汉承秦制是西汉统治者的一种明智的选择。通过继承前朝的一切优秀、合理的东西，汉王朝迅速迎来了它的盛世。

汉承秦制具有系统性。大到政治制度、治国模式、疆域区划，小到许多具体的习俗、礼仪、文字、度量衡等等，基本上采取全部的拿来主义。这表明，从秦至汉，整个政治制度及其社会文化体系是一种比较完整的继承关系，在一切主要方面都没有发生断裂。继汉之后，魏晋又承继汉制，以后，隋唐宋元明清各代一脉

---

① 参见张分田：《秦始皇传》，人民出版社 2003 年版，第 650—655 页。

相承，"秦政"历经两千年而香火不断。

汉承秦制，或有改良，或有发展，主要还在于继承。自秦汉而后，历代王朝代代相传，大一统的中华帝国更加牢固，疆域更加辽阔，经济实力提高，人口数量增加。汉之后或有短暂的分裂，终归一统；或有偏远异族的入侵，终被汉化。

三、中国传统政治文化模式之定型

"以德治国"是先秦儒家思想的理论基础；"以法治国"是先秦法家思想的核心理念。

西汉时叔孙通说："夫儒者，难于进取，可与守成。"[1] 这是儒家的性格特征。战国时期商鞅说："治世不一道，便国不必法古。""苟可以强国，不法其故；苟可以利民，不循其礼。"[2] 进取正是法家的性格特征。在以氏族统治为特征的中国国家政治中，法家以其强有力的进取，用法律成果形式禁恶除害，有效保障了氏族社会有序的贵贱等级秩序；儒家则以道德教化的方式，从人们的内心深处建立对氏族社会有序的贵贱等级秩序的认同。"儒法合一""礼法合一"在中国社会中存在着合流的内在机制，顺应历

---

[1] 《汉书叔·孙通传》。
[2] 《商君书·更法》。

史发展潮流，这是秦汉以来历代执政者所做出的十分明智的政治选择。

秦汉以后，经过政治理论家与政治实践家的不断调和，儒、法两家合一，"德治"与"法治"结合，共同打造了中国传统政治文化新模式。

春秋时期，孔子在周公"以德配天"思想的基础上，提出完整的"德治"理论。在孔子心目中，"德"有两个层次：一是治理国家的基本方略，如《论语·为政》："为政以德，譬如北辰，居其所而众星拱焉。""道之以政，齐之以刑，民免而无耻；道之以德，齐之以礼，有耻且格。"二是泛指君子之道德品行。如《论语》所言恭、宽、敬、敏、惠、仁、义、礼、智、信、勇、温、良、俭、让、忠、恕、孝、悌等价值理念。

战国时期，法家根据社会变化的要求在政治上推行"法治"。法家的"法治"不仅是一个系统的思想体系，而且也是一个治国理政的宏大设计。其主要表现为：通过变法，建立集权君主政体，在君主领导下实行"以法治国"。"法治"包括：立法——制定成文法，用法律管理社会生活的各个领域；司法——实施成文法，进行法律宣传，普及法律知识，进行职业培训，推动移风易俗；行政——中央集权、官僚制度、发展经济、军事力量、推广农战等。"以法治国"的目的是最终实现富国强兵，统一天下，重新建立一个和平稳定发展的新的社会秩序。

汉帝国统治稳定后，以亡秦为鉴，统治者不断完善治国理论，希望寻找到一种长治久安之道，先后调和与运用黄老道家的"无为而治"、儒家的"德治"与法家的"法治"，最终形成了"德主刑辅""霸王道杂之"的治国方针。

"霸王道杂之"是汉宣帝刘询提出的一个著名论断。

> 孝元皇帝，宣帝太子也。……壮大，柔仁好儒。见宣帝所用多文法吏，以刑名绳下，大臣杨恽、盖宽饶等坐刺讥辞语为罪而诛，尝侍燕从容言："陛下持刑太深，宜用儒生。"宣帝作色曰："汉家自有制度，本以霸王道杂之，奈何纯任德教，用周政乎！且俗儒不达时宜，好是古非今，使人眩于名实，不知所守，何足委任！"①

这里就直接提出了汉代的治国方略——"霸王道杂之"。

虽然是宣帝明确地提出了这一治国方略，而事实上，"霸王道杂之"思想从刘邦夺取天下时就已经萌芽。

刘邦虽是武人，马上夺天下，但从夺天下时就不自觉地兼用了霸、王之道。

皇甫谧在《帝王世纪》中说："观汉祖之取天下也，遭秦世暴乱，不偕尺土之资，不权将相之柄，发迹泗亭，奋其智谋，羁英

---

① 《汉书·元帝纪》。

雄鞭驱天下。或以威服，或以德致，或以义成，或以权断，逆顺不常，霸王之道杂焉。"

虽然其后在惠帝、高后、文、景之世一方面皆实行黄老无为之治，重长者，但这并不意味着儒学在汉初销声匿迹。另一方面，"汉承秦制"，法家思想一直在政治实践中继续发挥作用。

事实上，从汉初开始，儒学就在民间开始逐步复兴。汉初统治者不断地受到儒家经典的熏陶，思想观念逐渐发生变化。

刘邦登上皇帝宝座后，不断在反思自己之所以得天下的原因，在执政过程中，对儒学和儒生的态度也逐渐发生了变化。最明显的事例就是他起用儒生叔孙通制定朝仪，确立君臣尊卑秩序；任用叔孙通为太子太傅，将培养汉室接班人的重任交给了儒者；礼遇儒家创始人孔子，"汉十二年，过鲁，以大牢祠孔子"①。晚年还曾写《手敕太子》的诏书，追悔自己过去对待儒学的错误态度，承认自己"追思昔所行，多不是"②。到汉武帝时，国力强盛，"国家的时新派政策以更强有力的形式出现；一个虔诚的《道德经》是很难赞同国家朝积极的和扩张主义的政策方向作明显的

---

① 《汉书·高帝纪下》。
② 转引徐复观：《两汉思想史》第 2 卷，华东师范大学出版社 2001 年版，第 65 页。

转变的"。① 在这种情况下，汉武帝刘彻接受儒者董仲舒的建议，明确推行"罢黜百家，独尊儒术"的政策，将儒学作为治理国家的理论，使儒学成为汉代统治者的指导思想。汉武帝提倡儒家孝道，注重以儒家的道德标准选拔人才，重视教化。从汉代开始，尊儒重教政策成为此后两千多年历代君主政体意识形态的固定模式。

与此同时，为了维护中央集权的大一统，汉武帝除用德治外，还必须使用法治。在汉代政治文化整合过程中，以黄老、法家、儒家为主要派别的诸学一直进行着复杂的文化调整与融合。

汉武帝实际上可以说是一个儒法并用者。他内虽多欲，却注重外施仁义，追求霸主吏事却又注意缘饰以儒术。这样，在他那里，儒为外饰，法为内行；儒为虚用，法为实制。他采纳董仲舒的"举孝廉"的建议，实行察举制度。元光元年（公元前 134 年），下诏"郡国举孝、廉各一人"。元朔元年（公元前 128 年），汉武帝又采纳董仲舒、公孙弘的建议："兴太学，置明师，以养天下之士，数考问以尽其材，则英俊宜可得矣。"② 在长安设太学，由郡县选择 18 岁以上仪表端正、爱好儒学、尊敬长者、遵守法令、

① ［英］崔瑞德、鲁惟一编，杨品权等译：《剑桥中国秦汉史》，中国社会科学出版社 1992 年版，第 156—157 页。
② 《汉书·董仲舒传》。

行为恭顺的 50 人为博士，由五经博士讲授儒家经典，"一岁皆课，能通一艺以上，补文学掌故缺；其高弟可以为郎中。"① 这样，从中央到地方的官吏都得学习经学，儒学从此成为汉代的统治思想。

另一方面，汉武帝又不断强化法律制度，在实际政治运作过程中对法术酷吏的信用和放纵也于汉为烈，他"招进张汤、赵禹之属，条定法令"，颁布了苛刻的刑法，"禁罔浸密。律令凡三百五十九章，大辟四百九条，千八百八十二事，死罪决事比万三千四百七十二事。文书盈于几阁，典者不能遍睹"。②

有一次，汉武帝招来文学儒者，对着儒生们大谈要准备怎样推行儒道，而这时憨直的汲黯当面顶撞了汉武帝："陛下内多欲而外施仁义，奈何欲效唐、虞之治乎！"武帝"怒，变色而罢朝"③。原因就是汲黯说到了他的痛处。这里的"内多欲"乃武帝与法家心理上的共振，"外施仁义"是武帝对儒家的思想上的采用。武帝名曰尊儒，但所信用的乃张汤、杜周、赵禹一班文法酷吏，这些人以经术古义附会当今狱事。即使他所器重的董仲舒、公孙弘、兒宽，虽为儒者，但也是因为他们"通于世务，明习文

---

① 《汉书·儒林传》。
② 《汉书·刑法志》。
③ 《汉书·汲黯列传》。

法，以经术润饰吏事"，所以，"天子器之"①。司马迁对当时的情况描述得更为详细。他说："自公孙弘以《春秋》之义绳臣下取汉相，张汤以峻文决理为廷尉，于是见知之法生，而废格沮诽穷治之狱用矣。其明年，淮南、衡山、江都王谋反迹见，而公卿寻端治之，竟其党与，而坐死者数万人，长吏益惨急而法令明察。当是之时，招尊方正贤良文学之士，或至公卿大夫。公孙弘以宰相，布被，食不重味，为天下先。然而无益于俗，稍骛于功利矣。"②

这也难怪汉武帝。因为，在实际政治生活中，儒家的文化政策远不及法家的严刑苛法来得更为立竿见影，见效迅速，"更为主要的原因，是因为在中国古代君主专制的体制背景之下，道德和法都不过是统治者的为政之具而已"③。

范文澜说："武帝表面上尊崇儒家，实际上杀人很多，用的是法家的刑名之学。《公羊传》说：'君亲无将，将而被诛。'意思是说，臣子对君父不能有弑逆的念头，如果有的话，就可以把他杀死。这个论点很合乎武帝随便杀人的意思。"④

---

① 《汉书·循吏传》。

② 《史记·平准书》。

③ 关健英著：《先秦秦汉德治法治关系思想研究》，人民出版社 2011 年版，第 188 页。

④ 《范文澜历史论文选集》，中国社会科学出版社 1979 年版，第 310 页。

实际上，对于汉武帝阳儒阴法的这一套做法，历史上很多学者都看得一清二楚。司马光直批"孝武穷奢极欲，繁刑重敛，内侈宫室，外事四夷，信惑神怪，巡游无度，使百姓疲敝，起为盗贼，其所以异于秦始皇者无几矣"。但他同时也肯定汉武帝"能尊先王之道，知所统守，受忠直之言，恶人欺蔽，好贤不倦，诛赏严明，晚而改过，顾托得人"，认为这就是"其所以有亡秦之失而免亡秦之祸"，"秦以之亡，汉以之兴"[1]的根本原因。司马光之论，一分为二，客观精当。

到了汉宣帝时期，统治者在政治实践中更是自觉地奉行"霸王道杂之"这一汉家制度，进一步实现霸道与王道的相互配合。

宣帝少时，受《诗》《论语》《孝经》，因卫太子好《穀梁春秋》而崇其学。他承武帝而尊儒，"宣帝时修武帝故事，讲论六艺群书"[2]，"招选名儒俊材置左右"[3]。不仅继续擢进经术之士，而且亲自主持、参与经术活动，曾召诸儒讲五经同异于石渠阁，立大小夏侯《尚书》、大小戴《礼》、施、孟、梁丘《易》《穀梁春秋》博士。宣帝显然充分认识到经术在道德培养、文化教育上的功用

---

① 《资治通鉴·卷第二十二》。
② 《汉书·王褒传》。
③ 《汉书·刘向传》。

和价值，并乐于推行此道。在他的统治时期，儒生的地位进一步上升。但这并不意味着他必然将国家政治生活领域全面地向经术开放。在他看来，经术自有其划定的适应范围，不能够也不应该对文法刑政越俎代庖。宣帝在政治上并不纯用儒生、儒术，他因太子"柔仁好儒"，而欲用"明察好法"的淮阳宪王，"乃叹曰：'乱我家者，太子也！'由是疏太子而爱淮阳王，曰：'淮阳王明察好法，宜为吾子。'"[1]关于淮阳宪王，《汉书·玄成传》说他"好政事，通法律，上奇其材，有意欲以为嗣"。同书《淮阳宪王刘钦传》说："宪王壮大，好经书法律，聪达有材，帝甚爱之。太子宽仁，喜儒术，上数嗟叹宪王，曰：'真我子也！'常有意欲立张婕妤与宪王。"太子专好儒术，而刘钦兼好"经书法律"，宣帝的偏爱清楚地反映他的思想倾向。又《汉书·王吉传》说："宣帝颇修武帝故事，宫室车服盛于昭帝时。外戚许、史、王氏贵宠，而上躬亲政事，任用能吏。"他的这种态度和立场，让人觉得空立尊儒之名，实则重用刑法之吏，对此，《汉书》上多有批评，"宣帝不甚用儒"[2]，"宣帝不甚从儒术，任用法律"[3]，"宣帝所用多文法吏，以刑名绳

---

[1]　《汉书·元帝纪》。
[2]　《汉书·匡衡传》。
[3]　《汉书·萧望之传》。

下"[1]，"孝宣之治，信赏必罚，综核名实"[2]，以至于被臣下讥为"方今圣道浸废，儒术不行，以刑余为周召，以法律为《诗》《书》"[3]。不过，考诸史实，宣帝对文法吏的重用也是当时社会政治事务日趋复杂，行政管理的广度和难度增加的需要。所谓"文吏"，即主管"文史法律"方面事务的吏员，他们负责案治律令、考核狱讼、办理文书簿计，乃至处理与官场逢迎、对答等有关的日常公务。其中法律事务占据着核心、要害的位置，"文吏治事，必问法家。县官事务，莫大法令。必以吏职程高，是则法令之家宜最为上"[4]。文吏可以说是汉代政治运作过程中所一直依靠的主要力量，也是汉初国家政治——法律制度建设的主要力量。统治者不得不依赖他们来进行具体的政治操作。不过，与汉武帝重用文吏中的酷者相比较起来，汉宣帝虽也多用文法吏，却不像武帝那样纵滥法术。无论从思想渊源还是文化素养、人格修养、处世方式、个性气质，文吏与儒生都形成了鲜明的对照，在参与政治过程中，也往往形成了对立。文吏中的极端者就成为酷吏，儒生中进入政治实践的吏员往往就转变成为循吏。汉初随着儒学的复兴，越来越多的儒生进入官僚机构，为汉代政治注入了新鲜血液，提高了官僚队伍

① 《汉书·元帝纪》。
② 《汉书·宣帝纪》。
③ 《汉书·盖宽饶传》。
④ 《论衡·程材》。

的基本素质，更新了汉代吏治的面貌，这实质上是在实践上运用儒法治国进行政治文化整合的主要途径。

宣帝还专门昭示天下，称："夫婚姻之礼，人伦之大者也；酒食之会，所以行礼乐也。今郡国二千石或擅为苛禁，禁民嫁娶不得具酒食相贺召。由是废乡党之礼，令民亡所乐，非所以导民也。"这在强调王道。但王道作为儒家的政治理想和王者的向往，其实效却只能在与霸道的配合中实现。所以，复有言曰："盖闻有功不赏，有罪不诛，虽唐虞犹不能以化天下……或以不禁奸邪为宽大，纵释有罪为不苛，或以酷恶为贤，皆失其中。"①

综上可见，汉宣帝的治国理念是赏刑并用，法治与德治相配合，走中道。这样看来，宣帝说"汉家自有制度"确实是洞见，以儒、法思想为主体兼用霸王之道，是从汉兴以来一直在积极进行政治文化整合的基本思路，其最终成果就是在武、宣时期基本形成的"霸王道杂之"的政治文化模式。宣帝上述一番话，反映了中国上古文化经春秋战国的社会变革和秦汉之际的文化变迁，逐步地完成了转型，步入了新的历史航道。

西汉至元帝时，政治又为之一变，由武、宣的儒、法并用转为专意尊儒。元帝"少而好儒，及即位，征用儒生，委之以政，贡、薛、韦、匡迭为宰相。而上牵制文义，优游不断，孝宣

---

① 《汉书·宣帝纪》。

之业衰焉"①。元帝所用宰相贡禹、薛广德、韦玄成、匡衡皆一时名儒。元帝以迄成、哀、平帝四朝，尊儒之风愈演愈盛，王莽即借此风势获得社会赞誉，得到儒生的支持，篡位登上中国政治的舞台。

《汉书·王莽传》曰："莽意以为制定则天下自平，故锐思于地理，制礼作乐，讲合六经之说。公卿旦入暮出，议论连年不决，不暇省狱讼冤结民之急务。"

为了模仿周公制礼作乐，王莽让大臣们旷日费时地展开讨论，为了表示对制礼作乐的重视以显现升平气象，更不惜耗费民脂民膏。他还在京师大兴土木，建筑豪华的九庙，"功费数百巨万，卒徒死者万数"②。

事实表明，王莽改制，实际上是儒家思想运用于现实政治的一次十分极端的行为，它与秦王朝以法家思想为主导而走极端之例构成了遥遥相对的两极。

王夫之在论及汉代政治文化整合过程中这一段历史曲折时，充分地估价了思想学术对政治变革的影响。他说："宣、元之季，士大夫以鄙夫之心，挟儒术以饰其贪顽。故莽自以为周公，则周公矣；自以为舜，则舜矣；周公矣，舜矣，无惑乎其相骜如狂而

① 《汉书·元帝纪》。
② 《汉书·王莽传》。

戴之也。当伪之初起也，匡衡、贡禹不度德、不相时，舍本逐末，兴明堂辟雍，仿周官，饰学校于衰淫之世；孔光继起为伪之魁，而刘歆诸人鼓吹以播其淫响。而且经术之变，溢为五行灾祥之说；阳九百六之数，易姓受命之符，甘忠可虽死而言传，天下翕然信天命而废人事，乃至走传王母之筹而禁不能止。故莽可以白雉、黄龙、哀章铜匮惑天下，而愚民畏天以媚莽。则刘向实为之俑，而京房、李寻益导之以浸灌人心，使疾化于妖也。"①

在王夫之看来，西汉政权的移鼎是儒者挟儒术变乱风俗、蛊惑人心导致的恶果。这也让我们深刻反思王莽改制的失败原因。无论儒者还是王莽，可以说都怀有私心，违背了思想学术发展和政治变革的规律。他们都在本质上背离了儒家中道原则，因而失败不可避免。②

纵览汉史，从汉惠帝至景帝，德、刑基本适中；汉武帝元光五年（公元前 130 年）至征和四年（公元前 89 年）间，德、刑失衡；征和四年，汉武帝颁布《轮台诏》，德、刑又趋适中；昭、宣两朝，德、刑也较为适中，从而出现了"昭宣中兴"的局面。由此观之，从汉武帝时开始确立的"霸王道杂之"的"汉

---

① ［清］王夫之著：《读通鉴论》（上册），中华书局 1975 年版，第 134 页。
② 参见韩星著：《儒法整合——秦汉政治文化论》，中国社会科学出版社 2005 年版，第 237—244 页。

家制度"可以说是一种行之有效的治国方式，因此为后世所称颂和遵循。

从秦孝公时代商鞅变法到汉武帝时代董仲舒的理论构建和实践探索，以儒、法思想为主的各家思想经过长期的"磨合"，此时告一段落。"秦汉政治文化整合的结果形成了礼法并用、德刑兼备、王霸结合的基本构架，这其中王霸结合是整体的概括，礼法并用、德刑兼备是其不同侧面的展开和延伸。它们之间的关系是：王与霸、礼与法、德与刑是双双对应的，相反相成，结构为一体，而王霸是涵盖礼法、德刑的。言王霸可以指礼法，也可以指德刑，当然可以指代自己；言礼法或德刑，在特定情况下，也可指代王霸。这一基本构架在儒法两家思想体系上，王道、礼治、德治和霸道、法治、刑罚又分别是两家思想体系主要支柱的借用。而这种'借用'又不是绝对一一对应的，虽不能说王、礼、德就绝对是儒家的，而霸、法、刑又确乎可以说完全是法家的。也就是说，儒家在思路上是两点论，法家是一点论。儒家的两点论无法家一点论的配合又落不到实处，是悬空的；法家的一点论任其发展会走向极端，造成很多弊端，它必须回过头去受儒家的制约。这样，一虚一实，一高一下，便可以构成立体网状，相反相成、相互对立、相维相济的结构体。"[①] 这一政治文化模式，为造就雄浑、质朴、开放、刚柔相济的中国政治文明作出了独特的贡献，奠定了中华民族此后两千年历朝历代治国理政模式的基础。

① 韩星著：《儒法整合——秦汉政治文化论》，中国社会科学出版社 2005 年版，第 244—245 页。

结语　法家的遗产：
我们向法家学什么

今天，在中国社会科学研究领域，法律、法制、法学等从内容到形式甚至语法、词汇都已经全盘西化。在现实生活中，传统的法家已经与人们对他们的正确认识越来越远。很多人对法家的了解也是抱着一种一知半解的态度，热衷于"盲人摸象"式的认识，或者满足于一鳞半爪式的了解，因此，如何回归传统，不割断历史，真正汲取中国法家之真精神，得到他们的三昧真火，以为今日中国之新时代建设服务，已经成为从学界到民间各阶层有识之士的一项需要认真落实的重要工程。时代给我们提出了一项任务，这就是：重读法家，读懂法家，古为今用，重建我们对民族传统文化的自信。

首先，我们必须明白一点的是，先秦法家不是一个学术派别，而是一个政治家、政治理论家群体。他们呕心沥血，不是为研究学术而学术，而是旨在高远，旨在"救世"与"治国"。"法治"只不过是法家治国平天下所依仗的重要手段罢了。

先秦法家著述中有多处概括"以法治国"主张的记载。如《商君书》"据法而治"①"缘法而治"②"垂法而治"③"任法而治"④；《慎

---

① 《商君书·更法》。
② 《商君书·君臣》。
③ 《商君书·壹言》。
④ 《商君书·慎法》。

子》"事断于法"①；《管子》"以法治国"②；《韩非子》"以法为本"③
"以法为教"④；等等。

据有学者考证，"法治"一词最早见于《晏子春秋·泛论训》：
"知法治所由生，则应时而变；不知法治之源，虽循古终乱。"但
这里的"法治"还不是法家所主张的"法治"。法家的"法治"就
是建立集权君主政体，用超血缘的法律法规取代宗法礼制来治理
国家，用赏罚二柄实现富国强兵进而统一天下。

法家"法治"的本质特征主要可以概括为如下几个方面：

第一，以建立和维护集权君主政体为基础，既"尚法"又
"尊君"。

第二，强调国家法律在治国理政中的普遍作用，实行"刑无
等级""一断于法"。

第三，要求各级官吏严格依法办事，不得以私害公。

第四，通过推行法制实现富国强兵、终止割据，进而统一国
家，建立以中央集权与郡县制、官僚制度为特征的大一统政治与
社会秩序。⑤

---

① 《慎子·君人》。

② 《管子·明法》。

③ 《韩非子·饰邪》。

④ 《韩非子·五蠹》。

⑤ 参见武树臣著：《法家法律文化通论》，商务印书馆 2017 年版，第 141、142 页。

春秋战国以来，周王朝礼崩乐坏，天下大乱，重建政治、社会秩序已经成为各方有志拯救天下者共同努力的方向。作为新兴政治阶层的利益代表，法家在古老的士族制度和贵族制度的废墟上，以敢为天下先的大无畏精神与积极开拓、勇于实践的用世能力，顺应历史发展潮流，坚决要求废除已经不适合时代需要的"周制度"，在早期华夏大地上真正构筑了一个统一的中央集权的君主政体——"秦制度"。仅就这一点而言，法家堪称是血缘政治旧世界的掘墓人和郡县制新世界的缔造者。

法家作为一个政治家的实验性群体，在中国早期政治历史上具有十分重要的地位。迄今为止，中国历史上主要经历了三次重大政治性变革。周王朝是对中国从早期部落联盟制度到邦国制再到封建制度的一次大总结，从血缘政治上实现了中国历史上的大一统，确立了以宗法制度、分封制度、礼乐制度为核心特征的家国同构的贵族等级制度。秦王朝则是在以法家为核心的政治实践家的几百年接力棒式的努力下，突破了数千年士族制度与八百年血缘贵族制度的影响，用郡县制、官僚制度的模式开创了中国历史上的第二次大一统。辛亥革命结束了中国两千余年的君主专制制度，以孙中山为首的革命家在中国建立了共和制度，但极大保留了传统社会留下的大一统观念、郡县制度以及文化习俗观念。这是中国历史上第三次大一统。在这三次大一统中，法家承前启后，在中华民族第二次政治大一统的历史上，改革变法，尝试用

"法治"代替"礼治"来建立国家新的统治秩序。先秦法家对中国政治制度、政治模式的探索与开创作出了极大的贡献，他们的历史功绩不应被忘记。

法家作为一个学术思想派别，同样在中国政治思想史上占有十分重要的位置。法家重视法制建设，注意研究法律的一般理论问题，同时，基本上杜绝了神权迷信的思想。因此，在法学理论和立法、司法实践活动方面均提出了十分精到的见解。这是中国传统法律文化的宝贵财产。

西汉以后，历代统治者将秦王朝灭亡的原因归结于法家，在意识形态方面对法家大加讨伐，在这种政治气候下，法家的名声一直不好。一般来说，学者和社会舆论常常把商鞅、韩非等法家人物与"暴秦"一视同仁，不宁唯是，连法治本身都被蒙上黯淡不祥的阴影。特别是到了君主专制社会后期，似乎法律、法学、律学都成了"圣贤之学"所不齿的旁门左道。这种文化氛围当然不利于法制建设，也不利于法律和法学的正常发展。矫秦之枉以至于此，不能不说是个悲剧。西汉以后的正统法律思想之所以无大突破，应该说与此不无关系。①

西汉武帝时期，将儒法进行整合，法家思想与治国政略一方面以中央集权君主政体的形式被保留了下来，另一方面又在立法、

---

① 参见武树臣著：《法家法律文化通论》，商务印书馆 2017 年版，第 679 页。

司法等政治活动中发挥着应有的作用。然而，必须指出，法家诸多的真精神已经在统治者的解构下逐渐遗失了。有人说："汉政府奉行'阳儒阴法'的政策，法家的真精神许多都被舍弃（其实在秦代，法家的真精神已逐渐消亡），差不多只留下'尊君卑臣'一点，至多再加上法家所定的法律。"①

历史的事实是，汉代以后，具有法家积极向上、敢于改革创新、奋不顾身"精于谋国"的政治实践家已经不多见了；作为一个学术派别，法家更是不复存在了。经过汉中期的"罢黜百家，独尊儒术"，政治学派意义上的法家已经退出了历史舞台，法家精神在官僚群体中的侧影就只剩下酷吏的形象了。他们虽然谙习政事，通晓刑名，以奉行朝廷法令为尚，但也只不过是作为朝廷的鹰犬在发挥作用而已。可以说，法家作为一个颇具治国气象的政治学派发展到只能为朝廷做鹰犬的酷吏阶段，已经是面目全非了。此后在整个古代社会中，重视"法治"的思想家、政治家虽然代不乏人，他们虽然也经常引用、发挥先秦法家的某些思想，但不能因此称他们为"法家"。而在另一场合之下被称为"法家"的，只是立法、司法的个体专门家、职业家而已，并不是一个如东周时期那样真正富有"救世"意义的法家学派。

不过，真正为国家的发展做过贡献的人是抹杀不了的。作为

---

① 童书业著：《先秦七子思想研究》，齐鲁书社 1982 年版，第 287 页。

一份极为珍贵的政治遗产，春秋战国时期法家及其学派留给后世的真精神是多方面的，除了前面导言部分已经提到的，下面数点也应该汲取与传承下去：

（1）"以道为常""因道全法"的哲学思想。

（2）"不法古，不循今"的历史进化论思想。

（3）"法与时转则治"的变法理论。

（4）"治世之民，不与鬼神相害也"的人本主义思想。

（5）"循名责实，察法立威"的治理官吏思想。

（6）"仓廪实则知礼节，衣食足则知荣辱""富国强兵"的治国主张。

（7）"事在四方，要在中央；圣人执要，四方来效"的中央集权思想。

（8）"威不两错，政不二门，以法治国，则举措而已""治国使众莫如法，禁淫止暴莫如刑"的法治思想。

（9）"刑无等级""法不阿贵""刑过不避大臣，赏善不遗匹夫""君臣上下贵贱皆从法"，在法律面前一律平等的思想。

（10）"明主坚内，故不外失"的治理思想。

（11）"宰相必起于州部，猛将必发于卒伍"，选拔官吏应该具有实际工作经验与能力的选官思想。

（12）"巧诈不如拙诚"的人际交往思想。

（13）不畏权贵、不畏困难、不谋私利、精于谋国的操守精神。

（14）敢为天下先、敢于打破社会旧秩序的决心与勇气，等等。

总之，传统意义上的法家，是一个以救世为理想、以治国理政为实践目的的政治家与思想家群体。"法治"只是他们寻求治理的一种方法而已。他们不是要研究学术，而是要为生民立命，为万世开太平。周秦之际，法家既是按照自己的政治设计，成功地改变了中国社会政治走向的一代应运而生的杰出政治家，又是对中国君主专制社会施以极大影响的一代思想理论家。他们留下的丰富政治智慧与"精于谋国"的进取精神，我们必须认真加以研究，以为今日中华民族复兴的伟大事业服务。

附录　主要参考书目

《史记》

《汉书》

《国语》

《说苑》

《管子》

《荀子》

《老子》

《孟子》

《周易》

《论语》

《慎子》

《新语》

《论衡》

《商君书》

《韩非子》

《战国策》

《吕氏春秋》

《春秋左传》

皮锡瑞著:《经学通论》,中华书局 1954 年版。

范文澜著:《范文澜历史论文选集》,中国社会科学出版社 1979 年版。

周勋初著：《〈韩非子〉札记》，江苏人民出版社 1980 年版。

童书业著：《先秦七子思想研究》，齐鲁书社 1982 年版。

杨鹤皋主编：《中国法律思想史》，北京大学出版社 1988 年版。

郑树良著：《商鞅及其学派》，上海古籍出版社 1989 年版。

郭志坤著：《秦始皇大传》，上海三联书店 1989 年版。

孙实明著：《韩非思想新探》，湖北人民出版社 1990 年版。

梁启超著：《饮冰室诸子论集》，江苏广陵古籍刻印社 1990 年版。

晁福林主编：《中国古代史》（上册），北京师范大学出版社 1994 年版。

胡家聪著：《管子新探》，中国社会科学出版社 1995 年版。

张曙光著：《〈荀子〉与中国文化》，河南大学出版社 1995 年版。

卫东海著：《中国法家》，宗教文化出版社 1996 年版。

郭沫若著：《十批判书》，东方出版社 1996 年版。

武树臣、李力著：《法家思想与法家精神》，中国广播电视大学出版社 1998 年版。

白奚著：《稷下学宫研究：中国古代的思想自由与百家争鸣》，生活·读书·新知三联书店 1998 年版。

冯友兰著：《冯友兰选集》，北京大学出版社 2000 年版。

苏南著:《法家文化面面观》,齐鲁书社 2000 年版。

刘泽华、葛荃主编:《中国古代政治思想史》,南开大学出版社 2001 年版。

施觉怀著:《韩非子评传》,南京大学出版社 2002 年版。

[意] 马基雅维利著,冯克利译:《论李维》,上海人民出版社 2005 年版。

韩星著:《儒法整合 ——秦汉政治文化论》,中国社会科学出版社 2005 年版。

吴德新著:《法家简史》,重庆出版社 2008 年版。

邵先锋著:《〈管子〉与〈晏子春秋〉治国思想比较研究》,齐鲁书社 2008 年版。

刘泽华著:《中国政治思想史集》第 1 卷,人民出版社 2008 年版。

赵小雷著:《"早熟路径"下的法家与先秦诸子》,中国社会科学出版社 2010 年版。

孙开泰著:《先秦诸子精神》,凤凰出版社 2010 年版。

杨义著:《韩非子还原》,中华书局 2011 年版。

关健英著:《先秦秦汉德治法治关系思想研究》,人民出版社 2011 年版。

王立仁著:《韩非的治国方略研究》,中国社会科学出版社 2012 年版。

王威威著:《韩非思想研究:以黄老为本》,南京大学出版社2012年版。

许建良著:《先秦法家的道德世界》,人民出版社2012年版。

何新著:《论孔学》,同心出版社2012年版。

余秋雨著:《中国文脉》,岳麓书社2013年版。

王斐弘著:《治术与权谋:韩非子典正》,厦门大学出版社2013年版。

王亚军著:《法家思想小史》,安徽人民出版社2014年版。

谭正璧著:《国学概论讲话》,当代中国出版社2014年版。

池万兴著:《先秦文化和〈管子〉研究》,人民出版社2015年版。

陈鼓应著:《管子四篇诠释》,中华书局2015年版。

关万维著:《先秦儒法关系研究:殷周思想的对立性继承及流变》,上海人民出版社2015年版。

宋洪兵著:《循法成德:韩非子真精神的当代诠释》,生活·读书·新知三联书店2015年版。

王京龙著:《管子与孔子的历史对话》,齐鲁书社2016年版。

郭建主编:《中国法律思想史》,复旦大学出版社2016年版。

武树臣著:《法家法律文化通论》,商务印书馆2017年版。

高专诚著:《荀子传》,北岳文艺出版社2017年版。

邵东海著:《读古人书之韩非子》,北京大学出版社2017年版。

强中华著:《秦汉荀学研究》,人民出版社2017年版。